DRAGON AGE

DAVID GAIDER

O CHAMADO

Tradução
Clarice França

JAMBÔ

DRAGON AGE

O Chamado

BioWare™

Título Original: The Calling

Tradução: Clarice França

Preparação de texto: Elisa Guimarães

Diagramação: Cássia Bellmann

Editor: Vinicius Mendes

Revisão: Gilvan Gouvêa

Capa: Júlio Rocha

Editor-Chefe: Guilherme Dei Svaldi

Equipe da Jambô: Guilherme Dei Svaldi, Rafael Dei Svaldi, Leonel Caldela, Ana Carolina Gonçalves, Andrew Frank, Cássia Bellmann, Dan Ramos, Daniel Boff, Davide Di Benedetto, Elisa Guimarães, Felipe Della Corte, Freddy Mees, Glauco Lessa, J. M. Trevisan, Karen Soarele, Marcel Reis, Marcelo Cassaro, Matheus Tietbohl, Maurício Feijó, Pietra Nunes, Priscilla Souza, Tatiana Gomes, Thiago Rosa, Tiago Guimarães e Vinicius Mendes.

Jambô

Rua Coronel Genuíno, 209 • Porto Alegre, RS
CEP 90010-350 • Tel (51) 3012-2800
editora@jamboeditora.com.br • www.jamboeditora.com.br

1ª edição: agosto de 2022 | ISBN: 978658863428-8

Dados Internacionais de Catalogação na Publicação

G137c Gaider, David.
O Chamado / David Gaider; tradução de Clarice França.
— Porto Alegre: Jambô, 2022.
384p. il.

1. Literatura norte-americana. II. Título.

CDU 869.0(81)-311

Para Lee, meu maior fã

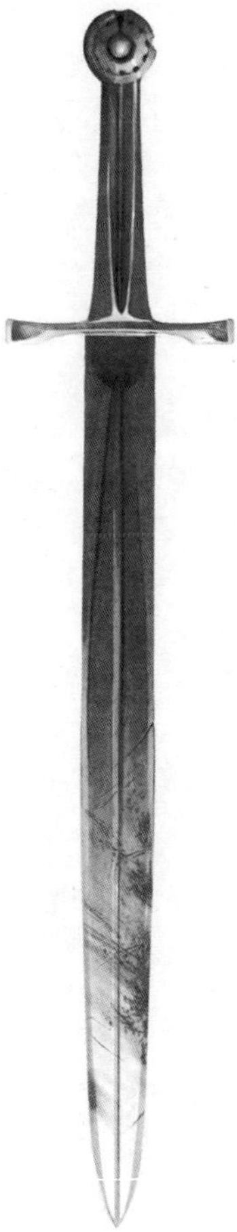

AGRADECIMENTOS

É preciso reconhecer meus bons amigos que me deram o *feedback* tão necessário e que, de bom grado, me impediram de rasgar meu próprio trabalho sempre que fui dominado por um auto-ódio idiota. A paciência e indulgência deles são uma fonte de força e sempre serão apreciadas. Um obrigado especial para Jordan por ser minha co-conspiradora e por me tornar um escritor melhor em todos os sentidos. Espero poder fazer o mesmo por ela um dia.

Muito obrigado também a Danielle e Jay por me permitirem que eu roubasse suas personas constantemente para meus objetivos. A dor foi capturada e ficou incrível. Vocês me ajudaram muito, como sempre.

Por último, um grande agradecimento à BioWare e à comunidade online por seu apoio e entusiasmo constante. Naqueles dias em que não estou puxando meus cabelos de frustração, fico grato por ter o que parece ser o melhor emprego do mundo.

Mar Desperto
Colina Oeste
Para Orlais
Orzammar
Estrada Imperial
Docas do Lago Calenhad
Torre do Círculo
Passagem de Gherlen
Rio Dane
Ferel
Lago Calenhad
Lothering
Castelo Penhasco Rubro
Aldeia do Penhasco Rubro
Estrada Imperial
Montanhas do Dorso Frio
Retroterra
Ermos K
Territórios I

N
Para as
Planícies
Livres
Amaranthina
Costa
e
Rio Hafter
Denerim
Pico do
Dragão
Rio Drakon
n
Ponta Sul
ste
Floresta
Breciliana
Ruínas
Acampamento
Valeano
Coração da Floresta
nas do Sul
Passagem
Breciliana
Oceano
Amaranthino
Gwaren
a r i
dos

1

Na ausência de luz, as sombras prosperam.

— Cântico das Trenodias 8:21

MENOS DE UM ANO ANTES, o único jeito que Duncan veria o interior de um palácio seria com a ponta de uma espada de um guarda no pescoço. Talvez, nem assim. Em Orlais, bandidos de segunda não recebiam o benefício de um julgamento feito pessoalmente pelo lorde local. Assim, o melhor que poderiam esperar era um magistrado entediado em um tribunal sujo, o mais longe possível das propriedades luxuosas da aristocracia.

Mas não estava em Orlais, e não era mais um bandido de segunda. Estava dentro do palácio real em Denerim, a capital de Ferelden... E não estava particularmente impressionado.

A cidade estava dominada por ventos do inverno que vinham do sul, e Duncan nunca tinha sentido tanto frio na vida. Todos em Ferelden se enrolavam em couro e peles grossas, marchando descuidadamente pelas ruas cheias de neve. Ainda assim, não importava quanta roupa ele usasse, ainda sentia o frio em seus ossos.

O palácio era um pouco melhor. Ele esperava por algum calor aqui, ao menos. Talvez algumas lareiras grandes com o fogo queimando, o suficiente para manter o lugar quente. Ao invés disso, foi deixado sentado sozinho em um banco, em um corredor com paredes de pedra geladas que se erguiam bem alto. Provavelmente havia pombos fazendo ninhos nas vigas de madeira, considerando os pisos imundos, e ele via pouca ornamentação. Esses fereldenianos gostavam das suas portas grandes, sólidas e feitas de carvalho. Eles gostavam das suas esculturas de cachorros de madeira, suas cervejas fedidas e até pareciam gostar da sua neve. Ou pelo menos era o que percebeu desde que chegara, há mais ou menos um dia.

O que eles não gostavam era de orlesianos. Apenas alguns poucos servos e funcionários haviam passado enquanto ele esperava, e todos lhe direcionaram olhares que variavam entre suspeita e hostilidade. Até as duas empregadas elfas que se aproximaram, com olhares tímidos e gorjeios nervosos encararam Duncan como se fosse fugir com as pratarias.

Ainda assim, era possível que todos os olhares não tivessem nada a ver com o fato dele ser de Orlais. Afinal, ele não parecia orlesiano. Sua pele escura e sua cabeleira preta eram traços rivaini, por exemplo. A armadura de couro preto que usava estava coberta de amarras e fivelas, passando por toda a extensão de seus braços e pernas de um jeito muito diferente do estilo prático local. Sem contar as adagas duplas em seu cinto, que ele não se incomodava em esconder. Nenhuma dessas coisas o pintavam como uma pessoa respeitável, não pelos padrões fereldenianos.

Na verdade, se alguém o encarava, devia ser pela túnica cinza que ele usava, ornada com o símbolo de um grifo rampante. Em qualquer outra nação de Thedas, só aquele grifo teria atraído sobrancelhas arqueadas e olhares nervosos... Mas não em Ferelden. Aqui ele era praticamente desconhecido.

Duncan suspirou com indiferença. Por mais quanto tempo teria que esperar?

Em certo momento, a grande porta de madeira no final do corredor se abriu e uma elfa apareceu. Ela era pequena até para o seu povo, quase frágil, com cabelos castanhos claros curtos, olhos grandes e expressivos. Ela também parecia incomodada, o que não surpreendia Duncan. Como uma maga, ela atrairia mais olhares que ele. Não que se vestisse muito como uma maga, no lugar dos robes tradicionais, usava uma cota de malha de elos bem trabalhados e uma longa saia de linho azul, mas carregava um cajado consigo. Era envernizado de branco, com uma bola prateada presa em uma garra na ponta, emitindo um fluxo de magia constante e difuso. Ela o levava para todo o lugar.

A elfa caminhou pelo corredor na direção dele, suas botas batendo no chão de pedra alto o suficiente para fazer eco. Ela estava irritada, mas quando se aproximou, parecia estar se divertindo.

— Você ainda está aqui — disse, sorrindo.

— Genevieve ia cortar o meu pé fora se eu saísse. — Coitadinho do Duncan.

— Cala a boca, Fiona — bufou. No entanto, faltou força na sua resposta. Ele sabia que a elfa provavelmente sentia pena dele... Um pouco, pelo menos. Talvez um pouquinho. A verdade é que não havia nada que ela pudesse fazer por ele. Ele suspirou e olhou em sua direção. — Você viu a comandante?

Fiona assentiu seriamente e indicou a porta atrás dela.

— Ela ainda está negociando com o capitão da guarda da cidade, graças a você.

— Negociando? Ela faz isso?

— Bem, ele está negociando. Ela está encarando sem ceder nem um milímetro, claro. — Fiona o olhou com uma sobrancelha arqueada. — Sabe, você é muito sortudo, considerando tudo.

— Ah sim, sortudo — suspirou, afundando desanimadamente no banco.

Eles esperaram por vários minutos, a maga se apoiando perto dele no cajado branco, até que o som de vozes se aproximava atrás da porta. Ela se abriu e duas pessoas saíram. A primeira era uma mulher de cabelos brancos, uma guerreira com uma armadura de placas formidável, que cobria todo o seu corpo. Seu rosto era afilado e cansado pelos seus anos no comando, ela marchava com a confiança de quem não queria insubordinação, e geralmente não encontrava.

O segundo era um homem de cabelos escuros e robes amarelos resplandecentes, indicando que era o primeiro encantador Remille do Círculo dos Magos, o mago mais graduado de Ferelden. Então talvez fosse estranho sua barba pontuda e a curva de seu bigode, característicos de orlesianos. Duncan assumiu ser era o tipo de homem que acreditava poder se encaixar melhor longe do Império, mesmo que significasse assumir uma posição de autoridade em uma nação fim de mundo que expulsou o domínio orlesiano há apenas oito anos. Pelo menos, nesse caso, ele parecia estar certo.

O mago sorria para a guerreira, e ela fazia o melhor para ignorá-lo.

— Lady Genevieve — ele esfregava suas mãos nervosamente — Você tem certeza...

Ela parou, se virando para encará-lo:

— Você pode me chamar de Genevieve — cortou. — Ou comandante. E só.

— Perdão, comandante — ele respondeu rapidamente. — Você tem certeza que isso foi necessário? Sua ordem não quer desafiar o rei Maric, afinal.

— Nós já desafiamos o rei Maric — Genevieve lançou um olhar seco na direção de Duncan, e ele fez o melhor para se encolher atrás de Fiona. — E a nossa ordem não vai se curvar para nenhuma autoridade, especialmente um capitão da guarda tolo que acredita ter mais poder do que realmente tem — ela impediu qualquer protesto marchando para onde Duncan estava.

Ele evitou seu olhar.

— Eu acredito que você esteja satisfeito? — ela indagou.

— Talvez se eu tivesse me livrado.

— Não seja infantil. — Genevieve gesticulou bruscamente para que levantasse. Ele o fez, relutante. — Nós não viemos para Ferelden para nos envolvermos em tolices, como você bem sabe. Você não é mais o moleque que eu encontrei em Val Royeaux. Lembre-se disso — Ela segurou o seu queixo com a manopla da sua mão e levantou sua cabeça até que o encarasse nos olhos. Ele via pouco além da sua expressão de fúria contida, envolta em decepção, e seu rosto ficou vermelho de vergonha.

— Compreendo — disse, tristemente.

— Ótimo! — Ela o soltou e virou novamente para o Primeiro Encantador, que estava próximo. — Eu acredito que o Rei está pronto para nos receber? Não teremos que voltar?

— Não, ele vai receber vocês. Venha.

O mago guiou os três por um corredor longo e escuro. Estava ainda mais frio do que nos outros lugares, com o vento passando pelas rachaduras na parede. Duncan tinha certeza que podia ver gelo e fumaça branca saía da sua boca. "Que Maravilha", resmungou para si mesmo. "Nós viemos aqui para congelar até a morte, aparentemente."

Chegaram em uma antecâmara grande, um lugar cheio de cadeiras empoeiradas que antigamente, ele imaginou, costumava ser onde os nobres esperavam por uma audiência. Quatro outras pessoas levantaram ao entrarem: três homens e uma anã, todos com as mesmas túnicas cinzas como a de Duncan. Dois dos homens eram guerreiros altos, vestidos com armaduras de placas robustas como a de Genevieve, enquanto o terceiro era um arqueiro encapuzado vestido com couro. A anã usava um robe simples debaixo da túnica, mesmo que ela obviamente não fosse uma maga.

O Primeiro Encantador mal parou, passando por eles e abrindo as portas duplas que levavam para a sala do trono. Genevieve foi atrás dele e acenou impacientemente para que os outros a seguissem.

A sala do trono era um pouco mais impressionante que o resto do palácio. Duncan fez seu melhor para não abrir a boca e encarar enquanto eles entravam. Os tetos abobadados da câmara subiam de nove a doze metros, pelo menos, e a sala era grande o suficiente para conter centenas de pessoas ao mesmo tempo. Havia galerias de cada lado da sala onde ele podia imaginar dignitários gritando furiosamente uns com os outros enquanto a multidão abaixo gritava e zombava. Ou em Ferelden não trabalhavam assim? Talvez aqui suas reuniões fossem dignas e quietas? Talvez a corte dançasse muito e esse era o local onde se davam bailes fantásticos como em Orlais?

Parecia improvável. A sala do trono tinha um ar de seriedade e parecia tão vazia que ele duvidava haver muitas reuniões aqui, muito menos bailes. Havia tapeçarias penduradas nas paredes, a maioria com cores opacas, retratando cenas de batalha dos dias de algum rei bárbaro há muito esquecido. Revestindo uma das paredes, estava uma enorme escultura de madeira, uma cena em baixo-relevo representando um guerreiro mal vestido matando o que pareciam ser lobisomens. "Uma escolha esquisita", pensou. O trono no final do corredor era pouco mais do que uma cadeira maciça com encosto alto, havia algo similar a uma cabeça de cachorro entalhada em cima. Parecia pequeno em cima do estrado, elevado acima do chão por poucos degraus e cercado por tochas brilhantes.

Mas certamente não dava para ignorar.

Havia um homem sentado casualmente no trono, e Duncan se perguntou se aquele deveria ser o rei. Se sim, ele se parecia com um homem que não dormia há muito tempo. Seus cabelos loiros estavam despenteados e suas roupas dificilmente eram algo que Duncan imaginaria para um rei, uma camisa branca amarrotada e botas de montaria ainda cobertas de sujeira.

O homem de cabelos escuros parado ao lado dele, usando uma armadura cinza, parecia muito mais com um rei. Seus olhos pareciam com os de um falcão, que acompanhou sua entrada com uma intensidade raivosa.

— Vossa Majestade, é bom vê-lo tão saudável — disse o Primeiro Encantador Remille quando finalmente alcançou o estrado, curvando-se com um grande floreio. Atrás dele, Genevieve se ajoelhou, assim como os outros. Duncan seguiu o exemplo relutantemente. Ele sabia que sua ordem não devia lealdade a nenhuma nação ou rei, mas aparentemente eles ainda se ajoelhavam quando queriam passar uma boa impressão.

— Obrigado, Primeiro Encantador — o homem loiro no trono respondeu. Isso significava que ele era o rei mesmo, Duncan assumiu. — Então estes são os Guardiões Cinzentos que você queria tanto que eu conhecesse — disse, estudando os convidados com muito interesse.

— Sim, Vossa Majestade. Com sua permissão?

O rei assentiu com um gesto. Satisfeito, o mago se virou para quem estavam atrás dele, fazendo um amplo arco com o braço como se apresentasse algo grandioso:

— Eu vos apresento Genevieve, comandante dos Guardiões Cinzentos em Orlais. Foi ela quem me avisou do pedido da ordem e, portanto, eu a trouxe aqui.

O homem se curvou novamente e recuou um pouco enquanto Genevieve se levantava. Seu cabelo todo branco quase brilhava à luz das tochas. Demorando um instante para arrumar sua placa peitoral, ela deu um passo à frente com uma expressão sombria.

— Peço perdão pelo atraso na nossa chegada, rei Maric. Não era nossa intenção enfurecê-lo.

O homem sisudo de armadura cinza bufou zombeteiro.

— Guardiões Cinzentos parecem ter muitos problemas em Ferelden, mesmo com as melhores intenções.

A expressão de Genevieve não mudou nem um pouco, embora Duncan tenha notado suas costas enrijecerem. Ela tinha muito orgulho da honra da ordem, e podia ficar irritadiça na melhor das hipóteses. O amigo do rei faria bem em tomar mais cuidado com as suas palavras.

O rei parecia um pouco envergonhado. Ele acenou com a mão para o homem ao seu lado, rindo de leve.

— Este é Teyrn Loghain de Gwaren, mas não sei se você ouviu falar dele em Orlais.

Ela assentiu bruscamente.

— O Herói do Rio Dane. Sim, todos nós conhecemos.

— É mesmo? — Rei Maric provocou o amigo. — Parece que você tem uma reputação no Império. Você deve estar feliz.

— Estou emocionado — Loghain disse secamente.

— Se Teyrn está se referindo ao exílio de nossa ordem de Ferelden há dois séculos, — começou Genevieve — eu posso explicar.

Loghain olhou na direção dela.

— Claro que pode.

Ela tensionou a mandíbula, com força suficiente para Duncan ver os tendões em seu pescoço e, por um longo momento, ficaram em um silêncio desconfortável. Tudo o que se podia ouvir era o crepitar das tochas atrás do trono.

O Primeiro Encantador parou no meio deles, fazendo sons conciliadores.

— Certamente não há necessidade de discutir algo que aconteceu há tanto tempo, não é? O que o líder dos Guardiões Cinzentos fez na época não importa mais! — olhou suplicante para rei Maric.

O rei assentiu, mas não parecia muito satisfeito. Duncan não sabia dizer se era por causa da raiva do Teyrn ou da resposta de Genevieve.

— É verdade — ele murmurou.

— Eu tenho um assunto muito mais recente para discutir — Loghain resmungou. — Por que nos fizeram esperar tanto tempo? Se eu tivesse feito tanto esforço para obter uma audiência privada com Maric, faria tudo para não irritá-lo. Especialmente se eu quero pedir um favor, não é?

O rei deu de ombros.

— Eles ainda não pediram nada, Loghain.

— Mas vão. Por que mais fariam essa apresentação formal? Por que essa exibição?

— Bom ponto.

Genevieve parecia sofrer enquanto procurava por uma resposta.

— Um dos meus cometeu um crime na sua cidade, rei Maric — ela disse, finalmente. — Eu precisava lidar com a situação antes que saísse do controle.

Duncan ficou gelado de medo. "Lá vem", pensou.

Loghain parecia pronto para lançar uma réplica furiosa, mas o rei o interrompeu; sentando-se à frente em seu trono, muito interessado.

— Um crime? Que tipo de crime?

Genevieve suspirou profundamente. Ela se virou e gesticulou para Duncan dar um passo à frente. Entretanto, seus olhos o fuzilaram: saia da linha agora e eu farei cada segundo da sua vida um pesadelo que nunca vai esquecer. Ele engoliu em seco e avançou rapidamente para ficar ao lado dela.

— Este jovem é Duncan — explicou. — Ele foi recrutado das ruas de Val Royeaux para a nossa ordem há alguns meses. Receio que ele tenha tentado exercer seu antigo ofício no mercado e, quando perseguido por seus guardas, brigou com um deles. O homem está ferido, mas vivo.

— Eu poderia tê-lo matado — Duncan interrompeu. Percebendo a indignação de Genevieve, ele rapidamente fez uma reverência nervosa em direção ao rei. — Mas não matei! Eu poderia, mas não matei. Foi isso que eu quis dizer, ahn...Vossa Alteza Senhor.

— Vossa Majestade — Loghain corrigiu.

— Meus guardas às vezes são cuidadosos demais — o rei explicou amavelmente. Demorou um momento para Duncan perceber que o homem estava falando com ele e não com Genevieve. — Loghain quer que Denerim se torne a cidade mais organizada do sul. Honestamente, eu acredito que os criminosos só vão se mudar para o subterrâneo.

— Eu mesmo ficaria tentado a ir — brincou Duncan, e se calou rapidamente quando Genevieve apertou os punhos das manoplas com força suficiente para que ele ouvisse o leve rangido do metal. Ele fez o melhor que pôde para parecer manso.

— Ele é muito habilidoso, rei Maric — Genevieve falou secamente. — No entanto, eu acredito que o jovem acha que se comportar mal o livrará de seu dever. Ele está errado.

O rei pareceu intrigado.

— Você não gosta de ser um Guardião Cinzento? — perguntou para Duncan.

Duncan não sabia como responder. Ele estava surpreso que o rei estava falando diretamente com ele de novo. Até mesmo o barão mais humilde de Orlais preferia ser coberto de óleo e colocado no fogo do que ser pego notando um camponês. Os tornava alvos fáceis de furto. Talvez este homem não saiba que ele era um camponês, já que todos ali eram Guardiões Cinzentos? Ele assumiu que deveria se sentir honrado, mas não tinha certeza se toda aquela atenção era algo bom.

Genevieve continuou encarando o rei com uma expressão neutra. Duncan transferiu seu peso de um pé para o outro e não disse nada, enquanto o rei o olhou curioso e esperou uma resposta. Ele não podia interrogar outra pessoa? Qualquer um? Finalmente, Teyrn Loghain limpou a garganta:

— Talvez devêssemos falar sobre por que eles estão aqui, Maric.

— A menos que o rei queira prender o rapaz — Genevieve ofereceu, completamente séria. — Estamos nas suas terras e precisamos obedecer às suas leis. Os Guardiões Cinzentos vão acatar sua vontade.

Duncan sentiu o coração na garganta, mas não precisava se preocupar. O rei descartou a ideia com um aceno de mão:

— Não, acho que não. As celas do Forte Drakon já estão cheias o suficiente. — Loghain estava claramente mordendo a própria língua, mas não disse nada. Duncan curvou-se algumas vezes enquanto recuava para trás para ficar mais uma vez com os outros Guardiões Cinzentos, suor escorrendo pela sua testa.

Genevieve assentiu graciosamente:

— Obrigada, rei Maric.

— Estou mais interessado no motivo de vocês estarem aqui. Se possível?

Ela parou por um momento, apertando as mãos em um gesto pensativo que Duncan reconheceu: "ela está decidindo o quanto deve contar". Ele também sabia qual seria a resposta. Os Guardiões Cinzentos tinham muito segredos e nunca falavam mais do que precisavam. Ele aprendeu isso bem rápido.

— Um dos nossos foi capturado pelas crias das trevas — Genevieve disse devagar. — Aqui em Ferelden. Nas Estradas Profundas.

— E? — Loghain franziu a testa. — O que isso tem a ver com a gente?

Ela relutou em continuar.

— Este Guardião Cinzento... Sabe a localização dos Deuses Antigos.

Tanto o rei quanto Teyrn Loghain a encararam, chocados. O ar no hall ficou pesado com a tensão, pois ninguém falou imediatamente. O Primeiro Encantador deu um passo à frente, enrolando seu bigode ansiosamente:

— Como podem ver, senhores, foi por isso que considerei o assunto delicado. Se essas crias das trevas forem capazes de encontrar a localização de um Deus Antigo...

— Um Flagelo começará — Genevieve concluiu.

Rei Maric assentiu, mas Loghain balançou a cabeça em descrença.

— Não acredite nisso — Loghain parecia irritado. — Não há um Flagelo há séculos. Quase não vemos crias das trevas na superfície, muito menos uma invasão em grande escala. Eles só estão tentando nos assustar. Esta ordem vem perdendo a importância desde o último Flagelo e faria qualquer coisa para assustar o mundo para recuperar sua relevância.

— É verdade, eu garanto! — Genevieve gritou. Ela caminhou até o trono, ajoelhando-se diante do rei. — Apenas alguns Guardiões Cinzentos têm esse conhecimento, Vossa Majestade. Se de alguma forma essas crias das trevas souberem que ele é um deles e conseguirem a informação, eles subirão à superfície e começarão um novo Flagelo. E farão isso aqui, em Ferelden.

— Você tem certeza? — O rei inalou.

Ela o encarou com um olhar intenso.

— Você já viu as crias das trevas com os próprios olhos, não é mesmo, senhor? Sabe que não são uma lenda. Nem nós.

Suas palavras deixaram o rei Maric visivelmente pálido. Duncan podia dizer, pela expressão de horror do homem, que Genevieve estava certa. Ele já tinha visto as crias das trevas. Só assim teria essa reação. O rei coçou o queixo.

— Eu suponho que você está pedindo permissão para entrar em Ferelden para procurar por este Guardião Cinzento?

— Não.

O rei e Loghain se entreolharam, confusos.

— Então o que você precisa? — Loghain perguntou.

Genevieve levantou, se afastando do trono.

— Se tudo o que precisássemos fazer fosse uma busca, poderíamos ter entrado nas Estradas Profundas em Orzammar e você nunca saberia. Seu domínio engloba apenas a superfície, rei Maric, como já deve saber.

Loghain parecia prestes a reclamar, mas Maric levantou a mão.

— Justo — disse, em um tom neutro.

— Nós temos uma boa ideia de onde começar a procurar por ele. Mas nós não sabemos como chegar lá. Acreditamos que vocês dois são as únicas pessoas vivas que sabem.

— Você está sugerindo o que eu acho que está? — Loghain perguntou, incrédulo.

— Oito anos atrás, vocês foram para as Estradas Profundas — Genevieve explicou. — Vocês encontraram uma unidade da Legião dos Mortos, liderada por Nalthur da Casa Kanarek, e eles os ajudaram na revolta contra Orlais. Sabemos que vocês fizeram isso porque você contou ao rei Endrin durante sua visita a Orzammar, três anos atrás, e isso foi incluído nas Memórias pelos anões do Moldaranato.

— Isso tudo é verdade. — O rei assentiu.

— Você viajou pelas Estradas Profundas sob o leste de Ferelden, um lugar que nenhum anão foi em mais de um século. Ou não sobreviveu para contar história. — Genevieve suspirou, com uma expressão sombria. — Vocês dois são as únicas pessoas vivas que estiveram no thaig de Ortan. E para lá que precisamos ir.

A sala do trono ficou quieta de novo por vários minutos. Duncan podia ouvir o farfalhar das roupas dos outros Guardiões Cinzentos enquanto eles permaneciam de joelhos atrás dele. Ele olhou para Fiona, mas ela se recusou a encará-lo. Sem dúvidas ela estava satisfeita em ficar no fundo. Ele queria poder fazer o mesmo.

O Primeiro Encantador cerrou e abriu as mãos, suor escorrendo em sua testa, apesar do ar frio. Genevieve esperou pacientemente enquanto os dois homens no estrado digeriam o que foi dito.

— Certamente os anões possuem mapas... — Rei Maric começou.

— Insuficiente. — Ela balançou a cabeça. — As Estradas Profundas mudaram, e nós talvez tenhamos que viajar além do thaig de Ortan. Precisamos de um guia, alguém que já esteve lá. — Ela se virou para Teyrn Loghain. — Gostaríamos de pedir a sua ajuda, Vossa Graça. Você é conhecido por ser um ótimo guerreiro e não...

— De jeito nenhum — Loghain afirmou categoricamente.

— Você não entende o quão importante isso é?

— Eu entendo o quão importante você acha que é, ou pelo menos o quão importante gostaria que achássemos ser. — Ele acenou com desdém. — Quem sabe o que vocês realmente querem? Não seria maravilhoso para o Herói do Rio Dane se ver rodeado por orlesianos em um lugar onde sua morte poderia ser atribuída a qualquer coisa?

— Não seja tolo! — Genevieve avançou na direção dele. Duncan ficou tenso e esperou que os guardas saíssem do esconderijo e atacassem antes que ela chegasse ao Teyrn, mas isso não aconteceu. Ele se perguntou quantos governantes concordariam tão prontamente com uma audiência privada a sós com um grupo de Guardiões Cinzentos armados. Não muitos, provavelmente. Mesmo assim, nenhum dos homens no estrado parecia alarmado, ou irritado, com o avanço repentino de Genevieve. — Isso é um assunto muito sério! Você tem ideia do estrago que um Flagelo causaria se começasse aqui?

Ele continuou onde estava, encarando-a com seus olhos azuis pálidos.

— Nós podemos sugerir caminhos, se quiser. Você vai encontrar o thaig do mesmo jeito que nós, provavelmente ainda infestado de aranhas gigantes. Eu sugiro levar fogo.

— Precisamos de mais do que indicações! Isso é um assunto urgente!

— Maric e eu passamos por lá há oito anos, já faz tempo. — O desprezo era óbvio na sua voz. — O que você espera que nos lembremos, sua tola?

— Alguma coisa! — ela insistiu. — Qualquer coisa!

— Eu vou — o rei disse calmamente atrás dele.

Demorou um momento para que os outros o ouvissem. Loghain estava prestes a retrucar Genevieve de novo, que estava furiosa, quando ele fez uma pausa. Ele se virou devagar, confuso e encarando rei Maric.

— O que você disse?

— Eu disse que eu vou. — O rei parecia igualmente surpreso com a própria resposta, como se as palavras tivessem escapado sem querer. — Vou guiá-los.

Um alfinete caindo na sala do trono teria feito mais barulho. Duncan tossiu, nervoso, e encarou Fiona que estava ajoelhada perto dele. Ela parecia tão perplexa quanto ele, e deu de ombros para sua pergunta silenciosa. Ela também não tinha ideia do porquê o rei concordaria de repente. Toda essa situação era muito bizarra. O Primeiro Encantador parecia enraizado no lugar, seu rosto contorcido pelo desconforto.

— Você não vai! — Loghain perdeu a compostura completamente. Duncan quase achou que ele empunharia a espada. Contra o próprio rei!? Afinal as coisas eram muito diferentes em Ferelden. Genevieve deu um passo para frente, horrorizada:

— Não podemos colocá-lo em perigo assim! Você é o rei de Ferelden, e essa é uma missão perigosa.

— Eu concordo — Loghain adicionou. — Ninguém devia se arriscar nesse plano tolo... Não, isso é um plano! É uma pequena esperança baseada em... O que? Como você sabe que esse Guardião Cinzento ainda está vivo?

Ela cerrou os dentes, focando seu olhar no rei:

— Nós sabemos.

— Como? O que vocês não estão falando?

Rei Maric levantou de seu trono, interrompendo os dois.

— Eu vou — disse com firmeza. — Eu vou levá-los até o thaig de Ortan. Eu acredito que lembro o caminho.

Teyrn Loghain encarou o rei, claramente cheio de objeções acaloradas, mas não queria continuar a expressá-las na frente de uma plateia. Pela maneira como o rei olhou para ele, quase ressentido, Duncan poderia dizer que uma briga estava prestes a acontecer. Ele imaginava que esse Loghain era mais que um conselheiro. Talvez quase um irmão. Ou o guardião do rei.

Genevieve parecia perdida, mas se curvou e afastou. Duncan entendia a sua confusão. Ele achava que a ideia de pedir ajuda ao Herói do Rio Dane era desesperada o suficiente, mas aquilo beirava o absurdo.

Certamente o rei logo mudaria de ideia, e os Guardiões Cinzentos seriam convidados a se virarem sozinhos. Talvez até fossem expulsos de Ferelden novamente; ele realmente não sabia dizer. Duncan também não tinha certeza se isso seria ruim. Existia apelo na ideia de abandonar a entrada nas Estradas Profundas e encarar criaturas terríveis como as crias das trevas.

O Primeiro Encantador Remille avançou sorrateiramente em direção ao trono, com as mãos estendidas em súplica.

— Vossa Majestade tem certeza de que isso é sábio? O Teyrn não seria uma escolha melhor para...

— Não. — O rei o cortou. — Eu já tomei a minha decisão. — Ele sentou em seu trono, encarando Genevieve e se recusando a olhar na direção de Loghain. — Eu vou entrar em contato em breve para nos organizarmos, comandante. Até lá, gostaria de ser deixado a sós com o Teyrn.

O Primeiro Encantador parecia querer falar de novo, mas Genevieve balançou a cabeça. Ela se curvou graciosamente e se virou para sair. Duncan e os outros a acompanharam. Os dois homens no estrado nem notaram quando eles saíram.

Assim que o salão foi esvaziado, Maric recostou-se em seu trono e esperou pelas recriminações inevitáveis de Loghain. Agora, sempre que Maric o via, ele usava aquela armadura cinza e pesada. Ele a pegou do comandante dos chevaliers na Batalha do Rio Dane, um souvenir de guerra que ele havia usado no desfile da vitória, anos depois, em Denerim. O povo tinha amado aquilo e Maric achou divertido.

Ficou cada vez menos divertido ao longo dos anos. No começo, Loghain, Maric e Rowan tinham se esforçado para restaurar Ferelden pós-guerra. Fora muito trabalhoso, muitos problemas deixados para trás com a retirada orlesiana, parecia que nunca havia tempo suficiente para nada.

Foi uma época de tirar o fôlego, estimulante à sua maneira. Decisões difíceis precisaram ser tomadas e Maric o fez. Cada uma delas consumiu um pouco de sua alma, mas as fez. Ferelden ficou forte de novo, como sempre quiseram. Loghain era um herói, ambos Rowan e Maric eram lendas. Quando Rowan finalmente teve um filho, Maric pensou que talvez, finalmente, teriam um pouco de felicidade.

Então ela morreu e tudo mudou.

Loghain o encarava como se não conhecesse Maric.

De repente, ele segurou sua espada e apontou na direção do peito de Maric.

— Aqui — ele ofereceu.

— Eu tenho a minha própria espada, obrigado.

— Não é para você levar. É para você se jogar nela, já que parece se o que quer.

Maric colocou a mão na testa e suspirou. Havia uma época em que Loghain odiava drama. Aparentemente os anos o fizeram mudar de ideia.

— Talvez você prefira se jogar nela no meu lugar?

— Eu não estou tentando me matar. — A expressão de Loghain era sombria, quase magoada. — Assim será mais rápido e fácil. Pelo menos, teremos um corpo para cremar. Não vou precisar explicar para o seu filho porque o pai fugiu em uma missão maluca e nunca voltou.

— As crias das trevas são reais, Loghain. E se os Guardiões Cinzentos estiverem falando a verdade?

— E se não estiverem? — Loghain andou até o trono, se apoiando no trono e se curvando para olhar Maric diretamente nos olhos. — Mesmo que ache que vieram de Orlais por nada,— apelou — você sabe que os Guardiões Cinzentos sempre tiveram o próprio objetivo. Eles não servem nenhuma nação, nem rei. Farão o que achar melhor para lidar com essa ameaça, e não se importarão com você, ou com Ferelden ou qualquer outra coisa!

Ele tinha um ponto. Dois séculos atrás, os Guardiões Cinzentos fizeram parte de um golpe contra o rei de Ferelden. Deu errado e a ordem foi exilada, mas o que poucas pessoas sabiam é que foi preciso todo o exército de Ferelden para expulse-los. Milhares de homens contra algumas centenas, mesmo assim os Guardiões quase ganharam. Eles eram uma força a ser temida, não importava seus números.

— Não é só isso — Maric murmurou.

— Então o que é? É por que Rowan está morta? — Loghain se levantou, dando um passo para trás enquanto balançava a cabeça. — Você está assim desde que eu voltei. Você mal vê seu filho, mal levanta um dedo para governar a nação que você reconstruiu das cinzas. No começo eu permiti por conta do luto, mas já faz três anos. É como se você quisesse desaparecer. — Ele se virou e olhou na direção de Maric, tão preocupado que o rei não conseguiu encará-lo. — É isso que quer? Você não se importa com a loucura desse plano?

Maric juntou as mãos e considerou. Ele não queria contar para Loghain, mas não pareceu ter outra escolha. — Você se lembra da bruxa que encontramos nos Ermos Korcari? — ele começou. — Durante a rebelião, quando estávamos fugindo dos orlesianos?

Loghain pareceu surpreso, como se não esperasse uma explicação racional. Ele hesitou por um momento.

— Sim. A louca que quase nos matou. O que tem ela?

— Ela me disse algo.

Loghain o encarou, esperando que ele continuasse.

— E? Ela falou várias bobagens, Maric.

— Ela me disse que o Flagelo estava chegando em Ferelden. — Ele assentiu devagar.

— Entendo. Ela disse quando?

— Só que eu não viveria para ver.

Loghain revirou os olhos e se afastou, passando a mão pelos cabelos pretos. Era um gesto de exasperação com o qual Maric estava bem familiarizado.

— Essa é uma previsão que quase qualquer um poderia fazer. Ela estava tentando te assustar, com certeza.

— Ela conseguiu.

Ele se virou e encarou Maric com desdém.

— Ela também não te disse que eu não era confiável? Você também acredita nisso agora?

Havia tensão em seu olhar e Maric sabia o motivo. Sobre Loghain, a bruxa tinha dito: "Mantenha-o por perto e ele vai te trair. Cada vez pior que a anterior." Foi a única previsão dela, que Loghain ficou sabendo, e obviamente se lembrava bem. Talvez ele achasse que se Maric acreditava em uma, acreditava em todas. Loghain nunca o tinha traído, não que soubesse. Era algo para manter em mente.

— Você acha que é coincidência? — Maric perguntou, de repente inseguro.

— Eu acredito que essa bruxa tinha seus próprios objetivos e mentiria sobre o que ela achasse conveniente. Magia não é confiável, Maric. — Loghain fechou os olhos e suspirou. Ele balançou a cabeça levemente, como se fosse dizer uma loucura, mas abriu os olhos mesmo assim e falou com convicção. — Mas se você acredita que a bruxa está certa, deixe que eu vá para as Estradas Profundas no seu lugar. Cailan precisa do pai.

— Cailan precisa da mãe. — A voz dele soou vazia, até para ele mesmo. — E ele precisa de um pai que não é... Eu não faço bem para ele, Loghain. Eu não faço bem para ninguém aqui. Será melhor se eu estiver lá fora, ajudando o reino.

— Você é um idiota.

— O que você precisa fazer — Maric o ignorou — é ficar aqui. Cuidar de Cailan. Se algo acontecer comigo, você precisará ser o regente e manter o reino funcionando.

Loghain balançou a cabeça, frustrando.

— Eu não posso fazer isso. Mesmo que eu acreditasse nesse aviso enigmático, não concordo que vale a pena colocá-lo nas mãos desses orlesianos. Não sem um exército com você.

Maric suspirou e se sentou no trono de novo. Ele conhecia aquele tom. Quando Loghain acreditava que estava certo, nada o fazia mudar de ideia. Ele chamaria os guardas e mandaria prenderem Maric em uma cela antes de vê-lo seguir com aquela ideia.

Na cabeça de Loghain, os Guardiões Cinzentos eram orlesianos. O Primeiro Encantador era orlesiano. Isso tinha que ser algum plano e não seria o primeiro. Vários assassinos apareceram ao longo dos anos, além de algumas tentativas de golpes para derrubá-lo, e embora Loghain nunca pudesse provar que o Império estava por trás de todos elas, Maric não desacreditava de suas teorias. Talvez estivesse certo sobre isso.

Mas e se não estivesse? A bruxa era louca, com certeza, mas Maric ainda achava impossível desacreditar completamente de suas palavras. Ela salvou a vida deles, os ajudou a sair dos Ermos Korcari quando poderiam ter morrido ali. Ele quase se esqueceu do aviso sobre o Flagelo mas, no mesmo instante em que o Primeiro Encantador Remille falou sobre o pedido dos Guardiões por uma audiência, ele se lembrou.

O pensamento do Flagelo em Ferelden era demais para ele. As lendas antigas falavam de grandes quantidades de crias das trevas invadindo superfície, contaminando os céus e a terra ao redor delas. Eles espalhavam sua praga apenas com a presença, e os que não morriam da doença caíam para seus exércitos. Cada Flagelo tinha quase destruído Thedas inteira, algo que os Guardiões Cinzentos sabiam melhor que ninguém.

Um desastre como esse precisava ser parado a qualquer custo. Loghain poderia descartar a ideia, mas Maric não estava convencido. E se a bruxa estivesse certa? E se o ponto de saber de uma profecia assim era ter a chance de impedi-la?

— Você está certo. — Ele admitiu, suspirando. — Claro que está.

Loghain deu um passo para trás, cruzando os braços e encarando Maric ceticamente.

— Isso é novidade.

Maric deu de ombros.

— Eles estão desesperados e pedindo demais. Nós podemos aconselhá-los, talvez até desenhar um mapa com o máximo de informação que lembramos. Mas entrar nas Estradas Profundas de novo? Não. Você está certo.

— Você fala com eles. — Loghain franziu a testa. — Já vi orlesianos o suficiente para uma noite. Principalmente o puxa-saco do Remille. Você sabe que não dá para confiar nele, certo?

— Ele é orlesiano, não é?

— Certo. Brinque o quanto quiser. — Ele se virou e começou a andar na direção da pequena porta ao lado do estrado. — Farei com que alguém mande os Guardiões Cinzentos voltarem, mas não demore. Temos muito a fazer pela manhã, Maric. O embaixador de Kirkwall quer discutir a situação das invasões no litoral e acredito que, se você direcionar pode transformar em acordo comercial.

— Farei isso. — Maric respondeu. Enquanto observava seu velho amigo ir embora, sentiu um vazio do cansaço. Talvez até sentira um pouco de pena, seguido de culpa por ter pena de um homem que fez tanto por ele. Apesar de todos os protestos de Loghain, afirmando ter ficado em Denerim para ajudar a administrar as coisas, Maric sabia por que ele não voltou para Gwaren. Uma esposa jovem e perfeita estava lá, criando uma filha adorável.

Todos eles estavam fugindo de algo.

Os Guardiões Cinzentos e o Primeiro Encantador voltaram ao salão hesitantes, olhando ao redor e obviamente confusos pelo fato de Loghain não estar mais no estrado. Maric se sentia cerca de dez anos mais velho, encurvado em seu trono e longe de estar pronto para liderar alguém a qualquer lugar.

Genevieve avançou, a imagem de uma guerreira madura ainda mais confiante. Imaginava Rowan seria assim, caso vivesse por mais tempo. Entretanto, ele tinha certeza de que ela nunca seria tão rígida. Rowan sempre foi sincera, demonstrando preocupação com seu reino e se doava para seu filho em todas as oportunidades que tinha. Ela gostara de ser rainha tanto quanto gostara de ser mãe, muito mais do que gostara de ser uma guerreira.

Na verdade, ele descobriu que a comandante de cabelos brancos o lembrava muito mais de Loghain.

— Você mudou de ideia, rei Maric? — Genevieve perguntou, com um tom de quem esperava que essa fosse a única conclusão razoável.

— Não. — Respondeu Maric com um sorriso sombrio, mas a testa franzida dela indicava que não tinha se acalmado. — Desde que ninguém mais saiba que estou indo com vocês e possamos sair em segredo, irei. Loghain vai ficar aqui. A menos que você tenha mudado de ideia?

Ela balançou a cabeça, dispensando qualquer hesitação:

— De jeito nenhum. Precisamos agir rapidamente, tenho certeza de que nada posso dizer para deixá-lo mais ciente do risco em que já está.

— Ótimo. — Ele se levantou e caminhou pelo estrado até ela. Ela parecia muito desconfortável quando apertou sua mão. — Então pode dispensar a parte do "rei", tudo bem? Eu estou tão cansado disso quanto você, pode acreditar.

— Como quiser... Maric. — Dava para perceber um sorriso tímido quando ela inclinou a cabeça. Talvez não fosse tão parecida com Loghain assim. — Mas se você permitir, talvez eu designe um dos meus para você? Alguém para cuidar da sua segurança e atender suas necessidades?

— Se você acredita que é necessário, por favor.

Genevieve acenou para o jovem que havia apresentado antes, aquele que cometera o crime. O rapaz tinha a pele mais escura que os outros: herança rivaini, talvez? O jovem fez uma careta, relutante em se aproximar, embora um olhar de advertência o tenha trazido rápido. Uma vez ao lado da comandante, ele suspirou como se o esforço de estar ali já fosse uma imposição severa.

"Sem sutileza", Maric pensou. Onde quer que os Guardiões Cinzentos o tivessem encontrado, ele estava claramente acostumado a expressar todos os seus pensamentos e sentimentos. Depois de tantos anos na corte, até poderia apreciar uma companhia assim como uma mudança revigorante.

— Duncan, cuidar das necessidades do rei será sua responsabilidade. — Genevieve disse, seu tom não deixava espaço para argumentos.

— Como limpar o penico dele ou servir a comida?

— Se ele desejar, sim. — Quando o rapaz fez uma careta, ela sorriu, parecendo se divertir. — Encare isso como a sua punição. Se você falhar em atender ao rei, ele sempre pode optar por mandá-lo para a prisão quando voltarmos.

Duncan olhou impotente para Maric, sua expressão taciturna dizia: por favor, não me faça limpar o seu penico. Maric quis rir, mas buscou se controlar. Afinal, provavelmente não teriam muitos penicos nas Estradas Profundas. Essa não seria uma viagem divertida.

— Permita-me lhe apresentar aos outros. — Genevieve continuou. — Este é Kell, meu tenente. Ele é sensível à mácula das crias das trevas e será nosso guia até as Estradas Profundas. — O homem encapuzado que deu um passo à frente tinha os olhos mais pálidos que Maric já tinha visto. Ele tinha uma expressão sombria e se movia com uma cautela deliberada que mostrava sua autoconsciência. Pelas tiras de couro e o arco longo amarrado nas costas, Maric o teria confundido com algum tipo de caçador.

Kell inclinou a cabeça educadamente, mas não disse nada.

— E essa é Utha, foi recrutada da ordem das Irmãs Silenciosas. Ela não poderá falar com você, mas a maioria de nós entende os sinais que ela usa.

A anã deu um passo à frente, usava um manto marrom simples coberto por sua túnica de Guardiã Cinzenta. Seu cabelo acobreado estava preso em uma longa trança que descia quase até o meio das costas e ela não carregava nenhuma arma que Maric pudesse ver. Pelo que se lembrava, as Irmãs Silenciosas lutavam com os próprios punhos, seria verdade? Mesmo sendo pequena, ela parecia sólida e musculosa o suficiente para que ele não quisesse lutar contra ela, com ou sem armas.

— Esses outros dois cavalheiros são Julien e Nicolas. Eles estão na Ordem há quase tanto tempo quanto eu.

Dois homens altos deram um passo à frente, vestidos com o mesmo tipo de armadura pesada que Genevieve usava. Ambos tinham bigodes robustos no estilo típico orlesiano, mas não podiam ser mais diferentes um do outro. O primeiro, Julien, tinha cabelo castanho escuro cortado rente à cabeça e uma barba curta. Tinha um ar reservado, seus olhos sombreados, mas expressivos, e deu a Maric um breve aceno de cabeça. O outro, Nicolas, possuía cabelos loiros quase até os ombros e não tinha barba. Ele segurou a mão de Maric e deu-lhe um aperto vigoroso, sorrindo.

Julian tinha uma espada de duas mãos presa às suas costas que era quase tão grande quanto ele. Ao mesmo tempo, Nicolas tinha uma maça com espinhos amarrada na cintura e um enorme escudo nas costas, adornado com o símbolo do grifo. Eles andavam com a confiança silenciosa de guerreiros que usavam suas armas com frequência.

— E esta é Fiona, recrutada do Círculo dos Magos em Montsmmard há um pouco mais de um ano.

A elfa, que deu um passo à frente, estava vestida com uma cota de malha e saia azul, segurando um cajado branco ao lado do corpo. Ele não acharia que ela era uma maga, se a tivesse visto em outro lugar sem seu cajado, e não tinha nada a ver com ser elfa. A maioria dos magos que ele conheceu eram mais parecidos com o Primeiro Encantador Remille: homens acostumados a conseguir o que queriam. Ela também era bonita, mesmo que tivesse uma expressão fria quando o encarou, e seu arco era tão leve que mal poderia ser chamado de um.

O Primeiro Encantador Remille se aproximou, claramente desconcertado. Ele segurou suas vestes amarelas, nervoso, enquanto se curvava várias vezes para Maric.

— Perdão, Vossa Majestade, mas o tempo está passando. Precisamos ir para o Forte Kinloch o mais rápido possível.

Genevieve assentiu.

— O Círculo ofereceu assistência mágica antes de irmos para as Estradas Profundas. Temos pouco tempo, mas acredito que será útil.

— Por que tão pouco? — Maric perguntou.

— Nunca soubemos de um Guardião Cinzento que não foi morto imediatamente pelas crias das trevas. — O pensamento a fez ficar em silêncio, seus olhos ficaram distantes. Então ela se virou bruscamente na direção das portas e foi até o final do salão. Maric a seguiu, e depois os outros — O fato dele ainda estar vivo é incrível, e indica algo incomum. Precisamos alcançá-lo antes dele ser levado para mais longe nas Estradas Profundas, antes que espalhem qualquer informação que consigam dele.

— E se conseguirem? O que faremos?

— Então mataremos todos os que a souberem. — Ela disse de maneira sombria. Ele acreditou em sua palavra. A ideia de que este pequeno grupo poderia ser uma ameaça para as crias das trevas, ao invés do contrário, era surpreendente para ele, mas talvez não devesse ser. De acordo com as lendas, os Guardiões Cinzentos só recrutavam os melhores. Mesmo que não houvesse um Flagelo há séculos, a lenda deles ainda estava viva. Eram muito apreciados pelo povo e estavam presentes em todas as nações fora de Ferelden.

No entanto, essa apreciação vinha com cautela em alguns espaços. Em outras nações, os Guardiões Cinzentos eram tratados como se não fossem mais necessários, recebendo dízimos relutantemente. Mesmo assim, não eram abertamente desrespeitados. Apesar de atualmente serem poucos, suas habilidades eram inquestionáveis.

— Eu tenho uma pergunta para você, se puder.

— É claro.

— Quem estamos procurando, exatamente?

Genevieve parou antes de chegar nas portas, virando-se para Maric. Ele a viu hesitar mais uma vez, considerando o quanto deveria falar. Se ele fosse viajar com eles para a parte mais perigosa Thedas, era de se imaginar que, em algum momento, os Guardiões Cinzentos confiariam nele o suficiente para revelar seus segredos. Loghain com certeza não estava errado sobre a ordem ter seus próprios objetivos.

— Ele se chama Bregan — disse com um tom seco. — Ele é meu irmão.

2

E assim, a Cidade Dourada fica escura
a cada passo que você dá em meu salão.
Maravilhe-se com a perfeição, pois ela é passageira.
Você trouxe o pecado para o céu
e a condenação para todo o mundo.

— Cântico das Trenodias 8:13

O FEDOR NO AR fez Bregan lembrar de carne rançosa. Havia um zumbido estranho ao longe, um som que ele mal conseguia ouvir, mas o encheu de pavor. Ele moveu a mão com cuidado e descobriu que estava deitado em uma pedra. Parecia estranhamente sujo, como se estivesse coberto por uma camada de fuligem e gordura.

Ele ainda estava nas Estradas Profundas. A sensação dos quilômetros de rocha acima dele era intensa, como se houvesse um peso invisível pressionando seu corpo. Ele respirou fundo, irregular, e engasgou assim que o cheiro de decomposição o dominou. Ele rolou e vomitou sem controle, suas entranhas estavam vazias, nada saiu além de sons feios. Uma dor aguda o apunhalou, lembrando-o dos ferimentos que sofreu.

Enquanto Bregan controlava seu esforço agonizante, tremendo e suando, ele se sentia cego pelos ferimentos. Sua armadura havia sumido, assim como sua espada e escudo, mas deixaram seu manto e sua túnica incrustados de sangue e sujeira. No entanto, seus ferimentos foram curados. Na escuridão total, ele não conseguia dizer como isso tinha acontecido. Parecia algum tipo de cataplasma amarrado com um pano áspero que parecia semelhante a estopa.

Mas quem o levou até lá? Quem cuidou de seus ferimentos? Ele se lembrava de ter chegado no thaig arruinado. Ele se lembrava de ter sido cercado pelas crias das trevas nas Estradas Profundas, derrotado pelos seus números, e então..? Nada. Ele se lembrou da sensação de lâminas cortando a sua carne, se lembrou das garras perfurando sua armadura e cravando em seus ombros e pernas. Ele deveria estar morto. Crias das trevas não tinham misericórdia, não mantinham prisioneiros.

Bregan fechou os olhos e, cuidadosamente, entrou em contato com os seus sentidos. Havia crias das trevas por todos os lados. Não no mesmo cômodo, talvez, mas por perto. A sensação palpitava no canto de sua mente. Como sempre, ela veio com se fosse algo sujo, um veneno que se infiltrava sob sua pele.

Ele fechou os olhos e tentou trazer a consciência de sua presença de volta. Sempre detestou aquilo. Todo Guardião Cinzento ganhava a habilidade de tocar as crias das trevas de longe, a maioria considerava isso um dom. Ele sempre achou que era uma maldição.

O zumbido continuou. No entanto, por trás daquele som, ele podia ouvir outras coisas. Havia movimento, coisas deslizando pelas pedras. O som de água em movimento. Tudo isso estava abafado e fraco, mas estava lá. De vez em quando, o cheiro também mudava; se tornava algo queimado e carbonizado. Ele sentia uma pressão estranha contra seus sentidos, como se algo estivesse. . . Tentando invadir sua mente. E aí passava.

Ficou apreensivo e seu coração começou a bater mais rápido. Movendo-se desajeitadamente, Bregan levantou-se do chão e ficou de joelhos. Ele tateou para discernir o espaço ao seu redor. Sentiu algum tipo de pele, tão suja que ficou feliz por seus captores não terem decidido jogá-lo ali. Sentiu paredes lisas, definitivamente era um lugar que foi construído e não uma caverna natural.

Suas mãos encontraram algo macio e pegajoso, como um tumor podre que se espalhou pela rocha. A corrupção das crias das trevas. Ele controlou a própria repulsa. Era melhor não pensar muito sobre isso.

Então, ele ouviu um som novo. Passos, botas contra as pedras em algum lugar próximo. Bregan se virou para encarar a fonte, a primeira dica de direção que teve desde que acordou, e sentiu uma cria se aproximando. Ele rastejou para longe, a agitação denunciava seu terror. Tinha uma porta ali? Conseguiria ver o que estava se aproximando? Sua incapacidade de se ajustar à escuridão ao seu redor era enlouquecedora. Os passos ficaram mais altos, ecoando até reverberarem dentro de sua cabeça. Então veio o rangido de uma porta de metal sendo aberta, de repente houve uma luz tão brilhante que queimou seus olhos.

Ele gritou de dor e se retraiu, cobrindo seu rosto.

— Sinto muito — disse uma voz masculina. Era suave e estranhamente ressonante, com um timbre sobrenatural, mas não desagradável. As palavras pareciam pausadas, como se o orador não estivesse acostumado a usá-las.

Bregan sentou-se novamente, piscando com força e erguendo a mão para bloquear a luz intensa. Era difícil distinguir qualquer coisa, seus olhos lacrimejaram com o esforço doloroso. Ele podia ver uma vaga sombra dentro da luz, carregando o que parecia ser algum tipo de rocha brilhante. A sombra se moveu pelo cômodo, mas manteve uma distância respeitosa.

— A luz é necessária. — A voz continuou. — Eu imagino que vir até a escuridão foi desagradável para você. Estou correto em assumir que você não consegue enxergar no escuro?

Era uma cria das trevas? Os emissários eram capazes de falar, mas ele não se lembrava de nenhum registro de um Guardião que realmente falou com eles. Havia magos entre as crias das trevas, ele já tinha ouvido uma provocação nas linhas da frente, ou gritando de raiva enquanto os Guardiões Cinzentos avançavam. Já até tinha ouvido alguns falando ultimatos do outro lado do campo de batalha, mas nada assim. Com seus sentidos conseguia concluir que sim, era de fato uma cria das trevas na frente dele. A mesma sensação de vazio tocou sua mente.

— Eu vou esperar. — A voz disse. — Sua visão deve voltar em breve.

Foi preciso apenas alguns instantes esfregando os olhos para a visão de Bregan clarear. O que ele viu à luz da rocha brilhante da criatura não amenizou sua confusão. Era um emissário, uma cria das trevas que poderia ser confundida com um humano se não fosse pela sua pele corrompida e seus grandes olhos que lembrava um peixe. Ele não tinha cabelo e seus lábios eram puxados para trás de suas presas afiadas, revelando um sorriso permanente e horrível. Em vez da variedade de couros apodrecidos e peças de armadura que as crias das trevas costumavam usar, este usava um manto marrom simples coberto de fuligem. Ele carregava um cajado preto e nodoso em uma das mãos e uma rocha brilhante na outra.

Parecia calmo, estudando Bregan com seus olhos sinistros. Ele tremeu, sem saber como reagir. Seus instintos diziam para avançar, quebrar seu pescoço e fugir. Um emissário podia lançar magias, mas como qualquer outro mago, precisava de tempo para invocar seu poder. Se fosse rápido o suficiente, nem o cajado poderia ajudar.

— Seus ferimentos estão curados? — perguntou, de repente. — Eu entendo que humanos podem se curar magicamente, mas não sou capaz disso. Até o nosso conhecimento da sua medicina é... Limitado.

— Eu não entendo — Bregan balbuciou.

A criatura assentiu, parecendo simpatizar com a situação. Bregan estava tendo dificuldade em associar o comportamento civilizado vindo de um ser tão monstruoso. Toda a tradição dos Guardiões Cinzentos, séculos e séculos de conhecimento dolorosamente adquiridos ao longo dos Flagelos . . . Nada indicava que as crias das trevas fizessem algo que além de atacar e infectar o que vissem pela frente.

— O que você não entende? — A criatura perguntou, pacientemente.

— Você é... Uma cria das trevas?

Ele não parecia surpreso pela pergunta.

— Você é humano? — O timbre estranho de sua voz pronunciou a palavra "humano" como se fosse uma expressão estrangeira. Bregan imaginou que, para uma cria das trevas, realmente era. — Eu não acho que seja — a criatura continuou. — Eu acho que você é um Guardião Cinzento.

— Eu... Sou os dois.

A criatura piscou, mas Bregan não sabia dizer se era por surpresa, incredulidade ou qualquer outra coisa. Crias das trevas eram capazes de ter emoções? Eles eram capazes de ações coordenadas. Eram conhecidos por fazer reparos em suas armaduras, até mesmo construir armas e estruturas rudimentares com os restos de materiais que encontravam nas Estradas Profundas. Nunca houve qualquer evidência de motivação real por trás de suas ações, além das forças das trevas que as impulsionavam. Talvez os Guardiões Cinzentos estivessem errados. Ou talvez sempre souberam e era mais um dos segredos que guardavam, mesmo de alguém tão importante quanto ele.

"Não seria a primeira vez", ele pensou com rancor. Devagar, Bregan se sentou, atento ao emissário, assumindo ser isso o que ele fosse. Se a criatura quisesse matá-lo, já teria feito. O que Bregan não tinha certeza era se isso significava que algo muito pior estava para acontecer.

O emissário se moveu, inclinando-se sobre seu cajado de uma maneira que Bregan achou perturbadoramente humana.

— Nós podemos sentir os Guardiões Cinzentos, assim como vocês podem nos sentir. E você sabe o motivo. — Ele se recusou a responder ao ser encarado. — Há uma mácula nas crias das trevas — respondeu o emissário. — Uma escuridão que nos invade, nos compele, nos leva a avançar contra a luz. Está no nosso sangue e corrompe tudo ao nosso redor. — A criatura fez um gesto na direção de Bregan com uma mão atrofiada e cheia de garras. — Também está no seu sangue. É o que o faz ser o que é, vocês sentem em nós e nós em vocês.

Bregan sentiu um aperto em seu estômago. Ele não disse nada e evitou o olhar alienígena do emissário.

— Vocês consomem essa escuridão — ele continuou — e a usam contra nós. Mas sua imunidade aos seus efeitos não é perfeita. Quando a corrupção cobra seu preço inevitável, vocês vêm até as Estradas Profundas. Sozinhos. Para lutar contra nós uma última vez. É por isso que você veio, não?

A pergunta flutuou no ar. Bregan ainda não olhava para a criatura, um pressentimento forte o deixava cauteloso. A ideia de que uma cria das trevas pudesse se comunicar dessa maneira era uma coisa. Mas que eles fossem capazes de saber tanto... Era outra coisa completamente diferente.

Ele esperou, considerando se devia tentar fugir enquanto ainda podia. Importava tanto se o matassem? Afinal, tinha vindo para as Estradas Profundas para morrer. Qual era o pior que podiam fazer, além de nocauteá-lo de novo e colocá-lo em uma cela?

A ideia pesou sobre ele, fazendo-o abaixar a cabeça. O zumbido estranho parecia estar por todo o lugar. Ele podia sentir a viscosidade oleosa da mácula dentro dele agora; permeando todas as membranas e preenchendo todos os orifícios. Ele queria coçar o rosto, tirar a carne de seus ossos. Queria aquilo fora dele.

— Sim — admitiu devagar. — O Chamado. É assim que chamamos quando é hora de vir aqui, para acabar com tudo.

— O Chamado — o outro repetiu, assentindo. — Você deseja um fim glorioso ao invés de sucumbir para a mácula? É isso que acontece?

— Eu não sei! — Bregan gritou. Ele olhou para a criatura e ficou surpreso ao perceber que estava sendo encarado com uma curiosidade clínica e estranha.

— Não? Nunca aconteceu antes?

Bregan ficou de pé, ignorando as pontadas de dor em suas feridas e o ronco nauseante de seu estômago. O zumbido ficou ainda mais alto e ele cambaleou por um momento quando a tontura o atingiu.

— O que você é? — gritou. E avançou contra o emissário, chegou perto o suficiente para sentir o cheiro de sua carne, ver suas pupilas pálidas observando cada movimento. Ele não recuou. — Por que me trouxe aqui? Pelo Criador! Eu devia estar morto!

— É para isso que você realmente veio? Para morrer?

— Sim! — Bregan gritou. Ele agarrou o emissário pelas vestes, puxando-o em sua direção enquanto erguia o punho para atacar. A criatura não revidou. O punho de Bregan tremeu quando ele cerrou os dentes e olhou para o rosto do emissário. Ele devia socá-lo. Devia matá-lo. Não tinha motivo para não fazê-lo; por que estava hesitando?

— Eu acho — sussurrou — que você veio porque sentiu que não tinha outra escolha.

Bregan o largou, empurrando-o para longe. O emissário tropeçou para trás, quase caindo no chão, mas se apoiou no cajado. Não parecia preocupado. Ele se virou, tremendo de raiva.

— Eu não vou lhe dar o que quer — rosnou. — Então vá em frente e me mate.

Por um longo minuto, ele ouviu um farfalhar, o emissário arrumou suas vestes e recuperou sua compostura. O zumbido retumbava longe e, atrás dele, podia sentir outras crias das trevas. Podia distinguir vagamente os sons que elas faziam, o barulho não natural e o assobio seco que assombrava seus sonhos desde o Ingresso, quando tinha ingerido a Mácula. Podia sentir a pressão nas paredes de sua mente. Incessantemente. Ele começou a suar e fechou os olhos, tentando se concentrar no ritmo agitado de seu coração.

Ele sabia. Quando as cerimônias para o Chamado terminavam e os anões prestavam seus respeitos solenes, eles abriam o grande selo nos arredores de Orzammar. Ele olhara para as Estradas Profundas e soube que não seria tão fácil. Melhor cair sobre a própria espada, acabar com aquilo de forma rápida e limpa, não importa o que o Criador pensaria disso. Melhor isso do que caminhar lentamente em um mar de escuridão e se afogar nele.

Mesmo assim, ele foi. Não importava o que queria. Durante toda a sua vida, o que ele queria não importava; por que seria diferente agora?

— A resposta para a sua primeira pergunta — o emissário falou. — Eu sou o Arquiteto.

— Esse é o seu nome?

— Nós não temos nomes. É só o que somos. Os outros como eu não têm nem isso. São apenas crias das trevas, nada mais.

Ele se virou novamente, confuso.

— Mas você é? Algo a mais? — O emissário levantou um dedo.

— E se eu dissesse que poderia haver paz entre os meus e os seus? Que algo assim é possível?

Bregan não sabia o que pensar da pergunta.

— Mas nós queremos isso? Quero dizer, paz com as crias das trevas? É . . Difícil de imaginar.

— Os Guardiões Cinzentos nunca conseguiram acabar com o nosso povo. Encontramos os dragões antigos adormecidos em suas prisões sob a terra quatro vezes, os seres que vocês chamam de Deuses Antigos. — O Arquiteto olhou para longe, com certa melancolia. — Eles nos chamam, uma canção de sereia que não podemos resistir. Nós os procuramos e, quando eles sobem para a superfície, nós os seguimos. Não podemos resistir. E quando vocês nos mandam para o subterrâneo de novo, o ciclo recomeça.

Bregan franziu a testa.

— Então a única forma de conseguirmos paz é destruindo as crias das trevas.

O Arquiteto o encarou com intensidade em seus olhos pálidos.

— Esse não é o único jeito. — A ressonância em sua voz sobrenatural fez Bregan estremecer.

Então percebeu por que as crias das trevas foram atrás dele. Num piscar de olhos, ele correu para frente, empurrando a criatura para fora de seu caminho, enquanto pegava a rocha luminosa de sua mão. O Arquiteto bateu contra a parede da cela, o cajado fez um barulho alto ao cair no chão. Sem esperar que ele começasse um feitiço, Bregan fugiu para o corredor. Bateu a porta de metal atrás de si, que fechou com um barulho alto.

O corredor era pior do que a cela, coberto com o que pareciam gavinhas orgânicas e bolsas de muco preto. Havia outras portas, algumas fechadas, enferrujadas ou quase cobertas por protuberâncias estranhas semelhantes a cracas. Ele as ignorou e começou a correr, segurando a rocha brilhante à sua frente.

Ele já conseguia ouvir gritos ao seu redor, assobios raivosos e o som de criaturas correndo em todas as direções. As crias das trevas estavam conectadas umas às outras pela mesma força que os Guardiões Cinzentos usavam para senti-las, o Arquiteto estava correto sobre isso, embora Bregan não quisesse saber como ele sabia.

Sua atenção estava focada em expandir seus sentidos, tentando discernir onde as crias das trevas estavam. Foi difícil. A mácula estava por todos os lados, cada vez que tentava expulsar o zumbido de sua mente, ele ficava mais forte e infernal. Localizar as criaturas quando estava cercado por tal sujeira era se afogar a cada respiração.

Ao dobrar uma esquina, quase trombou com um pequeno grupo de crias das trevas: guerreiros de verdade, hurlocks enormes com armaduras pesadas e lâminas perversas. Eles mostraram suas presas, sibilando enquanto recuavam.

Bregan não deu chance de reagirem. Avançou contra o mais próximo, agarrando sua espada curva e chutando-o no peito. A criatura se assustou o suficiente para soltar a arma, emitindo um grito. Então ele se virou, passando a lâmina no pescoço de uma segunda cria das trevas. Ela caiu, agarrando a ferida da qual saia líquido negro.

A terceira cria das trevas soltou um guincho, atacando-o com sua lâmina. Bregan se esquivou para o lado no último momento, deixando a criatura se desequilibrar, e então bateu em sua cabeça com o punho da espada. Jogando a espada para cima, trocou a posição de empunhadura e o golpeou nas costas. A cria soltou um grito gorgolejante quando ele torceu a lâmina na ferida. A que chutou já estava se recuperando. Ela o atingiu com um rugido, arremessando-o para longe de sua espada e mordendo seu braço com força. As presas afundaram em sua carne, ele podia sentir a mácula escura passando pelo seu sangue. Se não fosse um Guardião Cinzento, aquele seria o seu fim. Ele contrairia uma doença debilitante, deixando-o louco, delirando e terminaria com uma morte agonizante.

Mas os Guardiões Cinzentos pagavam um preço alto para se tornar o que eram. Por uma boa razão.

Bregan lutou contra o hurlock, que cerrou os dentes enquanto emitia um grito estridente bem acima de seu rosto. Ele podia sentir seu hálito fétido, viu a língua escura e brilhante rolando por trás de suas presas longas. Os gritos de outras crias das trevas iam se aproximando. Elas se debateram contra as pedras, então ele soltou a mão e a projetou com força sob o queixo da criatura. Ela guinchou de raiva ao ter sua cabeça empurrada para longe, cada vez mais forte até que foi esticada para trás, lutando para manter sua posição.

Finalmente, quando ela desistiu, ele avançou. A criatura bateu com a cabeça na parede da passagem, com força suficiente para se ouvir um estalo abafado. Antes que pudesse se reorientar, ele agarrou a espada e ficou de pé em um movimento suave. Quando a criatura das trevas tentou se levantar, ele atacou. Uma vez. Duas vezes. E estava acabado. Ele parou ofegante, e se inclinou contra a parede. Uma onda de fraqueza tomou conta dele, deixando a espada cair no chão. O cheiro de secreção era intenso, dominando até mesmo o fedor que o cercava O zumbido aumentou, mais estridente e insistente. Ameaçava bloquear todos os outros sons. Por um momento, ele pressionou a testa contra a pedra gelada e fechou os olhos.

Bregan ouviu um chiado reverberando por perto e, ao abrir os olhos e se virar, viu outra cria das trevas armada e correndo em sua direção com uma lança. Sem pensar muito, ele agarrou a haste da lança atrás da ponta e a puxou com força contra a parede. A cria das trevas tropeçou em sua direção e ele ergueu o cotovelo para acertar seu rosto. Houve um som nojento de dentes e ossos se quebrando e, quando a criatura recuou, ele tomou sua lança. Girou a arma e enfiou a ponta no abdômen da criatura. Sem esperar que ela caísse, ele soltou a haste e se virou. Tinha que sair dali. Rápido. Pegando a espada caída, ele correu para uma grande câmara aberta. Estava cheia com vários pilares, alguns meio desmoronados, outros alcançando o teto bem alto.

Todos estavam cobertos de fungo preto e mácula. As rochas brilhantes criavam sombras por toda parte.

Enquanto corria pela sala, ele viu mais crias das trevas correndo à sua frente. Algumas delas eram genlocks pequenos, com suas orelhas pontudas e sorrisos cheios de dentes. Ao verem-no ergueram os arcos e começaram a disparar flechas. Duas vieram em sua direção. Uma acertou em seu ombro, mas ele ignorou e avançou na direção delas. Com um grito, Bregan ergueu a espada e golpeou com força enquanto cortava a linha de crias das trevas. Ele nem mesmo estava prestando atenção em alvos específicos, foi apenas golpeando, depois girando e cortando novamente, enquanto passava por elas. Icor esguichou em seu rosto e, por um momento, a tontura ameaçou dominá-lo, mas ele se controlou e lutou contra ela.

Os genlocks tentaram se reunir, mas não havia nada que pudessem fazer. Alguns deles estavam recuando, tentando se reorganizar, mas Bregan já havia passado. Dobrou uma esquina em outra passagem e, quando um hurlock rugiu e correu em sua direção, ele o cortou sem pensar duas vezes e continuou correndo.

Tinha que ter alguma saída. Tinha que ter. Aquele era um tipo de fortaleza, há muito abandonada pelos anões, quando seus antigos reinos foram invadidos por essas criaturas. Se ele pudesse achar uma saída, voltar para as Estradas Profundas, ele poderia...

Parou no meio de uma escada quebrada. Podia ouvir crias das trevas atrás dele, assim como algumas à sua frente. Era como um formigueiro ganhando vida. Seus ombros cederam e ele baixou a cabeça, respirando pesadamente. Tentou ignorar o suor caindo em seus olhos.

Mesmo que conseguisse sair, para onde iria? Era para estar morto. O certo era deixar as crias das trevas matá-lo, se é que o fariam.

Ele olhou para a espada em suas mãos. A lâmina estava tinta de fuligem, tinha um formato irregular, com uma ponta afiada e curva, não muito diferente de um sabre grande. O punho era bruto, envolto em um couro que Bregan realmente não queria saber a origem. Mal feita, com certeza, mas eficiente. A ponta poderia rasgar sua garganta facilmente; só precisava colocar no pescoço e, com um puxão rápido, tudo estaria acabado.

Assim, não conseguiriam a localização dos Deuses Antigos, não dele. De jeito nenhum ele seria o responsável pelo início de outro Flagelo, outra invasão da superfície por esses monstros. Ele assumiu que não podiam simplesmente ler sua mente de alguma forma, ou já teriam feito, mas quem sabe quais truques o Arquiteto tinha? Era melhor que o conhecimento morresse com ele.

Cerrando os dentes, ergueu a espada, a curva da ponta envolvendo sua garganta quase perfeitamente. Ir até as Estradas Profundas para morrer lutando não tinha sido sua ideia. Eram séculos de tradição dos Guardiões Cinzentos forçados goela abaixo, com que concordou relutante, como concordou com tudo em sua vida. Era melhor assim.

A lâmina vacilou. Ele deixou um lamento desesperado escapar e começou a tremer. Deixou a lâmina cair ao seu lado, fechando os olhos enquanto os soluços atormentavam seu corpo.

As crias das trevas começaram a avançar em sua direção vindas de ambas as extremidades da passagem, mas ele mal percebeu. Ele ficou entorpecido na escada e esperou, a escuridão se fechando em sua mente. O som do zumbido atingiu um crescendo, uma urgência que puxou e esticou as bordas da sua consciência.

Estava dentro dele.

De repente, as crias das trevas se jogaram sobre Bregan e o puxaram para o chão. Eles morderam sua carne e vários objetos pontiagudos o acertaram. Ele não gritou, nem resistiu. Perdeu a rocha brilhante e, quando a escuridão se tornou total, algo o atingiu na nuca.

Era melhor assim.

3

Aqueles que foram expulsos, os demônios que queriam ser deuses,

Começaram a sussurrar para os homens sobre suas tumbas dentro da terra.

E os homens de Tevinter ouviram, ergueram altares aos deuses falsos mais uma vez,

Em troca, receberam em sussurros abafados, os segredos da magia sombria.

— Cântico das Trenodias 5:11

DUNCAN ESTAVA SENTADO em um barco pequeno, bastante infeliz, certo de que tombaria a qualquer segundo e jogaria todos no Lago Calenhad. A jornada para oeste de Denerim tinha levado vários dias e ele não sabia por que estavam se dando ao trabalho. Se o Primeiro Encantador Remille queria dar algo a eles, por que não tinha levado o presente para a capital? Parecia inútil arrastar os Guardiões Cinzentos por todo esse caminho, mesmo que a entrada para as Estradas Profundas não fosse longe dali. Se o tempo fosse tão curto como Genevieve dizia, faria mais sentido ir atrás de seu irmão agora.

Mas não. Em vez disso, ele foi forçado a se espremer em um barco, que só tinha espaço para o rei e o sujeito corpulento com o remo, congelando enquanto navegavam pelo lago. O vento uivava ferozmente e, a cada rajada, Duncan estremecia. Ele não conseguia parar de tremer, mesmo com a capa de peles que o rei tinha lhe dado para se cobrir. Era frio assim em todo o país? Pedaços de gelo flutuante batiam contra o barco com força e regularidade alarmantes. O remador foi forçado a se concentrar em sua tarefa, suando com o esforço. Às vezes, ele fazia pouco mais do que empurrar o gelo para longe do barco com seu remo. Outras vezes, ele começava a remar furiosamente, apenas para reverter o curso um instante depois. O que acontecia quando o lago congelava completamente? As pessoas só andavam até a torre?

Só o rei não parecia perturbado com toda a experiência. Ele estava quieto desde que saíram da cidade, sendo discreto na maior parte do tempo e pedindo muito pouco. . . Algo que Duncan gostou bastante. Uma vez ou outra o rei fazia perguntas curiosas sobre os Guardiões Cinzentos, perguntas que Duncan respondeu com cautela. Genevieve o avisou que o rei poderia fazê-lo e, ao mesmo tempo, disse-lhe que não deveria contar muito. O rei aceitara as respostas. E não parecia querer mais.

No entanto, isso tornou os dias silenciosos. Eles haviam deixado Denerim pela estrada do Norte, viajando rapidamente pelas Terras Costeiras. Não estava muito movimentada nesta época do ano, de acordo com Genevieve, e isso significava menos chances de serem seguidos ou reconhecidos. Assim que a neve chegou, a maior parte do tráfego foi deixada para navios robustos que navegavam no Mar Desperto. Eles tinham visto apenas algumas pessoas no caminho, comerciantes cobertos em roupas de lã, puxando suas carroças e peregrinos forçados a esperar até o final da temporada de viagens. Nenhum deles olhou na direção do grupo.

Anões não cavalgavam muito bem, mas Utha fez o possível para sofrer em silêncio. Na verdade, Duncan pensava que ela cavalgava com muito mais graça do que os poucos anões que já tinha visto. Normalmente, seu povo preferia andar em carruagens ou carroças, não nos próprios animais, embora ele tivesse ouvido que, em Orzammar, os anões montavam em bois às vezes. Ele perguntou a respeito para Utha uma vez e, pelo sorriso dela, percebeu que ela achava a pergunta engraçada. Talvez não fosse verdade? Ele não sabia, nunca foi para Orzammar.

Kell pegou seu cão de guerra, Hafter, assim que eles deixaram o palácio. Ele era um cachorro gigante, cheio de músculos, dentes e pelos grisalhos desgrenhados. Duncan não tinha ideia de qual raça canina Hafter deveria ser, apenas sabia que ele poderia rasgar a garganta de um homem para defender seu mestre. Duncan já o vira fazer isso. Hafter saltou alegremente ao lado do cavalo do caçador, a língua longa pendurada para fora da boca. Ninguém imaginaria que aquele cão feliz se transformava em um assassino com um simples comando.

Julien e Nicolas ficavam na deles, como sempre. Duncan supôs que eles lutavam juntos por tanto tempo que estavam mais acostumados com a companhia um do outro. Às vezes Genevieve cavalgava com eles, mas geralmente ficava na frente com Kell. Lá, ela manteve o olhar fixo no horizonte, como se pudesse trazê-lo para perto com sua força de vontade.

Normalmente Duncan teria cavalgado com Fiona, e eles teriam conversado durante a viagem enquanto os Guardiões Cinzentos mais quietos lhes lançavam olhares sombrios. Ele ficou bem próximo da elfa maga desde que entrou para a ordem. Agora, no entanto, ela ficava mais afastada. Nas poucas chances que conseguiu falar, ela parecia agitada, e assim que rei Maric voltava para o lado de Duncan, Fiona fazia uma careta e movia seu cavalo para longe. Ela não trocou uma única palavra com o homem e ignorou todas as suas tentativas de manter uma conversa.

O rei olhou para ele, confuso, que encolheu os ombros em resposta. Quem poderia adivinhar o que a elfa estava pensando? Não ele.

A primeira noite que passaram em uma aldeia foi desconfortável, para dizer o mínimo. Genevieve não gostou da ideia de se expor, mas eles deixaram a cidade com muita pressa para se equipar adequadamente. A noite na pousada foi tensa, o rei usou um capuz o tempo todo e se afastou de olhares curiosos. Duncan havia descansado no chão de madeira ao lado da cama do rei, tremendo e xingando o frio de Ferelden, que se infiltrou através de seus cobertores e fez com que ele tivesse uma noite de insônia.

Depois de evitar a maioria dos vilarejos pequenos, que apareciam na estrada, contornando a região central de Ferelden enquanto viajavam para oeste. Só uma vez o rei insistiu para que parassem em uma fazenda nos arredores. Parecia um local normal para Duncan, uma propriedade feita de pedra branca rachada e gasta, com pastos cercados destinados a cabras e ovelhas.

Era um segredo quem morava lá, os Guardiões Cinzentos esperaram do lado de fora até que o rei terminasse o que tinha ido resolver. Fiona se irritou com o atraso ainda mais do que Genevieve, quando o rei Maric voltou, a expressão da elfa não deixou dúvidas do que ela pensava de tudo aquilo. Ele a ignorou e ela passou a próxima hora sussurrando reclamações raivosas para a comandante, alto o suficiente para os demais ouvirem. Duncan assumiu que era para eles ouvirem mesmo.

Depois disso, Genevieve os conduziu mais rápido, parando para acampar somente quando estava muito escuro para cavalgar e os acordando assim que o primeiro raio de sol apareceu no horizonte. Duncan ficava feliz em ficar com a maior parte das reclamações, não que alguém ligasse. Todos estavam exaustos e tensos. Quanto mais tempo passava, mais agitada Genevieve ficava. Chegar às margens do lago Calenhad tinha sido um alívio.

Agora o rei Maric estava sentado próximo a Duncan no barco, olhando para o lago com os olhos semicerrados, enquanto o vento batia em seu rosto e bagunçava seus cabelos loiros. Duncan percebeu que ele parecia estar aproveitando e, mesmo depois de ceder de sua capa de pele, não parecia nem um pouco incomodado com o frio.

O rei aparentemente percebeu que estava sendo observado e olhou para Duncan. Ele provavelmente deveria se sentir constrangido ao ser pego, mas não. Para um rei, este homem era muito estranho. Quem já tinha ouvido falar de um rei que saiu de seu palácio, rumando para um possível perigo sem ao menos uma despedida? Eles fugiram de Denerim como criminosos, nem mesmo Teyrn Loghain apareceu para lhes dar uma bronca adequada. Era provável que ninguém soubesse que o rei tinha partido. O homem merecia os olhares.

— Quer perguntar alguma coisa? — Perguntou para Duncan, um pouco confuso. Sua respiração saiu em uma nuvem de névoa fina.

— Isso é argentite? — Duncan perguntou, apontando para a armadura do rei, as placas mais finas que já tinha visto. Parecia leve e confortável, refletia a luz fraca do sol com um brilho que não pôde deixar de notar. Ele se perguntava quanto a armadura valeria no mercado clandestino.

— É sim. Mas eu não a uso desde a guerra. Estou surpreso que ainda cabe. Você já viu argentite antes?

Duncan puxou uma de suas adagas e mostrou para o rei, que levantou as sobrancelhas em surpresa. Também era feita de argentite.

— Eu tenho duas dessas — explicou.

— Você é cheio de surpresas. Posso perguntar onde conseguiu?

— Você pode, se quiser, mas não vou responder.

O rei sorriu.

— Você não tem que fazer o que eu peço? Eu lembro disso ser mencionado em algum momento.

— Tá bom. Eu as comprei com a fortuna que meus pais deixaram para mim. Eles eram o príncipe e a princesa governantes de Antiva até serem depostos injustamente, um dia eu voltarei para reivindicar meu trono.

O rei Maric riu e, por um momento, Duncan pensou que talvez este rei não fosse uma pessoa tão ruim. Então, quando outra rajada de vento frio soprou pelo barco e fez os dentes de Duncan baterem, a vida se esvaiu do sorriso do rei. Uma sombra passou por trás dos olhos do homem, ele se virou para encarar a água mais uma vez.

— Eu não recomendo — murmurou.

Estava sendo difícil relacionar Maric, o Salvador: o homem que, segundo todos, havia tirado sozinho sua nação da mão dos orlesianos e, em seguida, começou a reconstruí-la com uma força impressionante, com o sujeito triste que estava sentado ali. Talvez ele não devesse ter comentado nada sobre um trono? Talvez tronos fossem ruins.

— Minhas chances são bem ruins, pelo que fiquei sabendo — Duncan sorriu. — E Antiva é um lugar horrível. Cheio de assassinos e... antivanos. Então acho que estou melhor aqui.

O remador olhou para trás, bufando e respirando com o esforço enquanto remava, mas não fez nenhum comentário sobre a conversa. Duncan honestamente não tinha certeza se o homem sabia que ele estava transportando o rei de Ferelden pelo lago. Genevieve havia ajeitado tudo e falado com o Primeiro Encantador.

O rei ficou quieto por vários minutos, apenas olhando para o lago. Justo quando Duncan pensou que deveria voltar a tremer em suas peles, o homem se virou abruptamente e fez uma pergunta.

— O que são as crias das trevas, exatamente?

— Você não sabe?

— Eu as vi — admitiu — e fiquei sabendo um pouco sobre elas na época, mas você é um Guardião Cinzento. Sua ordem lida com elas há séculos. Você deve saber mais sobre elas do que qualquer um.

Duncan riu.

— Eles são monstros.

— E?

— E o que? Eu faço parte dos Guardiões Cinzentos há seis meses, acho.

— Então é isso? É tudo o que sabe? Que eles são monstros?

Duncan coçou a testa, tentando pensar. Era difícil quando estava tão frio. Nevava em Val Royeaux de vez em quando, mas quando acontecia, todo mundo ficava em casa e o distrito do mercado fechava. Era uma época ruim para ser batedor de carteiras.

— Bem, vejamos. Você sabe dos magistrados, eu imagino?

— Eu sei o que o Cântico da Luz fala sobre eles. Diz que os magos de Tevinter ousaram abrir um portal para o céu para que pudessem tomar o trono do Criador, mas, ao invés disso, o corromperam com seus pecados.

Ele assentiu.

— E foram corrompidos por conta disso. As primeiras crias das trevas. Qual o problema com essa história? Não é o suficiente para você?

O rei o olhou com curiosidade.

— Não te parece, não sei... Um pouco demais?

— Não deixe os sacerdotes ouvirem você. — Duncan disse e riu em seguida.

— Mas deve ter mais alguma coisa. Por que existem tantos? Como elas vivem?

Duncan balançou as mãos.

— Você está falando com o Guardião Cinzento errado. Tudo que eu sei é que as crias das trevas ficam procurando pelos Deuses Antigos.

— Só isso? Mais nada? Elas devem ser chatas em festas.

— É basicamente isso. Elas não pensam de verdade.

Rei Maric o encarou.

— Mas elas capturam prisioneiros. — Ele deu de ombros, evitando o olhar do homem. — Aparentemente.

Eles ficaram sentados em silêncio por mais uma hora, Duncan observava o Forte Kinloch ficar cada vez maior diante deles. A espiral fina parecia surgir do meio do lago e ele se perguntou como os magos a construíram lá. Teriam usado magia para transformar a rocha? A torre parecia elegante, pelo menos de longe. De perto, estava desgastada e manchada, a estrutura era mais ampla na base e ficava em uma ilha rochosa quase completamente coberta de neve.

Os únicos sons eram os assobios baixos do vento e o chapinhar rítmico causado pelo remo. Eles passaram diretamente sob o que antes havia sido uma ponte gigante que levava da costa até a torre. Agora era apenas um arco em ruínas, um entre vários. Duncan supôs que o fato dela estar parcialmente de pé depois de tantos séculos era provavelmente mérito daqueles que a construíram. Ele não conseguia nem imaginar por que eles não consertaram a ponte para que os longos passeios de balsa não fossem necessários. Talvez não soubessem mais como fazer? Talvez eles também tenham esquecido porquê construíram uma torre no meio de um lago. Esse pensamento o divertiu.

— Você já veio aqui antes? — perguntou ao rei.

— Uma vez, durante a guerra. E outra vez para o funeral do Primeiro Encantador anterior, mas não entramos. Fora isso, o Coro prefere que eu não venha aqui, só por precaução.

— Precaução com o que?

— Com magos que aprenderam alguns feitiços que não deveriam. Não seria bom que o rei de Ferelden tivesse sua mente controlada, não é?

Duncan arregalou os olhos.

— Eles podem fazer isso?

— Eu imagino que o mais importante é que o Coro acredita que eles podem. — Duncan tinha ouvido falar de magia de sangue. Foi assim que os magistrados de antigamente controlaram todos em Thedas, usando o sangue de seus sacrifícios para alimentar sua magia e abrir portais para o céu. Eles foram os responsáveis pelos Flagelos, de acordo com o Coro.

Andraste expulsou os magistrados por causa disso, dizendo que a magia deveria servir o homem, não dominá-lo. Isso virou um grito de guerra que se espalhou por toda Thedas. Era por isso essas torres, como a que estavam visitando, existiam. Em tais lugares, os magos podiam ser treinados e, mais importante, observados de perto. Se a magia de sangue significava que os magos podiam controlar a mente de alguém, talvez os sacerdotes tivessem um bom motivo para suspeitar tanto.

— Eu já fui em uma torre do Círculo uma vez. Era uma perto de Montsimmard, mas não era como essa. Parecia uma fortaleza. Onde Fiona foi recrutada.

O rei o encarou, confuso.

— Fiona. A elfa?

— Ela mesma.

Duncan olhou para a torre novamente, que agora parecia grande e cobria a maior parte do céu. Eles remaram em direção à sua sombra, Duncan podia ver a caverna para onde se dirigiam em meio às rochas pontiagudas. Supostamente, a base da torre estava lá, assim como um local para atracar o barco. Se não, eles com certeza iam bater contra as rochas e afogar. Parecia bem simples.

— Elas foram presentes. — Duncan disse, finalmente, quebrando o silêncio. O rei parecia realmente surpreso.

— Um presente?

— Minhas adagas. Genevieve me deu.

— É um baita presente.

— Talvez. Foi um pedido de desculpas. Ou pelo menos eu acho. — Agora o rei parecia muito interessado.

— Desculpas? Sua comandante não parece o tipo de pessoa que faz isso com frequência.

— Ela não é. — Duncan respondeu. Ele voltou sua atenção para a água ondulando ao longo da lateral do barco e o rei o deixou em paz. O barco navegou com calma, passando por uma rocha irregular que se projetava da água, algas viscosas se acumulando e agarrando às bordas. Uma gaivota suja sentou-se na rocha e olhou para ele com curiosidade, inclinando a cabeça para o lado. Duncan o ignorou e se encolheu em sua capa enquanto outro vento frio cortava o lago e entrava em sua pele.

— Foi um erro trazê-lo conosco. — Fiona disse a Genevieve enquanto esperavam nas docas sob a torre. As paredes eram altas e escorregadias com a umidade da caverna, banhadas pelo brilho laranja das lanternas mágicas. Em Orlais, os distritos mais ricos de todo o Império eram todos iluminados por esses dispositivos. Lá, o Círculo de Magos era pago para manter as lanternas acesas e, uma vez por mês, de manhã, vários jovens aprendizes faziam suas rondas sob os olhos vigilantes de um templário. Cada lanterna era verificada para ver se o pedaço de giz encantado que ficava dentro tinha perdido a aura, e era substituído se precisasse. Foi um processo árduo e a elite do Império tinha muito orgulho de poder pagar uma extravagância tão grande.

No entanto, a existência dessas lanternas nas paredes da torre dos magos dificilmente era indicativo de riqueza. Era só conveniente. Fiona suspeitou que, ao contrário de Orlais, a torre era o único lugar onde ela veria esses dispositivos em Ferelden. A ideia de que os habitantes locais gastariam moedas de boa vontade por esse luxo, mesmo que tivessem algumas de sobra, parecia risível.

Genevieve, sem surpresa, ignorou o comentário de Fiona mantendo os braços cruzados enquanto observava a abertura que levava à caverna. Ela esperava a chegada do rei com a mesma intensidade inabalável com que fazia quase tudo. Fiona já explicara sua objeção à presença do rei três vezes, desde que deixaram Denerim, e a cada vez a comandante dos Guardiões Cinzentos respondia com indiferença. Sem dúvida ela estava bem ciente de todas as razões pelas quais levar a realeza na jornada poderia ser considerado imprudente, e continuava mesmo assim.

Fiona fez uma careta e se afastou da comandante antes de dizer algo que se arrependeria mais tarde. Não seria a primeira vez que ela falaria algo sem pensar. Era melhor não dar a chance disso acontecer de novo.

A plataforma do cais era um bloco sólido de pedra, postes de madeira espaçados uniformemente ao longo da orla, para ter onde amarrar o barco. Como se houvesse necessidade de mais de um, considerando que apenas uma única balsa operava no pequeno vilarejo à beira do lago. As poucas pessoas na estalagem não deram muita atenção aos Guardiões Cinzentos, acostumadas com pessoas estranhas indo e vindo. Eles foram forçados a cruzar as águas geladas dois de cada vez. O que aconteceria se houvesse uma necessidade urgente de trazer mais pessoas para a torre de uma vez, ou para longe dela? Não conseguia imaginar.

Talvez eles preferissem assim? Onde Fiona havia sido treinada, eles confiavam em paredes altas de pedra para manter o mundo exterior afastado. Sem dúvidas, um lago inteiro também funcionava. A plataforma estava cheia de caixotes e carrinhos de mão velhos, além de outras ferramentas que poderiam ser usadas para carregar mercadorias que chegavam na torre. Eles também traziam todos os suprimentos necessários para o outro lado do lago, um passeio de barco por vez? Ela imaginou que navios sempre poderiam vir de Penhasco Rubro no sul, mas teria que percorrer um longo caminho. O remador devia ficar muito ocupado. Um grande elevador estava atrás de um portão de madeira cinza, enquanto um conjunto de escadas largas se curvava para cima e desaparecia nas sombras.

Mesmo com as luzes místicas, este era um lugar escuro e ameaçador. O ritmo das gotas atingindo a superfície do lago era constante e quase enlouquecedor. A água estava cheia de pequenos pedaços de destroços que se acumulavam nas bordas, batendo contra as rochas com um eco sussurrante que fez sua pele arrepiar. O cheiro de óleo úmido e fétido era quase insuportável.

Fiona tinha jurado que nunca mais pisaria em outro Círculo depois de se tornar uma Guardiã Cinzenta, e ainda assim aqui estava. Ela também expressou suas objeções sobre isso para Genevieve, a resposta foi um pouco melhor. A missão era essencial. Tempo era essencial. Genevieve poderia ter essas palavras gravadas em sua pele, já que as repetia com frequência.

A possibilidade de haver qualquer verdade nelas fez Fiona estremecer.

Ela só tinha visto as crias das trevas uma vez na sua vida inteira, na véspera de se juntar à Ordem. Ela não era uma Guardiã Cinzenta há tempo suficiente para repetir a experiência, e se considerava sortuda por isso. As poucas histórias que ouvira sobre as criaturas diziam a mesma coisa: as crias das trevas foram derrotadas pela última vez há muito tempo. Agora a história era diferente. Os Guardiões Cinzentos falavam que um exército inteiro esperava pela chance de se espalhar pela superfície como um enxame de gafanhotos. Se isso fosse realmente verdade, elas precisavam ser interrompidas imediatamente.

Mas por que eles precisavam da companhia de um rei humano?

Ela deixou Genevieve parada na orla e caminhou com raiva de volta até Kell, que estava inclinado contra a parede, os braços cruzados e a cabeça baixa. O capuz do caçador estava cobrindo seu rosto e ele poderia muito bem estar dormindo. Fiona já vira o homem dormir em pé antes; era quase impossível diferenciar. Mesmo em repouso, havia uma tensão em sua postura, como se ele pudesse agir a qualquer momento.

O cão de guerra cinza de Kell estava enrolado em seus pés. Hafter estava roncando, suas patas traseiras estremeciam ligeiramente enquanto ele sonhava. Cada vez que via a besta, ficava maravilhada com o quão grande era. Ela nunca teria pensado que um cão assim poderia ser uma ameaça crível para um guerreiro armado, mas mudou de ideia na primeira vez que viu Hafter correndo em direção a um oponente com as presas à mostra. De onde ela vinha, cachorros não eram permitidos. Ela teve um gato de rua uma vez, uma coisinha magra pra quem dava os restos de seu jantar. O gato sabia quando ela viria e, todas as noites, sem falta, estava esperando, sentado ao luar. Ele se animava ao vê-la e, quando se aproximava, se esfregava em suas pernas. Para Fiona, aquele gato era um tesouro secreto em um mundo feio.

Então, uma noite, ele não voltou. De alguma forma, ela sabia que ele tinha ido embora para sempre, mas continuou a sair todas as noites, sem esperanças. Na noite anterior, ela até esqueceu a refeição da noite, guardando os poucos restos de carne de porco gordurosa, acreditando que uma oferta maior atrairia o gato de volta para o seu lado.

Encontrando apenas escuridão do lado de fora, ela chorou lágrimas amargas e orou ao Criador. Talvez em Sua infinita sabedoria, Ele achasse adequado cuidar de um gato de rua solitário, onde quer que estivesse. Seus sussurros fervorosos chamaram a atenção de uma pessoa próxima, um elfo que havia perdido um de seus membros e, portanto, não podia fazer mais os trabalhos braçais permitidos ao seu povo. Sem dúvida ele sentiu o cheiro da carne de porco que ela carregava, pois a empurrou e roubou. Ela fugiu gritando de volta para o casebre de sua família.

Ela nunca viu o gato de novo. Quando era criança, sua mente a protegeu da verdade, preferindo acreditar que o gato havia encontrado uma maneira de passar pelas muralhas altas que cercavam o alienário. Certamente ele foi para a parte humana da cidade, atrás de comida e ratos gordos. Lá, um gato poderia viver como um rei, fazendo festa com os restos dos humanos ignorantes que fariam qualquer elfo babar de inveja. Sua mente adulta agora sabia, a pobre criatura provavelmente tinha sido capturada pelo próprio homem que a atacou. A maioria dos elfos que ela conhecia eram orgulhosos demais para atacar vermes e animais de rua, mas não todos. O fato de seu pai ter conseguido protegê-la daquele desespero por tanto tempo ainda a surpreendia. Depois de sua morte, tudo mudou.

Fiona se ajoelhou e esfregou lentamente a mão ao longo do pelo áspero do cão. Suas contrações diminuíram e, em seu sono, ele gemeu baixinho. Quando ela alcançou a parte de trás de uma orelha, ele acordou e se curvou para receber o afago. Ela sorriu e o coçou.

— Você vai deixá-lo mal acostumado — disse a voz suave de Kell.

Ela olhou para o caçador. Ele não se moveu, mas agora podia ver seus olhos claros encarando-a com um sorriso irônico. Kell era um homem de poucas palavras, mas sempre conseguia expressar suas opiniões.

— Ele merece ser um pouco mimado — falou sorrindo. — Ele luta junto conosco. Um dia ele vai ficar com a boca cheia de sangue de cria das trevas e será o seu fim. — Enquanto o coçava, o cão rolou de costas preguiçosamente. Suas pernas musculosas empinaram no ar e ele soltou um gemido fofo e sonolento. Ela coçou a barriga dele.

— Hafter é tão Guardião Cinzento quanto nós.

Fiona ficou surpresa.

— Você quer dizer que ele..? — Ele assentiu.

— Mas duvido que seja a mácula que o derrube. — Kell cutucou o cão nas costelas afetuosamente com a bota de couro. Hafter abriu os olhos e girou a cabeça para trás a fim de olhar feliz para seu mestre. Era uma expressão peculiar para uma besta tão poderosa, obviamente criada para o combate.

— Não mais que todos nós, com certeza. Não é o destino de todo Guardião Cinzento, morrer lutando contra as crias das trevas?

— Não todos — ele murmurou, apontando com a cabeça para onde Genevieve estava. — Há séculos a ordem não luta contra um Flagelo. A maioria de nós vive o suficiente para envelhecer, não importa o quanto nos esforcemos para morrer.

— E aí? Aceitamos o Chamado?

Ele levantou uma sobrancelha.

— Você não aceitaria?

Ela não sabia como responder. Sendo uma Guardiã Cinzenta há pouco tempo, a ideia de que poderia viver o suficiente para a Mácula forçá-la a tal escolha parecia impossível. Mas, se isso acontecesse, se a imunidade desaparecesse... A ideia a fez estremecer. Ela tinha visto o que acontecia com a maioria quando era infectada pela Mácula das crias das trevas. Saber que tal corrupção agora estava em seu sangue a fez estremecer.

Ainda assim, não ficava amarga com aquilo. Ela era agradecida por ser uma Guardiã Cinzenta. Mais que a maioria.

Fiona deu um tapinha na barriga de Hafter para indicar que havia terminado, ele suspirou contente e rolou de costas. Seus olhos grandes e castanhos encararam Kell em um apelo silencioso por mais carinhos. Em resposta, o caçador enfiou a mão na bolsa do cinto e pegou um pedaço de carne seca. O cão enorme levantou imediatamente, as orelhas em pé enquanto esperava ansiosamente pela comida. Fiona quase foi derrubada.

— Perdão — Kell disse, jogando a carne seca. O cachorro a agarrou antes mesmo que tocasse o chão. Parecia que não demoraria mais do que um instante para devorá-la, mas sua dignidade canina exigia que começasse a mastigar pelos cantos.

Fiona sorriu e levantou-se da pedra, esfregando um pouco da poeira e sujeira das mãos. Ela se virou para Kell, sem saber se deveria falar, e ele a olhou com expectativa.

— O que você acha do rei estar com a gente? — Perguntou.

— Eu acho que você deveria falar sobre isso com Genevieve, não comigo.

— Você não acha que seria ruim para os Guardiões Cinzentos se o rei de Ferelden morresse em uma missão nossa? É isso o que queremos?

— É esse o seu problema?

Ela fez uma careta. Kell olhou para ela sem qualquer indício de zombaria, então ela suspirou e se virou para olhar na direção da comandante.

— Não acho que ela se importaria mesmo se fosse — sua voz estava menos amarga do que imaginava.

Não parecia que Genevieve a escutou. Ela permaneceu onde estava, olhando diretamente para a caverna escura. Era improvável que ela não tivesse escutado. Fiona desejou poder quebrar o comportamento de ferro da mulher apenas uma vez. A raiva silenciosa que ela viu por trás daqueles olhos a aterrorizou, mas seria quase melhor do que esperar. Um dia, a comandante quebraria, toda aquela raiva que sufocou atrás de um verniz de competência fria, borbulhando para a superfície como um vulcão, e todos pagariam o preço.

— Você sabe que ela vai acabar matando a gente — ela murmurou, alto o suficiente para que Genevieve pudesse ouvir. — O rei também. Espera pra ver. — Fiona observou atentamente, mas a mulher nem piscou.

O sorriso malicioso de Kell indicava que ele achava as palavras de Fiona corajosas, mas se recusou a falar mais. Enquanto Hafter voltava, farejando na esperança de encontrar outro pedaço de carne seca, Kell acenou com a cabeça em direção à caverna. Fiona já tinha ouvido os sons rítmicos do barco se aproximando. Parecia que o rei finalmente chegou.

— Ah, que ótimo — ela murmurou.

Genevieve se mexeu, olhando para trás na direção dela.

— Kell, avise o Primeiro Encantador que estamos a caminho. Eu não quero ficar aqui mais do que o necessário.

O caçador desapareceu escada acima, o cão de guerra caminhando atrás dele. Fiona e Genevieve trocaram olhares apenas por um segundo, ainda assim foi tempo suficiente para Fiona estremecer com o que viu. Ela tinha comparado aquela mulher com um vulcão? Era mais um bloco de gelo, a névoa fria envolveu-a como um cobertor, avançando pela superfície da água em busca de um barco indefeso para esmagar sob seu peso.

A balsa apareceu lentamente, bloqueando a entrada da caverna por um momento, enquanto o remador se aproximava sobre a água escura. O pobre Duncan estava enrolado em uma capa de peles, enquanto o rei Maric estava ao lado dele, aparentemente sem se incomodar com o clima. Fiona manteve a expressão neutra. Seu pai sempre dizia que qualquer pessoa conseguia ler seu rosto como um livro aberto. Normalmente Fiona considerava isso mais uma força do que uma falha, mas talvez ser um pouco impenetrável como Kell fosse aconselhável, considerando que o rei era um homem que poderia tornar a vida de todos um pesadelo se desejasse.

Demorou apenas alguns instantes para o barco bater com força contra a plataforma. Uma corda foi amarrada em um poste e ambos os ocupantes desembarcaram com a ajuda de Genevieve. Duncan tirou o casaco de peles e relutantemente o devolveu ao rei, que estava olhando em volta com admiração.

— A última vez que estive aqui também era inverno — comentou. — Mas acho que aumentaram o lugar. Eles conseguem fazer isso? Provavelmente sim.

Genevieve ignorou o questionamento.

— Maric, precisamos ir. Eu prefiro não passar a noite aqui.

— Quer dizer que já vamos voltar? — Duncan reclamou, sem acreditar. — Por que você não me deixou na taverna?

Ela o encarou.

— Pra fazer o que? Cuidar das galinhas?

Ele não discutiu, apenas aceitou o próprio azar de uma forma que quase fez Fiona rir. Duncan era apenas alguns anos mais novo do que ela, mas havia momentos em que parecia mais um menino do que um homem. Ela sabia que ele era muito mais que isso. O lugar onde ele cresceu. . . Era o tipo de lugar que forçava alguém a amadurecer rápido. Seja lá qual era o problema de Duncan, não era inocência.

— Talvez seja melhor deixá-lo desacordado na volta. — Maric sugeriu com um sorriso.

— Acho que ele sobrevive. — Genevieve se virou e marchou escada acima sem esperar para ver se estava sendo seguida. Duncan foi atrás dela e, quando os dois desapareceram, Fiona percebeu que o rei não se mexeu. Estava sozinha com ele.

O homem não fez menção de ir, em vez disso ficou parado na beira da água e a observou com um olhar estranho que ela não conseguiu decifrar. Era raiva? Preocupação? Ela tinha que admitir que ele tinha um certo charme, algo inesperado em um rei. Algo que também podia enganar. Ela tinha aprendido há muito tempo a nunca acreditar em um homem só pela aparência.

Dando de ombros, ela se virou para sair. Para ela o rei podia ficar na caverna até congelar. Não via necessidade de esperar por ele.

— Espere. — Ele a chamou, de repente. — É Fiona, não é?

Fiona parou, sentindo o estômago pesar. Ela amaldiçoou seu rosto expressivo. Não podia simplesmente piscar e sorrir como uma mulher qualquer? Seria tão difícil de aprender? Respirando fundo, ela se virou de novo.

— Posso ajudá-lo em alguma coisa? — perguntou, mantendo o tom o mais amigável que conseguia.

— Me ajudar? — Ele parecia surpreso com a pergunta. — Eu esperava que pudéssemos conversar. Sei que você tem problemas com a minha presença.

— Um homem como você não precisa se preocupar com o que eu penso.

— Boa tentativa. — Maric balançou o dedo e andou na direção dela. Ela ficou parada, se recusando a recuar. Ela não recuava para qualquer pessoa, mesmo um rei tolo. — Você pode achar que sou surdo, mas eu ouvi várias vezes as reclamações que fez para a comandante.

— E? É tão absurdo imaginar que levar o rei de Ferelden para as Estradas Profundas é uma má ideia?

— Não se for só isso.

Fiona bufou indignada. Não era algo que uma dama faria, ela sabia, mas estava ficando sem paciência. A maga que a treinou era uma mulher elegante com modos perfeitos e pele de porcelana, ela suspirava toda vez que Fiona fazia qualquer coisa, como erguer a sobrancelha. Isso só fez com que Fiona o fizesse com mais frequência, aumentando assim o sofrimento da mulher.

O remador sentou-se esquecido em seu barco, tentando ao máximo ficar imperceptível. Ele pegou um doce do casaco e começou a mordiscá-lo furtivamente, encarando Fiona e Maric como se esperasse que fossem embora e o deixassem com sua refeição. Ou talvez estivesse gostando do espetáculo. Ela não sabia dizer.

— Eu peço perdão, meu senhor, se o ofendi. — Ela pressionou os dentes em um sorriso. — Não acontecerá de novo.

Ele cruzou os braços, teimoso.

— Não estou ofendido. Mas se você quer dizer algo, então diga.

Ela olhou na direção das escadas. Sair dali era uma opção, mas o rei Maric acharia que estava fugindo. Só mandar o homem embora era tentador.

Mas Genevieve deixou muito claro que eles não deviam aborrecer o homem e isso a fez parar. Ser censurada era algo que ela normalmente não tolerava, mas tinha visto o que aconteceu com Duncan quando desafiou a comandante. Genevieve era uma das poucas pessoas que ela respeitava.

— Olha, — começou — isso é ridículo. Por que você se importa com o que eu penso? Ou com o que qualquer um pensa?

— Você está evitando a pergunta? Foi uma ordem da comandante?

Babaca e esperto. Mas ela não seria superada.

— É isso que você faz no palácio? Aborda todos servos e criados e se preocupa se eles gostam de você ou não? Você deve ficar muito ocupado.

— Acho que se um dos servos me encarasse do mesmo jeito que você, eu pelo menos pararia e perguntaria o porquê. — Ele fez uma pausa, o sorriso irônico voltando. — Ou eu não deveria me importar com a sua opinião? Talvez seja pouco majestoso da minha parte?

— Eu não vi nada majestoso em você ainda. Não precisa começar agora.

— Opa! — Ele parecia extremamente satisfeito por ter arrancado algo dela. Ela tentou controlar sua raiva crescente, embora estivesse perdendo o controle. Nunca foi muito boa nesse tipo de coisa. — Chegamos ao problema? A sua opinião sobre a minha realeza?

Fiona girou os olhos.

— Este — respondeu seca — é um problema dos seus súditos. Eu não sou um deles, mas sinto muito por eles. Quão grandioso deve ser ter um rei que os abandonaria tão facilmente para bancar o herói.

Maric parou.

— Você acha que eu os abandonei? Estou aqui para ajudar os Guardiões Cinzentos a protegê-los.

— Claro que está — respondeu, zombeteira. — E não é da minha conta de qualquer forma, não é? Meu trabalho é matar as crias das trevas. — Ela indicou as escadas com a mão. — E nós precisamos continuar nossa missão, não?

— Não tem nenhuma cria lá em cima.

— Nem aqui embaixo. Só um humano com um ego gigante que acha que todos precisam gostar dele.

— Eu não estou insistindo em nada.

— Então você não deveria se preocupar se eu não gosto. — Com isso, Fiona se afastou de Maric e foi até as escadas. Ela imaginou que ele continuava parado na beira da água, olhando para ela, confuso enquanto o remador se mexia desconfortavelmente em seu barco. Ela deixaria que o rei decidisse se deveria reclamar para Genevieve, caso estivesse muito chateado. Se alguém lhe perguntasse sobre, sua opinião era que ele precisava se chatear um pouco.

Maric não a seguiu, pelo menos não imediatamente. Foi um alívio, ela respirou um pouco mais fácil enquanto subia para o coração escuro da torre.

Duncan estava tentando ao máximo não suspirar.

Foi a única coisa que Julien o aconselhou a não fazer quando os magos levaram o rei e os Guardiões Cinzentos para o enorme salão da assembleia no topo da torre, sussurrando que, em tal situação, a pior coisa que alguém poderia fazer era bocejar. No começo, Duncan não achou que o conselho era necessário. Na verdade, tudo o que ele podia fazer era evitar abrir a boca.

O corredor era abobadado, com uma grande janela no topo que permitia a entrada da luz do sol. Pilares de mármore alinhavam-se no corredor, atrás deles haviam fileiras de bancos onde cabiam cerca de cem pessoas; e eles estavam lotados de magos com túnicas, variando entre jovens aprendizes a encantadores idosos. Em uma galeria mais alta, no final do corredor, ficavam os templários e sacerdotes, todos assistindo com expressões severas e desaprovadoras. "Muito apropriado", Duncan pensou, "para eles desprezarem o processo do alto".

No centro da câmara, de pé sob o raio de sol que brilhava da janela, estava o Primeiro Encantador e Genevieve, que parecia impaciente. Os magos ao redor da sala estavam esticando o pescoço para olhar o grupo e o zumbido de conversa aumentou. Duncan não sabia se eles estavam mais surpresos com a presença do rei ou dos Guardiões Cinzentos. Afinal, Guardiões Cinzentos eram raros ali. Era uma recepção um pouco diferente do que a Ordem estava acostumada.

No entanto, o que aconteceu a seguir foi uma cerimônia longa o suficiente para levá-lo do espanto ao tédio absoluto. O Primeiro Encantador insistiu em fazer um longo discurso, exaltando a honra dos Guardiões Cinzentos e esbanjando elogios ao rei. Duncan se perguntava se aquilo era certo, considerando que Maric estava, supostamente, viajando com eles em segredo, mas nem Genevieve nem o rei pareceram se opor.

Cada um dos Guardiões Cinzentos foi convocado pelo Primeiro Encantador e receberam broches pretos feitos especialmente para eles. Duncan deu uma boa olhada no seu e não viu nada impressionante: ônix polido, sem nem mesmo um cenário extravagante ou qualquer detalhe em particular. Completamente funcional.

Mas, considerando que foram feitos para impedir que os Guardiões Cinzentos fossem detectados pelas crias das trevas, eles eram extremamente úteis. Claramente, era por isso que Genevieve estava disposta a atrasar sua entrada nas Estradas Profundas e aturar toda aquela cerimônia. Mas ele podia ver que até ela estava perdendo a paciência.

Rei Maric recebeu uma bolsa de couro cheia de poções, cada uma delas colocada em um frasco de vidro delicado. De acordo com o Primeiro Encantador, essa era uma mistura de ervas que faria Maric resistir à doença transmitida pelas crias das trevas. Afinal de contas, ele era o único no grupo sem a imunidade dos Guardiões Cinzentos. De acordo com as contas de Duncan, se ele precisava ingerir um frasco toda a manhã, tinha um suprimento para duas semanas.

Era bem otimista da parte do Primeiro Encantador.

Duncan ignorou toda a conversa a seguir, se distraindo. Naquele ponto, os Guardiões Cinzentos foram, em sua maioria, deixados em segundo plano e Genevieve estava claramente ansiosa por qualquer desculpa para ir embora, não que o Primeiro Encantador Remille estivesse oferecendo alguma.

Então Duncan olhou ao redor, vendo os magos na multidão. Havia uma em particular a quem sua atenção sempre voltava: uma aprendiz jovem e bonita, com cabelos castanhos bagunçados e olhos intensos. E ela também o encarava. Ele desviou o olhar no começo, mas sempre voltava a encará-la. Ela definitivamente estava olhando para ele, e só ele.

Então ela acenou discretamente e sorriu. Ele acenou de volta, tentando não sorrir muito. Continuou olhando ao redor. Talvez tivesse uma saída por perto? Não sabia se aguentaria por muito mais tempo.

Parecia que estava com sorte. Havia uma pequena porta, a menos de três metros de onde estava, vigiada por dois templários, que prestavam mais atenção na fala do Primeiro Encantador do que em seu dever. Francamente, aquilo o surpreendeu.

Antes que qualquer pessoa notasse, ele tinha sumido.

Duncan sorriu feliz enquanto avançava pelas sombras da torre. Ele percebeu que os magos gostavam de ter passagens agradáveis e obscuras. Talvez desse um ar austero aos seus estudos, ou talvez pudessem fazer só algumas daquelas lâmpadas estranhas que se espalhavam pela torre. De qualquer forma, era fácil esgueirar-se por aí.

Aqueles templários que não estavam no salão da assembleia também não pareciam muito interessados em cuidar de pessoas como ele. Estavam muito mais interessados em vigiar qualquer mago jovem que passasse por eles. Duncan viu dois, um não muito mais jovem do que ele, e uma menina que não poderia ter mais de dez anos de idade. Eles andaram perto de um dos templários com armadura pesada e o homem quase cuspiu neles. Ambos gritaram de medo, segurando seus livros de couro contra o peito enquanto corriam para fora. O templário riu, se divertindo.

Duncan se perguntou como seria ser levado para um lugar assim. Ele tinha ouvido falar que pessoas com talentos mágicos eram procuradas ainda jovens, tiradas de suas famílias e trazidas para o Círculo. Então elas eram treinadas para controlar seus poderes ou morrer tentando.

Parecia muito com os Guardiões Cinzentos, quando parava para pensar.

Passando silenciosamente pelo corredor, ele se esgueirou atrás de um dos templários. Duncan notou que o homem estava praticamente dormindo em pé, embora tivesse que se perguntar o que estava sendo tão mal guardado. Templários estavam por quase todo o lado, assim como sacerdotes em seus mantos vermelhos. Havia mais deles do que magos, pelo menos naquele lado da torre. Eles temiam tanto a magia assim?

Já tinha conhecido uma pessoa que usava magia. Um amigo que morava nas ruas com ele, seu nome era Luc. Duncan sempre admirou sua habilidade de bater carteiras, então viu o truque. Luc colocava sua mão em cima do bolso e, seja lá o que estivesse dentro, pulava para a palma de sua mão. Duncan o confrontou uma noite e Luc admitiu: ele sempre soube usar um pouco de magia.

O pai de Luc era um mago que visitava a mãe em um bordel, até ela descobrir que estava grávida. Então o mago sumiu e sua mãe sempre se preocupou que Luc virasse um mago. Ela mentiu para ele e todos os outros sobre isso. Era uma maldição para ele, mesmo sendo útil. Duncan não contou para ninguém, mas mesmo assim o rumor se espalhou. Logo, outros ladrões começaram a suspeitar. Se Luc conseguia fazer coisas aparecerem na sua mão, o que mais poderia fazer? Poderia estar roubando dos outros ladrões? Talvez usasse feitiços para apagar memórias, ou talvez fosse perigoso.

Luc ficou furioso com Duncan, certo de que a culpa era dele. No final, não fez diferença. Os templários vieram buscá-lo e, quando Luc tentou fugir, o derrubaram. Mataram-no a sangue frio, na frente de Duncan. Claro que ninguém se importou. Só mais um ladrão apodrecendo na sarjeta, e este, além de tudo, era um apóstata.

Duncan sabia onde Luc escondia suas coisas, as escondeu em um sótão abandonado no Coro. Ele foi buscá-las, considerando que Luc não precisava mais, e ficou satisfeito com a quantidade de moedas ali. Foi o suficiente para ajudá-lo a passar por alguns invernos rigorosos e até mesmo colocar um teto sobre sua cabeça, pelo menos por um tempo. Mesmo assim, se sentiu mal. Era melhor que Luc estivesse vivo, mesmo que ficasse trancado em uma torre como aquela. Era difícil arrumar amigos de onde Duncan veio.

Ele enfiou a cabeça em uma câmara escura e viu que era algum tipo de biblioteca. Fileiras e mais fileiras de livros empoeirados e mesas cobertas por ainda mais livros com velas queimadas. Duncan não tinha certeza do que um mago precisava ler para aprender seus feitiços, mas aparentemente era muito. Havia dois magos lá agora, homens mais velhos em suas vestes completas, vasculhando vários tomos enquanto um templário vigiava ao lado de uma fogueira acesa.

Ainda bem que não compensava roubar livros, então não precisava entrar.

Ele continuou em frente, evitando as grandes câmaras na parte central da torre, era onde a maioria das pessoas parecia ficar. Ele provavelmente não precisava se preocupar. Quase todo mundo estava no andar principal com o rei e os Guardiões Cinzentos, assistindo todas as formalidades que o Primeiro Encantador havia preparado para honrá-los. O que facilitou para que ele escapasse. Com alguma sorte, o orlesiano ainda falaria por muito mais tempo depois que voltasse... De preferência, com os bolsos cheios de joias que encontrou.

Ocorreu-lhe que era muito possível que pudesse ter problemas de novo. Afinal, a última vez que isso aconteceu, acabou virando servo do rei. "Bem", ele pensou, "eu só preciso me certificar de que não serei pego dessa vez, não é?"

Ele se abaixou em uma alcova e se escondeu atrás de uma estátua enquanto o som de passos se aproximava. Um elfo com vestes cinzentas passou, com a mesma expressão serena que tinha visto em outros vestidos de forma semelhante. Fiona os chamara de "Tranquilos" com desgosto. Ele perguntou o que aquilo queria dizer, mas ela se recusou a responder. Sabia que pareciam agir como os guardiões da torre, cuidando do dia-a-dia das coisas e agindo como mercadores do Círculo para o mundo exterior. Além disso, ele não sabia por que Fiona tremia sempre que os via. A falta de emoção no jeito deles era esquisito, talvez fosse isso?

Enquanto se esgueirava, Duncan estendeu a mão e agarrou um molho de chaves que localizou no cinto do homem. Foi fácil. Com um simples movimento ele soltou as chaves. Duncan sorriu para si mesmo enquanto o sujeito seguia em frente, completamente alheio ao que tinha acontecido.

As chaves eram grandes e de ferro, do tipo que eram usadas em cadeados e portões. Ou baús. Esse pensamento passou tentadoramente pela sua mente enquanto ele se esgueirava por trás da estátua. O que essas chaves abriam? Será que o Tranquilo chegaria aonde quer que estivesse indo e de repente descobriria o que tinha perdido? Ele assumiria que tinha perdido e faria seu caminho de volta ou tocaria o alarme? Duncan precisava ser rápido. Demorou algum tempo para passar pelos vários níveis da torre. Ele precisava correr de volta para as sombras toda vez que algum templário aparecia e, enquanto enfiava a cabeça em quase todos os cômodos que encontrava, sempre havia alguém dentro, ou era apenas outro depósito chato ou algum lugar com ainda mais livros. Todo mundo estava tão quieto, movendo-se em silêncio, que não parecia nada natural. Só deixava Duncan mais nervoso. Não que se esgueirar pela casa dos magos já não fosse motivo o suficiente.

Havia pequenas escadas laterais que conduziam para cima, permitindo-lhe evitar a escada central, e ele percebeu que conforme subia, tudo ficava mais silencioso e apertado. Os corredores eram estreitos agora e ele não conseguia nem ouvir os sons distantes das armaduras dos templários. Ótimo. Isso facilitaria as coisas. Os quartos aqui pareciam ser quase todos dormitórios, cada um com um conjunto de camas e baús grandes. Variavam de caóticos para limpos e organizados. Era lá que os aprendizes dormiam? Isso o fez duvidar das suas chances de sucesso. Era improvável que os aprendizes tivessem algo interessante.

Mas então ele alcançou uma parte mais escura dos corredores, onde todas as portas estavam trancadas Os dormitórios dos magos mais velhos? Era mais promissor.

Em silêncio, ele tentou as chaves em várias portas. Nada. As chaves eram muito grandes e, enquanto estava tentado a usar a gazua que mantinha escondida em seu cinto, ele sabia muito pouco sobre o que os magos poderiam usar para proteger sua privacidade. Ele já tinha ouvido falar de armadilhas que explodiam com fogo e eletricidade. Certa vez ele conhecera uma garota que foi morta tentando abrir o baú de um mago. Não sobrou nada dela além de ossos queimados e cinzas. Os guardas não puderam fazer nada além de ficar boquiabertos enquanto o mago responsável se afastava em sua carruagem, deixando os restos da garota largados na rua.

Então, não. Ele não forçaria sua passagem em lugar nenhum. Por mais zangada que Genevieve pudesse ficar se fosse pego se esgueirando pela torre dos magos, ela ficaria furiosa se ele morresse.

Ele estava prestes a desistir e procurar uma maneira de subir ainda mais na torre quando notou uma grande porta no final do corredor. Tinha pelo menos 2.5 metros de altura e era feita de madeira escura. Tinha uma alça de latão ornamentada que era muito diferente de qualquer outra que tinha visto. Mais importante, tinha uma fechadura enorme. O tipo em que uma chave de metal caberia.

Sorrindo, Duncan se aproximou da porta e tentou colocar a chave na fechadura. Entrou facilmente, mas não virou. Ele esperou pelo relâmpago... E nada aconteceu.

Ele exalou silenciosamente.

Tentou mais duas chaves até encontrar uma que entrava e virava. Com um som alto de estalo, a porta destrancou e abriu para dentro. Ele ficou tenso, quase esperando que uma besta mágica de algum tipo saltasse nele, talvez um demônio. Demônios seguiam magos por aí como moscas, não? A torre inteira podia estar cheia deles!

Mas nada aconteceu. Havia apenas uma sala cheia de sombras esperando por ele, sua tolice era a única coisa que o impedia de entrar. Com as mãos tremendo, ele avançou.

Havia uma janela alta em formato de arco que deixava uma luz fraca entrar, e através dela Duncan mal conseguia distinguir o lago abaixo e a terra no horizonte. As venezianas estavam abertas e uma brisa forte fez com que batessem na parede com um ritmo desconexo. Ele tremeu, apertando os olhos para ver tudo ao seu redor. Havia uma cama chique, com postes dourados como vira em Orlais de vez em quando. Uma mesa feita de madeira avermelhada que ele não reconheceu, coberta com uma variedade de pergaminhos e tomos de couro. "O tinteiro de prata podia valer alguma coisa", ele pensou, mas não o suficiente para roubá-lo.

Um guarda-roupa enorme estava aberto, cheio principalmente com capas, lãs e mais vestes de mago, mas ao se aproximar Duncan percebeu algo. Várias dessas vestes foram decoradas exatamente da mesma maneira que as do Primeiro Encantador. Era o dormitório dele? A ideia o animou e apavorou ao mesmo tempo. Fazia sentido. Havia uma série de pequenas estátuas pela sala, todas mulheres elegantes esculpidas em marfim. Exatamente o tipo de coisa que estava na moda agora entre a nobreza orlesiana, ou pelo menos era o que tinha ouvido. O escudo na parede parecia grande e caro. O conjunto gigante de escamas douradas contra a parede também parecia elaborado, embora grande demais para ser carregado. Todas essas coisas pareciam ser o tipo de bens que um mago importante poderia ter levado consigo para sua nova casa.

Se pudesse ao menos encontrar algo pequeno para levar... Ele congelou ao ouvir o que pensou serem passos no corredor, mas eram apenas as venezianas batendo contra a parede mais uma vez, no começo lentas, mas depois mais alto. A brisa que veio a seguir passou gelada como uma faca por ele.

Duncan estava prestes a começar a vasculhar a mesa com mais cuidado quando algo escondido no fundo do guarda-roupa chamou sua atenção. Era algo brilhando em meio a uma pilha de lençóis enrolados. Escondido. Um sorriso lento apareceu em seu rosto enquanto se ajoelhava e movia alguns panos para o lado. Isso revelou uma caixa vermelha, mais comprida do que larga e com uma pequena fechadura dourada. "Muito chique, o tipo de coisa em que se pode guardar joias", pensou ele.

Ignorando quaisquer pensamentos de advertência sobre proteção mágica, ele examinou a fechadura de perto e, em seguida, enfiou a mão no cinto para pegar dois pedaços de arame. Os arames eram pequenos o suficiente, ele imaginou, e ficou satisfeito em puxar o mecanismo da fechadura e ver que estava funcionando. A fechadura resistiu com sons de clique até que finalmente cedeu e se soltou. Com cautela, ele a puxou para fora e abriu a tampa da caixa, meio esperando que explodisse.

Não aconteceu. Duncan se espanou ao olhar para a caixa para ver uma adaga preta de ébano deitada sobre seda vermelha. A adaga inteira parecia ter sido esculpida em uma única peça de pedra brilhante, parecendo quase como se fosse feita de vidro. Era obsidiana? Ele já tinha ouvido falar desse material, mas nunca visto. O punhal era lindo, com cumes delicados que traziam a cabeça esculpida de um dragão rugindo. Ao erguê-la com cuidado, ele viu o que parecia ser veias vermelhas dentro da lâmina negra, pequenas rachaduras ao longo de sua superfície. Quase achou que era sangue, mas percebeu que ela era perfeitamente lisa ao passar os dedos. Não havia uma mancha ou defeito.

Isso sim valia a pena roubar. Era algo especial, algo que o Primeiro Encantador valorizava o suficiente para esconder dentro de seus próprios aposentos. Claro que não escondeu muito bem, mas será que ele esperaria que alguém o roubasse dentro de própria torre?

Rindo, Duncan deslizou a lâmina pela sua camisa. E sentiu um formigamento onde o metal liso tocou sua pele. Não era ruim, era quase quente. Isso o fez gostar ainda mais da arma.

Ele fechou a caixa, trancou de novo e rapidamente reorganizou os panos. O Primeiro Encantador não precisava saber que foi roubado. Com alguma sorte, o sujeito não verificaria sua caixa preciosa e não saberia que algo estava errado até que Duncan e os Guardiões Cinzentos estivessem longe. "Ele nos trouxe aqui para nos ajudar", ele pensou. "Bem, ele só está nos ajudando mais do que imaginou".

Olhando ao redor para se certificar de que não movera mais nada acidentalmente, se retirou da sala e fechou a porta com muito cuidado. A fechadura fez um barulho ao fechar, o que o fez tomar um susto. Ele parou, ouvindo atentamente o som de uma reação, mas novamente não havia nada. Parecia que estava realmente sozinho naquele andar. "Talvez você devesse parar de se assustar com tudo, seu idiota". Quando Duncan se virou, deu apenas dois passos na direção da porta antes de perceber que havia alguém parado no final do corredor, encarando-o. Ele parou, seu coração pulando na garganta. Era a aprendiz que estava na assembleia, a que tinha acenado para ele.

Ela deve ter visto quando Duncan saiu do quarto do Primeiro Encantador. Mas por que ela só estava parada? Achava que seria atacada?

Ele não o faria, é claro. Se tivesse algum lugar para fugir! Mas ele estava no fim do corredor; a única saída era na direção dela. Ele permaneceu completamente imóvel, uma única gota de suor escorrendo por sua testa enquanto esperava a maga agir.

Curiosamente, ela sorriu e correu na sua direção.

— Eu vi você indo embora, então eu te segui! — Ela parou a alguns passos dele. Suas bochechas estavam vermelhas e ela alisou o cabelo com nervosismo. — Achei que seu aceno fosse um convite, que talvez você... — a voz dela soou com sugestão.

Duncan apertou os olhos, entendendo o que ela queria dizer.

— Ah. Sim.

— Meu nome é Vivian. Não acredito que estou conhecendo um Guardião Cinzento de verdade!

"Pense rápido, seu tolo".

— Eu. . . Sou Duncan. Eu estava. . . Procurando você. Eu achei...

— Você pensou que eu poderia estar aqui? — Os olhos grandes dela se iluminaram e ela se aproximou, assumindo uma postura sedutora ao passar os dedos por seu braço. — Dizem que os Guardiões Cinzentos são espertos. Também dizem que eles têm muitas. . . Habilidades.

— Err . . . Sim. Nós temos, é verdade.

Ela sorriu, satisfeita.

— Espero não estar me precipitando. Minha cama fica no dormitório, mas a maioria ainda está na assembleia. Podemos ficar sozinhos, pelo menos um pouco.

Duncan olhou de soslaio para ver se ela falando sério. Ela estava. O olhar de expectativa dela não deixou dúvidas sobre o que queria. Ele tinha ouvido falar que os magos dispensavam os costumes sociais entre si, mas não imaginava que fossem tão diretos. A maioria das garotas orlesianas que ele conheceu, mesmo as de rua, teriam ficado pasmas com esse tipo de abordagem.

Não que ele necessariamente não gostasse. Para uma maga, ela até que era bem atraente. E limpa também. Isso por si só já seria um avanço dentre as poucas experiências que teve, tocando garotas em quartos imundos dos fundos de algum albergue, um ato todo suado, desesperado e muito rápido. Se esta maga estava procurando por uma performance daquele Guardião Cinzento na sua frente. . . Bem, ele teria que fazer o seu melhor, não é? Lançando seu sorriso mais charmoso, Duncan se inclinou casualmente contra a parede. Era o tipo de pose que vira Kell fazer e, pelo rubor da maga, parecia ter exatamente o efeito esperado.

— Vivian — sussurrou, — você acabou de deixar essa viagem muito melhor do que pode imaginar.

Deixando escapar algo entre um grito e uma risadinha, ela agarrou suas roupas de couro e o puxou para um beijo. Ele foi pego de surpresa e quase tropeçou, mas manteve a compostura o suficiente para impedir que a adaga escondida em sua camisa não aparecesse. Então se perdeu no momento.

Ela tinha gosto de morangos. Era uma coisa de magos? A mente de Duncan o fez pensar em Fiona, então não, provavelmente não era.

Era óbvio que se esgueirar por aí nem sempre terminava em desastre.

4

Lá nas profundezas da terra,

Eles espalham sua mácula como uma praga, aumentando até se tornarem uma multidão.

E, juntos, elas procuram, cada vez mais fundo, até encontrarem seu prêmio,

Seu deus, seu traidor.

— Cântico das Trenodias 8:27

MARIC ESTREMECEU quando o vento soprou uma rajada de neve pelas colinas rochosas. Viajaram quase o dia todo, avançando a pé pelas colinas a nordeste da torre. Não foram a cavalo, não precisavam deles aonde iam agora. À medida que a noite se aproximava, realmente parecia que os céus se abriam acima deles. Estava caindo uma nevasca, o vento uivando entre os penhascos enquanto se arrastavam por caminhos gelados.

Ele se lembrava dessas colinas. Se continuassem andando ao norte até alcançar a costa, chegariam perto da fortaleza das Colinas do Oeste. Lá ele sofreu a pior derrota da guerra, que quase lhe custou a rebelião inteira. Centenas de homens que o seguiram perderam suas vidas lá, tudo porque ele tinha sido um tolo esperançoso. Foi uma lição importante.

Estavam todos em silêncio há horas. Genevieve queria recuperar o tempo perdido, então cada um deles enfiou o rosto nas capas e suportou o clima em silêncio. As estradas e aldeias agrícolas, que agora estavam cobertas por um manto de neve, lentamente deram lugar a penhascos rochosos, um horizonte pontilhado com árvores altas e penhascos desabitados.

O pobre Duncan caminhava ao lado dele, mais miserável do que nunca. Maric não tinha certeza de qual era a herança exata do rapaz, mas talvez a falta de resistência ao frio só estivesse em seu sangue. Se pudesse, ele teria ficado feliz em ficar para trás na Fortaleza Kinloch, o que dizia muito, considerando a opinião da maioria sobre magos.

No entanto, Genevieve queria tirá-lo de lá o mais rápido possível. Algo aconteceu entre ela e Duncan, mas Maric não sabia exatamente o que. A comandante dos Guardiões Cinzentos tinha perdido a paciência depois de suportar a cerimônia do Primeiro Encantador por grande parte da tarde, interrompendo o homem no meio da frase enquanto ela se virava para sair em busca de seu jovem ladrão desaparecido.

Para ser honesto, Maric não percebeu que ele tinha sumido até aquele momento. Em certo momento, Genevieve voltou trazendo-o consigo. Mas, ao invés de furiosa, a sua expressão mostrava que estava muito sem jeito. Ela se recusou a comentar sobre o que o rapaz fez quando Maric perguntou, apertando a mandíbula e corando. Duncan estava atrás dela, com o rosto pálido e parecendo não querer nada além de se enfiar embaixo de uma rocha e morrer.

Portanto, o problema do rapaz ia muito além do clima. Desde que deixaram a torre, a comandante de cabelos brancos mal tinha falado com ele. Sempre que precisava, ela o encarava incrédula, com aquele olhar duro, e Duncan murchava sob a desaprovação. Maric o teria defendido, mas pelo que calculava, o rapaz fizera algo completamente repreensível.

De sua parte, Maric não sentia frio de verdade mesmo na nevasca, não até que avistaram a entrada, uma grande laje de granito escuro com o dobro da altura de um homem colocada na lateral de uma colina e quase coberta por neve. Não era difícil passar despercebida, se ele não soubesse exatamente onde estava. A estrutura apareceu lentamente no meio do vento e da neve, e eles se aproximaram com cuidado. À medida que se aproximavam, ela ficava maior e mais o frio se infiltrava no coração de Maric.

Esta era a entrada para as Estradas Profundas que havia usado oito anos antes, uma aposta desesperada para chegar a Gwaren sem encontrar o exército do usurpador orlesiano na superfície. Ele só sobreviveu por sorte. Na verdade, ele sobreviveu a várias coisas naquela época por sorte. O povo de Ferelden que agora o adorava não acreditaria que seu rei heróico conseguiu libertá-los mais por sorte do que por habilidade ou por tomar boas decisões, mas era a verdade. Simplesmente diria que o Criador cuidou dele, e pela graça do Dele, Ferelden foi libertada. E talvez fosse mesmo. Ainda assim, sua mente o fez lembrar das duas mulheres que o acompanharam nas profundezas escuras. Uma tinha se tornado sua esposa e mãe de seu filho, enquanto a outra. . .

Ele fez uma careta. Não queria pensar em Katriel.

Foi ela quem os levou a este local remoto pela primeira vez, usando seu conhecimento de história e folclore. Há muito tempo, esta porta fora uma forma dos anões irem até a superfície para coletar os recursos de que necessitavam, mas desde que as crias das trevas conquistaram os reinos anões, ela tornou-se pouco mais que uma ferida aberta e esquecida. Esquecida por qualquer um, menos por pessoas como Katriel.

Na época, eles tinham achado a passagem aberta, suas portas destruídas pelo tempo. Quando ele visitou Orzammar, anos depois, pediu para os anões consertarem e selarem a passagem. Loghain temia que as crias das trevas pudessem usá-la para invadir a superfície, embora claramente não o fizessem há séculos. Ainda assim, cuidado nunca era demais.

Maric nunca imaginou voltar para aquele lugar.

Outra rajada forte carregou um monte de neve das rochas e acertou seus rostos. Genevieve encolheu os ombros e marchou em frente para a entrada. Sua capa branca e grossa balançou ao estender a mão para tocar a pedra escura, passando os dedos ao longo de sua superfície. Parecia que estava tentando sentir algo.

— O que você está fazendo? — Maric perguntou para Duncan.

Ele deu de ombros, sem tirar seu rosto da capa. Finalmente, Genevieve voltou e andou na direção de Maric.

— Você pode abri-la, certo?

— Os anões me deram a chave.

Ela assentiu.

— Então vamos acampar aqui até de manhã.

— O que? — Duncan perguntou, indignado. — Não podemos entrar agora? Onde é mais quente?

A comandante lançou um olhar neutro para ele, que imediatamente se encolheu.

— Não temos como saber se há crias das trevas atrás dessa porta — respondeu seca. — Só porque o rei não encontrou nenhuma oito anos atrás, não significa que a situação ainda é a mesma.

— Você não pode detectá-los? — Maric perguntou. — Não é isso que Guardiões Cinzentos fazem?

— Eu tentei. Eu senti... Uma presença fraca e estranha. Não sei dizer se é porque as crias das trevas estão mais abaixo ou porque a entrada é muito grossa. — Sem esperar por uma resposta, ela se virou e gritou para um dos guerreiros que estava por perto: — Julien, diga aos outros para se espalharem e encontrarem abrigo por perto. Eu quero ficar de olho na porta durante a noite.

Não demorou muito para os Guardiões Cinzentos conseguirem montar acampamento até o dia seguinte. A neve tinha se acumulado, mas pelo menos os protegia dos ventos fortes, e isso era o melhor que tiveram o dia todo. Maric se sentiu inútil enquanto os outros arrumavam as coisas, montando as tendas.

Kell juntou uma pequena pilha de madeira congelada e, antes que Maric pudesse perguntar como ele planejava transformá-la em fogo, o caçador tirou um pequeno caldeirão de sua mochila. Ele derramou um pouco do conteúdo, um líquido amarelo brilhante, que começou a chiar assim que tocou a madeira, e em poucos instantes uma chama apareceu.

— Impressionante. — Maric comentou.

Kell sorriu.

— Funciona nas crias das trevas também. Infelizmente, só temos um pouco.

Em breve, o crepúsculo deu espaço para a noite. A escuridão os cercou, afastada apenas pelas chamas do acampamento. Acima das colinas, havia um céu negro cheio de nuvens que parecia estar lá desde sempre, iluminado por uma lua que nunca aparecia. A nevasca felizmente terminou, embora o vento continuasse a açoitar a paisagem, espalhando a neve suavemente.

A tensão tomou conta do acampamento. Maric podia ver, pelos rostos sombrios dos Guardiões Cinzentos, que não estavam empolgados para a chegada da manhã. Pelo menos, eles tinham uma ideia do que poderiam encontrar nas Estradas Profundas. Quando ele veio pela primeira vez, não tinha.

Uma vez que montaram as tendas, Kell e Duncan saíram para caçar com o cão de guerra. Genevieve caminhou até o topo da falésia, pois de lá ela poderia ficar de olho na porta. A guerreira ficou lá em cima, uma perna apoiada nas rochas e sua capa balançando atrás dela com o vento enquanto mantinha sua vigilância. "Uma postura intimidadora", Maric pensou. Ela parecia ainda mais intensa do que antes, se isso fosse possível, como se esperasse que as portas se abrissem a qualquer momento.

Ele se virou para a anã com a trança acobreada, Utha, que compartilhava o tronco congelado que arrastaram para perto da fogueira. "O rosto dela é bonito", ele pensou. A maioria dos anões que já vira parecia terem sido talhados em pedra, com traços duros e ásperos. No entanto, ela parecia quase macia. Ela encarava a chama com uma serenidade perturbadora, e estava tão... Imóvel.

Não imaginava como era ser assim. Sua cabeça estava sempre cheia de preocupações, por exemplo, o que Loghain estaria fazendo agora? Ele deixara uma carta explicando seu plano, mas o homem podia assumir que era falsa. Ele podia acreditar que Maric fora sequestrado, e provavelmente mandaria o exército atrás dele. Loghain dificilmente desistia quando colocava algo na cabeça.

E tinha Cailan, seu menino, com certeza se perguntando onde seu pai estaria. Logo, sua mente afastou esses pensamentos. Não, com certeza, ele não estava imóvel.

Maric cutucou a anã e apontou para onde Genevieve estava.

— Ela é sempre assim? — perguntou. — Você sabe?

Ela o encarou com um olhar impenetrável, seus olhos castanhos brilhando na luz do fogo. Ela fez vários sinais esquisitos com as mãos, e ele se lembrou de que ela não falava.

Os dois guerreiros se sentaram do outro lado do fogo e pararam de sussurrar baixinho ao perceber a confusão de Maric. Nicolas, o loiro mais falante entre os dois, se inclinou na direção dele.

— Utha disse que é o amor que guia a comandante. — O sotaque orlesiano do homem era culto e caloroso.

— Amor? Você quer dizer amor pelo irmão?

Ele assentiu.

— Eles eram muito próximos.

— Pode me falar sobre ele? Eu não sei quase nada. Como ele foi capturado? Como vocês sabem que ele ainda está vivo?

O homem moreno, Julien, pegou uma vara comprida que estava usando para cuidar do fogo e começou a mexer em vários troncos. Faíscas voaram e, quando Nicolas se virou para seu companheiro, eles compartilharam um olhar cauteloso. Maric ouviu, talvez, apenas três palavras de Julien desde que deixaram Denerim, e todas foram dirigidas a Nicolas. Ainda assim, seus olhos escuros falavam bastante. Agora diziam que Nicolas não deveria contar mais do que o necessário. Mais segredos dos Guardiões Cinzentos.

Utha franziu o cenho, erguendo uma mão e gesticulando para os homens. O movimento de seus dedos parecia pontuar suas palavras com firmeza. Nicolas fez uma careta em resposta e assentiu com relutância. Julien não disse nada, mas seus olhos ficaram mais escuros de preocupação.

— O que ela disse?

— Ela disse que não temos o direito de falar mais. — Nicolas murmurou.

A anã continuou fazendo sinais para Maric, esperando com paciência até Nicolas traduzir.

— O nome dele é Bregan e, até o ano passado, era o comandante dos Guardiões em Orlais, líder da Ordem no Império. Ele ficou na posição por muito tempo.

— Ele desistiu?

— Não. Ele deixou a Ordem para cumprir o seu Chamado. É uma tradição em que o Guardião Cinzento entra nas Estradas Profundas sozinho.

— Sozinho! — Maric exclamou. — Por que alguém faria isso?

— Para morrer. — Utha sinalizou. — É um destino melhor que deixar a mácula das crias das trevas tomar nosso corpo. Todos os Guardiões Cinzentos sabem quando chega a hora do Chamado. E todos que entraram nas Estradas Profundas para o Chamado morreram, até agora.

Maric ponderou por um momento. Duncan já havia explicado que os Guardiões Cinzentos bebiam sangue de crias das trevas em um ritual que chamavam de Ingresso, absorvendo a Mácula em seus próprios corpos para combater as criaturas. Eles iam além de saber lutar bem contra as crias das trevas; as conheciam intimamente. Sentiam sua presença, às vezes até percebiam suas intenções. Essa informação não era algo que muitas pessoas sabiam, Genevieve permitiu que o rapaz lhe informasse a contragosto.

Ele se perguntava se era a mesma mácula que tinha encontrado nas Estradas Profundas anos atrás. Se lembrava bem, ela cobria tudo nas passagens subterrâneas como um fungo escuro e vil. Maric teve a sorte de não contrair aquela mácula das crias das trevas durante seu tempo lá, mas sempre se perguntou se Rowan a tinha contraído. Ninguém jamais foi capaz de determinar a natureza de sua doença e, embora Maric tivesse tentado de tudo para ajudá-la, ele foi forçado a vê-la definhar diante de seus olhos.

Foi doloroso. Rowan foi uma mulher cheia de vida, mas sua força foi se esgotando lentamente. No final, ela virou uma sombra, querendo apenas que a dor parasse. Maric tinha segurado sua mão esquelética e seu coração se partiu quando ela implorou para que ele desse um fim naquilo.

Talvez não fosse tão difícil imaginar porquê os Guardiões Cinzentos preferiam cumprir o Chamado.

Mas a ideia de que alguém faria tal sacrifício... Que eles se sujeitariam a Mácula que corroía seus corpos, apenas para combater um perigo que não ameaçava Thedas desde o último Flagelo, séculos atrás?

Era por isso que estavam ali, certo? Se as crias das trevas pudessem usar o Guardião Cinzento capturado para encontrar seu Deus Antigo, então um novo Flagelo começaria. A amcaça ficaria bcm rcal. Assumindo que Genevieve e os outros estivessem falando a verdade.

O aviso da bruxa veio à sua mente, mas também se lembrou das palavras de Loghain. Seria fácil acreditar que a bruxa previu este evento, que avisou que isso levaria ao Flagelo. Mas e se ela estivesse falando de outra coisa? E se ela mentiu? Agora estava cheio de dúvidas e isso o incomodava.

— E como vocês sabem que o irmão dela está vivo? — Perguntou. — Se ele entrou nas Estradas Profundas, não tem como saber o que aconteceu com ele. Ou os Guardiões Cinzentos também conseguem sentir isso?

Julien permaneceu imóvel, cerrando os maxilares em desaprovação. Enquanto isso, Nicolas torceu as mãos e olhou nervosamente para onde Genevieve estava. Ela os ignorou completamente, observando a entrada da caverna com os braços cruzados e uma chama brilhando em seus olhos. Sim, Maric podia ver por que os outros hesitavam em irritar sua comandante de cabelos brancos. Não tinha como saber se ela realmente podia ouvi-los de onde estava, mas ele não duvidaria se pudesse. Nenhum deles duvidava.

— A comandante e o irmão eram muito próximos — Nicolas sussurrou. Uthan assentiu como se confirmasse a fala. — Durante todo o tempo que convivi com eles, nunca ficaram longe um do outro. Eles se entraram na ordem juntos, treinaram juntos, passaram todos os momentos como guardiões juntos. Acho que ela o teria seguido até as Estradas Profundas, se fosse sua hora. Na verdade, acho que ela poderia segui-lo de qualquer maneira, se seus deveres não a prendessem aqui.

— Ela está seguindo uma esperança falsa?

— Ela tem certeza. Ela sonhou com isso.

Maric parou, em dúvida se tinha entendido o que o homem disse.

— Sonhou — repetiu, mantendo sua voz neutra. Nicolas assentiu e a anã também. Julien balançou a cabeça em desaprovação, franzindo a testa. — Vocês sabem como isso parece loucura, não é?

— Não somos loucos. — Fiona se materializou no meio da neve, sua saia azul balançando enquanto ela se aproximava do fogo carregando uma grande mochila. Ela a colocou ao lado dos troncos, franzindo a testa para Maric. — Nem Genevieve. Sonhos não são apenas sonhos.

— Então o que eles são quando não são sonhos?

Ela tocou seu queixo pensativamente, talvez apenas se perguntando como explicar. Ou pensando se deveria. A raiva latente ainda queimava em seus olhos escuros, assim como na última vez em que falou com Maric. — Você sabe do Turvo, eu imagino?

Ele assentiu, sem muita confiança. O Turvo era o reino dos sonhos, o lugar onde as pessoas iam quando dormiam. Era onde os espíritos e demônios vagavam, separados do mundo desperto por algo que os magos chamavam de Véu. Maric não sabia se acreditava muito nesse conceito. Ele sonhava, como qualquer homem, e se esses sonhos fossem mesmo suas memórias do passado, como os magos afirmavam, então teria que acreditar na palavra deles.

— Não existe geografia no Turvo — Fiona continuou. — Espaço e tempo são menos importantes que conceitos e símbolos. Os espíritos moldam seu reino para se parecer com as coisas que veem nas mentes dos sonhadores, porque acreditam que o nosso mundo é assim e desejam fazer parte dele. Eles imitam uma paisagem que mais se baseia em nossas percepções e sentimentos do que na realidade, e isso nos atrai.

— E? — Ele estendeu as mãos. — Isso não me diz nada.

— Você sonha com as pessoas que ama porque há um laço entre vocês. Os espíritos reconhecem isso. Essa ligação tem poder no Turvo.

— Uma vez eu sonhei que Loghain tinha comprado um barril de queijo. Eu abri e tinha ratos dentro. Feitos de queijo. Que nós comemos enquanto cantávamos. Está dizendo que isso tem um significado maior? — Ele sorriu, se divertindo com a expressão de indignação da elfa. — Talvez o meu vínculo com Loghain me mostre que ele nutra um grande amor por queijo? Eu devia ter percebido isso antes.

— Todo o sonho que você tem é tão fútil e sem sentido?

— Não tenho ideia. Eu esqueço a maioria deles. Não é isso que acontece? — Ela apertou as peles que a cobriam como se pudesse esmagar a raiva de alguma forma. A anã colocou uma mão na perna da maga, mas seus apelos silenciosos foram ignorados.

— Os sonhos que não são sonhos são visões — Fiona soltou. — Porque o Turvo é um reflexo da realidade como os espíritos a veem, pode ser usado para interpretar a realidade. Nós, magos, pesquisamos essas visões. Procuramos por padrões e tentamentos ver a verdade além da nossa consciência. Mas uma visão poderosa pode vir para qualquer um. Quando isso acontece, é preciso prestar atenção.

— Visões. — Maric repetiu, sem acreditar. — E a sua comandante teve uma dessas visões? É por isso que você está aqui? Nenhum outro motivo? — A maga ergueu uma mão esguia e uma pequena orbe de fogo piscou ali. Ela girou lentamente, a energia brilhando por todo o acampamento. E ele sentiu uma onda de calor em seu rosto.

— As visões não são tão notáveis em comparação com algumas das maravilhas deste mundo, rei Maric. — Com um toque de sua mão, a orbe desapareceu. O acampamento não parecia mais tão brilhoso e quente quanto antes.

Ela tinha um argumento. A bruxa também era uma maga, mas ele devia acreditar em toda a magia? E visões? Ele não tinha certeza. Fiona se sentou em sua mochila, continuando a olhar para ele com desaprovação. Então, ele se ocupou esfregando as mãos e mantendo os olhos fixos no fogo. Houve um momento de constrangimento silencioso entre eles que ninguém parecia disposto a quebrar. Utha olhou para a maga com uma expressão de simpatia, embora Maric não tivesse certeza do porquê. Os dois guerreiros, entretanto, iniciaram outra discussão privada, sussurrando. Os olhos de Julien encaravam

Maric e Fiona, que deviam ser o tema de sua conversa, mas o que quer Nicolas estivesse dizendo, ele não conseguia entender.

— Nós acreditamos nela. — Fiona disse finalmente. Foi o suficiente para assustar os dois guerreiros, que a olharam surpresos. Maric não olhou para cima, embora pudesse sentir aqueles grandes olhos castanhos élficos encarando-o. — É por isso que estamos aqui. O que eu quero saber é por que você está aqui.

A pergunta flutuou no ar.

— Você não me quer aqui? — Maric respondeu irritado. — Você não veio para a minha corte para pedir a minha ajuda? Seria bom se mencionasse que tudo isso foi baseado na visão de um de vocês. Preciso me lembrar de fazer mais perguntas da próxima vez.

— Ela pediu sua ajuda. — A elfa apontou para Genevieve. — Eu sei por que ela te chamou. Eu sei o que ela acha que você pode fazer por nós. Talvez até você tenha acreditado no que ela disse. O que eu não sei é por que você veio.

— Defender o reino não é motivo suficiente?

— Para vir pessoalmente? Ir em direção ao perigo do nada?

— Era eu ou Loghain, não?

Ela pressionou os lábios com uma expressão de incredulidade.

— Você poderia mandá-lo vir conosco.

— Eu não acredito que ele concordasse.

— Eu apostaria que ele estaria disposto a vir no seu lugar, independente da sua vontade.

— Espertinha.

Fiona parou, encarando-o. Maric podia sentir a tensão ao redor da fogueira, os guerreiros estavam desconfortáveis com a conversa, enquanto a anã olhava calmamente para o fogo do acampamento. Por um momento, ele pensou que a elfa desistiria da pergunta, mas estava errado.

— Você não tem um filho pequeno? — Perguntou.

— Cailan. Sim, ele tem cinco anos.

— Ele não perdeu a mãe? Talvez a notícia que chegou em Orlais seja falsa, mas pelo que eu saiba, a Rainha de Ferelden está morta.

Ele ficou em silêncio por um longo minuto e nenhum dos outros se ofereceu para mudar de assunto ou intervir. Talvez eles se perguntassem a mesma coisa. Pensar em Cailan doía em um lugar muito pessoal. Ele fugiu e deixou Loghain para explicar ao menino que o pai partiu, como um covarde. Cailan nunca entenderia. Sua mãe tinha desaparecido, e agora seu pai também? Mas se Maric fosse falar com ele pessoalmente, nunca teria partido.

— Ela está — admitiu. — Já faz três anos.

Os lábios de Fiona se contraíram de raiva.

— E você não tem vergonha de deixá-lo sem pai também?

Maric sentiu a onda de tristeza tomando conta dele, mas reprimiu o sentimento. Ele preferia enfiar um garfo no olho a que dar à elfa de olhos escuros e raivosos a satisfação de ver a dor que estava lhe causando.

— Ele não tem pai faz algum tempo — respondeu. Sua voz parecia vazia e rasa, até para seus padrões. — Ficar em Denerim não mudaria isso.

— Então você desistiu? Esse é Maric, o Salvador, o grande rei de Ferelden?

A raiva tomou conta dele. Ele pensou em falar da profecia da bruxa, que queria agir em vez de sentar e esperar que se tornasse realidade. Pensou que talvez o aviso dela significasse que ele deveria estar aqui, mas não esperava isso. Ser atacado e julgado por esta maga imprudente era simplesmente demais. Ele se levantou, girando na direção dela. Ela o encarou com desfio, como se tivesse todo o direito de perguntar aquilo, e isso só serviu para intensificar sua raiva.

— Maric, o Salvador. — Ele repetiu, cuspindo as palavras com desprezo. — Você sabe como as pessoas me chamam e acha que sabe tudo sobre mim? Sabe como eu me sinto? Acha que pode dizer que tipo de rei devo ser, e que sou um pai horrível?

A expressão dela ficou mais calma, mas só por um momento.

— Por que você não me diz que tipo de pai é, rei Maric? — Ela perguntou.

Ele se virou de costas pro fogo e se afastou. Uma rajada de vento gelado o fez parar. Ele a deixou passar por sua pele, fechando os olhos. As batidas de seu coração diminuíram lentamente, substituídas por um silêncio familiar. Ele se lembrou daquelas noites em que a agitação da corte diminuía e se retirava para seus aposentos no palácio, apenas para se cercar por um vazio melancólico que ameaçava engoli-lo por inteiro. Tantos dias rodeados por riquezas, servos e todas as coisas dignas de um rei, mas nada disso o afetava mais.

Como poderia explicar isso para qualquer um?

— A verdade — murmurou contra o vento, sem se importar se as pessoas atrás dele podiam ouvir — é que eu não fui um pai para meu filho desde que a mãe dele morreu. Toda vez que olho para ele, me lembro dela, de tudo o que poderia ter sido. Ele merece mais do que isso. Merece um pai que possa encará-lo nos olhos.

Outra onda de vento passou pelo rosto de Maric, deixando-o dormente. Ficar dormente era bom. Ele sentiu uma mão tocando o seu cotovelo, um gesto que o assustou. Ele abriu os olhos e se virou, vendo a anã parada perto dele. Seus olhos estavam cheios de compaixão e ela deu tapinhas em seu braço.

— Maric, o Salvador, é só um nome, algo de que me chamam porque eu salvei o reino. — Ele diz para a maga. Ela continuou sentada perto da fogueira, sem olhar em sua direção. — Mas a verdade é que eu nunca consegui salvar ninguém.

Com isso, ele se virou e saiu andando na direção da neve, deixando-os para trás. A anã o deixou ir e, se os outros o viram partir, não disseram nada. Ele não se importava se a elfa estava satisfeita com suas respostas. Que ela o desprezasse. Não era como se suas acusações fossem mentiras.

Estava escuro longe do acampamento e Maric se viu caminhando pelas sombras com dificuldade. A lua finalmente apareceu por trás das nuvens, seu brilho prateado contra a dureza da neve era o suficiente para iluminar seu caminho. Ao chegar no topo de uma colina rochosa, ele perdeu o fôlego com a visão: o vale inteiro parecia se estender à sua frente, um campo branco coroado por um céu cheio de estrelas cintilantes.

Era magnífico. Não soube ao certo quanto tempo ficou ali, sua respiração saía como nuvens de fumaça enquanto olhava a paisagem. Parecia que ela se estendia eternamente, sendo interrompida de vez em quando apenas por um grupo de árvores. Por que ele não conseguia se lembrar da última vez que viu algo tão bonito?

"Esse é o meu reino", ele pensou com tristeza. "E eu nem o conheço mais".

O som de neve sendo esmagada silenciosamente sinalizou que alguém se aproximava dele por trás e Maric enrijeceu.

— Deixe-me em paz — murmurou sem se virar. — Já não me questionaram o suficiente?

— Me perdoe se os Guardiões foram rudes, Maric. — Era Genevieve. Ele tremeu de frio e percebeu que ela deixou seu posto para segui-lo. Talvez ela quisesse terminar o que os outros começaram? — Não se fala assim com um rei. Eu vou lembra-los de terem modos.

— Não precisa — suspirou. Ele se enrolou em seu manto antes de dar as costas para a paisagem. A comandante não estava longe, seus cabelos brancos balançavam ao vento. Ele ficou incomodado com o olhar duro dela. — Eu disse a todos vocês para me tratarem como uma pessoa comum, então não deveria ficar surpreso ao fazerem isso. — Genevieve não disse nada, embora pelo seu olhar ele soubesse que ela tinha mais em mente. Ela assentiu, como se tivesse decidido algo.

— Talvez fosse melhor se você voltasse ao palácio, Maric. Infelizmente, não teríamos como escoltá-lo até lá, mas suspeito que você estaria mais seguro do que nos acompanhando pelas Estradas Profundas.

— Você mudou de ideia?

Ela ergueu a sobrancelha.

— Você não mudou?

Ele não sabia o que responder e o momento de silêncio se tornou desconfortável.

— Eu não o culpo se não acreditar nas minhas visões. — disse com gentileza ao ponto de Maric quase acreditar nela. — Nem todos os Guardiões Cinzentos acreditam. Disseram que meu irmão está morto e não há nada que eu pudesse fazer. — Ela deu de ombros e caminhou lentamente na direção de Maric, parando ao lado dele e olhando para o mesmo vale que ele admirara momentos antes. Seu olhar se suavizou enquanto observava o horizonte. — Foi difícil me despedir do meu irmão quando chegou a hora do Chamado dele. Por muitos anos, nós assumimos que esse momento viria para os dois ao mesmo tempo. Eu fui com ele para Orzammar, brindei à sua honra com os anões e no final eu fiquei na entrada observado enquanto ele ia na direção das sombras. — A voz dela ficou amarga no final. — Meu irmão sempre foi parte de mim, como os meus braços. Tê-lo tirado de mim... Foi insuportável. — Ela olhou na direção de Maric, seus olhos claros e frios. — Mas fui eu quem o ajudou a aceitar o seu destino. Eu fiquei. Quando tive a primeira visão, parecia que ele veio até mim, atravessando as sombras e tocando meu coração. Eu o sentia como sinto os meus braços. Eu sei que foi real.

Maric franziu a testa. Uma nova rajada de vento passou entre eles. Ao fundo, lobos uivavam, um som solitário que só parecia destacar o vazio daquelas terras.

— Então por que você não disse nada sobre isso?

Genevieve riu.

— E o que você teria dito? — Ela o encarou, seu tom completamente sério. — Eu pretendo alcançar meu irmão para impedir que as crias das trevas descubram o que não devem. Se for preciso, eu o matarei com minhas próprias mãos. Essa não é uma missão de resgate, Maric. Eu não estou correndo para o lado do meu irmão. Estou tentando impedir uma tragédia.

Ela deu de ombros e olhou na direção do vale enquanto suspirava.

— E se as pessoas não acreditam em mim, serei forçada a agir sem a ajuda delas. Eu preciso da sua ajuda, é verdade. Mas se você não pode nos guiar pelas Estradas Profundas, então vá... Volte para seu filho, Maric. Ninguém vai culpá-lo por isso, muito menos eu.

Com isso, a comandante dos Guardiões Cinzentos se virou e foi embora. Sem cerimônia e sem se despedir. Ela adentrou a névoa em poucos instantes, Maric sabia que não haveria mais perguntas se simplesmente pegasse seu equipamento e retornasse à Fortaleza de Kinloch. Ele poderia estar em Denerim de novo em alguns dias, acabando com qualquer suspeita de Loghain e veria seu filho novamente, como Genevieve aconselhou.

Pensar em Cailan o fez parar. Todo mundo falava que ele era a cara do pai e acreditava ser verdade. O mesmo cabelo loiro, mesmo nariz e mesmo sorriso. Mas tinha os olhos da mãe. O que diria, encarando àqueles olhos que estariam cheios de perguntas, querendo saber por que partira?

Imaginava o que Loghain diria. Ele ficaria aliviado e também irritado com todos os problemas que Maric causou.

Era mais difícil imaginar o que Rowan diria. Ele se lembrava dela melhor como guerreira, uma mulher que o ajudou a liderar a rebelião para retomar o reino dos orlesianos. Ela tinha um espírito indomável até contrair a doença. De muitas maneiras, sempre a considerou muito mais forte do que ele. Eles restauraram o reino juntos, mas sempre foi ela quem sabia quando algo valia a pena, ou era melhor deixar de lado.

Ele tentou imaginar que Rowan diria para ele voltar logo para seu filho. Como mãe, com certeza consideraria Cailan mais importante que qualquer outro assunto. O problema é que ele não conseguia acreditar nisso. Ele podia imaginá-la sentada em sua cadeira favorita perto da janela em seus aposentos, seus cachos castanhos em cascata ao redor de sua pele pálida. Ela deixaria seu livro de lado e o encararia, confusa.

— Você voltou? — perguntaria, mais constatando do que surpresa.

— Sim, eu voltei.

— Você não achou que era importante ir?

— Nosso filho é mais importante do que salvar o reino, Rowan. — Então ela sorriria, inclinando a cabeça do jeito que dizia que ela o conhecia bem demais.

— Eu não estava falando sobre salvar o reino, seu tolo. — Seu tom seria afetuoso, algo que surgira ao longo dos anos de casamento, mas do qual nunca se sentiu digno. Ela estenderia a mão e ele avançaria para segurá-la...

...Então a imagem sumiu e Maric ficou sozinho de novo com a luz do luar e o vento gelado. Seu coração doeu. Parecia que fazia uma eternidade desde que a época em que for a capaz de se lembrar de Rowan. Suas memórias se tornaram confusas nos últimos anos, substituídas por impressões, cheiros e fragmentos de conversas. No entanto, ela tinha parecido muito real.

"Como uma visão".

Ele sorriu com a ironia do pensamento, especialmente considerando o fato de que nem estava dormindo. A menos, é claro, que estivesse dormindo, caído em algum buraco depois de vagar para longe do acampamento, e agora estivesse morrendo de frio enquanto sonhava alegremente. Os Guardiões Cinzentos talvez o procurassem na manhã seguinte, então olhariam um para o outro e encolheriam os ombros, supondo que ele decidira retornar para Denerim sem um adeus. Eles entrariam nas Estradas Profundas e talvez algum viajante encontrasse seus restos no meio da lama. Provavelmente suas botas de metal.

Era um pensamento curioso. Mas quais seriam as chances?

Com um longo suspiro, ele começou a voltar para o acampamento dos Guardiões Cinzentos.

5

E eles fugiram para a escuridão e para o desespero.
—Cântico das Trenodias 8:27

COM OS PRIMEIROS RAIOS DE SOL, em tons de rosa e laranja, mal aparecendo no horizonte, os Guardiões Cinzentos se posicionaram na frente da entrada das Estradas Profundas, empunhando suas armas. Duncan ficou tenso enquanto rei Maric se aproximava da porta. Sem alarde, ele pegou um medalhão de pedra em forma de octógono e o inseriu em um espaço de formato semelhante, no centro da porta. Um estalo alto quebrou o silêncio, assustando um pequeno bando de corvos próximos, que voou para longe.

Ele assistiu enquanto uma linha se formava no meio da porta. Virou uma rachadura e aumentou quando a porta abriu. O rei se afastou com cuidado. Devagar, com o som de pedras se chocando, ela se abriu para revelar a boca escancarada do túnel que ia além. Um leve fedor de decomposição veio das sombras.

Eles esperaram. Duncan quase esperava que uma horda de monstros viesse correndo, mas isso não aconteceu. Só havia silêncio.

O grupo começou a entrar na caverna, mas pararam quando Julien falou.

— Espera — disse com calma. O guerreiro de cabelos escuros cruzou as mãos na frente do peito e abaixou a cabeça, vários dos outros Guardiões seguiram o exemplo. Duncan abaixou a cabeça e tossiu. Rezar sempre o deixava nervoso. — Que o Criador guie o meu caminho — Julien falou — quando tudo diante de mim forem sombras. Não serei deixado vagando pelas estradas à deriva do Além, pois não há escuridão na Luz do Criador e nada que Ele fez será perdido.

— Amém — Maric sussurrou e os outros assentiram. Então, entraram nas Estradas Profundas.

Havia uma escada ampla que começava não muito longe, Duncan suprimiu um estremecimento enquanto desciam. Estava mais quente lá dentro, estava grato por isso, mas o frio foi substituído por um mal-estar que simplesmente não conseguia controlar. Era como entrar lentamente em uma poça de sujeira, o fedor enchendo suas narinas e revirando seu estômago de modo que era preciso se esforçar para dar mais um passo.

Os outros Guardiões Cinzentos também sentiram isso. Ele podia ver em suas expressões sérias e na forma como suas mãos apertaram suas armas. Todos eles possuíam a capacidade de sentir as crias das trevas, mas parecia impossível que as criaturas se destacassem em meio a toda a corrupção que sentia ali. Genevieve procurou acalmá-los, mas Duncan não ficou convencido. Ela provavelmente não queria que ninguém se desesperasse.

Só Maric não sentia nada, mas parecia mais afetado pela descida do que qualquer um deles. Ele ficou retraído, seus olhos encarando cada canto escuro e sua pele estava acinzentada com a chama da tocha. Duncan teve vontade de perguntá-lo o que tinha acontecido da primeira vez em que ele esteve nas Estradas Profundas, mas preferiu ficar quieto. Obviamente, não fora agradável.

Eles seguiram a escada pelo que pareceram horas quando os primeiros sinais da mácula tornaram-se visíveis nas paredes de pedra da passagem: gavinhas de corrupção, junto com uma camada brilhante que cobria tudo como óleo. Curioso Duncan tocou a coisa e descobriu que a camada não era úmida. Era seca, coma a textura de pele de cobra.

Genevieve afastou a mão dele com um olhar severo e o avisou para não tocar em nada novamente. Isso o confundiu um pouco. Eles não eram imunes à mácula das crias das trevas? Esse não era um dos poucos benefícios de ser um Guardião Cinzento?

— Nós não encontramos isso tão cedo. — Maric disse, examinando as paredes. — Da última vez que estivemos aqui, não vimos nada assim até chegarmos no thaig de Ortan.

— Então se espalhou — constatou Genevieve.

Kell observou a passagem com seus olhos pálidos. Duncan sabia que ele era quem mais sentia as crias das trevas ali. Para ele, aquilo devia ser como caminhar no esgoto, mas ele não deu sinal de que estava incomodado.

— Quase na superfície? — Perguntou. — O que isso significa?

— Significa que precisamos ter cuidado. — Com isso, ela empunhou a espada e continuou a descer. Os outros trocaram olhares desconfortáveis, mas seguiram.

Pareceu uma eternidade antes de chegarem ao fundo, ou pelo menos o que Duncan presumiu ser o fundo. A sensação de pressão e a escuridão vinda de todos os lados quase o fez ofegar por ar. Ele se sentia preso debaixo de água fétida, tentando desesperadamente chegar à superfície.

Fiona, que andava perto dele, o encarou preocupada.

— Você vai ficar bem? Parece meio enjoado — ela sussurrou.

Ele engoliu algumas vezes e se forçou a respirar. Não era agradável.

— Parece que eu vou vomitar.

— Nossa, que ótimo.

— Estou falando sério! Você não está sentindo?

— Nós estamos sim. Pelo menos a maioria de nós. —Seu tom mostrava irritação e Duncan percebeu que ela estava falando de Maric. O homem estava caminhando à frente, perto de Utha, sem saber do olhar intenso que estava recebendo.

Ele sorriu.

— Eu soube que você brigou com o rei ontem à noite.

— Eu fiz uma pergunta simples.

— Não parecia simples pelo que Genevieve disse. — Ele falou sorrindo. — Eu só fiquei feliz por ela ficar brava com alguém que não fosse eu, para variar.

Fiona suspirou, irritada. Levantando o cajado, ela fechou os olhos e murmurou algo baixinho. Duncan podia sentir a pontada de poder surgindo no ar, e imediatamente o pequeno globo no topo cajado começou a brilhar. A luz era forte e quente, estendendo-se por todo o corredor e afastando as sombras um pouco.

Os outros se viraram e olharam a maga com curiosidade.

— Não gaste seu poder — Genevieve disse, suas palavras não tinham o tom de sempre. Duncan imaginou que até ela deveria estar aliviada por ter menos sombras ao seu redor.

— Pronto. — Fiona sorriu na direção dele, satisfeita consigo mesma. — Melhor?

— Claro, exceto pela luz cegante nos meus olhos.

— Agora você está agindo que nem criança.

Com a nova luz do cajado de Fiona, Duncan pôde distinguir impressões na parede por trás da mácula. "Runas", ele imaginou. Runas anãs, mas ele não saberia dizer para que serviam. Ele ouvira que os anões reverenciavam a pedra. Talvez as palavras entalhadas nas paredes das Estradas Profundas fossem preces? Agora cobertas por mácula; havia alguma simetria, não é?

Agora ele podia sentir as crias das trevas por perto. Genevieve estava certa. Só precisava de um tempo para se acostumar. Eles estavam no limite de sua consciência, espreitando nas sombras, longe de sua vista. Era a mesma sensação quando alguém estava atrás de você, mas não se conseguia ouvi-lo ou senti-lo; apenas sabia.

Eles também podiam sentir os Guardiões Cinzentos? De acordo com o Primeiro Encantador, os broches de ônix que eles receberam os tornariam indetectáveis para as crias das trevas, mas Duncan não tinha tanta certeza. O dele estava preso ao seu gibão de couro e ele o virou para examiná-lo mais de perto na luz. Havia cores iridescentes que fluíam lentamente logo abaixo da superfície, como um líquido. Também estava frio, como o toque de um poste congelado no inverno. Ele soltou o broche, esfregando os dedos para retomar o calor.

— Genevieve fez você pedir desculpas? — Perguntou para Fiona.

A maga o encarou, confusa. Sua mente obviamente estava em outro lugar, mas ao perceber que ele se referia ao rei Maric, ela revirou os olhos com irritação. "Ela tem olhos bonitos para uma elfa", ele pensou. A maioria dos elfos que Duncan conhecia tinha um olhar misterioso, verde claro ou roxo, cores incomuns que os faziam parecer exóticos. Os olhos de Fiona eram escuros e expressivos. Cheios de vida, como sua mãe diria. Ela sempre teve jeito com as palavras.

— Não. — A maga respondeu seca. — Não há necessidade.

— Ele não é tão ruim, sabe.

— Você não tem como saber. Mal o conhece mais do que eu.

— É uma coisa de elfo? Eu conheci muitos elfos lá em Val Royeaux e todos eram meio ressentidos. Até aqueles que não vieram do alienário.

Ela lançou um olhar incrédulo.

— Não é como se não tivéssemos bons motivos, você sabe.

— Sim, eu sei. Nós, humanos terríveis, destruímos os Vales. Um dos elfos que conheci se considerava um elfo valeano, até pintava seu rosto para se parecer com eles. Eu achei que ele fugiu para a floresta para encontrar um clã, mas na verdade foi preso. Enfim, ele costumava falar dos Vales o tempo todo.

Ela parou, batendo seu cajado na pedra para que seu globo brilhasse mais por um instante. Sua irritação era óbvia.

— É mais do que isso. Muito mais! Você tem ideia?

— Do que? Que vocês foram escravizados? Todo mundo sabe disso.

— Houve uma época — seus olhos brilharam de raiva — que os elfos viviam para sempre. Você também sabia disso? Falávamos nossa própria língua, construíamos maravilhas por Thedas, tínhamos nossa própria terra natal, e isso foi muito antes dos Vales existirem.

— Então vocês foram escravizados.

— Pelos magistrados do Império de Tevinter, sim. Só um de seus crimes, e talvez nem seja o maior deles. — Fiona se virou de costas para Duncan e passou a mão pela mácula que cobria uma parede próxima. — Eles tiraram tudo de nós que era belo. Até nos fizeram esquecer o que fomos um dia. Só quando a profeta Andraste nos libertou que percebemos o que tínhamos perdido.

— E ela era humana, não é? Nós não somos todos ruins.

— O povo dela a queimou na fogueira.

— Eu quis dizer o resto de nós.

Ela o encarou de novo, ainda sorrindo, mesmo que seus olhos estivessem cheios de tristeza.

— Andraste nos deu os Vales, uma nova casa para substituir a antiga. Mas o seu povo também tirou isso de nós. Agora nós vivemos nas suas cidades como vermes ou bandidos, de qualquer forma, não somos bem-vindos.

Duncan sorriu, zombeteiro.

— Aww. Pobres elfos.

A maga girou seu cajado na direção da cabeça dele, mas ele desviou enquanto ria. O som pairou na escuridão.

— Não foi solidário o suficiente, imagino? — Ele falou e sorriu. — Eu cresci nas ruas, então se você estava querendo uma garantia de que nós, humanos, na verdade somos bons, não vai vir de mim.

— Você perguntou. — Ela o lembrou.

— Sobre o rei, sim. — Ele apontou para os outros, que tinham avançado bastante. Fiona também percebeu e acelerou o passo para alcançá-los. Ele manteve o ritmo. — Essas coisas que você falou. . . Aconteceram há tanto tempo que ninguém que não tenha a cabeça enfiada nos livros vai saber nem metade disso. Elfos não são mais só escravos.

— Você realmente acha? — Seu olhar ficou escuro e seu tom ficou irritado. — Você acha que a escravidão simplesmente desapareceu naquele dia para todos nós?

— Mesmo assim, eu imagino que o rei Maric não teve nada a ver com isso.

Ela assentiu, encarando o rei loiro que andava na frente. Como se sentindo o olhar, o homem parou confuso e olhou para trás. Ela não desviou o olhar e ele apenas achou melhor mudar o foco de sua atenção.

— Eu sei disso. — Ela assentiu. — Você acha que eu não sei?

— Você é esperta, então imagino que saiba?

Ela suspirou, cansada.

— Ele acha que tem uma vida difícil.

— Talvez tenha. Eu com certeza não ia querer ser rei.

— Por que não? — Fiona franziu a testa para Duncan, sua raiva evidente de novo. — Pense no que poderia fazer como rei. Você poderia fazer muita coisa! Poderia mudar tudo.

Ele riu, zombeteiro.

— Fui criado nas ruas e até eu sei que reis não pode fazer tudo. — Ele começou a andar e Fiona ficou parada onde estava, observando-o. — Eu não sei o que você acha que ele deveria fazer, mas talvez você devesse falar pra ele e não para mim. Agora vou checar se ele precisa de alguma coisa. Ele provavelmente vai me mandar pegar um penico.

— Ele já te pediu isso? — Ela disse e riu.

— Tem uma primeira vez para tudo. Se você continuar olhando pra ele assim, ele vai precisar.

Mais algumas horas se passaram enquanto eles adentravam as Estradas Profundas. Os sinais da mácula das crias das trevas iam ficando cada vez piores. Poças de água enchiam partes dos corredores e Kell os avisou para não tocarem em nada. Uma ordem rápida para Hafter e o cão recuou, decidindo com sabedoria não matar sua sede. Duncan tinha que concordar. Havia ossos de... Coisas... Flutuando nas poças. Algo se moveu na água, poderiam ser vermes, mas ele não queria pensar muito nisso.

As formas nas paredes semelhantes a fungos também ficaram mais espessas. Havia montes, algumas parecendo grandes colmeias deformadas, com gavinhas escuras irradiando para fora. Eles estavam cobertos pela mesma substância escorregadia, como um óleo pútrido. Às vezes, o fedor ficava tão forte que turvava o ar e quase apagava as tochas. Eles engasgaram e continuaram apenas pela insistência de Maric.

Ele parecia acreditar que estavam indo na direção certa. Haviam passado por várias bifurcações e só na primeira o rei hesitou. Duncan percebeu que ele não duvidava de qual caminho seguir. Seus olhos estavam distantes, perdidos em memórias que ele não compartilhou. Quando finalmente ele falou e apontou o caminho, parecia ter certeza.

Duncan se perguntou o que havia nas outras direções. Elas se pareciam muito entre si e ele não sabia como o rei conseguia diferenciá-las. As memórias deviam estar bem vivas. Se era o caso, Genevieve acertou em insistir em sua presença. Caso eles entrassem por acidente em uma dessas outras passagens, onde poderiam parar?

Eles haviam alcançado os restos de uma estação dos anões quando Genevieve pediu uma pausa. Restava pouco do edifício, além de paredes de argamassa e algumas ferramentas enferrujadas, mas o resto deles sabia que a comandante não tinha parado para admirar a paisagem.

Eles estavam se aproximando das crias das trevas. Também não ignoravam o fato de que, de acordo com Maric, estavam chegando perto do thaig de Ortan. Duncan podia sentir suas presenças adiante, como se estivessem se aproximando lentamente de um poço cheio de olhos que os acompanhavam. A mera ideia o deixou apavorado e revirou seu estômago. Sua experiência com as crias das trevas fora mínima, agora ele estava se aventurando de bom grado em um lugar onde encontraria mais delas do que jamais desejou. Era uma ideia terrível!

As tendas foram montadas sem discussão, dentro dos limites de onde ficava a estação. Provavelmente os anões parassem os viajantes nas Estradas Profundas aqui, inspecionando seus bens ou talvez os tributando. Ou talvez a estação fora construída para encontrar invasores? Ele não tinha ideia. Quando o primeiro Flagelo aconteceu, os anões foram os mais afetados. As crias das trevas engoliram as Estradas Profundas e os anões recuaram até Orzammar, fechando todas as entradas para os túneis e deixando todos os que ficaram presos do outro lado à própria sorte.

Como teria sido, perceber que não havia escapatória? Ver as crias das trevas se aproximando como uma onda, afogando tudo em seu caminho e destruindo quase toda a cultura? Os anões aparentemente nunca duvidaram que o Flagelo pudesse retornar, sempre concederam aos Guardiões Cinzentos muito mais respeito do que qualquer um. Eles mesmos eram menos dependentes. Podiam esquecer as coisas que não estavam bem diante de seus olhos.

Não que Duncan fosse melhor do que o resto da humanidade, julgando-os de sua posição elevada. Longe disso. Ele simplesmente tinha visto o suficiente e podia imaginar, com alguma precisão, do que a humanidade era capaz. Na maioria dos dias, ele acreditava que um Flagelo destruindo a superfície poderia não ser uma coisa tão ruim, engolindo a humanidade, talvez arrotando e cuspindo parte dela.

Talvez ele devesse se sentar e fazer uma lista de todas as coisas boas que seriam destruídas assim, como biscoitos. As crias das trevas destruiriam todos os biscoitos em Thedas. Isso seria terrível e só por si fez todo esse esforço parecer valer a pena.

— Por que já estamos parando? — Maric perguntou, aproximando-se devagar por trás. Duncan notou que o homem parecia um pouco febril à luz da tocha, suado e pálido. As Estradas Profundas não estavam fazendo bem a ele. Mas para quem elas faziam bem?

— Encontraremos as crias das trevas em breve. Muitas delas.

— Mesmo? Eu não... Oh.

— Nós conseguimos senti-las à frente. — Duncan o lembrou. — Acho que daqui para frente as coisas vão ficar agitadas. — Ele tentou soar mais corajoso do que era.

Genevieve caminhou na borda do acampamento e sua tensão foi afetando os outros. Houve pouca conversa e, depois que todos comeram sua refeição feita de rações secas e vinho, eles se amontoaram ao redor da pequena fogueira do acampamento, algo que a comandante permitiu com relutância. Nenhum deles queria admitir que, apesar do cansaço, a ideia de fechar os olhos, rodeados por aquela escuridão opressora, era quase insuportável. As chamas eram quentes e brilhantes, era um pouco mais fácil fingir que não estavam há quilômetros no subterrâneo.

Mesmo assim, não demorou muito para que a escuridão caísse sobre eles como uma mortalha.

Julien e Nicolas jogavam um jogo orlesiano em uma grande pedra, algo que exigia que as peças de marfim se movessem em um tabuleiro. Duncan via os ricos jogando aquilo de vez em quando, mas não tinha ideia de quais eram as regras ou como se chamava. Parecia exigir muita concentração, os dois guerreiros franziam as sobrancelhas e acariciavam o queixo em silêncio. Provavelmente era um jogo para duas pessoas. Duncan os considerava irmãos quando se juntou à ordem, mas descobriu que eram apenas camaradas e preferiam a companhia um do outro e, na maior parte, mantinham-se isolados. Duncan raramente ouvia Julien falar mais do que um punhado de palavras, e geralmente era para acalmar Nicolas. Isso era algo que Julien sabia fazer e ninguém mais conseguia. Havia uma gentileza em seus gestos que contrastava muito com a brusquidão e temperamento explosivo de Nicolas.

Kell sentou-se na frente de Duncan, entalhando mais flechas com a faca do cinto. Sua aljava já estava cheia, mas mesmo assim ele se dedicava à tarefa. Sem dúvidas ele pensava que precisaria de todas as flechas que tinha e mais em breve, e provavelmente estava certo. Hafter se agachou ao lado de seu mestre, olhando para ele com adoração e desejando que pudesse ajudar na tarefa.

O resto deles só encarava as chamas. Sempre que Genevieve passava por eles, todos congelavam. Não era nada muito evidente: Julien e Nicolas paravam de jogar, sem tirar os olhos do tabuleiro, e os outros prendiam a respiração. Seu olhar de aço caía sobre eles e então seguia em frente. Ela não disse isso abertamente, mas era óbvio que pensava ser melhor só levantar acampamento e continuar viajando se ninguém ia dormir.

Logo, ficou insuportável. O corpo de Duncan clamava por sono, ele se virou várias vezes apenas para se levantar de novo. O fogo estava bem quente, a única fonte de algo decente neste lugar abandonado pelo Criador. Ele queria pegá-lo e abraçá-lo. Talvez isso o aquecesse e parasse seu tremor, que agora era quase constante.

— Você está bem? — Fiona perguntou, o som de sua voz o assustou inicialmente. Ele se virou e olhou para ela, a princípio confuso e sem absorver bem o que ela disse, antes de finalmente assentir.

— Quer jogar alguma coisa? — Ela ofereceu. — Eu tenho algumas cartas na mochila, eu posso pegá-las se você...

— Não. — Ele estremeceu de novo, quase um espasmo, e esfregou as mãos vigorosamente ao lado do fogo. Os outros pararam e olharam para ele, trocando olhares silenciosos.

— Tem certeza?

— Sim! Eu tenho!

O silêncio voltou e Duncan quase se arrependeu de ter recusado. Ele esfregou as mãos ainda mais perto das chamas, notando como elas estavam muito pálidas. "Engraçado", ele pensou. "Passei metade da minha vida desejando ser pálido como as outras crianças, e tudo que eu precisava fazer era morrer congelado nas Estradas Profundas".

— Talvez eu deva aumentar o fogo — Kell ofereceu.

— Estou bem! — Duncan reclamou.

Ele sentia Fiona o encarando ansiosamente, mas ela não disse nada. Então ele se abraçou e se inclinou perto das chamas, tentando não parecer tão infeliz quanto se sentia. Pela estranheza que sentia ao seu redor, duvidava que estivesse conseguindo.

— Sabe, — Maric falou de repente, aquecendo as mãos no fogo ao lado de Duncan — durante a rebelião, tínhamos um ritual na noite anterior à batalha. Nós dividíamos cerveja anã. Para ver quem conseguia beber mais.

Utha sorriu e fez um gesto com as mãos. Kell fez uma pausa em seu trabalho e pareceu confuso.

— Ela diz que não é bem cerveja.

— Eu sei bem! Eu acho que eles fazem com fungo. É muito preto! — Duncan resmungou.

— E você bebeu?

O rei piscou para ele e enfiou a mão em sua capa, puxando um grande frasco de prata. A runa anã estampada na lateral estava clara para todos verem, alguns assobios de apreciação flutuaram ao redor do fogo. Até Julien e Nicolas estavam interessados agora, sorrindo quando Maric o abriu. O cheiro de algo enjoativamente doce encheu o ar, como um gambá que rastejava sob um galpão para morrer e apodrecer com o calor.

Fiona riu, cobrindo a boca com a mão.

— Ah, isso é nojento!

— Minha mãe quem começou a tradição — Maric diz, levando o frasco ao nariz e cheirando. Ele suspirou de alegria, como se o odor fosse maravilhoso e nem um pouco pútrido. — Ela conheceu um anão que lutou contra orlesianos. Acho que eu tinha quinze. Esqueci o nome dele. A barba mais encaracolada que já vi. Enfim, ele viajou conosco por um tempo e nos deu um barril inteiro de cerveja anã de presente.

O sorriso do homem de repente tornou-se afetuoso, seus olhos ficaram tristes. Duncan teve que pensar para lembrar que a mãe de quem o rei falava havia sido assassinada, bem na frente dele, ou pelo menos era o que diziam. Ele se perguntou se isso era verdade.

— Nenhum dos homens queria, mas minha mãe era teimosa e se recusou a jogar fora, especialmente um presente. Então, na noite antes da batalha, ela trouxe um barril e enfiou um copo dentro. Bebeu tudo na frente de todos os seus comandantes e depois os desafiou a fazer o mesmo.

Ele riu, uma risada calorosa e alegre que lentamente se tornou tingida de tristeza à medida que desaparecia. Hesitando apenas um segundo, ele levou o frasco aos lábios e tomou um longo gole. Duncan sentiu seu nariz franzir de desgosto quando o rei engoliu em seco não uma, mas duas vezes, e então parou, sorrindo ao fazer um som satisfeito de "Ahhhh!".

Utha fez um gesto mostrando que estava impressionada.

— Eu concordo — disse Nicolas.

— Eu fui o último a beber na primeira noite. — Maric sorriu, sua voz tensa como se a cerveja tivesse deixado sua garganta em carne viva. — Eu bebi um gole e vomitei no acampamento inteiro. — Ele se virou e ofereceu o frasco para Kell com as sobrancelhas erguidas.

O caçador olhou hesitante e, com um leve suspiro, largou sua flecha semicompleta e sua faca e aceitou a bebida. Ele a segurou contra a testa e se curvou na direção do rei, um gesto de agradecimento.

— Eu treinei com os Guerreiros das Cinzas — disse o caçador. Ele olhou para o frasco como se tivesse certeza de que algo iria rastejar para fora dele. — Eles acreditam que é necessário morrer antes da batalha. Se você não puder ver sua morte e reconhecê-la, ela o pegará desprevenido. Antes da minha primeira batalha, eles me sangraram com cortes superficiais e salgaram minhas feridas até eu gritar de agonia. — Ele sorriu de repente. Duncan nunca viu o homem sorrir de verdade, agora que parou para pensar. — Quando gritei, todos riram. Eles tinham apostado para ver quanto tempo eu ia durar.

Kell tomou um longo gole e só limpou a boca depois, sem qualquer indicação se tinha gostado do sabor ou não.

— Minha lição foi não fazer tudo que seus camaradas dizem só porque acham uma boa ideia. Uma lição que eu obviamente não aprendi bem. — Ele piscou para Utha e passou o frasco.

A anã de cabelos acobreados examinou a runa no frasco com cuidado. Ela fez vários gestos com as mãos para Maric.

— Ela diz que a runa é... Eu não consigo entender, desculpe. — Nicolas disse confuso.

— É a marca da Casa Aeducan — Maric constatou. — Rei Edrin me deu.

Utha pareceu impressionada. Ela tomou um longo gole, engolindo em seco várias vezes e, quando terminou, baixou o frasco e fez uma pausa antes de soltar um arroto longo e nada feminino que reverberou pela caverna.

Sorrindo com orgulho, ela fez gestos que Nicolas traduziu de novo.

— Eu não consigo sentir o gosto, claro, mas lembro do gosto nojento bem o suficiente. Meu pai amava, ele arrotava depois de cada gole porque sabia que irritava minha mãe. Ele tinha que esconder as garrafas dela e ela sempre pedia que eu as achasse. Eu sempre conseguia. Ele me chamava de Pequena Estraga Prazer.

Kell a encarou seriamente.

— Você nunca falou dos seus pais.

Ela assentiu, triste.

— Eles morreram. Cria das Trevas.

Com isso, ela passou o frasco para Nicolas, que olhou desconfiado.

— Meus pais me expulsaram de casa quando eu mal era um adulto. Menti para o senescal em Fortalan para fazer com que me aceitasse em uma das unidades. Na primeira vez que fomos para a batalha eu estava tão nervoso que mijei na roupa.

Os olhos de Julien se arregalaram.

— Mentira!

— Sim. Depois da luta, me chamavam de Poça. O nome pegou. — Ele tomou um gole e seu rosto se contorceu de puro desgosto.

— Isso é horrível. Por que alguém beberia isso? — Ele passou para Julien.

O guerreiro de olhos castanhos franziu a testa.

— Eu não tenho uma história interessante — disse com a voz baixa. O sotaque do orlesiano era forte. Duncan se perguntou, não pela primeira vez, se Julien tinha vindo da aristocracia do Império. Nesse caso, tinha que se perguntar o que ele fez para se juntar aos Guardiões Cinzentos. A experiência de Duncan com a nobreza orlesiana o ensinou que ela raramente dava atenção a noções como dever; mas talvez não devesse julgar todos da mesma forma?

— Claro. — Nicolas provocou.

— Não tenho.

— E a noite em Val Mort? Antes da luta contra as crias das trevas?

Julien corou, olhando para os outros como se desejasse poder se esconder em algum lugar.

— Não é uma história apropriada, Nicolas. E não foi culpa minha.

Nicolas riu alto.

— Levaram uma prostituta elfa para ele! — Ele parou, olhando para a maga do outro lado da fogueira. — Perdão, Fiona.

Ela bufou.

— Tanto faz. Sua mãe era prostituta.

— Era mesmo! — Ele olhou para Julien, sentindo grande prazer com o desconforto de seu amigo. — Ele cometeu o erro de nos contar que nunca tinha se deitado com uma mulher. Então corrigimos o erro antes dele enfrentar as crias das trevas pela primeira vez.

O rosto de Julien estava vermelho.

— Ela era uma mulher adorável.

— Ela o roubou! Pegou todas as moedas dele e correu pela janela.

O guerreiro silencioso sorriu, acenando com a cabeça, apesar de seu constrangimento.

— Mesmo assim ela era adorável. — Ele tomou um longo gole, estremecendo com o gosto ruim, e então tentou passá-lo para Fiona. A maga recusou.

— Eu não vou beber isso.

— Ah, vai! — Duncan a encorajou.

Ela cedeu a contragosto. Pegando o frasco, ela prendeu o nariz e deu um gole pequeno. Engasgou imediatamente, começou a ter convulsões e fazer ruídos nauseantes. Agitando-se com o frasco, ela tentou jogá-lo em Duncan que o pegou enquanto ria. A elfa lutou muito para não vomitar e os outros riram juntos.

— Ah, que ótimo. — Ela finalmente falou, sua voz rouca. — Obrigada por se divertirem tanto comigo quase sendo envenenada.

— Pobre Fiona. — Nicolas brincou. — Uma flor tão delicada.

— Vai se foder — Ela disse sorrindo e limpou a boca várias vezes, como se pudesse remover a memória do gosto. — Eca! É como se fosse morte líquida.

Duncan sorriu para ela.

— Foi um baita show que você deu.

— Não foi um show. Experimente você vai sentir.

— Uh-huh. — Ele falou, sem acreditar. E deixou o assunto morrer e voltou sua atenção para o frasco, dando-lhe uma fungada. Essa foi uma má ideia. Ele se encolheu, seu nariz se contraindo como se tivesse queimado. — Não sei se quero mais.

— Agora você precisa. — Maric falou sorrindo. — Todos nós tomamos.

Não todo mundo. Duncan olhou para Genevieve, que estava parada na beira do posto em ruínas. Ela estava apoiada contra a parede, com as costas para o grupo. Ela devia estar ouvindo as risadas. Parte dele queria chamá-la, convidá-la para se juntar a eles. Mas ela obviamente recusaria.

— Eu nunca estive em uma grande batalha, — ele disse — mas houve essa noite em que nos preparamos para roubar o Marquês. . . Ah, esqueci o nome dele agora. Era um cara muito rico. E com muitos guardas também, o que fez com que o roubo fosse muito mais arriscado.

Utha fez uma cara de desaprovação.

— O que? — Ele protestou. — Nós éramos pobres! Ele era rico! Era justo.

— Parece justo para mim. — Fiona falou sorrindo.

— Então nós estávamos a caminho, todos nervosos e suando como um bando de elfas prostitutas em uma capela...

— Qual o problema de vocês com elfas prostitutas? — Fiona reclamou.

—... e eu lembrei que esqueci minha corda. Então eu corri pelas escadas para pegar a corda e escorreguei. Caí pelo lance de escadas inteiro e parei em cima de um gato.

— Você caiu em um gato. — Maric o encarou, sem acreditar.

— Um gato grande. Era da região, vivia nas ruas e caçava cachorros. A gente o chamava de Coelho.

Kell ergueu uma sobrancelha.

— Por que Coelho?

— Tinha orelhas grandes; sei lá. De qualquer forma, ele me arranhou e eu fiquei furioso. Eu o cacei por quatro quarteirões, jogando pedras nele. O maldito era rápido. Aí eu caí em um poço.

— Um poço. — Nicolas repetiu.

Duncan deu de ombros.

— Eu era bem menos ágil na época. — Ele sorriu com a memória. — Os outros não sabiam para onde eu tinha ido, então fiquei na fonte por três dias até que um guarda me ouviu gritar e veio me ajudar. Ele me fez passar a noite na prisão, mas pelo menos consegui comer. — A risada dele virou um suspiro. — Gato estúpido.

— Os outros não foram procurar você? — Fiona perguntou.

Ele balançou a cabeça.

— Eles morreram. Alguém avisou o Marquês, e os guardas dele estavam preparados. Eu tive sorte de não estar lá, ou pelo menos foi o que pensei. Como só eu sobrevivi, os outros acharam que eu tinha dedurado o plano. — Um silêncio se seguiu, mas Duncan apenas sorriu e ergueu o frasco. — Aos amigos perdidos.

— Aos amigos perdidos. — Todos falaram juntos. Ele se preparou e tomou um gole da cerveja anã. Era como engasgar com a sola de couro de um sapato velho e suado que tinha sido amassado, até ficar ligeiramente aguado e cinza. Os outros ficaram olhando enquanto ele inclinava o frasco para trás e, após uma série de goles audíveis, ele bebeu tudo.

Os outros bateram palmas, impressionados. Duncan devolveu o frasco para o rei, de repente se sentia doente e trêmulo.

— Corajoso — Maric disse.

— Obrigado. — Duncan gemeu. Depois de um momento, ele cambaleou e correu para o canto da ruína para vomitar nas pedras tudo que estava em seu estômago. Então ele levantou um pouco mais, enquanto os outros sorriam se divertindo.

Quando terminou, olhou para trás, dando um sorriso atrevido e um sinal vitorioso com um polegar para cima. Eles o aplaudiram vigorosamente e ele teve que admitir que estava muito satisfeito consigo mesmo.

Ele também notou o olhar de apreciação que Fiona lançou ao rei Maric. O homem apenas deu de ombros com um sorriso tímido.

Genevieve saiu de seu lugar na parede e voltou para sua tenda, sentando-se em uma grande pedra do lado de fora. Duncan observou quando ela começou a tirar suas armas e colocá-las ao seu redor para limpá-las. Era um ritual que a vira fazer muitas vezes nos meses em que a conhecia.

A comandante fez uma pausa e passou a mão pelos cabelos brancos, bocejando. "Ela parece exausta", ele pensou, "não apenas fisicamente, mas emocionalmente". Ela também parecia ter envelhecido, como se os anos estivessem avançando rápido para ela. Ele supôs que a ideia de seguir seu irmão, quando ele já fora declarado como morto, devia ser difícil.

Duncan nunca conheceu Bregan, tinha se juntado à ordem meses depois que o homem foi para o seu Chamado. No entanto, ele sabia muito sobre a reputação do homem. Sua presença ficou entre os Guardiões Cinzentos muito depois de sua partida. A irmã o mencionava com frequência. Os outros também já tinham falado sobre ele, com muito mais entusiasmo. Duncan sempre teve a impressão de que a maioria sentia que Genevieve não estava à altura de seu irmão como comandante, embora nunca falassem isso às claras.

— Duncan. — Genevieve chamou sua atenção, percebendo que ela o encarava. Ela descansou o rosto na própria mão. — O que você está fazendo?

Ele caminhou até ela, deixando os outros para trás. Podia ouvi-los conversando de novo, Kell mexia na fogueira para mantê-la acesa.

— Eu só achei que as ruínas anãs gostariam mais da cerveja do que eu. — Ele disse, piscando.

Ela riu e depois avaliou algumas de suas armas que tinha arrumado. A espada era a mais impressionante do grupo, uma lâmina de duas mãos elaborada que cintilava, embora estivesse bem longe do fogo. Suas runas mágicas eram quase invisíveis, mas era possível distingui-las na escuridão. Ela falou uma vez que fora de seu irmão, e recebeu de presente quando ele partiu para as Estradas Profundas.

Então ela parou, como se tivesse lembrado de algo esquisito.

— Ah. Sobre o que aconteceu na torre...

— Era só uma garota! — Ele protestou, suas bochechas ficaram vermelhas. Ele sabia que ela falaria disso em alguma hora e já planejara sua defesa. — Isso não é contra as regras dos Guardiões Cinzentos, é?

Genevieve ergueu uma sobrancelha, olhando-o sem acreditar.

— Então você seguiu a garota até lá, é? Para se deitar com ela?

— É isso que... Caras fazem, não? Pelo que eu sei.

— Mm-hmm.

— O que? Acontece.

Ela se inclinou para trás, cruzando os braços e encarando-o com um olhar fixo. Duncan conhecia aquele olhar. Era o tipo de olhar que poderia levar a coisas como ter a cabeça socada contra paredes.

— Então, o que você realmente foi fazer lá, antes de... Encontrar aquela moça?

Ele suspirou, cansado.

— Estava procurando algo para roubar.

Os olhos dela se estreitaram.

— Dos magos? Você é louco?

— Quem não arrisca não petisca. É isso que eu sempre digo para mim mesmo. — O rosto dela ficou tenso e parecia que ela queria dizer muitas coisas. Mas ela afastou os pensamentos com um lampejo de aborrecimento. Ele supôs que aquilo não significava muito agora, especialmente algum tempo depois do acontecido.

— Pelo menos você não foi pego. — Ela murmurou. — Mas os riscos de flagrante que você corre são inaceitáveis.

— Vamos todos morrer, não? — Ele riu, mas era apenas meia piada. — Se eu morrer agora ou depois, não parece um grande risco. — Genevieve entendeu o tom dele na hora, e sua expressão ficou sombria. Ela não disse nada e assentiu, sua atenção voltou para a espada.

Duncan imaginou que era um pouco injusto jogar aquilo na cara dela. Ela estava muito mais perto de seu Chamado do que ele e, sem dúvida, perfeitamente ciente de que, independentemente do que acontecesse ali, ela seguiria o caminho de seu irmão em breve. Ele se virou para ir embora.

— Espere. — Genevieve o chamou. — Acho que é hora de explicar a sua missão.

Ele parou. Minha missão? Tomar conta do rei? Tem mais alguma coisa?

Sua boca se estreitou em uma linha fina e o humor petulante de Duncan sumiu. Ela estava muito séria agora. Ele se aproximou e abaixou perto de onde ela estava sentada. Ela mal notou, preparando as palavras certas na sua cabeça.

— É bem possível — ela disse devagar — que nós falhemos. Você sabe o que os Guardiões Cinzentos acham disso. Eles não acreditam que Bregan foi capturado.

— Eu acredito — interrompeu Duncan. E era verdade. Genevieve podia ser muitas coisas, mas, no pouco tempo que a conhecia, sabia que não era tola nem ingênua. Se aqueles que a conheciam há mais tempo não acreditavam nas suas visões, eram tolos. Ela assentiu, seus olhos demonstrando sua gratidão. — A verdade é que podemos morrer. Só há poucos de nós aqui e, independente do que qualquer um de nós acredite, as chances de realmente encontrarmos Bregan antes das crias das trevas perceberem nossa presença são pequenas.

— O que você quer que eu faça?

— Se algo realmente mudou nas crias das trevas, a ameaça de um Flagelo é ainda maior. Caso falhemos em impedir que elas peguem a informação de Bregan, meu trabalho será impedi-las de usá-la. E a sua missão será levar rei Maric de volta para a superfície.

— Sozinho?

Ela assentiu.

— Você é ágil. O rei nem tanto, mas você sabe melhor do que qualquer um de nós como se mover sem ser visto. Estou contando que você possa levá-lo.

— Não é melhor Kell fazer isso? Ele é um caçador, poderia...

— Estou contando com você — reiterou.

Ele engoliu em seco. Era uma ordem e tanto.

— A nação vai precisar dele — ela continuou. Genevieve pegou sua lâmina e a equilibrou em seu joelho. Passou um dedo pela lâmina, fascinada com todos os detalhes no metal.— Eles precisarão de um líder que viu a ameaça do Flagelo em primeira mão e acredita nela. Rei Maric pode ajudar a alertar toda Thedas e dar credibilidade para os Guardiões Cinzentos no futuro.

— Mas e se..? — Duncan deixou a perguntar pairar pelo ar, se sentindo culpado de considerar a hipótese.

— Também há uma chance de eu estar errada. — Genevieve constatou, interrompendo o pensamento dele. Ela encarou Duncan, seus olhos perigosos. — Bregan pode estar morto e eu cometi um erro nos trazendo aqui. Ou algo pior.

— Pior?

— Se o rei Maric souber de algo que possa ser usado contra os Guardiões Cinzentos, que nos fará parecer tolos e possa nos impedir de seguir com as nossas missões, você precisa se certificar de que ele não chegue à superfície.

Duncan não podia acreditar.

— Você quer dizer..?

Ela manteve seu queixo erguido, seus pensamentos estavam distantes.

— Ele pode tentar escapar. Seja lá quais forem suas razões para ter vindo, a sorte está lançada. Se ele precisar sumir aqui para sustentarmos nossa versão na superfície, então isso precisa ser feito. — Ela o encarou ainda mais ao perceber a surpresa no olhar de Duncan. — Considere a situação: há perigo aqui, mas eu não sei exatamente o que é, ou o que alguém como o rei Maric pode aprender enquanto estiver aqui. Nós temos um dever maior, Duncan. Os Guardiões Cinzentos protegem o mundo todo, não só uma pequena nação.

Ele assentiu devagar, seu coração estava disparado.

— Eu... Eu entendo.

Genevieve sorriu com compaixão e tristeza. Ela estendeu a mão e a colocou no ombro dele.

— Eu sei que você consegue. Conto com você para completar a missão, se for necessário.

Ele assentiu de novo, incerto do que devia dizer.

Ela tirou a mão do ombro dele.

— Vá. Você precisa dormir. Amanhã teremos que lidar com problemas mais urgentes, certo?

Amanhã eles entrariam na cova do leão.

Assentindo para a comandante, ainda sem ar, Duncan se virou e foi embora antes que ela falasse mais. Ela acreditava nele, nele, para cuidar do rei de várias formas. Ela queria que ele cuidasse disso, não Kell, Fiona ou qualquer outro.

Provavelmente porque ele era capaz de assassinato, e ela sabia disso. O pensamento fez seu coração gelar. Mas não o fazia se sentir mal. Ele sabia que a única missão dos Guardiões Cinzentos era derrotar as crias das trevas, custe o que custar. O que, às vezes, incluía fazer coisas horríveis.

Se isso acontecesse, ele mataria o rei Maric. Ele se perguntou se mesmo Fiona, que obviamente não gostava dele, seria capaz disso. Provavelmente não. Mesmo com toda a raiva, ela era uma boa pessoa.

Ao contrário dele.

6

Criador, meus inimigos são abundantes. Muitos deles estão vindo contra mim.

Mas minha fé me sustenta; Eu não temerei a legião se eles se colocarem contra mim.

— Cântico das Provações 1:1

BREGAN NÃO SABIA quanto tempo tinha passado naquela cela. Muitas vezes, sua mente ficava nublada por uma névoa de dor, e ele caía no sono e acordava, sem nenhuma referência se era dia ou noite e quanto tempo passara. As horas se tornaram fluidas, perdidas na escuridão e no desespero em que estava submerso.

Muitas vezes, ao acordar de seu sono agitado, havia um momento de confusão quando pensava que ainda podia estar na fortaleza dos Guardiões Cinzentos em Montsimmard, que seu cativeiro tinha sido apenas um pesadelo desagradável. Uma parte dele esperava pelos cheiros familiares de cipreste e linho, procurava o luar fraco que entrava pelas venezianas de seus aposentos, embora a outra parte soubesse a verdade. Talvez sua mente estivesse procurando por alguma esperança, se recusando a aceitar as circunstâncias.

Pareceu-lhe estranho porque, se perguntassem, ele diria que não associava boas recordações à fortaleza, apesar de ter sido sua casa durante tantos anos. Ser um Guardião Cinzento não era algo que lhe trouxe felicidade. Não fora infeliz por inteiro, mais algo que tinha suportado. Ele não resistiu à atração que o trouxe por aquele caminho, mas também não foi de boa vontade.

A ideia de que agora sua mente ansiava por mandá-lo de volta quase lhe parecia uma piada de mau gosto.

Genevieve brigaria com ele. Ela sempre acreditou que a posição deles como Guardiões Cinzentos era uma grande honra. No dia em que ele se tornou comandante, os olhos dela brilharam de orgulho, enquanto ele se sentia preso. Mesmo assim, cumprira seu papel, assumiu o comando e as responsabilidades, enquanto sua irmã meneava a cabeça para sua obstinação.

E, de alguma forma, isso se traduziu em popularidade entre os homens que ele comandou. Bregan nunca tinha se visto como mais merecedor do que qualquer um deles. Todos fizeram o mesmo sacrifício que ele, todos assumiram a Mácula como ele, para lutar contra uma ameaça que a maior parte das pessoas pensava não existir mais. Ele não queria tratamento privilegiado e repassava os elogios de seus superiores aos homens que realmente os mereciam, e por isso os Guardiões Cinzentos o amavam.

Genevieve nunca entendeu isso. Sua irmã era toda rigidez e dever, ela ergueu uma barreira entre si e seus subordinados. Bregan era o único que ela permitia atravessar a barreira, e havia momentos em que ela se ressentia da sua popularidade. Ela pensou que ele queria isso, que cultivara aquela lealdade, e se recusou a acreditar quando ele disse não ser verdade.

Talvez porque era isso que ela teria feito? Talvez sua irmã sempre tenha desejado popularidade entre os outros Guardiões e teria feito um grande esforço para consegui-la, se ela achasse ser possível alcançá-la. Mas ambos sabiam que isso nunca aconteceria. Pessoas eram como armas para ela, meios para um fim. Ela preferia que ambos fossem igualmente rígidos, inflexíveis e previsíveis, e sempre se surpreendia quando não era assim. Saber que ela precisaria continuar como comandante depois dele, quase foi mais difícil do que qualquer outra coisa que passou por conta de seu Chamado. Genevieve ficaria muito mal ao ver os homens chorarem, e saber que quando sua hora chegasse, em um futuro próximo, eles nunca ficariam de luto por ela da mesma maneira.

Pensar na sua irmã o trouxe para o presente. Ele sonhou com Genevieve enquanto dormia, uma névoa cheia de dores e delírios, mas mesmo assim imaginava que ela estava lá fora chamando seu nome e procurando desesperadamente por ele na escuridão absoluta que os engolia. Um sonho estranho, com certeza, mas ele sabia o suficiente para considerar a possibilidade de que poderia ter sido algo mais.

Ela o seguiria até as Estradas Profundas? Ela queria resgatá-lo?

O pânico tomou conta dele. Ele abriu os olhos e se sentou, esperando encontrar apenas escuridão na sua cela. Mas, ao invés disso, encontrou luz. Um brilho amarelo difuso permeava a câmara, quase sufocada pelas sombras, mas ainda suficiente para tirá-lo da escuridão absoluta. O fedor da Mácula encheu suas narinas mais uma vez, como se estivesse cercado por carne prestes a se transformar, mas de alguma forma não parecia tão potente quanto se lembrava.

No entanto, o zumbido estava mais forte do que antes. Não era mais algo mudo e distante; estava por todos os lados. Estava atrás das paredes e debaixo do piso; preenchia a escuridão e acariciava sua pele. Havia uma beleza terrível nisso agora, um desejo que pulsava dentro do som, algo que puxava o limite de sua consciência, o assustava e nauseava ao mesmo tempo.

O zumbido eclipsou qualquer noção que ele tinha das crias das trevas ao seu redor. Qualquer tentativa que fizesse para sentir onde as criaturas estavam era bloqueada por uma barreira com um som muito belo. Como uma erva daninha, que se insinuava em sua consciência, bloqueando qualquer coisa útil.

Ele foi tomado pelo impulso irracional de coçar o rosto com as mãos, arrancar a própria carne, os ossos e puxar o zumbido para fora de sua mente fisicamente. A ideia o fez rir, uma gargalhada louca nascida da histeria que se dissipou quase antes externá-la.

— Você consegue ouvir, certo? — Veio a voz calma do Arquiteto, sentado há cerca de um metro e meio, em uma protuberância rochosa perto da parede.

Bregan ficou surpreso com a presença da criatura e incerto de como poderia não ter notado sua presença antes, mesmo com a pouca luz. Será que ele se infiltrou na cela enquanto sua mente viajava? Teria dormido sem nem mesmo perceber?

Havia uma única pedra luminosa pendurada ao lado da criatura, a fonte da iluminação, e sua base nodosa repousava sobre o colo coberto. Ele tinha a impressão de que a criatura estava esperando há algum tempo. Talvez estivesse observando? Ou invadindo seus pensamentos com magia? Havia feitiços que poderiam fazer isso, magias proibidas que, não tinha dúvidas, um emissário das crias das trevas saberia fazer.

Mas se esse fosse o caso, ele não podia fazer nada. Seus pensamentos já teriam sido violados e seus segredos arrancados. Já tentara escapar e parou no lugar em que começou.

Ele estremeceu, lembrando-se que agora estava quase sem roupas e ainda coberto por bandagens improvisadas, em grande parte no peito e pernas. Ele não se lembrava do que aconteceu depois que foi derrubado pelas crias das trevas, sentindo os dentes mordendo sua carne. Nem sabia como sobreviveu.

Sua pele coçava muito por baixo das bandagens, mas ele resistiu à vontade de arrancá-las. Um único cobertor esfarrapado de pele foi fornecido para ele, que se cobriu enquanto sentava completamente. A dor em todo o seu corpo era maçante e insistente, como se protestasse contra esse movimento desconhecido. A lentidão o deixou desconfiado. Havia uma espessura em seu sangue, uma deliberação em seu batimento cardíaco que o fez sentir como se algo estranho rastejasse dentro dele tirando suas forças. O que as crias das trevas fizeram com ele?

— Pode usar a magia que quiser para invadir minha mente, se já não o fez. — Bregan gemeu. — Não vou contar nada.

O Arquiteto piscou devagar, surpreso, seus olhos branco-leitosos continuaram a encará-lo.

— Mesmo se eu pudesse faze-lo, — disse educadamente, com palavras cortadas e uniformes — por que você acha que eu quero isso?

— Porque é o que as crias das trevas fazem, não é? — As palavras pareciam um resmungo e sua voz embargou. Ele se sentiu tonto e grogue. O zumbido belo atingiu um crescendo, uma orquestra de som insistente que ameaçava despedaçar sua mente. Bateu contra ele em várias ondas antes de finalmente recuar. Precisou se esforçar apenas para permanecer sentado, o suor escorrendo por sua testa enquanto seu coração batia lentamente dentro de seu peito. — Vocês escavam... E procuram onde eles estão.

— Os Deuses Antigos — constatou o Arquiteto.

Bregan assentiu. O zumbido voltou para as sombras mais uma vez, mas seu poder ainda o fazia estremecer. Os sussurros naquele som... se ele parrasse, tinha certeza de que quase poderia distinguir o que diziam. Mas estava determinado a não tentar. Ele cobriu o rosto com as mãos, tentando se manter estável.

— Você não pode me enganar — gemeu. — Eu sei o que você quer. Por que mais me manteria aqui?

O Arquiteto olhou para ele de perto. Estendeu a mão enrugada e cheia de cicatrizes, passando o dedo pelo queixo, pensativo. Bregan continuou a suar sob seu olhar, trêmulo e exausto, enquanto tentava não deixar a cria das trevas ver o quão fraco estava. Ele não sabia se estava funcionando. Provavelmente não.

O emissário levantou devagar, seus robes marrons farfalharam. Usou o cajado negro como apoio enquanto se inclinava para estudar Bregan ainda mais de perto. Ele tremeu, enojado com os olhos mortos da criatura. Sua carne arrepiou e quis se afastar, mas ele não conseguia nem juntar forças para fazê-lo.

— Você não respondeu a minha primeira pergunta — disse com calma.

Ele limpou a garganta e o encarou, perplexo.

— Eu não... — O Arquiteto se endireitou, esfregando o queixo de novo em um gesto estranhamente humano. Bregan notou o número de bolsas e dispositivos estranhos pendurados na corda amarrada em sua cintura. Um deles parecia um crânio petrificado, transformado em algum tipo de amuleto, o crânio parecia ter pertencido a algo vagamente reptiliano.

— Eu supus que você ouviu o chamado. Você ouviu, não é?

Estava mais intrigado agora do que antes. — Na verdade, eu diria que ainda o ouve mais agora do que antes.

— Você quer dizer o zumbido, a música.

— Os Deuses Antigos chamam, como sempre fizeram. — O Arquiteto se virou e foi para o outro lado da cela. As sombras projetadas nas paredes pela rocha luminosa dançavam ameaçadoramente. — É isso que você ouve. Para o meu povo, é um chamado que não pode ser ignorado. Sussurra em nosso sangue e nos faz procurar pelos Deuses Antigos. Nós procuramos por suas prisões e, quando finalmente encontramos uma, tocamos a face da perfeição e a arruinamos para sempre.

A cabeça da criatura tombou um pouco para o lado. Como não estava olhando para ele, Bregan não conseguia ver sua expressão direito, mas teve a impressão de que a criatura estava triste, ou talvez arrependida. Seria possível? As crias das trevas atacaram todas as outras formas de vida em ondas implacáveis, sem misericórdia ou clemência, por séculos. Eram capazes de se arrepender? Ele teve que admitir, antes de conhecer aquela em particular, presumiu um grande número de coisas sobre elas que não aparentavam ser verdade. Mas ainda não sabia o quanto.

— A face da perfeição? — Bregan perguntou. — Os Deuses Antigos são dragões.

O Arquiteto riu, se divertindo.

— É só isso que eles são, humano? É algo tão pequeno? Existem tantas criaturas na superfície que não são algo para se admirar?

Na verdade, era o oposto. Dragões quase foram extintos, só voltaram a aparecer recentemente. Mesmo assim, os Deuses Antigos eram lendários, criaturas antigas anteriores ao Império de Tevinter, e poderiam ter sido considerados mitos, se não fosse um grande dragão corrompido liderar as hordas durante cada Flagelo, o que forneceu evidências convincentes de sua existência.

— Eu não sei o que um Deus Antigo realmente é — admitiu o Arquiteto. Os olhos leitosos da criatura se perderam e Bregan percebeu que ele estava ouvindo o zumbido. O som aumentou como se respondesse, uma bela canção sussurrante acariciou a mente de Bregan e o fez tremer. Cerrou os dentes para se manter sob controle e não funcionou completamente. — Eu nunca vi tal criatura na minha vida. Nem sei se fazer isso seria uma coisa boa. Tudo o que sei é: o chamado dos Deuses Antigos é perfeito. — Ele se virou para encarar Bregan de novo, sua expressão indistinguível, mas calma e triste. — Somos crias da escuridão, humano. Você sabe isso melhor do que ninguém. Para nós, o chamado é a única luz que conheceremos.

Ele encarou a cria das trevas, uma criatura com carne adoecida, dentes afiados como navalhas, olhos mortos e garras negras na ponta de seus dedos finos, e não soube como responder. Por um longo minuto ficaram em silêncio, Bregan sentado observando o emissário enquanto ele parecia perdido em pensamentos. Perguntou-se, não seria muito fácil começar a atribuir motivações humanas a ele? Afinal, parecia quase humanoide. Imaginar que ele tinha sentimentos parecidos com os de humanos era um erro. Precisava se lembrar disso.

— Você não disse que é guiado? — Perguntou.

O Arquiteto assentiu.

— Sim. A maioria do meu povo é indefeso contra o chamado. Ele procura porque precisa.

— A maioria do seu povo. — Bregan repetiu. — Mas não você?

— Nem você, eu suponho.

— Eu não sou uma cria das trevas.

A criatura deu um passo para frente, parecendo interessado.

— A mácula que corre no seu sangue é a mesma que corre no nosso, Guardião Cinzento, mas os efeitos são menores. A pergunta que vem à minha mente é: você sempre ouviu o chamado dos Deuses Antigos, ou isso só aconteceu com o avanço da corrupção?

— Avanço? — Bregan piscou, confuso.

O emissário gesticulou languidamente em direção a ele, e Bregan percebeu que estava apontando para seus braços sob o cobertor. Sua garganta ficou seca ao examiná-lo mais de perto, na luz amarela da rocha brilhante. Estavam cobertos por manchas escuras. Primeiro, ele se preguntou se era um tipo de machucado, ou uma mancha de sangue. Mas então notou a textura da pele dentro das áreas descoloridas: áspera e murcha, assim como a carne das crias das trevas.

— Nós regeneramos rápido — explicou o Arquiteto com uma voz neutra. — É por isso que nunca desenvolvemos artes da cura como o seu povo, eu suponho. Parece que, mesmo os efeitos da Mácula funcionando mais devagar em vocês, eles avançam ao ponto de você ao menos aproveitar esse benefício.

— Benefício! — Bregan exclamou, horrorizado. Ele tirou os braços da direção da luz, sentindo sua pele arrepiar e a bile subir pela garganta. Ele lutou contra a vontade de começar a arrancar a pele de seu corpo.

O Arquiteto estendeu uma mão para confortá-lo, mas ele se afastou por reflexo. Ele bateu contra a parede na parte de trás, sua respiração curta e desesperada. E se perguntou como o resto de seu corpo estaria por baixo do cobertor. A coceira na pele sob as bandagens, a espessura do sangue; estaria coberto com aquelas manchas? Estaria se transformando em algum tipo de monstro aos poucos?

Era isso que acontecia se os Guardiões Cinzentos vivessem demais? Quando a resistência à Mácula finalmente acabava? Os primeiros Guardiões

Cinzentos descobriram esta verdade horrível e inventaram o Chamado para que as gerações futuras pudessem evitar passar por isso?

— Sinto muito — disse o Arquiteto e Bregan realmente acreditou. Ele afastou a mão que tinha estendido e simplesmente encarou enquanto o outro soluçava. As lágrimas vieram de forma explosiva, em arfadas, e faziam o seu corpo inteiro tremer. Ele ficou envergonhado por chorar na frente do inimigo, mas não conseguia evitar. A dor que cresceu dentro dele foi avassaladora, agravada pelo torpor sentido e pela canção enlouquecedora que continuava a fazer cócegas nos cantos de sua mente.

Agora ele percebia que também tinha sido chamado pelos Deuses Antigos. Foi a música deles que o atraiu para as Estradas Profundas, lhe disse que seu tempo acabara. Era igual a qualquer cria das trevas.

— Eu...Só comecei a ouvir o zumbido recentemente — finalmente explicou. Sua voz era um gemido, quase inaudível, mas o Arquiteto ouviu com fascinação. — Nós vamos para o nosso chamado quando começamos a ouvir. É quando vamos para nossa morte.

— Um nome apropriado, um fim injusto.

— Nunca houve nada justo nisso tudo. — Bregan falou. — Nunca quis isso. Nunca quis ser um Guardião Cinzento.

— Não?

— Não — cuspiu a palavra, evitando olhar para o rosto da cria das trevas. Era estúpido dizer isso àquela criatura. Ele esperava algum tipo de compaixão? Queria compaixão? Porque se queria, aqui embaixo nas Estradas Profundas, não era um bom lugar para isso.

Mas a verdade é que ele não se importava.

— Eu me juntei aos Guardiões Cinzentos porque não tive escolha. Quem me recrutou. . . Só aceitaria minha irmã se eu também fosse. Ele disse que queria me recrutar, mesmo sendo o sonho dela. — Ele se sentia envergonhado por querer explicar, mas o fez mesmo assim. — Eu disse que ela se esforçaria mais do que qualquer outro recruta, e ela seria a maior Guardiã Cinzenta de todas. Mas ele não se importou. Achou que eu seria melhor.

O emissário inclinou a cabeça. Era um olhar que Bregan tinha visto em insetos, até cachorros que ficavam perplexos com alguma ação estranha de seus mestres. Ele até mesmo achava melhor que nem tudo o que Arquiteto fizesse parecesse humano.

— Era um elogio, com certeza — respondeu.

— Era um destino cruel. Ou eu me juntava à Ordem ou minha irmã seria uma soldada em algum lugar. Guarda de alguma cidade ou talvez a esposa de um soldado. E ela ficaria frustrada, porque ser uma Guardiã Cinzenta era tudo o que ela sempre quis. Eu não podia fazer isso com ela.

A confissão deixou Bregan sem fôlego, e ele quase se dobrou, tremendo e fraco. Sua irmã nunca soube disso. Eles foram próximos a vida toda, e ele vira esse conhecimento no fundo dos olhos dela. Talvez a tenha deixado ainda mais motivada. Eles nunca admitiram esse fato em voz alta. Nunca foi falado, nem indiretamente, mesmo que os dois soubessem a verdade.

Algumas coisas eram mais fáceis de falar nas sombras. Faladas ali, não poderiam machucar Genevieve e o fazia se sentir melhor, mesmo que ficasse envergonhado em admitir. Enquanto todas as partes dele sofriam com a Mácula, como se estivesse sujo e infectado, algo dentro dele se sentia estranhamente livre.

— Vocês humanos fazem coisas estranhas.

Ele riu amargamente com a confusão da cria das trevas, por mais honesto que parecesse.

— É, acredito que sim. Não acho que você tenha irmãos e irmãs?

— Somos todos irmãos. — Ele piscou, respondendo de forma hesitante. — Todos somos iguais.

— Mas não de verdade. — Bregan lutou contra o zumbido que aumentava de novo, cerrando a mandíbula com o esforço. — Você disse que os Deuses Antigos não podem manipula-lo. Você fala. Você não é como as crias das trevas que eu já vi.

A criatura assentiu, hesitante, mas não disse nada.

— Por quê? — Insistiu.

— Eu já me perguntei a mesma coisa — disse o Arquiteto disse. Ele se afastou de novo, seu tom tomado por dúvidas. — Não acha que já pensei sobre isso? As crias das trevas nasceram nas profundezas, uma geração após incontáveis outras, e cada um de meus irmãos não é diferente de qualquer um que veio antes. Então eu surgi. — Ele bateu seus dedos longos em seu cajado, estudando o próprio movimento, como se pudesse achar uma resposta. — Talvez humanos sejam semelhantes? Talvez, de tempos em tempos, nasça um que seja uma aberração, diferente dos outros sem nenhuma razão, só diferente do que deveria ser?

— Alguns diriam que é a vontade do Criador, mas sim. Também somos assim.

O Arquiteto não respondeu imediatamente. Logo assentiu satisfeito.

— Talvez também seja similar essas aberrações raramente prosperarem entre os seus. São fracas. Não servem. São amaldiçoadas pelo que os faz diferente, e o diferente não é tolerado.

Bregan suspirou.

— Sim. Infelizmente, isso também é verdade.

— Mas, às vezes, não é uma maldição. — O Arquiteto andou em direção a porta da cela. Bregan não tinha certeza, mas pensou detectar um tom a mais na voz da criatura, que normalmente era neutra. — Estar do outro lado permite ver as coisas sob uma nova perspectiva, uma que falta ao resto de seus irmãos.

— Você tem essa perspectiva, não?

— Sim. — Ele abriu a porta da cela, que rangeu em protesto, mas não parecia estar fechada ou trancada. — Vem comigo, Guardião Cinzento? — Perguntou educadamente, virando-se na direção de Bregan que ainda estava contra a parede.

— Você não está preocupado se eu fugir?

— Estou preocupado com você. Minha capacidade de intervir quando se trata de meus irmãos é limitada, e a regeneração não resolverá tudo.

— Então ainda posso morrer. — Havia uma amargura no tom de Bregan que a cria das trevas conseguiu detectar. Podia-se perceber na maneira como o olhava com cautela.

— É por isso que você fugiu da primeira vez? — perguntou. Ele supôs que não estivesse fazendo uma pergunta de verdade, mas uma observação.

Ficou sentado por um longo minuto, encarando as sombras. O suor brotava em sua testa e a pele parecia úmida e quente demais. O zumbido fraco cutucava seus pensamentos e ele notou o quão faminto estava. Seu estômago roncou, vazio, e ainda assim ele não suportava a ideia de comer qualquer coisa. Só pensar nisso o fez ficar enjoado.

O Arquiteto continuou observando, aparentemente sem nada melhor para fazer. Ele supôs que não fazia sentido evitar essas perguntas.

— Eu imaginava que ia morrer — admitiu. — Por isso que segui ao Chamado para começo de conversa.

— Há formas mais fáceis de morrer, humano.

Sua careta aumentou. Ele se levantou com relutância, permitindo que as peles imundas escorregassem para o chão, e olhou para seu corpo. Tudo o que vestia eram suas roupas íntimas imundas e manchadas de sangue, cada parte de sua pele que não estava coberta pelas bandagens de pano cinza estava corrompida. Era como uma rede de mofo preto abrindo caminho por todo o seu corpo e, em todos os lugares onde tocava, sentia um zumbido quente sob a pele. Era difícil de olhar.

Então, ao invés disso, ele marchou para onde o Arquiteto o esperava, pegando a rocha brilhosa ao avançar.

— Então vou tentar não fugir dessa vez — resmungou. — Mas não prometo nada. — Ele se sentia exposto e vulnerável, mas tentou não deixar transparecer. Embora a Mácula pudesse ter deixado sua marca em sua carne, estava longe de ser fraco.

A cria das trevas não disse nada e se virou para o corredor. Bregan a seguiu. Enquanto observava a parte de trás das vestes da criatura, e sua cabeça careca e cheia de cicatrizes, ele se perguntou se não deveria tentar matá-la. Poderia não ser capaz de escapar, era verdade, mas talvez conseguisse eliminá-la e a qualquer ameaça que representasse. O fato de ser um emissário e, portanto, controlar um grande poder mágico era uma coisa... O fato de ser unicamente inteligente entre as crias das trevas era outra. Como Guardião Cinzento, talvez fosse seu dever matá-la.

Mas não o fez. Permaneceu atrás do Arquiteto, segurando a rocha brilhante diante de si e observando a luz estranha que lançava nos antigos corredores dos anões. Ele se perguntou por que o emissário não estava mais preocupado com sua segurança. Talvez tivesse algum tipo de proteção mágica, algo que atacaria Bregan se ao menos tentasse?

Ou talvez simplesmente soubesse que ele não faria isso.

Eles caminharam por um curto período de tempo pelas das ruínas, todas manchadas quase a ponto de serem irreconhecíveis. Agora eram um ninho de crias das trevas, cheio de gavinhas negras e bolsas de carne corrompida. O fato de não poder mais alcançar sua mente e detectar as criaturas o perturbava muito. O zumbido o cercava agora, formando uma barreira contra a qual sua consciência se chocou.

Não demorou muito para que os corredores se abrissem em uma vasta câmara, cujos limites se estendiam muito além do alcance da rocha brilhante. Pelo que conseguia ver, era um ponto em que as esculturas de pedra dos anões terminavam. Os pisos e as paredes se interrompiam aqui, como se alguma força simplesmente rasgasse o resto e deixado o subsolo aberto. Bregan podia ver a rocha natural, a luz dava uma sensação de umidade, uma grande massa de algo escuro e úmido que preenchia as sombras, com muitas coisas se movendo ao redor. Na verdade, a grande massa de barulho o fez pensar em uma colmeia de insetos. O cheiro era acre e forte. Ele não conseguia identificar o que era, e não tinha certeza se queria. O Arquiteto se virou para ele, seus olhos leitosos eram grandes e impossíveis de ler.

— Consegue ver?

— Não, não há luz o suficiente. Mas...

Sua objeção morreu em seus lábios quando o emissário levantou o cajado. Um brilho púrpura surgiu dele e, de repente, Bregan viu toda a caverna claramente. Era vasta, uma grande câmara subterrânea que se estendia mais longe do que poderia ver, cheia de crias das trevas. Milhares e milhares de criaturas trabalhando, todas tão misturadas que pareciam uma massa de vermes negros se contorcendo em alguma carcaça purulenta. Os fios orgânicos cobriam tudo, grandes colmeias espalhadas como feixes de nervos e penduradas entre as operárias horríveis que se moviam entre as sombras.

Estavam cavando? Ele teve a impressão de que a maioria delas estava engajada em algum tipo de produção, todas unidas para retirar grandes porções da rocha da caverna e expandi-la ainda mais. No entanto, não havia sons de ferramentas batendo contra a pedra, nenhum som de martelada ou grunhidos de esforço. Tudo o que podia ouvir era um gemido rítmico, um tom agudo que parecia ser feito por todas as crias das trevas. O som fez sua pele arrepiar e ele percebeu que o coro à distância respondeu à sua reação. Como um gato que arqueia as costas para conseguir um afago, ele ficou em êxtase; a sensação veio e quase subjugou seus sentidos.

O mundo balançou ao seu redor e ele tropeçou, apenas para ter uma mão forte agarrando seu braço e segurando-o. Seu coração bateu rápido em seu peito e, por um longo minuto, o único outro som próximo àquela música poderosa foi sua própria respiração. Inspira, expira. Inspira, expira, calmo e controlado. Ele sentia calor e o suor descia pelo seu rosto.

Estava doente. Talvez morrendo.

— Fique calmo. — O Arquiteto avisou. O brilho púrpura de seu cajado diminuiu e, de repente, a caverna ficou envolta em sombras mais uma vez. Mas agora Bregan sabia onde estavam. Ele podia senti-las se movendo, suas formas contaminadas umas contra as outras enquanto cavavam as rochas como insetos. O fato de não poder vê-las mais quase piorava a situação.

Ele se afastou do toque do emissário, sua respiração estava pesada enquanto se inclinava em uma parede próxima. Seu estômago embrulhou e, se houvesse algo nele, poderia ter vomitado. Ele ergueu o corpo algumas vezes e lutou para que a repulsa não tomasse conta de si. A suavidade da rocha e a frieza de sua superfície causava uma sensação boa contra sua pele. Ele se curvou contra ela, tentando ignorar a escuridão que o envolvia. Fechar os olhos ajudava, pelo menos por um momento.

— Uma reação curiosa — admitiu o Arquiteto. Bregan abriu os olhos e viu que a criatura o observava com um olhar clínico. Não tentou se aproximar dele, satisfeito em deixá-lo convulsionar. Suando e exausto, ele deslizou até se sentar no chão.

— São tantos... — respirou. Não sabia mais o que dizer.

O Arquiteto assentiu solenemente.

— Os Deuses Antigos os chamam, então eles procuram. Procuram porque não têm escolha. No final, todos aqueles que ouvem o chamado devem obedecer.

— Exceto você.

— E você. — Ele inclinou a cabeça.

Bregan se apoiou na parede e tentou ignorar a câmara grande e escura que sabia estar ao seu lado. Ele queria voltar para sua cela, para algum lugar pequeno e seguro onde pudesse fingir que não havia um enxame monstruoso ao seu redor. Mas isso também seria uma fraqueza.

Ele limpou o suor da testa com uma mão trêmula.

— Então o que você quer de mim? — Perguntou, com a voz falhando. — Quer que eu os ajude? Você quer que eu fale onde os Deuses Antigos estão, para acelerar o processo?

— Então você sabe onde eles estão. — A criatura parecia intrigada, mas não surpresa.

Ele riu, um som amargo que evoluiu para uma gargalhada maluca que o deixou rouco no final. O emissário parecia impassível com seu humor.

— Está dizendo que realmente não sabia disso? Não é por isso que me trouxe aqui?

O Arquiteto se abaixou para olhar Bregan diretamente nos olhos. Suas vestes marrons farfalharam e ele colocou seu cajado no chão com cuidado. Não queria olhar a criatura no rosto, mas não conseguia evitar. Aqueles olhos leitosos e mortos chamavam atenção. Ele parecia estranhamente sereno, quase sincero em sua preocupação.

— Eu não o trouxe aqui para começar um Flagelo — disse com cuidado, enfatizando cada palavra para não haver mal entendido. — Os números dos meus irmãos crescem a cada ano e, com o tempo, vão encontrar uma das prisões antigas. Eles vão destrancá-la e o ciclo vai recomeçar. Isso vai acontecer independentemente de você falar onde eles devem procurar. Eu não quero ver isso acontecer tão cedo.

Bregan ficou pasmo. Por um momento, ele quase conseguiu ignorar o zumbido incessante que ameaçava abrir sua cabeça e rastejar para dentro. Ele encarou espantado a cria das trevas.

— Então o que você quer?

— Eu quero acabar com isso. — O Arquiteto se levantou e caminhou até o limite da caverna e a encarou com olhos que podiam ver muito melhor na escuridão do que qualquer humano. — Meus irmãos foram vítimas desse impulso desde nossa criação. Nós subimos à superfície e lutamos para erradicar sua espécie e, cada vez que somos derrotados, começamos de novo. Isso vai continuar até que um de nós vença, certo? Até um de nós ser destruído para sempre, se for possível? — Ele se virou e olhou para Bregan, uma intensidade fria em cada palavra. — Mas e se não precisasse ser assim?

— Que outra opção temos?

A criatura fechou o espaço entre eles rapidamente, agachando-se com um olhar cheio de empolgação que quase fez Bregan recuar. Ele agarrou sua mão, segurando-a com firmeza.

— A chave está em seu sangue — sussurrou. — O seu sangue é o meio termo entre humanos e crias das trevas, o caminho para a verdadeira paz.

Bregan encarou o Arquiteto, sem saber se tinha entendido.

— Meio termo?

— A sua espécie sempre correrá risco com a minha enquanto a Mácula os infectar — insistiu. — E a minha espécie sempre vai querer destruir a sua enquanto o chamado dos Deuses Antigos existir.

— Mas eu não entendo. Não tem como isso mudar.

— Não? — Ele parecia surpreso. — Você é humano, e mesmo assim é imune à Mácula.

Bregan levantou o braço. Na luz suave da rocha luminosa, o rastro da Mácula ao longo de sua pele era muito evidente.

— Não mais.

— Você não está morrendo. Está mudando.

A palavra fez um arrepio correr pela sua espinha. A criatura o disse como se não fosse nem um pouco alarmante, mas a verdade é que não pensar no que estava acontecendo consigo era a única maneira de não enlouquecer. Sua mente se esquivou das imagens daqueles pobres tolos que foram dominados pela mácula das crias das trevas. Aqueles que não sofreram uma morte agonizante nas mãos da doença tornaram-se carniçais, seres cujas mentes quebradas estavam sujeitas ao controle das crias das trevas. Eles se tornavam peões, servos, até que finalmente murchavam e pereciam.

Ele começaria a obedecê-los como os outros em algum momento? Logo estaria naquela caverna, cavando junto com todas as outras criaturas, misturando sua carne com a delas?

— Isso... Não importa. — Suas palavras se atropelaram. — Não há como todos se tornarem imunes. A menos que virem Guardiões Cinzentos.

— Sim — assentiu o Arquiteto, como se fosse óbvio. Outro arrepio percorreu a espinha de Bregan. Suor escorreu em seus olhos e, por um momento, se sentiu fraco.

— Mas para virar Guardião Cinzento é preciso beber sangue das crias das trevas. A maioria das pessoas morre assim. Apenas alguns de nós sobrevivem.

— Sim. — Ele assentiu — Muitos da sua espécie vão morrer. — Antes de conseguir protestar, a criatura levantou a mão. — Você existe entre humano e cria das trevas. Se o resto da sua espécie pode ficar como você, não teria porquê temer o meu povo.

— Além do fato das crias das trevas sempre tentarem nos matar?

— Isso também terá que parar. Humanos e crias das trevas precisam encontrar um meio termo. — Ele pausou e estudou a expressão de Bregan com cuidado, como se observasse suas reações. Estranhamente, ele estava tendo poucas delas. Sentou-se contra a parede, ouvindo distraidamente o zumbido monótono que parecia vibrar dentro das próprias pedras, e esperou o horror da ideia chegar. Não aconteceu.

Não deveria? A menos que ele estivesse enganado, o Arquiteto estava sugerindo liberar a mácula das crias das trevas sobre todos, colocando-os no mesmo tipo de teste torturante que permitia alguém se tornar um Guardião Cinzento... No caso, os que sobrevivessem. O que não seriam muitos. Havia um motivo para que apenas os mais fortes fossem escolhidos para entrar na Ordem. Fora esses, poucos tinham chance de sobreviver ao processo.

Tal coisa seria possível? Ele não deveria estar bravo e exigindo respostas da criatura? Parte dele dizia que devia estar horrorizado e irritado, e deveria descobrir os detalhes daquele plano. Ele imaginou que envolveria algum tipo de magia das crias das trevas, mas qual, exatamente? Não deveria querer saber?

Enquanto estava sentado ali, com o queixo apoiado no peito ouvindo sua própria respiração irregular, ele descobriu que não. Não era trabalho dos Guardiões Cinzentos acabar com a ameaça das crias das trevas? E quando realmente estiveram perto de ter sucesso nessa missão? Cada vez que um Flagelo acontecia, trazia consigo uma guerra que chegava perto de exterminar a humanidade por completo. Cada vez que o mundo precisou lutar para se salvar, conseguiu por muito pouco.

Quantas vezes mais teriam sucesso? Seria o próximo Flagelo o momento em que as crias das trevas finalmente conseguiriam exterminar toda a vida da superfície de Thedas? Quantos morreriam?

Bregan se lembrou, de repente, do homem que o trouxe para a Ordem. Kristoff fora um guerreiro grisalho e inflexível, rigoroso e carrancudo. Ele foi comandante dos Guardiões anos antes de sucumbir à Mácula. Bregan o acompanhou até Orzammar, festejou com ele em uma mesa cheia de anões barulhentos e bêbados, e então o observou entrar nas Estradas Profundas.

Na época, Bregan foi tomado pelo luto. Mesmo com toda a sua rigidez, Kristoff foi seu único amigo de verdade na Ordem. Ele permitia que seu aprendiz cuidasse de seu cavalo e varresse seus aposentos, sabendo que Bregan preferia fazer tais tarefas a festejar com os outros recrutas. Ele jogava damas com Bregan em um tabuleiro empoeirado e treinava com ele dentro de casa quando chovia. Foi a recomendação de Kristoff que o fez se tornar comandante dos Guardiões Cinzentos depois dele, apesar do ciúme de Genevieve com a promoção, e aceitou apenas porque Kristoff exigiu que ele o fizesse.

O que se lembrava de seu mentor de cabelos grisalhos naquela noite final, no entanto, foi o alívio do homem. Enquanto Bregan tentava sufocar as lágrimas embaraçosas, Kristoff estava calmo e composto. A sensação de serenidade nele era palpável, toda a tensão resmungona que Bregan conheceu, presente em todos aqueles anos, desapareceu completamente. Ele caminhou para as sombras das Estradas Profundas, a cabeça erguida como se um peso tivesse sido tirado de seus ombros, e parou apenas para dizer a seu ex-aprendiz algumas palavras finais de conselho.

— Você vai cuidar deles, — disse — e eles vão odiá-lo por isso. Enquanto não existir um Flagelo atacando a superfície, todos farão o possível para esquecer o quanto precisam de nós. E isso é bom. Precisamos ficar distantes, mesmo que sejamos empurrados. É a única forma de tomarmos as decisões difíceis.

Na época, Bregan pensara: que decisões difíceis? Não havia Flagelo há séculos, nos piores momentos a Ordem lidou com hordas de crias das trevas que apareciam na superfície de tempos em tempos. As decisões mais difíceis que um comandante dos Guardiões era forçado a tomar eram quais recrutas poderiam passar pelo teste para ingressar na Ordem. Nunca era fácil, já que mesmo o mais resistente deles podia morrer, mas não parecia merecer aquelas palavras de Kristoff.

Os Guardiões Cinzentos observavam e esperavam como sempre faziam, mas agora a Ordem era apenas uma sombra do que havia sido durante as guerras anos antes. Tarde da noite, no silêncio de seu quarto, Bregan havia se permitido o luxo de acreditar que os tempos das crias das trevas tinham acabado.

Ou, pelo menos, acreditara naquilo até agora.

— Você está quieto — murmurou o Arquiteto.

— O que devo dizer?

O emissário segurou seus robes enquanto andava ao redor de Bregan. Parecia que seus olhos pálidos procuravam por algum sinal.

— Minha experiência com humanos é limitada — admitiu. — O que você vai ou não fazer é um mistério para mim. Sua espécie costuma ser irracional. Mesmo assim, eu esperava... Raiva, talvez?

— E o que você acha que eu estou sentindo agora?

Ele piscou.

— Eu diria que você está triste.

Bregan se sentiu pesado. Seus pensamentos ficaram confusos e, por um breve momento, parecia que o zumbido estava a um mundo de distância. Ele simplesmente ficou sentado lá nas sombras silenciosas, o suor escorrendo por sua pele úmida e corrompida enquanto a criatura o encarava. Aquilo tudo era muito surreal.

— Você consegue fazer isso? — Ele finalmente perguntou. — Esse seu plano. Você realmente consegue?

— Não sozinho. — O Arquiteto não acrescentou mais nada e ele não tinha certeza de que conseguiria uma resposta mesmo se o pressionasse. Parte dele se perguntou, de uma forma muito distante, se deveria atacar esta criatura afinal. Se tinha pensado que a criatura era perigosa antes, agora podia ser a coisa mais perigosa do mundo inteiro.

Ele não fez nada. Ficou sentado e olhou para o chão rachado, desgastado através dos anos. Antigamente eram ladrilhos de pedra, delicadamente incrustados com um desenho geométrico típico dos anões. Ele vira algo parecido dentro de uma casa de banho em Orzammar. Talvez aquele tivesse sido um lugar parecido? Ele tentou imaginá-lo cheio de luzes brilhantes, banheiras cheias de vapor e nobres caçadores anões rindo atrás de seus leques. Em vez disso, ele pensou apenas em imagens de carne corrompida e poças de imundície estagnada. Um câncer tomou conta deste lugar, uma doença úmida que cresceu em segredo até que se espalhou na superfície.

Aquela era a verdade, não era? O mundo estava doente. Desde o seu início, de tempos em tempos, os Guardiões Cinzentos lutavam contra os sintomas . Mas nunca derrotavam a doença. Talvez fosse a hora de um tratamento mais radical.

O Arquiteto acenou para ele com uma mão escura e mirrada.

— Venha comigo, Guardião Cinzento. — Ele não esperou ser seguido, mas Bregan não hesitou dessa vez. Gemendo com o esforço, ele se levantou do chão e tropeçou atrás do emissário enquanto este se afastava da caverna e voltava pelo caminho por onde vieram.

Mas eles não voltaram para a cela. Passaram um bom tempo cruzando um labirinto de passagens, algumas pequenas, outras enormes sustentadas por arcos em ruínas de que Bregan mal conseguia ver o topo. Ele perdeu a noção de para onde iam, fazendo o seu melhor para lutar contra a fraqueza corrosiva dentro si e para manter o emissário dentro do alcance da luz da rocha luminosa. Apesar de não parecer se exceder, moveu-se tão rapidamente que começou a temer que realmente pudesse ficar para trás.

Eles encontraram crias das trevas duas vezes. Uma vez foi um grupo de genlocks. Na segunda vez, foi um grupo inteiro de hurlocks, um deles era um alfa poderoso, armado e blindado com metal que brilhava como obsidiana negra. Bregan ficou tenso em ambas as vezes, esperando ser atacado, mas as criaturas não fizeram nada além de assobiar com cautela e manter distância. A princípio pensou que era a ele que reagiam, um Guardião Cinzento inimigo no meio deles. Mas então, enquanto observava suas reações mais de perto, percebeu a verdade.

Era o Arquiteto que temiam.

O emissário não prestou atenção neles, apenas carregava seu cajado nodoso de forma ameaçadora enquanto passavam por perto. Eles recuaram, fazendo ruídos estridentes raivosos no fundo de suas gargantas, como cães confrontados com um outro claramente superior, e salvando o pouco da dignidade que podiam ao puxar o rabo entre as pernas. Bregan ficou surpreso e desconcertado por ser tão ignorado. Eles o viam como uma cria das trevas agora? Estava com tanta Mácula correndo em suas veias que nem era distinguível como um Guardião Cinzento? Essa ideia o perturbava.

Depois de um tempo, Bregan começou a perceber que estavam avançando para cima. Subiram um longo lance de escadas, que o deixou ofegante e tremendo de exaustão, então entraram em um longo túnel que parecia inclinar-se em direção à superfície. A pedra lá ainda estava praticamente livre da mácula de crias das trevas, e ele começou a se perguntar o quanto ela o tinha consumido. Teve a impressão de que as ruínas anãs permaneciam intactas ao seu redor, as cavernas naturais não foram tomadas, mas quem poderia dizer com certeza até onde elas iam? Segundo o Moldaranato anão, alguns dos thaigs mais antigos foram maiores que a própria Orzammar. Agora eles faziam parte da área contaminada e ocupada pelas crias das trevas.

Ele caiu em transe, concentrando-se em colocar um pé na frente do outro e acompanhar o Arquiteto, que ficou calado. A viagem deles foi silenciosa, com apenas os belos acordes do zumbido repuxando os sentidos de Bregan. Ele tentou ignorá-los. Quando finalmente começou a se perguntar para onde estavam indo, ele se resignou ao fato de que não havia sentido em perguntar. O Arquiteto estava se movendo e ele o seguia.

Então, o emissário parou abrupto o suficiente para que Bregan quase trombasse nele. Ele olhou para cima e viu que o túnel acabara. Eles estavam em algum tipo de entrada que se abria para uma caverna natural ainda maior. O pouco que podia ver com a rocha luminosa lhe disse ser um espaço natural e imaculado na maior parte. Uma leve brisa fria e acolhedora passou por sua pele fria, e só depois ele percebeu que significava ar fresco. Eles estavam próximos à superfície.

O Arquiteto levantou uma mão calmamente enquanto se virava.

— Não está tão perto quanto parece — avisou com seu tom calmo e civilizado. — Os dutos que ainda existem aqui trazem o ar da superfície. Mas seria simples chegar até lá daqui.

Bregan encarou a criatura, desconfiado.

— E por que você me trouxe aqui?

— Se você tentasse fugir de novo enquanto estávamos entre os meus irmãos, eles o teriam impedido. Eles costumam me ouvir porque têm medo, mas não sou igual a eles e eles sabem disso.

Demorou um tempo para a ideia assentar. Ele estava exausto, suas pernas estavam queimando agora que estava de pé. A coceira intensa por baixo de sua pele pressionava seus tendões. O Arquiteto se virou e olhou para a caverna, a rocha brilhante destacando cada dobra da carne seca em sua face esquelética. Se Bregan precisasse adivinhar, suspeitaria de que ele estava pensativo.

— Você quer que eu fuja agora?

— Você ainda quer?

— Você me deixaria ir?

— Sim.

A resposta o surpreendeu. Ele olhou para as passagens sombreadas onde o Arquiteto olhava e se perguntou o que a cria das trevas viu ali. Bregan veio para as Estradas Profundas para morrer. Se fugisse, ainda poderia conseguir. Poderia continuar seu Chamado, como planejado.

Mas se tudo que queria fosse morrer, havia jeitos mais fáceis de fazer isso. Até o Arquiteto tinha lhe dito, e era verdade. Então, talvez, ele não quisesse morrer. Talvez pudesse ir até a superfície, se realmente fosse possível. Ele poderia avisar os Guardiões Cinzentos sobre o plano deste emissário, dar tempo para que conseguissem pará-lo...

...Mas deveria?

Ignorando a ideia de que seria atacado no momento em que aparecesse na superfície, sua pele tão corrompida quanto a de qualquer carniçal, ocorreu-lhe que talvez o plano do emissário tivesse alguma lógica. A morte de muitos era horrível, de fato, mas mesmo se significasse a sobrevivência do todo? Parar o Flagelo era o verdadeiro dever dos Guardiões Cinzentos e, mesmo que Bregan nunca quisesse ser um deles, era tudo o que realmente era agora.

— Esse seu plano — começou devagar.

— Sim?

— Você não está querendo jogar algo contra nós? Você disse que as crias das trevas precisavam estar em um meio termo também, não é? Você deve ter um plano para isso.

— Nós podemos falar sobre isso, se quiser.

— Mas a ideia é acabar com os Flagelos? Para sempre e que nunca aconteçam de novo.

O emissário se virou e encarou Bregan por um momento, sua expressão impossível de ler. Seus olhos grandes e pálidos piscaram e ele se inclinou em seu cajado escuro. Ele cerrou os dentes, perguntando-se se talvez esse não fosse o plano da criatura o tempo todo. Levá-lo para as profundezas, deixar a Mácula corroer sua sanidade até que finalmente... O que? Até finalmente admitir que talvez os Guardiões Cinzentos não tivessem todas as respostas? Eles faziam o que podiam para proteger o mundo da destruição, mas não tinham uma solução, exceto o sacrifício constante de almas jovens à Mácula? Nada que Bregan aprendeu poderia prepará-lo para isso.

— Sim, essa é a ideia — murmurou o Arquiteto.

— E o que as outras crias das trevas pensam disso? Concordam com você?

— Elas não conseguem. Eu preciso tomar essa decisão por elas.

Bregan se viu assentindo devagar Ele olhou para dentro da caverna e sentiu a brisa de ar fresco em sua pele. "Seria bom ir para a superfície", ele pensou. A essa altura, haveria neve no chão, e o sopro gelado do vento seria bem-vindo contra sua pele ardente e queimada.

Então pensou em Genevieve, sua irmã de cabelos grisalhos e olhar sério. Ele se lembrou de seus sonhos e se perguntou se ela estaria a sua procura. Se ele fosse para a superfície, ela poderia até encontrá-lo. E o que ela diria se o visse agora?

— Então, vamos falar sobre isso. — As palavras saíram dele de repente, mas assim que foram ditas, Bregan soube que não poderia ser de outra maneira. Os sussurros dentro do zumbido distante ficaram mais altos e mais insistentes, chamando seu nome das sombras e puxando sua mente.

Ele os ignorou.

O Arquiteto se curvou com respeito fazendo um gesto para voltarem por onde tinham vindo. Bregan ajustou as poucas roupas que lhe restavam e começou a caminhar pelo corredor, de volta às profundezas, e desta vez a cria das trevas o seguiu.

7

Deixe a lâmina passar pela carne, deixe meu sangue cair no chão. Deixe meus gritos tocarem seus corações. Que o meu seja o último sacrifício.

— Cântico de Andraste 7:12

ERA IMPOSSÍVEL SABER as horas nas Estradas Profundas, mas Maric suspeitou que eles não tinham descansado mais que algumas horas. Ele teve um sono agitado e, ao acordar sempre estava ciente da comandante dos Guardiões Cinzentos andando do lado de fora.

Não demorou muito para que Genevieve mexesse nas tendas, com um tom insistente. Sem dúvidas ela esperou até não conseguir mais. O jovem Duncan reclamou, mas o olhar mortal dela o fez ficar em silêncio. Maric riria se não tivesse certeza de que receberia um olhar parecido. Os Guardiões Cinzentos começaram a juntar suas coisas. Pressa tomou conta deles. Enquanto o dia anterior fora preenchido por falas amigáveis de Duncan, entre outras conversas, agora apenas havia um silêncio tenso.

Eles insistiram em arrumar a tenda de Maric por ele. Começou por conta própria, mas Utha se colocou entre ele e a tenda. Ele tentou protestar, mas a anã simplesmente o ignorou. Como poderia discutir com alguém que não falava? Então, com relutância ele desistiu, e provavelmente foi o melhor. Os outros se prepararam para o que viria. Kell foi à frente, seu enorme cão de guerra logo atrás. Maric se perguntou o quão sábio era trazer um animal para as Estradas Profundas, mas estava cada vez mais óbvio que Hafter não era uma criatura comum. Ele e o caçador silencioso pareciam compartilhar um vínculo que ia além de mestre e servo. Kell raramente precisava dar comandos para o cachorro. Hafter também nunca ia rápido ou ficava agitado demais. Era tão cauteloso e desconfiado quanto o caçador, atento a cada sombra. Na verdade, foi muito fácil parar de pensar em Hafter apenas como um cachorro.

A única pessoa além de Maric que parecia não ter nada para fazer no momento era Fiona. Ela ficou por perto, intencionalmente ignorando-o, a luz branca de seu cajado fornecia a única iluminação nas ruínas, agora que a fogueira do acampamento estava apagada. Seu brilho cintilante lançava sombras nas paredes das ruínas, formando sombras que se moviam bem acima deles. Já que ela estava segurando o cajado, a sombra atrás de Fiona era a maior, pairando alto sobre ela como se estivesse prestes a atacar. "É adequado que a elfa feroz projete a sombra mais dominante", ele pensou.

Fiona se irritou com o seu olhar. Ela tentou ignorá-lo, mas não conseguiu por muito tempo.

— O que foi? — questionou.

— Eu estava me perguntando por que você não está fazendo nada.

— Eu estou fazendo alguma coisa.

— Fazendo o cajado brilhar? Uma tocha não seria o suficiente?

Ela olhou na direção do cajado, tentando esconder o sorriso.

— Não é isso — disse. — Isso mal exige esforço. Estou de olho nas crias das trevas. Alguém precisa fazer isso.

— De olho?

— É forma de falar. Elas estão se aproximando. Os broches que Remille nos deu parecem estar funcionando até agora... Elas não parecem saber que estamos aqui. Mas não podemos arriscar. Assim que nos localizarem, umas falarão para as outras.

— Você não pode matá-las antes que façam isso?

O espanto da maga aumentou e ela ergueu uma sobrancelha.

— Elas estão conectadas umas às outras pela Mácula. O que um sabe, todos sabem.

— Que inconveniente.

— Os broches as impedirão de nos rastrear, mas se souberem dos invasores, virão como um enxame. É melhor que não saibam da nossa presença o máximo possível. Kell foi ver quantos são.

— Elas não o verão?

Ela sorriu.

— Não. Elas não o verão.

Mais alguns minutos e as tendas desapareceram nas mochilas dos Guardiões Cinzentos, e o resto do acampamento junto com elas. A fumaça da fogueira apagada e a perturbação das camadas de sujeira e poeira que cobriam o solo eram as únicas evidências da passagem deles. Genevieve distribuiu tochas para Duncan e Utha e, assim que foram acesas, Fiona permitiu que seu cajado parasse de brilhar.

O que era bom, Maric imaginou, já que seu brilho teria alertado as crias das trevas a quilômetros de distância. Ele imaginava quantas tochas eles teriam guardadas. Lembrou que havia líquen fosforescente para oferecer luz em alguns lugares, mas era irregular e difícil de confiar. A ideia de ficar preso na escuridão sufocante das profundezas era desconcertante, para dizer o mínimo.

No entanto, Genevieve não estava interessada em discutir o estado de seus suprimentos, com um olhar intenso, acenou para que todos a seguissem. Sua velocidade deixou claro que ela queria recuperar o tempo perdido e sabia exatamente para onde estava indo.

As horas seguintes foram cansativas. O tempo passou devagar e Maric fez tudo o que pôde para acompanhar as tochas à frente. Eram dois pontos de luz quente, oscilando lentamente em passagens com sombras tão densas que quase parecia como se estivessem nadando nelas.

Não estava nem de longe tão frio quanto na superfície, mas ainda havia um frio no ar que passou pela armadura de Maric e o fez estremecer. Pelo menos Duncan estava muito distraído para reclamar. O rapaz manteve os olhos abertos, nervoso como os outros, com uma das mãos nas adagas. Maric supôs que se as crias das trevas estivessem mais perto, aquelas adagas muito provavelmente estariam em suas mãos ao invés de nas bainhas.

A imobilidade era tão enlouquecedora quanto se lembrava. Nada se movia na escuridão, exceto eles, e apesar do fato de pisarem rapidamente em pedras duras, elas faziam pouquíssimo barulho. Era como caminhar em um campo de neve; cada sussurro absorvido e cada passo abafado. O fato de ninguém estar falando agora só piorava.

O suor escorria por sua testa e suas pernas doíam, mas ele não ficou para trás. Genevieve os guiou através dos túneis longos sem dó, as horas foram se misturando. Nas poucas ocasiões em que alcançavam uma bifurcação nas Estradas Profundas, ela chamava irritada para que Maric viesse à frente, ele olhava em volta e tentava se lembrar por onde foram na primeira vez.

Ele pensou que, depois de oito anos, aquilo seria difícil, e lutaria para lembrar o caminho. Afinal, as coisas mudaram ali. A mácula das crias das trevas tinha se expandido mais, por exemplo. Mas não importava, não tinha problemas em se lembrar do caminho. Era como se tivesse vindo pela última vez no ano anterior, ou há poucos meses.

Seus olhos se cruzaram com os de Fiona em certo momento. Talvez ela tenha percebido seu sorriso, ou a forma que ele encarava as coisas ao longe. Ela não disse nada, mesmo parecendo curiosa. Ele a ignorou e se virou para ir embora.

Em certo momento, Kell voltou, o caçador e seu cão surgiram das sombras das profundezas tão repentinamente que Maric pulou.

— O que você encontrou? — Genevieve perguntou, acenando para os outros que estavam atrás.

Os olhos pálidos do homem quase pareciam brilhar sob seu capuz. Ele colocou o arco no ombro e gesticulou em direção ao gibão de couro. Maric notou sangue preto ali pela primeira vez, enxarcando grande parte da superfície.

— Eu precisei matar algumas — murmurou, obviamente decepcionado consigo mesmo. — Consegui dispersar as demais. Nenhuma delas me viu, mas sabem que há algo estranho aqui. — Ele virou a cabeça e olhou na direção da passagem, seus olhos observando além das sombras. — Há mais delas vindo.

A comandante fez uma careta, mas não parecia brava.

— Isso era inevitável.

— É pior. Tem um grupo grande logo à frente.

— Então precisaremos desviar dele.

Maric levantou a mão.

— Err... Essa é a rota que fomos na última vez. Se sairmos dela, não sei se vou conseguir nos trazer de volta. — Genevieve franziu o cenho, olhando na direção em que as crias das trevas que se aproximavam. Ela parecia estar avaliando as opções com cuidado, a tocha fazia seu rosto brilhar. Finalmente, ela assentiu. — Não temos outra escolha, por enquanto. Kell, precisamos que você use seu senso de direção para encontrar um caminho alternativo.

— Sim, comandante.

— Oh, Pelo Criador! — Duncan reclamou. Genevieve apontou o dedo para o rapaz sem nem mesmo olhar em sua direção e ele fechou a boca, parecendo incomodado ao fazê-lo.

Eles viraram para a passagem lateral, o caçador os guiava agora. Prepararam as armas e Maric decidiu seguir o exemplo. Ele empunhou sua espada longa, a lâmina pálida feita de osso de dragão gravada com runas que brilhavam como safiras. Isso chamou a atenção imediata dos outros e pararam repentinamente, olhando para ele com surpresa.

Utha deu um passo à frente, os olhos arregalados, e gesticulou.

Julien franziu as sobrancelhas.

— Ela quer saber onde você conseguiu isso — explicou.

— Achei aqui, nas Estradas Profundas, — admitiu — nas mãos de um anão morto há muito tempo. Eu a ofereci de volta para os anões, mas rei Endrin recusou.

Utha assentiu e fez um gesto que não precisava de tradução. Ela estava impressionada. Os outros assentiram e continuaram seu caminho. No entanto, Duncan hesitou.

— Ela sempre brilha assim? — Perguntou.

— Não. Está reagindo às crias das trevas, eu acho. — Ele a posicionou contra a parede, algo que fez ao encontrá-la pela primeira vez, e observou a reação dos Guardiões Cinzentos enquanto a Mácula que cobria a parede recuava da lâmina como uma coisa viva. A pedra abaixo estava descoberta agora, a luz safira brilhando sobre ela.

— Parece útil — Duncan murmurou.

— Eu costumava ser sortudo assim. Espadas mágicas espalhadas por aí, pessoas correndo para me resgatar no último momento, esbarrar em legiões de anões no meio das Estradas Profundas, esse tipo de coisa.

O rapaz o encarou, aparentemente assumindo que estava brincando.

— Então, esperemos que sua sorte continue.

— Sim.

Eles avançaram, agora quase correndo. O tilintar das armaduras de metal se somou ao baque de suas mochilas e o barulho de suas botas nas rochas... E, ao longe, Maric conseguia ouvir um zumbido. Era um som profundo reverberando por toda a passagem, um sussurro de pavor que parecia vir de todas as direções ao mesmo tempo.

Ele se lembrava bem daquilo. Crias das trevas.

Sem falar nada, eles começaram a correr. Kell gesticulou duas vezes com urgência para o resto mudar de direção para uma passagem lateral, levando-os através de um buraco na parede para uma caverna natural. Maric não se sentia confortável em deixar as Estradas Profundas. O chão era irregular e escorregadio, a caverna descia abruptamente. Eles seriam capazes de encontrar o caminho de volta? No entanto, houve pouco tempo para pensar. Eles aceleraram pelas cavernas escuras e, ao finalmente chegar a uma bifurcação no caminho, Genevieve mandou parar. Enquanto esperavam ofegantes ela acenou para que as tochas fossem apagadas. "Isso é um mau sinal", Maric pensou consigo. Duncan e Utha rapidamente apagaram as tochas, que já queimaram bastante.

Fiona ergueu o cajado e, com um sussurro, ele começou a brilhar novamente. No entanto, ela manteve a luz fraca para que mal brilhasse além da próxima área. Mover-se nessas cavernas assim seria difícil, com todas as pedras soltas e destroços espalhados. Isso parecia menos importante que a aproximação do zumbido.

A pele de Maric ficou arrepiada. Ao lado, podia-se ver Duncan apalpando nervoso o cabo de uma de suas adagas. A pele escura do rapaz brilhava de suor e seus olhos se moviam, agitados, como se esperasse algo saltar das sombras. Ele não sabia por que pararam de correr. Todo o grupo pareceu congelado no lugar, prendendo a respiração enquanto esperavam.

A tensão era quase insuportável.

— O que estamos esperando? — perguntou Maric.

Nicolas pulou, assustado, e o encarou irritado. Genevieve levantou uma mão para Maric, mas não olhou em sua direção. Seu olhar intenso estava em outro lugar, assim como o de Kell e dos outros. Estavam todos olhando para a escuridão, para algo que ele não conseguia detectar.

— Estamos esperando para ver se os que estão à frente vão passar. — Ela explicou, em voz baixa.

— Estamos no meio de dois grupos. — Kell sussurrou.

Julien apertou o punho de sua espada de duas mãos com nervosismo. Maric podia ver o suor escorrendo pela testa dele.

— Criador, meus inimigos são abundantes, — o homem entoou. — Mas minha fé me sustenta. Eu não temerei a legião.

— Talvez haja um caminho... — começou Genevive hesitante, então parou. Ela olhou para o caçador e ele assentiu. Gesticulando para seu cão segui-lo, Kell imediatamente girou e começou a correr de volta pelo caminho de onde vieram. Ela correu atrás dele. — Rápido — ordenou.

Eles correram de volta para as cavernas. Maric queria perguntar por que estavam voltando, mas eles estavam indo muito rápido. Ele só podia presumir o que eles sentiram à frente era pior do que o que estava atrás deles.

— Maric, quando a batalha começar, fique atrás da maga! — Genevieve gritou enquanto corria. — Cuide dela! Duncan, fique com ele!

Ele mal conseguiu processar a ordem quando a batalha começou. Com um grande grito de guerra, a mulher de cabelos brancos avançou com a espada erguida. Nicolas e Julien a flanquearam, o primeiro com maça e escudo com espinhos e o último com uma lâmina de duas mãos. Os três se chocaram contra uma linha de crias das trevas que apareceu na luz branca do cajado, quase como se viesse de lugar nenhum.

Os hurlocks assobiaram com indignação, empunhando suas armas primitivas e de aparência irregular, e de repente, reconheceram seu antigo inimigo. No entanto, era tarde demais e os guerreiros abriram um caminho de carnificina em suas fileiras. O zumbido ficou mais alto e raivoso ao redor deles. O icor de crias das trevas brotou de feridas abertas enquanto o aço cortava a carne corrompida com facilidade.

Maric recuou, segurando sua espada cheia de runas com cautela. Duncan ficou por perto, agachado no chão com ambas as adagas em punho. "Uma posição selvagem", pensou Maric, "indica um estilo de luta rápido e sujo".

Fiona deu um passo à frente ao lado dele, o brilho de seu cajado se intensificando até que ficou brilhante o suficiente para iluminar toda a passagem.

— Não tem por que se esconder agora — resmungou. Ela colocou a mão no peito de Maric. — Afaste-se.

Segurando seu cajado, ela falou algumas palavras suaves sussurradas. Seus olhos se fecharam e a aura de magia se intensificou ao redor dela.

Ele deu um passo para trás como ordenado e, ao fazê-lo, um anel de poder surgiu da maga. O ar oscilou ligeiramente, preenchendo-se com um brilho não natural e, à medida que o anel tomava conta da passagem e atravessava as fileiras de crias das trevas, elas pareciam desacelerar um pouco. Suas armas se moviam como se o próprio ar se tornasse espesso e pesado. No entanto, os Guardiões Cinzentos não pareciam afetados.

Genevieve e os outros guerreiros avançaram, grunhindo enquanto golpeavam com suas armas pesadas. Todos os três eram veteranos. Seus golpes eram cuidadosos, mas poderosos, e eles não perdiam tempo em um único oponente mais do que o necessário, chutando a criatura mortalmente ferida para abrir espaço, se necessário. Genevieve e Julien não pareciam incomodados com a falta de espaço para suas lâminas. Eles alternavam sem esforço entre bloquear e atacar, até golpeando com o cabo quando necessário. Nicolas usava o escudo não só para se proteger, mas para bloquear ataques direcionados aos outros dois. Sua maça atacava rapidamente, esmagando mandíbulas e quebrando mãos para que seus oponentes largassem as armas.

Cada um dos três estava ciente dos outros dois, mantendo a distância uniforme e garantindo que nenhuma das crias das trevas atravessasse sua linha. Os ataques eram efetivos. As crias das trevas recuaram, o zumbido alienígena assumiu um tom raivoso. Os guerreiros avançaram, icor escuro manchando suas armaduras e seus rostos e, por um momento, parecia que o trio poderia realmente segurar a passagem estreita por conta própria.

Mas isso não durou.

Nicolas gritou de raiva quando um grande hurlock bateu com força em seu escudo, empurrando-o vários metros na pedra irregular. Ele tropeçou e caiu para trás, a criatura pulou em cima dele e mordeu seu rosto com suas presas grandes. Julien se virou, os olhos arregalados, e cortou a criatura quase ao meio com um golpe de sua enorme espada. Mas o dano já estava feito.

Vários genlocks pequenos passaram pelo guerreiro caído, rosnando de alegria enquanto corriam em direção a Maric e dos outros. Eles desaceleraram com o feitiço de Fiona, mas não o suficiente. Genevieve se mexeu para tentar fechar a lacuna deixada pela queda de Nicolas, mas não conseguiu. Julien estava muito ocupado tentando evitar que as crias das trevas o matassem e Nicolas, balançando sua lâmina em arcos largos, e ela simplesmente não conseguia segurar a linha por conta própria. Mais crias das trevas passaram. A defesa estava quebrada.

Os primeiros genlocks tentaram arremessar suas lanças, mas várias flechas atravessaram suas cabeças antes que pudessem atacar. Eles caíram, gritando de dor e arranhando seus rostos. Kell deu um passo à frente, franzindo a testa enquanto encaixava mais flechas e as disparava o mais rápido que podia em quem se aproximava.

Utha largou sua mochila e se preparou para correr na direção das crias das trevas. Maric se perguntou com o que a anã planejava lutar, já que tudo o que usava eram suas vestes marrons e manoplas de couro. Ele nunca a viu carregar uma arma. Ela lutava com os punhos? Era o que as Irmãs Silenciosas faziam?

— Utha, espera! — Fiona gritou.

A anã saltou para o lado quando a maga deu um passo à frente, segurando as mãos na frente dela. Com um olhar de concentração e um sussurro de magia, uma chama envolveu suas mãos e disparou em um jato para queimar as crias das trevas que se aproximavam.

Por um momento, a caverna ficou iluminada como se fosse dia. As crias das trevas da frente grunhiram em agonia enquanto o fogo as consumia. As chamas mágicas se espalharam pelo solo, criando uma nuvem de fumaça preta que ameaçava sufocar a passagem. As crias das trevas atrás logo atrás foram igualmente queimadas e sibilaram de raiva, mas continuaram a correr apesar de seus ferimentos. Elas pularam sobre seus camaradas em chamas, ansiosas para alcançar Fiona antes que pudesse lançar outro feitiço.

Utha avançou assim que o caminho ficou livre. Seu rosto continuava sereno ao atingir o primeiro genlock. Firmando um pé, ela deu um chute giratório que acertou a pequena criatura bem no rosto. Ossos se quebraram sob suas botas de couro e ela cambaleou para trás.

Sem parar, a anã avançou. Ela segurou as ombreiras de metal bruto do genlock, e, se aproveitando da inércia, pousou do outro lado da criatura, que foi lançada a mais de três metros de distância.. O grupo virou um emaranhado.

Um hurlock alto e fortemente blindado sibilou em fúria e ergueu sua espada negra bem alto para atacar a anã. Ela se esquivou, a lâmina arrancando faíscas na pedra, e se abaixou deu uma rasteira na criatura.

Ela tombou com facilidade. Com calma, ela saltou em cima dele e o golpeou com a mão reta e rígida, em sua garganta; não com o punho, Maric notou. Seus dedos cravaram fundo em seu pescoço murcho com um estalo nauseante, ele se agitou inutilmente e tentou nocautear Utha.

Ela já não estava lá, saltando para as costas de outro. Antes que alguém pudesse reagir, ela travou os braços ao redor da cabeça da cria e, com um grande puxão, quebrou seu pescoço. Mais crias das trevas estavam correndo em sua direção agora, Maric observou com espanto quando a anã caiu no chão e começou a golpear com os pés e as mãos. Cada chute foi certeiro, cada golpe de seu cotovelo ou palma da mão foi calculado para o impacto máximo e, ainda assim, ela se moveu quase rápido demais para Maric acompanhar. Ele nunca vira alguém lutar assim.

Finalmente, um hurlock conseguiu agarrar o manto de Utha por trás e a puxou de volta. Ela cerrou os dentes e se preparou para se desvencilhar, mas antes que pudesse fazê-lo, o cão de guerra cinza saltou sobre ele por trás. Hafter rosnou com raiva enquanto mordia o pescoço do hurlock com suas mandíbulas poderosas, puxando-o para longe da anã. Fluido negro jorrou quando o cão jogou a criatura para o lado. Um genlock correu para Hafter com uma lança, mas duas flechas saíram das sombras e cravaram em seu peito, fazendo-o voar de volta. Kell apareceu, os olhos claros olhando furiosamente para a criatura que ousou atacar seu cão. O capuz do caçador havia caído para trás, revelando uma cabeça raspada decorada com tatuagens pretas elaboradas que Maric achou muito parecidas com as usadas pelo povo das colinas avvarianas.

Kell colocou seu arco no ombro e puxou um mangual de seu cinto. Era uma arma de aparência cruel, uma bola de metal com pontas presa a uma corrente, e o homem começou a atacar várias crias das trevas que correram em sua direção. Seus golpes foram cuidadosos, cada golpe acertando a bola com espinhos em um novo oponente, onde fincava com um efeito espetacular. Em seguida, a bola seria arrancada da criatura cambaleante e lançada em uma nova.

Hafter imediatamente se colocou às costas de Kell, girando em conjunto com os movimentos de seu mestre e atacando qualquer criatura que se aproximasse demais. Um grande hurlock tentou acertá-lo com uma lança, o cão segurou o braço da criatura e a arrastou para o chão.

Ele rosnou alto e sacudiu o hurlock em suas mandíbulas, quase como se fosse uma boneca de pano.

— Maric!

O grito de Duncan chamou sua atenção. Mais crias das trevas passaram por Genevieve, embora a quantidade de carnificina que via daquela direção lhe dissesse que os guerreiros estavam fazendo o possível para lutar contra elas. Fiona apontou com seu cajado e enviou rajadas de fogo mágico na onda de crias das trevas que se aproximava, mas isso mal a atrasou.

Duncan saltou sobre eles. Quando o primeiro genlock sibilante atacou com um machado de batalha erguido bem alto, o jovem Guardião Cinzento apunhalou seu peito com seu par de adagas. As lâminas de argentite deslizaram através do metal preto corrompido da placa torácica da criatura como se fosse feita de pouco mais do que um tecido macio. O corpo de Duncan colidiu com o genlock e o derrubou, com ele ainda por cima.

Outra cria das trevas voltou, seus olhos mortos focando Duncan enquanto descia seu machado. O rapaz saltou agilmente, evitando o ataque e deixando-o cair na cabeça do genlock abaixo. No ar, Duncan atacou com as adagas no novo atacante, fazendo um corte limpo em sua garganta e espalhando corrupção por todo o lado.

Assim que o jovem pousou, ele já girou baixo e cortando as pernas de criaturas próximas. Maric notou que ele se direcionou os pontos críticos com aquelas lâminas curtas, se era seu treinamento ou simplesmente instinto, ele não saberia dizer. As adagas mergulharam nas lacunas da armadura da cria das trevas, cortando tendões e tornozelos. Ele esfaqueou qualquer parte de trás que alcançou, mal parando para ver a criatura cair enquanto se virava para enfrentar a próxima.

— Divertido, não é? — Duncan falou sorrindo na direção de Maric enquanto subia em um hurlock e enfiava uma adaga fundo em um dos seus olhos. A criatura rugiu em agonia e cambaleou de volta para outra multidão de crias das trevas, perdendo o ladrão de vista.

Maric tinha seus próprios problemas agora, quando um par de hurlocks investiu com lanças. "A carne da cabeça calva parecia quase apodrecida", pensou ele, "murcha e coberta de feridas". Seus olhos grandes eram leitosos e cheios de ódio. A última vez que esteve nas Estradas Profundas, oito anos antes, ele, Loghain e os outros quase morreram nas mãos das crias das trevas. Eles ficaram cercados até que uma unidade de anões exploradores, conhecida como Legião dos Mortos, apareceu. Seriam sortudos assim de novo? Ele duvidava.

Fiona gesticulou com uma das mãos e uma explosão branca de energia poderosa saiu dela. Quando atingiu um dos hurlocks, congelou-o no local, cobrindo-o com gelo espesso. Com um grito, ela estendeu a outra mão e uma pedra cintilante do tamanho de um punho apareceu. Ela acelerou em direção à criatura congelada e a quebrou em mil pedaços. O segundo atacante não percebeu a perda de seu companheiro. A criatura sibilou baixo, avançando na direção de Maric. Rapidamente, ele saltou para o lado e cortou a lança quase pela metade, sua lâmina encantada cortou com facilidade o cabo da arma.

Destemida, a cria das trevas jogou fora os pedaços de sua arma e se virou para saltar sobre Maric, a boca com presas escancaradas. No entanto, ele estava preparado e já estava girando para cortar o peito da criatura. Sua armadura não oferecia proteção contra osso do dragão, o icor espirrou de seu ferimento enquanto ela gritava de dor. Ele não a deixou sofrer por muito tempo, e a retalhou.

Quase demorou demais para fazê-lo, pois um par de genlocks saltou sobre ele pelas laterais. O peso deles o derrubou no chão e um deles mordeu seu ombro profundamente. Maric cerrou os dentes com a agonia repentina e, mesmo com a urgência da situação, podia sentir a mácula se espalhando pelo seu ferimento como um ácido queimando e manchando seu sangue. Esperava que as poções do Primeiro Encantador funcionassem.

Lutou para afastar as criaturas, mas elas eram muito rápidas e surpreendentemente fortes para seu tamanho. Ele ergueu o punho da espada bruscamente e acertou uma na mandíbula, o osso quebrando e as presas voando para fora da boca. A criatura grunhiu de dor e afrouxou o aperto, e ele foi finalmente capaz de se livrar dela.

O outro genlock avançou com suas presas ensanguentadas, pronto para afundá-las em Maric uma segunda vez, mas antes que pudesse faze-lo, um raio de energia o atingiu no peito. O flash de luz atordoou Maric por um momento e ele cobriu os olhos. Ele viu estrelas e, enquanto ouvia os sons do combate ao seu redor, tudo pareceu passar em câmera lenta.

Então balançou a cabeça e sua visão clareou. O genlock tinha sumido. Ele ficou de pé em um salto, empunhando a espada longa, e percebeu que vários hurlocks cercavam Fiona. Duncan estava conseguindo manter a atenção de várias criaturas nele, mas a maga estava prestes a ser sobrepujada pela vantagem numérica.

Entretanto, antes que pudesse se mover, ele ouviu Fiona gritar uma palavra de poder. Uma onda estrondosa de magia saiu dela, brilhante o suficiente para fazer com que as crias das trevas gritassem de dor e cobrissem seus olhos, e toda a caverna tremeu violentamente com o terremoto. Maric e a cria das trevas, e muitas das outras ao seu redor, caíram no chão. Rochas se soltaram do teto, várias peças maiores quase acertaram sua cabeça.

Quando a poeira baixou, ele olhou para cima. A pequena elfa estava lá em sua armadura de correntes brilhante, ombros para trás e aparentemente com três metros de altura em sua vitória. O suor escorria de sua testa e seu cabelo preto espetado estava grudado em seu rosto. No entanto, seu sorriso era de empolgação e estava corada. Seus olhos encontraram os de Maric e ela piscou para ele. Ele se pegou rindo em resposta, apesar de tudo.

Fiona ergueu seu cajado bem alto sobre a cabeça, a luz branca emanando dela, se intensificando ao a maga reunir sua concentração para lidar com as crias das trevas ao seu redor, que estavam começando a se recuperar.

A luz do cajado tremulou de repente quando um par de flechas brotou no peito da maga. Seus olhos se arregalaram quando ela olhou para baixo, uma mancha de sangue vermelha brilhante rapidamente se espalhando pela cota de malha.

Seu rosto se retorceu em dor.

— Malditos filhos da puta! — reclamou.

Outra flecha voou em sua direção e quase acertou sua cabeça. Ela tropeçou para o lado, segurando cuidadosamente as flechas presas em seu peito com a mão livre. Maric se virou e avistou o culpado: um genlock de pele clara a menos de três metros dele, no topo de uma grande rocha, usando um arco curto e negro de aparência tosca.

Entrando em ação, Maric investiu contra a criatura. Ele moveu sua espada longa em arcos largos ao seu redor, abrindo caminho. Ele viu Duncan, lutando habilmente com suas adagas, ferido por vários cortes de aparência severa. Havia sangue vermelho misturado com preto no couro escuro do rapaz, mas ele não diminuiu a velocidade.

Em vez disso, Duncan rosnou, mostrando os dentes e assumindo um semblante selvagem, que Maric achou surpreendente, enquanto investia contra mais oponentes.

Mas ele não podia parar e ajudar. Uma nova cria das trevas, um hurlock alto com armadura dourada pesada, avançou em sua direção. Ele desviou do golpe de sua enorme espada com sua própria, faíscas voando no encontro das lâminas, e então começou uma série de trocas de golpes. A criatura não era um espadachim habilidoso, então não demorou muito para que Maric o cortasse ao meio.

Ele se moveu rapidamente. O arqueiro genlock pálido lançou várias outras flechas, e notou que Maric estava correndo em sua direção com a espada longa e brilhante erguida. A primeira flecha disparada contra ele errou, ele desviou da segunda com sua lâmina, na verdade foi um acidente, embora ele imaginasse que parecesse o contrário.

"Observe enquanto o rei Maric corta flechas no ar! Nada pode pará-lo"!

A terceira flecha acertou-o no abdômen, atingindo-o com uma força estonteante. Não adiantou muito ser imparável.

Reunindo suas forças, fez uma corrida final em direção ao arqueiro, pulando na rocha onde ele estava. A criatura sibilou em desafio e ele correu sem pensar duas vezes. Jatos de icor escorreram pela lâmina de sua espada e na parte da frente de sua armadura. A criatura se contraiu, deixando cair seu arco e emitindo um forte gorgolejo do fundo de sua garganta ao morrer.

Quando o genlock escorregou da lâmina e caiu da rocha, Maric se virou e escorregou em seu sangue. De forma bastante deselegante, ele saltou do lado da rocha e caiu no chão pedregoso, uma perna torcendo-se dolorosamente embaixo dele. Ele conseguiu segurar sua espada longa, mas mesmo assim mal a impediu de cortar sua própria cabeça. Mais estrelas piscaram diante de seus olhos e a agonia queimou por todo o seu corpo.

"Observem como rei Maric cai no chão como um tolo! Vejam-no tropeçando!"

Uma sombra se ergueu a sua frente e ele abriu os olhos, apenas para ver um hurlock parado sobre ele, pronto para descer um machado de batalha sobre sua cabeça. Ele tentou levantar a lâmina para desviar do ataque, mas estava apoiado na rocha e na posição completamente errada. Ele não tinha como golpear.

Kell apareceu do nada atrás do hurlock. Com um grito, o caçador desceu seu mangual diretamente na cabeça da criatura, esmagando-a e espalhando pedaços de ossos e sangue coagulado sobre Maric e nas pedras atrás dele.

Ele estava atordoado, mal notou a criatura caindo no chão e não respondeu imediatamente quando o caçador deu um passo à frente para lhe oferecer a mão.

— Vossa Majestade? — Kell perguntou, sua voz com um tom de preocupação.

Maric se permitiu ser ajudado a se levantar, sua perna ameaçando dobrar dolorosamente sob seu peso. Olhando ao redor, ele percebeu que estavam lidando com as últimas crias das trevas. Tanto Utha quanto Duncan foram ajudar Fiona, a maga estiva bastante ferida e coberta de sangue. No entanto, ela parecia mais irritada com a situação do que enfraquecida. Nicolas estava por perto, sendo apoiado por um Julien ansioso, embora fosse difícil dizer qual deles estava mais ferido, já que ambos estavam cobertos de icor preto.

Genevieve foi em direção das poucas crias das trevas no chão ainda se remexendo, mergulhando sua lâmina em seus corações e acabando com eles.

— Precisamos ir — falou alto. — O outro grupo está a caminho. — Depois de esfaquear outra cria das trevas, a criatura gemeu de dor e caiu em silêncio. Ela se virou e na direção de Fiona. — Cura. Faça o quanto conseguir, e rápido.

A elfa assentiu com a cabeça, seu rosto pálido e suado. Duncan e Utha ajudaram-na a se sentar em uma pedra, com cuidado para não tocar nas duas flechas pretas que ainda se projetavam de seu peito. A anã se ajoelhou na frente dela, a preocupação estampada em seu rosto, enquanto ela fazia vários gestos.

Fiona trêmula respirou fundo.

— Vá logo.

Utha colocou uma das mãos em seu ombro e com a outra agarrou a haste de uma das flechas com firmeza. Fiona vacilou e fechou os olhos, mas não se esquivou. Duncan estava ao lado dela, segurando seus ombros para mantê-la firme, mesmo que parecesse estar prestes a vomitar.

Com um puxão firme, a flecha se soltou, sua cabeça farpada aparecendo junto com um jorro de sangue escuro. Fiona gritou de angústia, um som gutural e animalesco que fez Maric estremecer. Ela se curvou, apenas para ser puxada de volta por Duncan, impedindo-a de mover a outra flecha. Ela parecia ainda mais pálida, se isso era possível, e a mancha vermelha na frente de sua armadura de correntes estava se expandindo rapidamente.

Maric fez menção de ir ajudá-la, mas uma mão em seu ombro o impediu. Era Kell, seu capuz no lugar e seu mangual de volta à bainha. O caçador parecia aflito enquanto gesticulava para Nicolas.

— Vamos, ele vai precisar da nossa ajuda.

Hafter mancava ao lado deles, imundo e com icor literalmente pingando do focinho, mas quase ileso. Cachorro sortudo. Nicolas desabou no chão de novo, agarrando-se inutilmente à sua placa encharcada de sangue, e parecia que Julien estava ferido demais para levantá-lo por conta própria.

— Está muito ruim? — Kell perguntou.

Julien parecia frenético. Ele estava ajoelhado, tentando colocar Nicolas de pé com apenas um braço, o outro claramente quebrado. Entretanto, Nicolas parecia atordoado e mal estar ciente do que acontecia ao seu redor.

— Eu não sei! — O guerreiro de cabelos escuros respondeu, olhando para Kell, em pânico. — Precisamos levá-lo até a maga! Ele vai sangrar até a morte!

Puxando Nicolas, o homem quase parecia estar fazendo mais mal do que bem. Kell olhou para Maric e ele entendeu imediatamente o que o caçador queria. Agachando-se ao lado de Julien, ele falou de forma tranquilizadora e lentamente tirou as mãos do homem de seu amigo. As palavras não importavam tanto quanto seu tom, desacelerando a respiração do guerreiro e fazendo-o se recompor enquanto Kell arrastava Nicolas para longe.

— Eu não...Ela precisa ajudá-lo

— Ela vai.

As palavras de Maric foram pontuadas por outro grito de gelar o sangue quando a última flecha foi arrancada do estômago de Fiona. Desta vez, a maga se curvou, segurando o peito e tremendo de exaustão. Utha podia fazer pouco além de encará-la com compaixão. Fiona engasgou e teve espasmos enquanto tentava controlar sua agonia o suficiente para ficar de pé. Duncan se afastou quando ela o fez.

— Estou bem — falou por entre os dentes. Com um aceno de mão, um brilho azul quente tomou conta de todo seu corpo. Ela engasgou em voz alta quando a dor sumiu, arqueando as costas enquanto a magia fazia o caminho através de seu corpo. Maric observou, impressionado, vários dos cortes menores em seus braços se fechando e curando lentamente. Quando o feitiço foi concluído, o brilho desapareceu e Fiona desabou. Duncan correu para pegá-la antes que caísse no chão e, com um sorriso, deu um tapinha na bochecha dela.

— Ei! — Ele chamou, rindo. — Sem desmaiar ainda.

— Eu sei — resmungou ela.

Utha deu uma poção em uma garrafa branca para o rapaz, que imediatamente a pressionou nos lábios de Fiona. A maga fez uma cara azeda, mas bebeu conforme ordenado, e então tossiu, como se o que quer que estivesse dentro a fizesse ficar de pé. Ela estremeceu convulsivamente uma vez. Então abriu os olhos e observou ao seu redor, ainda salpicada de sangue e pálida como um lençol, mas a fraqueza parecia não estar mais lá.

— Viu? — Maric deu um tapinha nas costas de Julien. — Ela está bem. Nicolas vai ficar bem também quando ela for até ele. Eu me machuquei assim algumas vezes. Nada mais prático do que ter uma maga por perto para consertar você.

O guerreiro parecia envergonhado e se permitiu ser ajudado a se levantar.

— Me perdoe, rei Maric. Eu devo parecer como uma senhora para você.

— É só Maric... E não seja ridículo. Vocês dois são obviamente amigos. Eu sei como é, por incrível que pareça. —Julien fez uma pausa, dando-lhe um olhar significativo que ele não tinha certeza do significado. Talvez pensasse que Maric estava sendo hipócrita? Por fim, o homem sorriu tranquilo e um pouco envergonhado. Sem dizer mais nada, ele correu para ajudar Kell com seu amigo.

Genevieve observou Maric do outro lado da passagem. Ela limpou o sangue coagulado do rosto com um pedaço de pano, mas seus olhos permaneceram fixos nele. "Seu olhar estava tenso", ele pensou, "talvez fosse perigoso". Os outros pairavam perto de Fiona, ajudando a maga a reunir suas forças para feitiços de cura, apenas a comandante ficou longe. Eram só alguns metros de distância, mas pareciam quilômetros. Maric se perguntou se sempre fora assim com a comandante.

A cura foi distribuída rapidamente, mesmo enquanto ouviam os sons do zumbido alienígena cada vez mais alto nos túneis. As outras crias das trevas estavam se aproximando e, pela tensão crescente no ritmo de Genevieve, Maric presumiu que também deveria haver mais vindo de outras direções.

A magia de Fiona tinha suas limitações. Podia curar a carne e restaurar um certo grau de saúde, mas feridas graves estavam além de sua capacidade de cicatrização. O braço quebrado de Julien permaneceu quebrado e, embora Nicolas pudesse andar, parecia que ele tinha ferimentos internos que continuariam a atormentá-lo. A própria Fiona não estava completamente curada. Utha pairava ao redor dela, torcendo as mãos nervosamente à medida que a maga se aproximava de seus limites.

Quando chegou a vez de Maric, Fiona já estava tremendo e coberta por um brilho fresco de suor. Ele percebeu que isso estava minando as pequenas reservas de mana que a maga ainda tinha. Quando ela levantou a mão para tocar sua testa, ele a impediu.

— Eu não estou muito ferido. Vou ficar bem.

Ela levantou uma sobrancelha.

— Isso é para me impressionar?

— Na verdade é para poupar suas energias.

A elfa pareceu surpresa. Ela hesitou, seus olhos escuros encontraram os dele por um momento, antes de tocar sua testa, apesar de seu protesto.

— Deixe que eu me preocupe com as minhas energias. — Seu tom era desagradável, mas seus dedos eram gentis, roçando sua pele levemente ao sentir o formigamento de sua magia começar a passar pelo seu corpo. Ele tentou não olhar para ela e, em vez disso, se concentrou na aura de luz safira que o cercava.

Sua perna torcida ficou melhor imediatamente, se não completamente curada. A ferida em seu intestino, deixada pela flecha, também parou de sangrar. Apesar de não estar inteiro, o feitiço o deixou se sentindo mil vezes melhor. Ele sorriu para a maga e ela lançou-lhe um olhar duvidoso, sem dizer nada antes de seguir em frente.

Genevieve os fez voltar a andar em poucos minutos. Eles se moveram quase tão rápido quanto antes, ou tentaram, já que os vários ferimentos os atrasaram consideravelmente. Eles também estavam exaustos, principalmente Fiona. Ainda assim, a comandante os incentivou a andar cada vez mais rápido. Apesar das feridas que ela mesma sofreu, parecia intacta e se movia por pura força de vontade.

O medo também os fez se mover. Maric não precisava de sentidos sobrenaturais para dizer que as crias das trevas estavam se aproximando, não importa o quão rápido eles se movessem. O zumbido era constante agora, ele quase esperava ver uma horda de crias das trevas, esperando a cada curva.

Eles reentraram nas Estradas Profundas propriamente ditas, caindo de volta nas passagens anãs através de uma grande fenda nas paredes, que poderia muito bem ter sido causada por algum tremor natural. Para Maric, parecia como qualquer outra parte das Estradas Profundas: escura e proibida, com estátuas quebradas dos Exemplares anões e a mácula das crias das trevas se espalhava por tudo. Como encontrariam o caminho de volta agora?

Ele não teve tempo para pensar sobre isso, pois aceleraram o ritmo ainda mais. Os gritos de Genevieve tornaram-se frenéticos e eles começaram a correr. A exaustão queimava seus músculos enquanto continuavam, virando-se um para o outro. Ele começou a ouvir mais do que o zumbido nas sombras: agora ouvia os assobios e tilintar de metal, os gritos de uma verdadeira perseguição.

Eles deixaram as Estradas Profundas de novo, mas dessa vez havia pouca escolha. A passagem simplesmente parecia se dividir, não de maneira precisa, mas como um membro quebrado com as bordas irregulares do osso ainda saindo da carne. Além da pedra quebrada, havia apenas uma ampla caverna natural, a distância até o chão era uma queda considerável. Se a passagem começava em algum ponto novamente, era impossível discernir através da escuridão. Talvez a coisa toda tenha desabado, mas por que?

Eles não podiam voltar atrás. Ir para baixo era a única opção. Com os sons das crias das trevas ainda se aproximando, Genevieve abriu o caminho dando um salto para a caverna. Ela pousou e permaneceu agachada por um momento, a espada em punho enquanto examinava as sombras em busca de qualquer sinal de vida. Nada se moveu.

O resto deles a seguiu. Maric aterrissou com força em sua perna dolorida e sibilou de dor. Os outros o ignoraram, ficando parados enquanto o observavam as sombras. As únicas coisas que a luz o cajado da maga revelou ao redor deles foram grandes pedaços de entulho.

Havia também um cheiro acre de enxofre. Maric o achava quase avassalador. Haveria algum tipo de fonte natural por perto?

— O que é isso? — Duncan reclamou.

— Quieto! — Genevieve cortou. Sua espada permaneceu estendida, seus olhos, cautelosos e exaustos, estavam com um ar assassino. Ela obviamente estava convencida de que eles não estavam sozinhos. A mandíbula de Duncan fechou com um som audível.

Sua cautela foi contagiante e eles avançaram na escuridão desconhecida lentamente. Fiona ergueu seu cajado e o fez brilhar o suficiente para mostrar com clareza onde estavam. Aquele definitivamente era algum tipo de fissura natural e eles podiam ver os as estruturas salientes de outras passagens acima em várias junções. A grande caverna ficava no meio das Estradas Profundas, ou ao redor delas. Era difícil dizer.

O som de algo estranho sendo esmagado sob a sola de sua bota chamou a atenção de Maric. Ele olhou para baixo e notou os ossos.

Os outros os viram também. Fiona, sem fôlego, ergueu seu cajado de novo, e iluminou muitas pilhas de ossos. Maric ficou aliviado em ver que não eram ossos humanos. Nem ossos de crias das trevas. Eram ossos de animais, a maioria deles velhos e empoeirados.

Havia um animal de carga chamado bronto que vagava pelas Estradas Profundas, foram bestas domesticadas que os anões Moldadores usaram há muito tempo e enlouqueceram quando as crias das trevas destruíram os reinos anões durante o Primeiro Flagelo. Maric nunca tinha visto um, mas ainda deveria haver rebanhos deles vagando no subsolo. Aqueles eram ossos de brontos, ele suspeitou. Pilhas e pilhas deles. Uma caverna inteira tão cheia que cobria as rochas.

— É algum tipo de cemitério? — Fiona perguntou, sua voz baixa.

Kell balançou a cabeça. Ele se agachou e pegou um dos fragmentos maiores. O fato de ter sido dividido irregularmente era óbvio. Algo o tinha partido. Muitos dos outros ossos também estavam assim. Sem comentários, ele jogou a peça de lado e colocou uma flecha em seu arco. Seus olhos pálidos encararam a área ao redor.

Estavam todos quietos, esperando.

— Conseguem ouvir? — Duncan perguntou.

Cada um deles virou a cabeça, escutando. Havia apenas silêncio e sombras. Maric também achou que tinha ficado mais quente. Ele tinha presumido que o calor era resultado de toda a correria e suor, mas agora que estavam parados e ele estava mais calmo, percebeu que era outra coisa. Misturado ao fedor sulfuroso, havia um calor seco flutuando no ar.

— Não ouço nada — reclamou Genevieve.

— Exatamente! Onde estão as crias das trevas? Eu mal consigo senti-las! — A comandante parecia surpresa por não ter percebido. Eles pararam por um longo minuto, sem fazer nada, antes que ela finalmente acenasse para que continuassem.

— Precisamos encontrar um caminho. Seja lá por que não estão nos seguindo, talvez possamos usar isso como vantagem.

O resto deles estava hesitante, mas não disse nada. Eles a seguiram em silêncio, escolhendo seu caminho através do campo de ossos enquanto a caverna se tornava algo maior. Havia luz ali também. Estava escuro no início, o brilho fraco de líquen nas paredes, mas logo aumentou a ponto do cajado de Fiona não ser mais necessário. Maric se lembrou das grandes cavernas onde os thaigs foram construídos, mas aqui havia estalactites e estalagmites em vez de edifícios anões. Havia fissuras bombeando vapor e ele pensou ter visto correntes tênues de lava atrás de grandes afloramentos rochosos. Seu brilho laranja aumentava o horror do ambiente.

Havia também mais ossos espalhados por toda a câmara. Muitos deles estavam escuros, amontoados em cima de pilhas de cinzas escuras. Várias das fissuras enviaram nuvens de vapor bombeados ao longo das paredes rochosas. O cheiro de enxofre tornou-se quase insuportável.

O cão de Kell começou a rosnar de medo, seus pelos eriçados.

Genevieve olhou para longe, tentando ver além da névoa tênue do vapor, como se pudesse descobrir qualquer segredo que este lugar tivesse. Nada, havia nada. Sem olhar para os outros, ela acenou para a frente.

— Procurem por um caminho a diante. — Quando eles começaram a se espalhar, Kell sibilou.

— Parem!

Genevieve se virou, seu rosto mostrando sua irritação, que se transformou em preocupação na mesma hora. O caçador olhou para cima, seus olhos arregalados e assustados. Ela seguiu seu olhar ao mesmo tempo em que Maric o fazia, como todos faziam... Eles viram o que impedia as crias das trevas de persegui-los. Algo desceu sobre eles, algo grande. Algo com asas grandes e cheias de escamas.

— Dragão. — Kell inalou.

8

Os Deuses antigos te chamarão,
Cantarão de suas prisões ancestrais.
Dragões com olhos e corações perversos,
Com asas negras a farsa voa,
O primeiro dos Meus filhos, perdido para a noite.
— Cântico do Silêncio 3:6, Verso Dissonante

— GUARDIÕES!

O grito de advertência de Genevieve foi desnecessário e chegou tarde demais, o dragão alto de escamas negras caiu no chão entre eles com uma força cataclísmica. Ele rugiu e ao fazê-lo, uma explosão de som tão furiosa que Duncan cobriu os ouvidos. Ele gritou, a dor era insuportável, mas não conseguia nem se ouvir. O solo tremeu sob seus pés com a força do impacto do dragão, a rajada de ar das asas o fez voar para longe.

O mundo girou ao seu redor enquanto ele tropeçava e derrapava no chão, até que finalmente bateu em uma coluna de rocha negra. A dor explodiu nas suas costas. Cerrando os dentes, Duncan se forçou a se levantar de novo. Uma onda de tontura tomou conta de si, mas Duncan conseguiu se manter de pé.

Os outros foram espalhados do mesmo jeito, embora os que usavam armadura pesada não tenham sido jogados tão longe. O alto dragão já estava girando com agilidade para atacá-los. Ele pisou em Julien com uma garra, prendendo-o antes que pudesse se levantar, e virou seu pescoço musculoso para encarar Genevieve com uma cabeça duas vezes maior que a própria mulher.

Ela não recuou, mantendo sua posição e segurando sua espada, os olhos cautelosamente fixos no dragão. A criatura bufou fumaça preta com raiva, como se estivesse enfurecida com a presença desses intrusos em seu covil. Ele respirou através de suas presas enormes, dentes amarelados do comprimento de um braço, enquanto espreitava cuidadosamente em torno de Genevieve. Ela manteve sua espada em posição e encarou o dragão, a determinação estampada em seu rosto.

O dragão tirou a garra de Julien e o homem grunhiu de dor. Nicolas correu, arrastando-o para um cume rochoso próximo. Ainda havia muita poeira e sujeira agitada pelo dragão, nublando o ar e dificultando a visão.

— Procurem cobertura! — Genevieve gritou. Sua voz atraiu a ira do dragão e ele disparou para mordê-la com suas mandíbulas enormes. Ela rolou para o lado, com velocidade impressionante, apesar da sua armadura volumosa, e cortou pescoço do dragão com sua espada. A ponta cortou as escamas pretas espessas, mas não profundamente. No entanto, foi o suficiente para que a criatura se erguesse alto e rugisse de indignação.

A caverna inteira estremeceu quando a comandante disparou para frente, sua espada grande estendida para golpear o peito do dragão. Mas ela não conseguiu alcançá-lo, uma vez que ele a empurrou para o lado e jogou no chão.

Os outros Guardiões Cinzentos só agora estavam reagindo. Duncan viu Nicolas passar correndo, golpeando o dragão em sua pata traseira com sua maça. Julien se juntou a ele um momento depois, mancando enquanto atacava com sua espada. Utha também apareceu ao lado da criatura. Ela havia puxado seu porrete duplo, uma arma anã que a via usar de vez em quando. Consistia em dois pedaços de aço conectados por uma corrente curta. Ela girou com uma velocidade estonteante e bateu nas escamas do dragão com um golpe perverso.

Kell apareceu também, saltando para um terreno mais alto com Hafter ao lado dele. O caçador impediu o cão de correr para se juntar à briga e começou a disparar flechas cuidadosamente apontadas para a cabeça vulnerável do dragão.

O dragão ignorou as flechas e girou na velocidade da luz. Sua longa cauda fez Julien e Nicolas caírem no chão e, por pouco, não acertou Utha, que deu uma cambalhota para evitá-la. O dragão se fixou na anã, pisando forte várias vezes na tentativa de esmagá-la. Todas as vezes a anã dançava agilmente para fora do caminho.

Duncan puxou suas adagas e correu para ajudar os outros. O calor nesta caverna era demais, ele estava suando em bicas. Seria lamentável se fosse levado por aquelas asas para um dos fluxos de lava; Duncan nunca tinha visto lava antes, mas não era difícil imaginar o quão desagradável seria acabar dentro dela. Tão desagradável quanto ser mastigado por aqueles dentes gigantescos de dragão, sem dúvida.

"Estamos planejando lutar contra essa coisa?"

Genevieve apareceu da névoa e da fumaça e avançou ao lado dele, com a espada erguida. Eles não trocaram olhares, apenas correram juntos em direção ao flanco do dragão, pois ele estava mirando em Utha. Duncan engoliu em seco ao se aproximarem. A criatura emergiu bem ao alto, muito maior do que parecia à distância. Muito rápida também. Longa, esguia e rápida. Em nome de Andraste, como ela morava lá embaixo?

Supunha-se que os dragões haviam sido extintos, caçados até o esquecimento, ou pelo menos acreditava-se que era o caso, até que um foi visto sobre o Dorso Frio no início da Era do Dragão. Será que era o mesmo? Era para lá que os dragões iam quando não estavam voando e destruindo o campo?

Genevieve mergulhou sua espada fundo na pele do dragão. Duncan fez o mesmo com suas adagas, a argentite cortou as escamas facilmente. Sangue brilhante de dragão jorrou das feridas. Suas lâminas não cortavam tão fundo quanto as da comandante, mas com sorte eram o suficiente para causar algum dano à besta.

Aparentemente foram. O dragão empinou novamente, rugindo e fazendo pedaços de pedra caírem do teto da caverna. Enquanto girava, a espada de Genevieve se desenterrou de dentro da pele da criatura, revestida de vermelho sangue. As adagas de Duncan quase foram arrancadas de suas mãos e ele teve que puxar com força para libertá-las. O dragão abriu bem a boca e, por um momento, ouviu-se o som de uma grande inspiração.

— Cuidado! — Genevieve gritou.

Ela saltou sobre Duncan e o empurrou para o chão, enterrando-o sob sua armadura pesada. Ele perdeu o ar e, por um momento, se sentiu confuso. Um momento depois, ele percebeu por que ela fez isso: o dragão estava cuspindo fogo.

A onda de calor os atingiu primeiro. Duncan gritou, sentindo o ar saindo de seus pulmões. Por um momento ele não conseguia respirar, então o fogo tomou conta de tudo. Mas, ao mesmo tempo, algo os atingiu. Uma onda de frio congelante de outra direção, algo que fez a armadura de Genevieve congelar e o ar de repente se encheu de vapor fervente. O calor estava escaldante e doloroso, mas eles sobreviveram de alguma forma. As chamas sumiram.

Genevieve se afastou dele, que rolou para o lado rapidamente. Ele viu porquê tinha sobrevivido: Fiona estava lá, seu cajado erguido acima da cabeça e lançando raios azuis brilhantes da pedra na ponta. Ela parecia radiante, cercada por uma coroa de magia tão fria que Duncan podia sentir de onde estava. O dragão também podia. Ele gritou em fúria e se lançou contra a maga, batendo as asas com força suficiente para que Duncan tivesse que lutar para não ser jogado para trás mais uma vez. Três flechas dispararam em direção à cabeça do dragão, uma delas atingiu o alvo. A criatura gritou e teve espasmos no meio do salto; caindo ao lado de Fiona e deslizando pelo chão.

Uma de suas asas quase atingiu a elfa, mas ela conseguiu se manter firme. Ela canalizou o poder através de seu cajado e a aura gelada ao redor dela explodiu em todas as direções. Instantaneamente, toda a caverna foi preenchida por uma tempestade congelante. Vento e neve sopraram em todas as direções, a temperatura caiu tão rapidamente que Duncan via a própria respiração.

"Parece que ela vai trazer o maldito inverno para cá também", ele resmungou. O dragão reagiu ao feitiço descontroladamente. Ele se contorceu no lugar, obviamente em agonia, batendo suas asas contra o chão enquanto tentava escapar do doloroso tormento gelado.

Maric apareceu ao lado de Fiona e atacou o dragão enquanto ele girava, cortando-o com sua espada longa encantada, que cravou profundamente na pele da criatura. Outro grito indignado e, desta vez, o dragão se ergueu e alçou-se bem alto na caverna. Com várias batidas de suas asas enormes, ele recuou para os espaços escuros acima deles.

Genevieve se manteve de pé, cobrindo o rosto da nevasca.

— Guardiões Cinzentos, comigo! Reagrupar! — Sua voz estava quase se perdia entre os ventos uivantes, mas os outros atenderam seu chamado mesmo assim e correram em sua direção.

Duncan permaneceu agachado no chão, tentando ver através de toda a neve se o dragão estava prestes a atacá-los novamente. Talvez tivesse ido embora de verdade? Talvez eles o tenham machucado o suficiente para que recuasse lambendo as feridas?

— Ele vai voltar? — Fiona perguntou quando chegou, ecoando os pensamentos de Duncan.

Kell caiu da rocha, e Hafter latiu com raiva.

— Precisamos voltar para as Estradas Profundas! Rápido, enquanto temos tempo!

— Não! — Genevieve grunhiu. — Não teremos menos problemas lá!

— Comparado com um dragão? Você é louca?

Julien e Nicolas se aproximaram, Utha estava ferida e mancando não muito longe, eles pareceram surpresos ao ver a comandante cruzar a distância em direção ao caçador e agarrar suas roupas de couro com suas manoplas. Seu rosto estava contorcido em fúria, mas ele encontrou seu olhar de maneira uniforme, encarando-a com seus olhos claros. Hafter rosnou ameaçadoramente aos pés de Genevieve.

— Não vamos fugir — insistiu ela. — Vamos lutar. E vamos vencer.

— Devíamos estar lutando contra crias das trevas...

— Temos que encontrar meu irmão! — Ela rosnou. — Essa é a nossa missão! Encontraremos um caminho por esse lugar, de volta ao thaig de Ortan! Ou morreremos tentando! — Ela olhou para cada um dos Guardiões Cinzentos, desafiando-os a contradizê-la. Nenhum deles desviou o olhar, mas também não falaram. Quando seus olhos azuis se fixaram em Duncan, ele se encolheu um pouco. Ela realmente queria que eles lutassem contra o dragão.

— Então qual é o seu plano? — Maric perguntou. Ele estava ao lado de Fiona agora, sua espada longa com runas brilhando na neve. — Você tem algum? — Perguntou em um tom acusatório.

O rosto de Genevieve estava rígido. Mas ela não teve tempo de responder, porque outro rugido soou da parte superior da caverna. O dragão estava voltando.

— Vamos! — Ela gritou.

Eles se espalharam. Duncan correu o mais rápido que suas pernas permitiam, cobrindo o rosto para se proteger dos ventos gelados do feitiço de Fiona. Ele podia sentir a grande massa do dragão acima dele e, por um momento, teve certeza de que estava prestes a desabar em cima de si, ou pior, mergulhar e arrebatá-lo do chão com suas garras, como um falcão faria com um coelho.

Mas a criatura pousou em algum lugar atrás dele e soltou um rugido de estourar os ouvidos. Ele tropeçou e caiu mais ou menos atrás da coluna de pedras. Lava surgiu de em um canal estreito próximo, a neve era soprada fazendo com que grandes ondas de vapor sibilantes subissem da superfície.

Colocando suas pernas embaixo dele, Duncan se virou e arriscou um olhar ao redor da borda da coluna. Ele podia enxergar o dragão através da nevasca, mas apenas como uma forma extremamente grande e indistinta. Ele estava girando, seu pescoço longo descendo rapidamente para agarrar algo abaixo dele, embora não tivesse certeza de quem era.

Engolindo em seco, ele juntou coragem e correu novamente. O alto dragão apareceu quando ele se aproximou, todo musculoso, gracioso e coberto por escamas pretas brilhantes. Até poderia chamá-lo de lindo, se não fosse tão perigoso.

O dragão urrou novamente, sua cauda longa chicoteando com selvageria atrás dele. Suas asas bateram loucamente e somaram ao fluxo do vento. O som de seu rugido se amplificou na caverna a ponto de ser doloroso ouvir. Duncan estremeceu e tentou continuar correndo, apesar do zumbido em seus ouvidos.

A criatura estava tendo dificuldade em lidar com todos os inimigos. Pelo que Duncan podia ver, os outros a cercaram em vários lados. Cada vez que o dragão tentava se concentrar em um único oponente, os outros se moviam para atacar. Da mesma forma, a contínua enxurrada de flechas de Kell o distraía de seu alvo. Ele viu Utha se movendo perto de suas pernas e Genevieve esfaqueando seu flanco. Suas escamas negras estavam manchadas de sangue, provavelmente da própria criatura.

O dragão foi para cima de Genevieve e ela mal conseguiu se esquivar. Mais duas flechas atingiram seu pescoço e o fizeram tombar. Ele bufou de raiva e girou todo o corpo, a cauda grossa balançando no chão e empurrando Genevieve para longe. Duncan teve que pular para escapar e ouviu a comandante pousar com força nas rochas irregulares atrás dele. Houve um estalo de algo quebrando e ele a ouviu gemer de dor.

O dragão furioso avançou, com a boca aberta, contra o afloramento onde Kell estava com seu arco. Fiona disparou um raio na criatura e ela rugiu de dor ao ser atingida, mas agora estava muito concentrada em seu algoz para se distrair.

Hafter disparou para frente do lado de seu mestre, correndo pela a lateral da rocha antes que Kell pudesse detê-lo. O cão latiu furiosamente e avançou contra o dragão, mas ele quase não diminuiu a velocidade. Com um grande golpe de seus antebraços, atingiu o cão e o fez voar. Hafter gritou de dor ao se chocar com uma força incrível contra a parede de pedra da caverna, então deslizou para o chão, onde ficou imóvel e em silêncio.

Kell gritou de raiva, quebrando seu comportamento calmo. Ele disparou três flechas em sequência na direção do dragão e uma delas acertou perto do olho. O dragão alcançou o caçador e o agarrou em suas mandíbulas, levando-o para o ar. Agora o homem gritava de agonia e, mesmo de onde Duncan estava, podia ouvir o barulho das costelas quebrando como se o dragão o tivesse mordido.

— Kell! — Fiona gritou de baixo.

Duncan se aproximou o suficiente da lateral do dragão para apunhalá-lo com suas adagas. Ele arrancou sangue, mas um movimento da cauda o fez tropeçar na pedra novamente. Ele se sentou atordoado, e a cauda bateu nele como uma parede de tijolos. Ele derrapou vários metros e depois rolou, finalmente batendo a cabeça com força contra uma estalagmite. Sua visão escureceu e, por um momento, não conseguiu entender o que estava acontecendo.

Quando ergueu a cabeça, viu rei Maric atacando o dragão. Sua espada longa, com runas azuis brilhantes, estava erguida acima de sua cabeça. Ele golpeou o flanco da criatura logo acima de um de seus antebraços, e foi o suficiente para fazê-la gritar. Ela largou Kell de sua boca, o homem era pouco mais do que um boneco de pano inerte de sangue e ossos quebrados pelo que Duncan podia ver. Fiona correu em sua direção.

O dragão girou furiosamente para Maric, sua boca escancarada e pingando sangue vermelho. A inspiração foi audível mesmo de onde Duncan estava deitado e, por um momento, o rei olhou para a criatura.

Não havia para onde fugir e ninguém estava perto para distrair a criatura. Quando o dragão olhou para ele, Duncan o encarou de volta e encontrou sua morte nos olhos da criatura.

Então, o dragão lançou sua baforada de chamas.

Os olhos de Maric se arregalaram de descrença quando as chamas atingiram uma barreira invisível na frente dele. Em vez de engoli-lo completamente, elas o contornaram de maneira inofensiva. Ele olhou em volta e viu Fiona a poucos metros de distância, com as mãos ainda erguidas pelo feitiço que lançara.

— Recue, seu idiota! — Ela gritou.

Ele tropeçou para longe quando o dragão pisoteou com uma das pernas, tentando acertá-lo. Pisoteou novamente, desta vez acertando sua capa e arrancando-a de suas costas. Nicolas e Utha apareceram do nada em seu outro flanco e, por um instante, a besta ficou dividida entre tentar atacar Maric e se virar para enfrentar seus novos atacantes. Com um rugido de dor e frustração, ele girou, empurrando Nicolas para o lado quase instantaneamente.

Um milhão de moedas, o que raios estou fazendo aqui!

Duncan levantou-se do chão, estremecendo com a pontada de dor que sentiu na perna, mas se recusando a deixar isso atrasá-lo. O dragão estava de costas novamente e, desta vez, ele precisava tirar vantagem da posição. Eles poderiam continuar atacando esta fera gigante o dia todo. Ela não morreria, a menos que acertassem algum lugar mortal, como a cabeça.

Ele correu pela pedra, observando enquanto Utha se movia mais uma vez para longe dos ataques do dragão, e atacava com seu porrete quando podia. Ele viu um flash de luz azul brilhante quando Fiona lançou um feitiço de cura em Kell. Quando ele alcançou a cauda da criatura, não diminuiu a velocidade e tentou fingir que o que estava fazendo não era completamente idiota.

"Ah, não se vire! Não se vire!"

Sorrindo empolgado, ele pisou na parte mais grossa da cauda do dragão e continuou correndo. Foi difícil com o vento e a neve, e mais ainda quando a criatura se sacudiu e moveu embaixo dele, mas, de alguma forma, ele conseguiu manter o equilíbrio, bem como seu ímpeto. Com braços estendidos ao lado do corpo e gritando quase em pânico, Duncan acelerou ao longo das cristas escuras da espinha do dragão.

— Duncan, seu tolo! — Ele ouviu Genevieve gritando de algum lugar atrás dele. — O que você está fazendo?

Era uma boa pergunta. Uma que não tinha tempo para pensar na resposta. Só agora o dragão estava percebendo que tinha algo em suas costas. Felizmente, tanto Maric quanto Utha forçaram o ataque e mantiveram a criatura ocupada.

Ele tentou não olhar. Continuou correndo e manteve os olhos nas escamas abaixo dele. Tentou não notar o quão longe o chão estava a essa altura. O medo tomava conta dele, seu coração batia rápido em seu peito.

Então ele escorregou. Por um segundo, Duncan achou que ia voar longe e que essa loucura seria à toa. Seu coração foi parar na garganta. Por reflexo, ele conseguiu enfiar uma das adagas de argentite na base do pescoço da criatura. Entrou fundo e se alojou no osso, ele se agarrou ao cabo para salvar sua vida enquanto o dragão empinava e rugia de dor.

O mundo girou vertiginosamente em torno dele. O dragão bateu as asas com força e, com um grande salto, voou. Seu estômago girou e ele teve que lutar contra a vontade avassaladora de vomitar. "Houve vômito demais ultimamente", ele pensou. "Chega de vomitar!"

O ar chicoteou seu rosto, seu cabelo preto esvoaçando sem controle. Ele tentou se içar em direção à adaga, mas tudo o que pôde fazer foi se segurar e respirar. Ele mal conseguia enxergar já que a luz tinha sumido quase por completo. O dragão atingiu algo, ele quase caiu e percebeu que havia pousado em alguma coisa no alto da caverna, talvez em alguma saliência das rochas. Então o dragão saltou de novo, rugindo e batendo suas asas para voar.

Algo passou zunindo por sua cabeça na escuridão e, por um momento, Duncan não percebeu o que era. Então outra coisa passou por cima dele e ele reconheceu a ponta de uma estalactite. O dragão estava tentando tirá-lo de lá? Uma terceira parecia prestes a ter sucesso, então ele se esforçou bastante para se colocar no pescoço do dragão e sair do caminho. Ainda assim, bateu com força em sua perna e ele estremeceu com uma pontada de dor.

Então o dragão desceu de novo. Reunindo suas forças, Duncan ergueu sua outra adaga e a cravou um pouco mais acima no pescoço longo da criatura. Ela se contorceu e tentou desalojar o intruso, mas agora ele tinha dois apoios de mão. Forçando suas pernas, conseguiu se agarrar um pouco melhor no pescoço. Agora ele que tentasse se livrar.

Ele pousou em algum lugar mais uma vez, o impacto o jogou contra as escamas do dragão e quase lhe deixou sem fôlego. Havia luz de lava próxima, o suficiente para que Duncan pudesse ver a criatura tentando girar sua cabeça. Seu pescoço longo era flexível, mas não o suficiente para permitir que chegasse onde o intruso estava. O pescoço estalou várias vezes e Duncan viu aqueles dentes gigantes, sentindo o fedor de enxofre e carniça em seu hálito. Ele nem tinha considerado a possibilidade de ser mordido! E se ele conseguisse?

O dragão ainda se movia, mas agora Duncan sabia o que precisava fazer. Puxando uma das adagas pra fora, ele esfaqueou o dragão um pouco a frente. E repetiu o processo. Rapidamente ele subiu pelo pescoço do dragão dessa forma até que estivesse bem atrás de sua cabeça.

Agora o dragão se sacudia. Ele teve que abraçar o pescoço com força, escamas quentes pressionadas contra sua bochecha, e se segurar para salvar sua vida. Seu estômago foi para a esquerda e para a direita, ele teria vomitado se houvesse algo lá. Lutando contra a inércia e os ventos que se agitavam contra ele, rezando ao Criador para que não fosse jogado longe, ele puxou uma das lâminas de argentite e a enfiou diretamente na cabeça do dragão.

Sentiu quando a arma atingiu o osso e o partiu, o sangue brilhante jorrou sobre seu braço. O dragão jogou a cabeça para trás e rugiu, mas, ao invés de desalojá-lo, este mesmo movimento fez Duncan enfiar a adaga mais fundo. Foi além do punho, fazendo mais sangue jorrar da ferida. Ele sentiu músculos se retorcendo no pescoço da criatura. O dragão tentou alçar voo de novo, apenas para cair e todo o seu pescoço bater contra o chão.

Duncan não conseguia mais segurar. Ele perdeu o controle de ambas as lâminas e foi jogado para fora, atingindo a rocha com tanta força que ouviu seu braço quebrar. Ele gritou alto e rolou pelo chão, derrapando até parar.

Quando abriu os olhos, percebeu que tinha se recuperado graças ao feitiço de Fiona. Vento e gelo ricochetearam e, por um momento, Duncan não conseguiu ver nada à meia-luz alaranjada da lava. Onde estava o dragão? Para onde ele foi? Como não conseguia ver algo tão grande?

Então ele apareceu, emergindo da neve como uma aparição gigante. Sua cabeça escura estava manchada com seu próprio sangue e rugia de fúria enquanto avançava em sua direção. Seu instinto dizia para ele correr, mas estava muito machucado com a queda e muito dominado pelo terror. Quando aquela cabeça enorme desceu sobre ele, Duncan cerrou os olhos e os dentes, esperando pelo inevitável...

...Então ele sentiu alguém o agarrando por trás e puxando para cima. Ele viu Julien, machucado e banhado de sangue. O guerreiro ferido o levantou e jogou para trás, por um momento ele se sentiu voando pelo ar como se estivesse em câmera lenta. Podia ver o alto dragão atrás de Julien, sua cabeça batendo no chão onde Duncan estivera apenas um momento antes.

E então ele caiu de volta no chão, rolando para longe, e a dor aumentou em seu braço quebrado, até que sua visão se tornou pouco mais do que um branco difuso. Ele lutou contra a agonia e abriu os olhos. O dragão ia na direção de Julien agora, furioso porque o homem havia negado sua vingança.. Ele se lançou para frente e Julien lutou para levantar sua arma e se defender do ataque, mas foi lento demais por conta de seus ferimentos.

A cabeça do dragão se fechou em torno de seu corpo, os dentes se fechando e o triturando. Duncan ouviu o grito de agonia de Julien. Então a criatura trouxe o homem para sua boca e o ergueu no ar. O corpo quebrado sumiu de vista no meio do vento e das sombras.

O dragão se virou lentamente para encarar Duncan, seus olhos negros se estreitando em puro ódio. Ele engoliu em seco e começou a cambalear para trás, mas antes que pudesse chegar longe, viu Genevieve atacar o dragão pelo lado. Ela correu para seu campo de visão, a fuligem cobrindo sua armadura e o suor escorrendo pelo rosto, o esforço visível em cada passo. Com um grito, ela balançou a espada com força contra a base do pescoço do dragão.

Sangue jorrou do corte. A criatura gritou de fúria e lançou sua cabeça para baixo contra seu agressor. Mas Genevieve estava pronta. Preparada, ela enfiou a espada larga na boca cheia de dentes, a ponta da lâmina cravada na parte de trás da garganta, perfurando a cabeça.

A inércia a empurrou para trás e ela deslizou pelo chão por vários metros, até que uma de suas botas de metal se prendeu em uma grande rachadura no piso da caverna. Ela gritou pelo esforço enquanto se empurrava contra o peso, mantendo-se firme. O dragão se contorceu violentamente, tentando puxar sua cabeça para cima e para longe. A lâmina continuou empalada dentro de sua boca e, enquanto Genevieve a segurava, ela perdeu o chão.

A criatura se debateu, sua força se dissolvendo quando o sangue brilhante jorrou de sua boca e desceu pelos braços de Genevieve. O dragão desabou novamente, batendo com força no chão, mas Genevieve se segurou obstinadamente. O impacto fez a espada entrar ainda mais na cabeça do dragão e todo o seu corpo sofreu um espasmo em resposta.

Ele cerrou os dentes, mas não conseguiu fechar a boca em torno da lâmina. Pequenas rajadas de chamas saíram do fundo de sua garganta, perto do rosto de Genevieve. A criatura quase parecia desorientada e não conseguia agarrá-la. O dragão continuou tentando voar e acabou batendo as asas inutilmente.

Devagar, mas constante, ela se levantou e pressionou sua lâmina para frente, até que seus braços estivessem bem além dos grandes dentes do dragão. Ele teve espasmos novamente, sangue escorrendo de seus olhos negros. E então, assim que Genevieve gritou de raiva pelo o esforço de resistir à força da criatura, ela desabou no chão.

Suas asas se acomodaram, todo o seu corpo se contraiu uma vez e, então, ficou imóvel.

Por um momento, Duncan quase não acreditou. A nevasca começou a se dissipar e um silêncio desceu sobre a caverna. Ele ouviu apenas a respiração ruidosa de Genevieve enquanto ela se ajoelhava perto da cabeça do dragão, tremendo de pura exaustão. Sem forças, ela apoiou um pé contra o focinho e puxou sua lâmina com um som gorgolejante enjoativo. Sangue vermelho-escuro jorrou de sua boca, acumulando-se em seus pés. Os olhos do dragão ainda estavam abertos, mas estavam brancos. Estava morto.

Eles venceram.

Duncan ouviu passos silenciosos se aproximando e girou para ver quem era. Utha segurava seu peito com cautela e favoreceu uma perna, suas vestes cobertas de manchas de sangue, então ela correu na direção da comandante. Genevieve fez pouco mais do que assentir bruscamente e tirar a mão da anã de seu ombro.

— Eu preciso me recuperar — ela falou. Puxando suas manoplas, ela enxugou a testa suada com as costas da mão. — Veja como estão os outros.

Utha olhou para Duncan, mas ele apontou para o final da caverna.

— Vá para aquele lado — sugeriu ele. — Julien foi jogado para lá, provavelmente está muito machucado. — Ela assentiu e correu.

Fiona e Maric não estavam muito longe. Nenhum dos dois parecia muito ferido, embora o rei parecesse abatido e coberto de cinzas. Os dois foram até Duncan, a maga se curvou para ajudá-lo a se sentar. Ele sentiu uma dor aguda de seu braço quebrado. Tinha sangue cobrindo as tiras de couro e não tinha como saber se era dele ou do dragão. Na verdade, ele não queria olhar o ferimento muito de perto. Parecia ruim.

— Você está bem? — Fiona perguntou.

— Eu pareço bem? — Ele cortou, mostrando seu braço. A dor se intensificou por um momento e ele sibilou entre os dentes, fechando os olhos enquanto se balançava para frente e para trás.

Maric assobiou impressionado.

— Eu não acredito que você montou naquela coisa!

— Foi idiota! — Fiona reclamou. — Ele poderia ter morrido!

— Ele parece vivo para mim. E funcionou.

Duncan ergueu uma mão ensanguentada e trêmula para distrair o par que brigava.

— Olá? Preciso de ajuda aqui!

A elfa bufou de raiva, franzindo a testa com força enquanto ela se virava para ver a extensão dos ferimentos. Quando ela tocou seu braço com força, ele vacilou e se afastou por reflexo. Aquilo o deixou agoniado, o suficiente para fazê-lo cair de costas e se contorcer no chão. Tinha quebrado o osso? Parecia que sim! Era como fogo líquido queimando em suas veias.

— Tá bom — Fiona suspirou. — Vai ser com feitiço mesmo. — Ela estava pálida e suando, com círculos escuros sob os olhos de exaustão, mas ainda assim a maga se recompôs. Ela firmou o aperto em seu ombro, sussurrando palavras misteriosas. A aura azul de poder a rodeou e fluiu para ele, trazendo consigo um alívio frio abençoado que o fez ofegar em voz alta.

Ele podia sentir sua carne se curando, até mesmo sentir alguns dos ossos se movendo dentro de seu braço. Deveria ter doído, mas não foi o caso. A sensação era apenas estranha, seus sentidos entorpeciam enquanto a magia dançava pelo seu corpo e fazia cócegas nas pontas dos dedos.

— Temos alguns cataplasmas — comentou Maric. — E poções.

Você não devia gastar sua energia, Fiona; parece exausta.

Ela não parou.

— Podemos precisar disso mais tarde. Eu posso não estar aqui para fazer esses feitiços.

Ao invés de argumentar, ele olhou a caverna ao redor. Duncan seguiu seu olhar e notou Kell mancando na direção deles. O caçador parecia uma visão e tanto, completamente coberto de sujeira e sangue, seu gibão de couro rasgado com vários cortes longos. Ele havia perdido sua capa com capuz e sua cabeça estava coberta de sangue, mas pelo que Duncan supôs, ele parecia bastante saudável para quem esteve dentro da boca do dragão poucos minutos antes.

O homem não olhava na direção deles. Em vez disso, estava ansioso, olhando para os confins da caverna.

— Hafter? — Ele chamou. Normalmente, tal grito teria sido o suficiente para o cão vir saltando em sua direção, mas não houve nenhuma resposta. Nem um latido ou um choro.

Fiona ergueu os olhos.

— Oh não! Hafter!

Só então Kell notou uma figura perto de uma das paredes distantes. Era onde o cão havia sido jogado pelo dragão, de onde Duncan estava sentado parecia que não havia se movido. Ele era apenas um monte de pelo sem vida na base da parede, com um pequeno fluxo de lava a menos de meio metro de distância. O caçador mancou em sua direção, ignorando a dor enquanto acelerava para ver seu companheiro.

Fiona terminou o feitiço.

— Você vai ficar bem? — Perguntou ansiosa para Duncan. Ele assentiu e tentou se levantar. A dor ainda estava ali e seu braço estava duro como uma tábua, mas ele estava bem melhor. Maric o ajudou, enquanto a elfa corria na direção de Kell, balançando sua saia azul.

Com a ajuda de Maric, Duncan mancou até onde os dois se ajoelharam ao lado do corpo de Hafter. Parecia certo que não havia nada que pudesse ser feito. O cachorro não se mexeu e o rosto de Kell estava angustiado enquanto passava a mão trêmula em seu pelo. Duncan nunca o tinha visto tão desamparado.

— Ele está..?

— Não. — Fiona balançou a cabeça. Ela suspirou aliviada e Kell fechou os olhos, agradecido. Talvez estivesse rezando, Duncan não sabia dizer. Ele nunca soube que o caçador rezasse ao Criador, ou a qualquer outro deus, mas talvez esta fosse uma ocasião especial. — Ele está muito machucado, mas acho que a minha magia será o suficiente.

Ela começou a lançar seu feitiço e, quando o brilho azul se espalhou pelo corpo do cão, Hafter se contraiu. Seus olhos escuros se abriram e, ao ver Kell ajoelhado, gemeu melancolicamente e abanou o rabo fracamente contra o chão de pedra. O caçador fez carinho em sua cabeça e o fez ficar parado enquanto o feitiço fazia seu trabalho.

— Cachorro sortudo. — Maric falou sorrindo e Duncan assentiu.

Um grito angustiado do outro lado da caverna os interrompeu. O feitiço de Fiona parou quando ela olhou para cima, e o resto deles se virou. A princípio, Duncan não conseguiu ver de onde vinha o som, então percebeu Utha do outro lado da caverna, próxima a um grande afloramento rochoso. Na penumbra, ele podia ver que o chão da caverna se inclinava até aquele ponto e conduzia de volta por onde eles vieram. A anã estava muito quieta e levou um momento para perceber que havia alguém agachado no chão ao lado dela.

Era Nicolas, segurando um Julien flácido e ensanguentado em seus braços.

— Fiona! — Duncan gritou, mas não era necessário. A maga olhou para Kell, que deu um aceno com a cabeça. Ela segurou a saia e correu rapidamente pela caverna em direção aos outros. Duncan mancou lentamente com a ajuda de Maric, ele viu que Genevieve também estava caminhando.

A elfa chegou perto de Julien e levou um momento para tirar Nicolas da frente. O guerreiro loiro estava desconsolado, com lágrimas escorrendo pelo rosto enquanto implorava ao amigo que aguentasse firme. Utha parecia triste, mas quando ela colocou a mão no ombro de Nicolas, ele desviou com raiva.

— Você precisa ajudá-lo! — Ele gritou para Fiona.

Ela assentiu abalada, e colocou as mãos em Julien. O brilho azul da cura o cercou, mas quando Duncan se aproximou, viu o estado do guerreiro. O corpo de Julien estava torcido e quebrado, sua cabeça em um ângulo estranho em relação ao resto do corpo. O sangue cobria sua armadura e se acumulava ao redor dele, um de seus braços estava quase completamente arruinado. Não era nada mais do que uma massa vermelha e ensanguentada, unida pelos fragmentos de sua armadura.

Se Fiona tivesse chegado antes, talvez... Mas, pelo ângulo do pescoço de Julien, era possível que tivesse morrido instantaneamente. Duncan esperava que esse fosse o caso. Os olhos do homem estavam abertos, mas estranhamente calmos. Como se não houvesse nada de errado com ele. Duncan estremeceu e desviou o olhar.

Magia continuou a fluir de Fiona para o corpo, mas não parecia que estava funcionando. Algumas das feridas abertas no corpo de Julien estavam fechando, mas ele continuava pálido e não se mexia. Lágrimas brotaram dos olhos da maga enquanto ela intensificava sua concentração.

— Faça alguma coisa! — Nicolas insistiu. — Por que não está funcionando?

— Estou tentando! — Fiona soluçou.

Genevieve deu um passo à frente. Sua expressão era dura e ela tocou o braço de Fiona.

— Pare — ordenou. A elfa a olhou incerta, mas não havia espaço para questionar o comando. O feitiço diminuiu e parou completamente.

— Não! — Nicolas gritou. Ele se ajoelhou novamente e embalou Julien em seus braços, tentando apoiar sua cabeça com cuidado, embora o pescoço estivesse quebrado. — Não, você não pode parar! Ele vai ficar bem! Só precisa de cura!

— Ele está morto — disse Genevieve. Sua voz era seca.

Mais lágrimas escorreram pelo seu rosto, misturando-se com respingos de sangue.

— Você não tem como saber!

— Olhe para ele, Nicolas. Ele se foi.

Por um segundo, parecia que o guerreiro se rebelaria. Ele tremia de raiva, mas logo a emoção se dissolveu em lágrimas. Agora tremendo de angústia, ele acomodou a cabeça de Julien de volta no chão e, em seguida, pressionou o rosto contra a armadura do homem. Seus soluços desolados faziam seu corpo tremer, suas mãos tocavam Julien e depois recuavam. Duncan não conseguia olhar. Os outros abaixaram a cabeça e, por um tempo, tudo o que ouviram na caverna silenciosa foi o som da dor de Nicolas.

Fiona olhou para Genevieve com o rosto marcado por lágrimas.

— Tem certeza que não quer que eu tente... — Sua voz falhou e não havia nada mais a ser dito.

— Magia não pode trazer os mortos de volta. — Genevieve gesticulou para que ela voltasse para Kell. — Vá e ajude o cachorro. Precisaremos continuar em breve.

— Não! — Nicolas rosnou, ficando de pé. — Não podemos deixá-lo aqui!

— Precisamos. As crias das trevas estão se aproximando, não sente? Temos pouco tempo. — Ela deu um passo à frente e colocou a mão enluvada no ombro do guerreiro enquanto o encarava. Por um momento ela hesitou, a compaixão rompeu a fachada de aço da comandante. Lágrimas de tristeza brotaram de seus olhos. — Meu amigo. — Ela começou, sua voz falhando. Nicolas a olhou sem entender, estava claro que, embora Genevieve procurasse palavras para confortá-lo, ela não conseguiu encontrar nenhuma.

Então ela piscou rapidamente para afastar as lágrimas e retomou sua aura de comando assim que passou o momento de dor. Ela tirou a mão do ombro dele e assentiu bruscamente.

— Se despeça — ela ordenou, — e seja rápido. Vamos continuar assim que possível.

Ele caiu de joelhos, as lágrimas secaram e foram substituídas por um vazio absoluto enquanto ele olhava para o cadáver de Julien. A comandante se virou e caminhou de volta para Kell sem mais comentários, Fiona se levantou lentamente e a seguiu.

Duncan olhou para Maric ao lado dele, mas o homem simplesmente olhou para o chão. Ele mal conhecia Julien. Duncan mesmo só o conhecia há alguns meses, mas e os outros? Utha e Nicolas foram seus companheiros por anos, se não mais. A anã se ajoelhou ao lado de Nicolas e colocou a mão em seu ombro, desta vez ele não se afastou. Ele continuou encarando em choque.

Muitos morriam em Val Royeaux. Duncan cresceu nas ruas e não era incomum que as pessoas simplesmente desaparecessem. Às vezes eram presas, desapareciam em alguma caverna úmida e nunca apareciam de novo. Às vezes, as pessoas ficavam doentes e não havia remédios para ajudar, às vezes eram assassinadas. Ele conheceu uma jovem, uma batedora de carteiras muito boa, que se apaixonou por ele, ela foi atropelada pela carruagem de um nobre e quebrou a perna. Ela ficou caída na rua, implorando por ajuda e foi ignorada. Então, no momento em que ela finalmente rastejou para fora da lama e foi para um beco próximo, acabou morrendo pela perda de sangue.

Ele tinha familiaridade com a morte. No entanto, essa era a primeira vez que ele via um Guardião Cinzento morrer em batalha desde que se juntou à ordem. Às vezes parecia que eles eram indomáveis, guerreiros e magos que não podiam ser derrubados por nenhuma força em Thedas, e ainda assim havia evidências de que isso simplesmente não era verdade.

Ele deu um passo à frente, colocando a mão no outro ombro de Nicolas e estava prestes a oferecer uma palavra de conforto quando o homem saltou e se virou para ele. A fúria súbita naqueles olhos o fez tropeçar para trás.

— Você! — Nicolas rosnou. Utha não conseguiu segurá-lo. — Julien morreu tentando salvar sua vida patética. Ele devia ter deixado a criatura te pegar.

— Eu não... — Duncan gaguejou.

— O que você queria fazer pulando no dragão? Acha que ações não têm consequências? Age como um tolo e olha o que acontece! — Ele apontou para Julien, mais lágrimas escorrendo de seus olhos.

— Ei! — Maric protestou. — Ele derrubou o dragão.

— Ele também derrubou Julien — Nicolas rosnou. O guerreiro loiro encarou Duncan e não havia nada além de acusação. Nicolas estava certo. A imagem de Julien puxando-o para longe das mandíbulas do dragão veio à sua cabeça: devia ser ele deitado ali, com o pescoço quebrado e torcido. Ele devia ter pago o preço, mas, em vez disso, outra pessoa interveio e o pagou por ele.

Seus olhos encontraram os de Utha e a anã o encarou em silêncio. Ela era a pessoa mais compassiva que já conhecera, mesmo assim ela não se moveu para intervir. Ela fechou os olhos e abaixou a cabeça. Concordava com Nicolas. Ela não precisava dizer isso; estava claro na sua expressão. Duncan recuou, a força do ódio de Nicolas o afastava. Maric gritou seu nome, mas ele se virou e correu. O brilho da lava diminuiu e, antes que percebesse, saiu correndo da caverna para a escuridão, para longe dos outros. As sombras o acolheram, puxando-o para seu abraço, e tudo o que ele podia fazer era continuar correndo.

9

Aqui está o abismo, o poço das almas.
Destas águas esmeraldas, a vida começa de novo.
Venha para mim, criança, vou abraçá-la.
Em meus braços está a Eternidade.

— Cântico de Andraste 14:11

FIONA ENCAROU MARIC enquanto ele andava ao seu lado.

— Você não precisa vir comigo — murmurou. — Eu sou capaz de encontrar Duncan sozinha.

— Eu sei disso — disse ele.

— Eu tenho um feitiço que vai me levar até ele.

— Você me contou.

— E se eu sentir as crias das trevas se aproximando, eu volto.

— Eu também sei disso. — Ele a encarou, sério. — Também sei que tem mais que crias das trevas aqui. Eu enfrentei essas criaturas. Você não devia ficar sozinha aqui, assim como Duncan.

Ela realmente não podia discutir contra essa lógica, então suspirou e voltou sua atenção para o túnel à frente. Maric estava sendo muito agradável desde que deixaram a caverna do dragão. Ele estava sendo respeitoso com a perda de Julien, ela supôs, e isso era inesperado. Havia momentos em que pensava que Maric era um tolo, um homem que parecia sobreviver com seu charme, em vez de agir como ela esperava que um rei agisse. Então havia momentos como este em que ele parecia atencioso e competente, quase podia ver um pouco do líder que a reputação dele dizia que era.

Então quem era o homem na verdade? Para ela era impossível dizer. Então, em vez disso, ela tentou ignorá-lo e se concentrar em sua tarefa. Para sua frustração, assim era quase mais difícil ignorar Maric, quando ele estava em silêncio ao seu lado do que quando estava tagarelando. Ele devia ter planejado aquilo.

Eles caminharam pouco tempo por uma passagem sinuosa, a luz branca de seu cajado mostrava o caminho, embora provavelmente fosse desnecessária. Havia muito líquen fosforescente pelo caminho, o que ao menos significava que Duncan não tinha vagado para tão longe no completo escuro. Se tivesse, teria sido suicídio, além de ser uma enorme tolice. Ela ainda o mataria quando o encontrasse.

E se não o matasse, Genevieve o faria. A comandante ficou furiosa quando soube que Duncan fugira. Houve um momento em que ela quase ordenou seguirem em frente, deixando o rapaz para trás para se virar sozinho. Fiona vira o pensamento cruzar a mente da mulher, mas foi descartado.

De qualquer forma, as crias das trevas não os tinham alcançado. Eles tinham pouco tempo. Fiona se voluntariou para ir atrás de Duncan, se conseguisse. O fato de Maric acompanhá-la tornava menos provável que eles voltassem para a caverna do dragão e descobrissem que os outros haviam partido, mas não era impossível. O conhecimento do rei sobre o caminho para o thaig de Ortan era muito menos útil agora que estavam perdidos.

— Olha isso — murmurou ele, apontando para o chão. Havia manchas de musgo colorido, principalmente roxo e cinza, mas também pedaços laranjas. As paredes dessas cavernas eram úmidas como o ar, e cheirava a vegetação mofada. Era estranho como eles tinham acabado de deixar para trás uma caverna com lava e aqui já estavam em um lugar completamente diferente. Ela esperava ver pedras e mais pedras aqui no subsolo, mas havia muito mais. Estava cheio de vida. E claro, havia dragões.

— É só musgo — disse ela.

— Não, quero dizer... não está corrompido. Você percebeu que há pouco sinal das crias das trevas aqui? Desde que deixamos as Estradas Profundas.

— Elas provavelmente não vêm muito para cá, graças ao dragão.

— Mas precisam? Eu pensei que a corrupção se espalhava por todos os lugares.

Ela tinha que admitir que ele tinha um argumento. À medida que desceram, a contaminação se tornou tão espessa que quase sufocava, mas aqui não havia quase nada. Talvez fosse a lava e o calor queimando a mácula? Talvez fosse a presença do dragão. Afinal, diziam que os Deuses Antigos eram dragões anciãos. Podia haver uma ligação.

À medida que se aproximavam de uma caverna que se abria à frente, ela ouviu o som de água corrente. Eles entraram em outra grande caverna e, parando à beira de um pequeno penhasco, olharam para o que deveria ser algum tipo de lago subterrâneo. A água era verde turva, iluminada por baixo por rochas fosforescentes que brilhavam como esmeraldas no teto rochoso. "Uma beleza estranha", ela pensou.

O cheiro acre de enxofre agarrou-se ao ar e o eco da água pingando os cercou. Ela não sabia dizer o quão longe a caverna ia. Em algum momento, tudo era apenas uma bruma esverdeada, misturada com a névoa.

Maric ficou à beira do penhasco e olhou para a água, pasmo. Ele disse algo baixinho que ela não entendeu direito.

— O que foi? — Ela perguntou.

— Aqui está o abismo, o poço das almas. Nestas águas esmeraldas a vida começa de novo. — Ele ergueu uma sobrancelha quando percebeu que ela não reconheceu. — É do Cântico da Luz.

— Minha educação não foi muito religiosa — respondeu com ironia. O que era um eufemismo, mas como ele saberia como eram as coisas nos alienários? Não havia capelas lá e, quando os sacerdotes visitavam, era com esmolas e muitos conselhos benevolentes para os pobres elfos com seus caminhos perversos... E um grande número de templários para proteger os sacerdotes.

— Ah. É quando Andraste fala com o Criador pela primeira vez. É onde ela o convence a perdoar a humanidade. Era para existir um templo bonito nas profundezas da terra, rodeado por águas de cor esmeralda. Pelo menos foi como eu sempre imaginei.

— Duvido que tenha um templo aqui.

— Eu sei, eu só... Esquece. — Corando de leve, ele apontou o caminho que descia pela lateral do penhasco. — Você acha que Duncan veio por esse caminho? Tão longe?

Ela assentiu.

— É o que parece. Estamos perto.

Eles seguiram pelo caminho, que acabou sendo pouco mais do que várias pedras incrustadas em certos pontos, algumas mais distantes que outras. Fiona ainda estava exausta de todo o feitiço e achou difícil se mexer com suas roupas de correntes pesadas. Maric precisou segurá-la duas vezes para que ela não escorregasse na névoa que os cercava, e ele a ajudou a descer até a próxima saliência. Ela agradeceu secamente, sentindo-se mais idiota a cada vez que acontecia.

No fundo havia uma praia composta de lama e placas de rochas misturadas com formações brancas estranhas. Era como se estátuas deformadas cercassem a borda do lago, todas elas quase derretendo em lama. Talvez fosse enxofre ou cal; ela realmente não sabia. As formações eram surreais e tristes ao mesmo tempo. Mesmo com os sons gotejantes constantes, toda a caverna parecia muda de alguma forma.

— Espere —disse Maric, de repente.

— O quê? Você o viu? Ele pode estar perto. . . — O homem coçou o queixo e se preocupou por um momento, sua curiosidade despertada. Ela parou e olhou para ele, permitindo que a luz de seu cajado se apagasse. Afinal de contas, havia luz suficiente vinda da água brilhante, mesmo que tudo se transformasse em um tom estranho de verde. Ela estava cansada de manter a concentração.

— Eu quero te agradecer — disse.

— Me agradecer?

— Por salvar a minha vida. Quando o dragão soltou fogo, você poderia ter me deixado morrer. — Ele estava corando? Era difícil dizer sob a luz verde, mas pelo jeito que o homem gaguejou e evitou olhar para ela, parecia que estava. Agora era sua vez de ficar surpresa.

— Você acha que eu deixaria alguém morrer, se pudesse evitar?

Ele deu de ombros.

— É menos "alguém" e mais a meu respeito. Você deixou bem claro que eu não sou a sua pessoa favorita. Não estou brigando com você, sério, eu só . . Aprecio o que você fez por mim. Você não precisava.

— Entendo — riu com o desconforto dele. Ela não devia, mas não conseguiu evitar. — Seja lá o que penso de você, rei Maric, eu não quero que você morra. E eu tinha que faze-lo, não precisa me agradecer.

— Preciso sim — finalmente ele conseguiu encontrar o olhar dela, sua expressão estava séria. — Encontrarei um jeito de compensá-la. Eu prometo.

O protesto de Fiona morreu em seus lábios. Ela queria dizer que ele não precisava compensá-la. Não queria que nenhum lorde humano lhe "devesse" nada, ainda mais porque as chances dele cumprir qualquer promessa era próxima de zero. O que era uma dívida com uma elfa, ou maga, para um homem assim? Especialmente sem motivos para tal dívida.

Mas ela não podia dizer isso para ele. Não sabia porquê. Por um momento só houve silêncio na costa do lago infinito e verde.

Então ela deu de ombros e o momento acabou. Ele desviou o olhar, envergonhado, e ela se virou.

— Se você quiser — ela deu de ombros. Imaginou que ele era bom com gestos vazios. Era parte de seu charme como rei, não? Com alguma sorte, ele apenas esqueceria a situação. Na verdade, esse era o cenário mais provável.

Eles andaram pela praia, fazendo uma rota tortuosa, passando pelas formações brancas Outro som se juntou aos ecos da água pingando: um murmúrio estranho que parecia vir de todos os lados ao seu redor. Maric sugeriu que podia ser apenas a água, mas não estava muito certo disso. A água ondulava, fazendo as luzes verdes dançar no teto, mas não havia marés, respingos ou qualquer outra coisa que pudesse fazer causar o movimento. Ela não sentiu nenhuma cria das trevas, mas isso não significava que não havia outras coisas vivendo lá.

Encontraram Duncan sem qualquer aviso prévio. O jovem estava sentado em uma formação particularmente grande perto da praia, em uma grande bolha que parecia um navio. A "proa" pairava sobre a água, estava sentado com os pés balançando sobre a borda, olhando para longe com melancolia.

Eles se aproximaram, mas Fiona não queria pisar na formação. A superfície branca parecia lisa, quase pegajosa. O quão estável era aquela região? O fedor de sal invadiu suas narinas.

— Duncan? — Ela chamou.

Ele não olhou.

— Veio me buscar, né?

— Eu vim porque quis. Duncan, isso é bobagem. Por que está fazendo isso?

— Eles não querem que eu volte — suspirou, olhando para as profundezas sombrias abaixo de si. — Talvez Genevieve, mas não os outros. E eu não quero voltar.

— Então você prefere vagar aqui embaixo no escuro?

— Não está tão escuro — riu de maneira vazia e seca. Por um momento, a luz esverdeada brilhando da água ficou mais intensa, quase como se respondesse às suas palavras. Ele olhou fascinado para os padrões brilhantes formados pelas ondulações.

— Mas é perigoso. Genevieve quase nos mandou ir embora.

— Ela deveria. Eu faria isso.

Fiona olhou para Maric buscando ajuda, o homem deu de ombros, sem saber o que fazer. Ele mal conhecia Duncan, mas ela assumiu que talvez tivessem criado alguma conexão nesses dias viajando juntos. Mas o que ele deveria dizer? Ele o encarou com compaixão, talvez até compreensão, mas continuou em silêncio.

Ela agarrou-se ao afloramento mais próximo da estrutura branca, testando-a para ter certeza de que não desmoronaria sob seu peso. Era surpreendentemente sólida e, ao mesmo tempo, parecia vagamente áspero e viscoso, como se sua superfície fosse feita de lama arenosa pouco antes de se dissolver inteiramente em gosma. Também deixou um resíduo pálido e arenoso em seus dedos. Ela se levantou lentamente, sentindo os saltos de suas botas afundarem na sujeira e com cuidado fez seu caminho até onde Duncan estava sentado.

— Tome cuidado — avisou Maric.

Ela se ajoelhou ao lado de Duncan, com cuidado para não se sujar na lama. Estava grudada em todo o couro dele, notou, como se ele tivesse se afundado ali.

Eles não falaram por vários minutos. Fiona apenas encarou a água verde enquanto ele a olhava, admirando o jogo da luz no teto. O murmúrio estranho continuou, fluindo como o lago. Ela também notou sombras estranhas se movendo debaixo d'água. Peixes, aqui? Talvez fosse a fonte do som?

Ela tentou sentir algo com seus sentidos de Guardiã Cinzenta, mas não encontrou nada. Nada mesmo. O pensamento de que, depois de tanta Mácula nos túneis, eles estariam ali e, ao mesmo tempo, longe da contaminação era preocupante; mas ela deixou isso de lado por enquanto.

— Eu suponho que preciso voltar? —perguntou.

— Sim, a menos que você ache que pode chegar à superfície sozinho.

— Provavelmente não.

Com um suspirou, ele se levantou, limpando as mãos nas roupas. Ela também se levantou e foi para onde Maric esperava ansioso. Maric estendeu a mão e ajudou ambos a descer, um depois do outro, e se virou para Duncan com cuidado.

— Você está bem? — Ele perguntou.

O rapaz deu de ombros.

— Você sabe que eu nunca quis ser Guardião Cinzento. Eu provavelmente não devia ser. Acho que Genevieve cometeu um erro me escolhendo.

Maric confuso franziu a testa.

— Acho que você mencionou isso antes. Por que você não queria ser Guardião Cinzento? Quero dizer, você não se voluntariou?

— Os Guardiões têm o Direito de Conscrição — Fiona explicou. — É da época do primeiro Flagelo, muito tempo atrás. Todos ficaram tão gratos à ordem por derrotarem as crias das trevas que nos deram uma série de poderes, um deles foi o direito de recrutarmos quem desejamos. Se a ordem o quer, você é recrutado. Ponto final.

— Eu nunca ouvi sobre isso.

— Não é um direito muito usado hoje em dia. Faz tanto tempo desde o último Flagelo que algumas pessoas pensam que a ordem não é mais importante, que as crias das trevas nunca mais voltarão à superfície. A ordem precisa ter cuidado para não pressionar demais ninguém. Por isso somos tão poucos.

Duncan tirou um pano de seu cinto e enxugou a lama branca que grudava em suas botas e jaqueta. Ela percebeu que, onde quer que ele limpasse, o couro preto estava manchado de um verde escuro por baixo. De repente ela ficou aliviada por não ter se sentado lá.

— Genevieve me forçou. — Ele disse. — Eu ia ser executado.

— Executado? — perguntou Maric surpreso.

— Eu matei uma pessoa. — O rapaz olhou para outro lado, sombras cruzando seus olhos. Fiona podia vê-las e se perguntou se Maric também podia. Ela sabia o que uma vida difícil podia fazer com alguém. Sabia pouco sobre o passado de Duncan, mas o que sabia era o suficiente para ter empatia. — Eu já tinha sido jogado em uma cela e estava esperando para ser enforcado quando Genevieve veio me ver. Eles deixaram essa mulher de armadura entrar na minha cela e, do jeito que ela me olhou, achei que era minha executora. Achei que decidiram me decapitar ali mesmo.

— É algo fácil de assumir. Sua comandante é uma mulher bem severa.

— Mas, ao invés disso, ela se sentou e explicou que podia me tirar dali. Ela podia me transformar em um Guardião Cinzento e, se eu sobrevivesse ao Ingresso, seria um guerreiro, lutaria por uma causa nobre uma vez na vida.

— Você aceitou.

O rosto de Duncan ficou sério.

— Eu disse não.

— Uma escolha estranha para alguém que seria enforcado.

O rapaz se contorceu, parecendo desconfortável. Por um longo minuto, ele não disse nada, mas quando Fiona estava prestes a interromper a conversa e sugerir que eles voltassem para os outros, ele suspirou.

— O homem que eu matei era um Guardião Cinzento.

— Ah.

— Ele me pegou roubando do quarto dele em uma taverna. O dono me avisou, imaginando que o cara ia ficar fora um por tempo. Eu nem sabia quem ou o que ele era. Ele puxou a espada e me mandou devolver o anel que achei, eu me recusei. Eu sabia que era valioso e eu tinha o direito de roubá-lo.

Maric sorriu.

— "Direito" é usado de uma maneira específica aqui?

— Eu estava morrendo de fome. O inverno foi difícil. — Ele fez uma careta. — Eu nunca tinha matado ninguém. Eu não queria matá-lo, mas a luta foi longa. Ele estava muito determinado a pegar o anel de volta, ele não parava. Eu só ia colocar minha adaga no pescoço dele para fazê-lo parar... — Ele suspirou de novo.

Maric parecia confuso.

— Por que você se importou tanto?

— Você acha que eu deveria me divertir matando alguém?

— Não. — O rei pareceu confuso. Fiona o encarou, tentando avisar, mas ele a ignorou. — O primeiro homem que eu matei foi em desespero. Eu esmaguei a cabeça dele contra uma pedra. Também não me diverti, mas não tive escolha.

— Ele me agradeceu. — A voz de Duncan era um sussurro enquanto se lembrava do momento. — Eu lhe cortei a garganta e sangrou muito. Eu estava desesperado e tentando cobrir o ferimento, parar o sangue, mas ele parecia estar agradecido. Como se estivesse em paz. Ele agarrou meu ombro, me parou e eu o encarei, então ele me agradeceu. — O rapaz passou a mão nervosamente pelo cabelo preto e se virou. — Isso... Me marcou. Que tipo de homem agradeceria seu assassino? Que tipo de vida ele tinha? O guarda chegou na hora e me prendeu. Eles me arrastaram até um juiz, e me disse que o homem era um Guardião Cinzento.

— Então Genevieve recrutou alguém que assassinou um membro da ordem?

— Ela disse que era impressionante que eu consegui.

— Mas você recusou.

Ele riu, quase se lamentando.

— Eu me perguntei se ser um Guardião Cinzento me faria ficar igual ele. Ou a ela. Um dia eu agradeceria alguém por cortar a minha garganta? Eu não queria. Até contei o que ele me disse, ela só assentiu e deixou a cela sem dizer uma palavra.

Maric encarou o rapaz sem acreditar, mas não disse nada. Duncan encolheu os ombros e pigarreou, parecendo indiferente.

— Não importava. Ela apareceu na minha execução no dia seguinte e disse que estava invocando o Direito de Conscrição antes que pudessem colocar a corda em volta do meu pescoço. Cara, eles não gostaram nada disso.

Fiona bufou.

— Com certeza não. — Ela se lembrava da controvérsia toda, não só com o Prefeito, mas também dentro da Ordem. Eles achavam que Genevieve tinha enlouquecido. Recrutar o assassino de um deles? E não só recrutá-lo, mas contra sua vontade? Mas a comandante foi firme como sempre. Ela fora àquela cela para ver que tipo de homem era Duncan, e viu algo nele que nunca explicou a ninguém.

Duncan passou por momentos difíceis quando ela o trouxe pela primeira vez para a fortaleza de Montsimmard. Nenhum deles queria se aproximar de Duncan, então ele comia sozinho em seu quarto. Ficava só consigo. Como a maioria dos membros novatos da ordem, Fiona foi forçada a acompanhá-lo em seu Ingresso. A princípio ela se recusou, mas Genevieve não se importou. No final, Duncan foi uma surpresa. Ela esperava que ele fosse um criminoso sem valor, mas acabou se revelando algo completamente diferente.

Ela colocou uma mão em seu ombro.

— Nicolas está de luto. Ele não está pensando direito. Não pode levar o que ele disse para o pessoal, Duncan.

— Mesmo se ele estiver certo?

— Ei — interrompeu Maric. — Você derrubou o dragão. Se não fosse isso, ele poderia ter matado todos nós.

— Sim, mas deveria ser eu. Eu pulei nas costas dele. Ele deveria ter me atacado, não Julien.

Fiona via a culpa que ele sentia. Partia um pouco o seu coração. Ela estendeu a mão e tirou os cabelos escuros dele dos olhos, mas ele ignorou.

— Então a gente deveria ficar feliz com a sua morte? — Ela sorriu para ele. — Duncan. Ele o salvou. Aposto que faria de novo se pudesse. E você faria o mesmo por ele.

O rapaz pareceu hesitar.

— Talvez — murmurou.

Sorrindo ela o empurrou, e ele se permitiu mover um pouco. Os três começaram a caminhar calmamente de volta para a costa, mas Maric hesitou de repente.

— O Guardião Cinzento. — Ele olhou para Duncan, curioso. — Por que ele só não lhe deu o anel? Era valioso?

— Ele tinha comprado para dar para a noiva. — Veio a resposta. — Mas ele nunca conseguiu dá-lo.

— O nome dele era Guy. — Fiona adicionou. — Era noivo de Genevieve.
— Maric arregalou os olhos e ficou mudo, o que encerrou a conversa.

Eles não disseram mais nada enquanto subiam o caminho de volta ao topo da colina. Os murmúrios os seguiram por um tempo, então tudo ficou em silêncio. Se os sons pertencessem a qualquer outra criatura além de um peixe que pudesse viver em um lago sulfúrico, permaneceria escondidos nas sombras.

Quando finalmente voltaram para a caverna do dragão, os outros esperavam por eles. A carcaça do dragão estava esparramada pelas rochas, parecendo menor do que ela se lembrava. Seu estômago estava praticamente todo aberto. Entranhas ensanguentadas caídas no chão, Kell estava de pé no meio, arrancando escamas pretas de seu flanco com uma faca do cinto. Fiona imaginou que ele tinha aberto a barriga do dragão para pegar alguns de seus ossos. Eram valiosos, como a espada de Maric provava. Ela não sabia se os ossos eram tão duros em seu estado natural. Provavelmente não, caso contrário ninguém conseguiria removê-los.

Hafter latia feliz ao redor de seu mestre, embora o cão mancasse e não estivesse tão rápido quanto Fiona sabia que era. Kell olhou para baixo e sorriu, então cortou um grande pedaço de carne de dragão com sua faca. Ele o jogou na direção de Hafter e o cachorro o pegou, animado. "Conveniente", ela pensou.

Genevieve se virou e os viu chegar. Fiona viu o corpo de Julien por perto, envolto em uma capa preta, com Nicolas ainda ajoelhado ao seu lado. O guerreiro levantou o olhar e fez uma careta ao ver Duncan. Utha colocou a mão no ombro do homem para contê-lo e ele visivelmente desabou, seu rosto se contorcendo em uma tristeza silenciosa que tentou esconder ao se virar. Então, a anã olhou para Duncan com compaixão. Se o rapaz viu ou não, Fiona não soube dizer. Ele manteve a expressão neutra.

— Já era hora de você voltar — reclamou Genevieve. — As crias das trevas estão ficando mais ousadas. Um par de berros tentou entrar aqui e fomos forçados a matá-los. Com certeza outros logo chegarão.

— Bem, estamos de volta — declarou Fiona. — Duncan não tinha ido longe.

— Desculpa — murmurou ele.

Genevieve olhou severamente para o garoto, sua mandíbula cerrada e seus lábios pressionados. Ele não encontrou o olhar dela, mas Fiona suspeitou que ele sentia a desaprovação de qualquer maneira. Como não poderia? Aquilo radiava dela em ondas.

— O que foi aquilo? — Ela falou. — Preciso me preocupar com você fugindo aqui nas Estradas Profundas, Duncan?

— Eu não vou para lugar nenhum — disse, mas não parecia convincente.

— Você devia tê-lo deixado ir — murmurou Nicolas, alto o suficiente para todos ouvirem. Os olhos de Genevieve se arregalaram, mostrando sua indignação quando se virou para encará-lo, mas o guerreiro continuou olhando. — Por que ele está aqui? — Ele insistiu. — Ele é um rato de esgoto que você pegou em Val Royeaux. Um assassino! Um ladrão! O lugar dele não é na Ordem.

— Eu digo que é — rebateu ela.

— A presença dele é uma vergonha!

Em um instante, Genevieve avançou na direção de Nicolas e deu um tapa em seu rosto. Suas manoplas pesadas tornaram o golpe mais severo do que poderia ter sido e o homem cambaleou na direção do cadáver embrulhado de Julien. Os outros olharam, chocados, enquanto ela se erguia sobre o guerreiro, com o rosto vermelho de fúria. Nicolas a encarou , cobrindo a bochecha em reflexo.

— Controle-se! — Ela rugiu. — O garoto derrubou o dragão. Fez a parte dele, assim como Julien. Se alguém nos envergonha, é você com essa atitude inútil.

Um silêncio desconfortável tomou conta do grupo. Utha deu um passo à frente parecendo ansiosa, e fez vários gestos para Nicolas. Fiona não conseguiu enxergar, mas era claro que a intenção era acalmar o homem. Ele olhou para Genevieve, que ainda estava em sua posição, mas ela o ignorou e se virou para olhar bruscamente para cada um dos outros Guardiões Cinzentos.

— É hora de partirmos. Vamos, rápido.

— Não. — Soou uma resposta firme. Era Kell. O caçador se levantou lentamente do cadáver do dragão, limpando sua faca na carne sem escamas da barriga da criatura antes de colocá-la em seu cinto. Ele se virou para encarar a Comandante com uma expressão calma. — Eu acho que nós viemos longe o suficiente. É loucura continuar.

— Você não é o comandante aqui — disse ela, a voz baixa e perigosa.

— E você não está agindo como uma comandante. — Ele fez um gesto na direção de Maric, que parecia assistir o confronto com atenção. — O rei de Ferelden está conosco. A vida dele não deve ser sacrificada à toa. Se não há chance de sucesso, precisamos levá-lo de volta para a superfície.

— O que devemos fazer é impedir o Flagelo.

Kell balançou a cabeça triste. Ele removeu as luvas de couro que usava, agora cobertas de sangue vermelho escuro das entranhas do dragão.

— Mas não estamos aqui para isso. Não há chance de sucesso aqui, Genevieve.

— Você está errado.

— Estou? — Seus olhos pálidos se estreitaram. — Se um Flagelo realmente acontecer, o nosso dever é levar o rei de volta para a superfície, em segurança, para ajudar a preparar seu povo. Estamos perdendo tempo procurando um homem que está além do nosso alcance.

— Eu não acredito nisso.

— Por que? Porque o resto da ordem não acredita nas suas visões? — Ele ergueu as mãos em súplica, sua voz implorando. — Eu acredito nas suas visões, Genevieve. Vamos segui-las e encontrar o Flagelo que se aproxima com nossos olhos abertos.

Ela o encarou em silêncio, seu rosto era uma rocha fria. Fiona tremeu e se perguntou aonde aquilo estava indo. Todos ficaram tensos e observavam a comandante com medo. Ela se abaixou e puxou sua espada larga da bainha devagar, o metal rangendo suavemente. Segurou a lâmina na frente dela, sem tirar os olhos do caçador. A ameaça era implícita.

— Não enquanto houver uma chance de impedi-lo. Eu digo que a chance existe e, se for preciso o sacrifício de todos aqui, nós vamos continuar por esse caminho até que eu diga o contrário.

Kell não parecia impressionado. Sua mão moveu-se com cautela para o punho do mangual na sua cintura, mas ele não o puxou. Hafter, sentindo o confronto, rosnou e levantou o rosto. Ele mostrou as presas para Genevieve e seu mestre não fez nada para impedi-lo. O momento se arrastou.

Utha parou no meio deles. A anã ergueu as mãos para Genevieve e Kell, depois começou a sinalizar para Kell com raiva. Foi muito rápido para Fiona entender, mas Kell conseguiu. Ele franziu a testa.

— Você concorda com ela? Depois disso tudo? — Ele perguntou. A anão assentiu, séria. Ela gesticulou de novo e dessa vez Fiona entendeu. Eles sacrificaram muito para voltar agora.

— Eu concordo com Kell. — Nicolas se intrometeu. Ele se levantou. Olhou para Fiona e Maric, assim como Utha e Kell. Mas para Genevieve não. Ela enrijeceu, recusando-se a reconhecer que estavam procurando um consenso para determinar o direito dela de comandar. Fiona não sabia o que ela faria se o consenso não fosse em seu favor. Ela seguiria sozinha? Tentaria matá-los? Fiona não fazia parte da Ordem há tempo o suficiente para saber qual era o protocolo em uma situação assim. Provavelmente porque não existia. Diante da ameaça das crias das trevas, motim não era opção.

— Eu estou aqui para ajudar os Guardiões Cinzentos — disse Maric devagar. — Vocês sabem mais das crias das trevas do que eu. Se há uma chance de salvar Ferelden do Flagelo, estou disposto a arriscar minha vida. Mas se não há, vocês devem decidir.

— Idiotas! — Duncan se revoltou.

Todos se viraram para ele. O rapaz estava furioso de um jeito que Fiona nunca vira, quase tremendo. Ele se virou na direção de Nicolas.

— Nós matamos um dragão. Um dragão! E você quer voltar agora? O que você acha que Julien diria?

— Não me fale o que Julien diria. — Mas as palavras de Nicolas eram fracas e ele encarava o chão.

— Vocês querem voltar ao menor sinal de perigo? Então vão. Façam com que a morte de Julien seja insignificante, se é isso que querem. Eu nem queria ser um Guardião Cinzento e agora sei por que. Todos vocês são covardes!

Kell ergueu as sobrancelhas, mas não disse nada. Nicolas também ficou em silêncio.

— Eu não devia ter deixado você me assustar. — Duncan continuou, seu rosto ficando vermelho de raiva. — Eu pulei nas costas daquele dragão. E quer saber? Valeu a pena! Nenhum de vocês teve coragem! Acha que aqueles Guardiões Cinzentos de quem você fala, aqueles que pararam os Flagelos, acha que eles não correram riscos? — Ele foi até Genevieve e ficou ao lado dela. Ela não reagiu, seu rosto permaneceu imóvel. — Se Genevieve é a única que tem coragem para nos guiar, então eu vou com ela. Eu, o rato de esgoto. — Ele cuspiu a última fala na direção de Nicolas.

O guerreiro estremeceu e fechou os olhos. Utha olhou entre os dois e balançou a cabeça tristemente, mas não fez nenhum movimento para intervir. Kell ergueu uma sobrancelha para Fiona, a pergunta silenciosa era óbvia.

Ela deu de ombros.

— Acho que Duncan disse tudo, não?

No final, nem Kell ou Nicolas argumentaram contra a decisão. Genevieve a aceitou sem mais comentários. Fiona duvidava que ela esqueceria. Ela nunca esquecia nada.

Eles viajaram pelas passagens por onde Duncan tinha ido, depois Fiona apontou haver outros caminhos por ali que seguiam em direções diferentes. Afinal, eles não podiam voltar pelo caminho de onde vieram, não sem encontrar as crias das trevas e começar a mesma batalha que tentaram evitar lutando contra o dragão. Então eles precisavam avançar e, com sorte, encontrar um caminho de volta para as Estradas Profundas e uma rota para o thaig de Ortan. Fiona se perguntou se as cavernas não continuariam descendo. Talvez não houvesse como voltar agora, mesmo se Kell conseguisse o que queria.

Ela guardou os pensamentos consigo.

Por sugestão de Maric, eles levaram o corpo de Julien com eles. Com o corpo ainda envolto em sua capa, eles o colocaram nos ombros e o levaram até o lago esmeralda. Foi difícil levá-lo pelo caminho estreito do penhasco, mas os Guardiões Cinzentos carregaram o fardo sem reclamar. Até Genevieve ficou quieta, mesmo com o atraso.

Na margem do lago, entre os pilares brancos, eles deixaram o corpo de Julien flutuar nas águas verdes. A tradição do Coro exigia que os corpos fossem cremados e suas cinzas devidamente enterradas, mas não havia como construir uma pira e enterrar qualquer coisa ali. Melhor isso do que deixar seu camarada na caverna à mercê da horda de crias das trevas.

Eles observaram o corpo por um tempo, cada um deles de luto em silêncio. Fiona não conhecia o homem há muito tempo, mas admirava sua natureza silenciosa. Para um guerreiro, ele era muito cuidadoso. Ele nunca a tratou como outra coisa senão uma companheira Guardiã Cinzenta e, para uma elfa e maga humilde, aquilo significava muito.

Nicolas se ajoelhou à beira d'água e abaixou a cabeça em uma dor agonizante. Os outros fingiram não perceber, para deixar o homem preservar pelo menos um fiapo de sua dignidade.

— Aqui está o abismo, o poço das almas — entoou Maric. — Destas águas esmeraldas a vida começa de novo. Venha para mim, criança, vou abraçá-la.— Ele parou ao lado de Nicolas e colocou uma mão gentil em seu ombro. Nicolas olhou grato para Maric, lágrimas descendo pelo seu rosto.

— Em meus braços está a Eternidade.

O corpo afundou lentamente.

10

Com uma respiração apaixonada, a escuridão se alonga.
É o sussurro da noite, a mentira sobre o seu sonho.
— Cântico das Transfigurações 1:5

BREGAN ABRIU OS OLHOS.

Algo mudou enquanto ele dormia. Quanto tempo tinha passado? Estava escuro como breu em sua cela, como ao fechar os olhos, o que parecia fazer uma eternidade. Era sempre uma noite infinita nas Estradas Profundas.

De alguma forma, ele suspeitou que muito tempo havia se passado. A sensação que queimava sob sua carne diminuiu, substituída por um frio estranho. Ele cutucou a pele e descobriu que estava pesada e, sem vida, caso cutucasse com força suficiente, o espaço amassado permaneceria. Seus membros pareciam separados, como se não pertencessem a ele.

E o zumbido também diminuiu. Então, enquanto ouvia a escuridão, ele percebeu que não era bem verdade. Agora estava mais forte. O coro distante havia se tornado uma sinfonia poderosa, uma grande onda de música que não batia mais para entrar em sua cabeça, agora fazia cócegas nas bordas de seus pensamentos. Era mais fácil ignorar, mas agora o distraía. Ele perdia o fio de pensamento sempre que parava para ouvir.

Balançou a cabeça, se recusando a ser seduzido, e sentou. As peles em que se deitou foram trocadas em algum momento. Ele se perguntou como. Eram mais grossas agora. Tateando no escuro, também encontrou algumas roupas bem dobradas nas proximidades. Não eram dele. Eram feitas de um material áspero que ele não reconheceu, talvez anão. Por isso se perguntou se caberiam.

Ele se levantou devagar, se esticando com as dores que sentia por todo o corpo. Mas era pouco. Passando as mãos por sua pele, ele notou que a maioria das bandagens e cataplasmas tinham sumido. Ele estava inteiro. No entanto, sua pele estava áspera, como se coberta por cicatrizes grossas. Estranhamente, parecia que ele estava tocando a pele de outra pessoa. Era como se estivesse anestesiado. Também estava frio, mas ele não tremia.

Apalpando cuidadosamente a pilha de roupas, escolheu o que parecia ser um par de calças. Seria o suficiente por enquanto. Elas serviam bem, mas, como suspeitou, eram curtas para suas pernas.

Para onde a rocha brilhante foi? Ele se lembrava dela não estar presente quando voltou para a cela, mas não sabia o motivo. Na verdade, ele se lembrava pouquíssimo de como voltou para a cela. Ele veio sozinho, isso sabia, mas o que aconteceu com o Arquiteto? Ele tinha uma vaga lembrança do que haviam falado, mas suas memórias estavam distantes. Fizeram algo com sua mente? A ideia devia tê-lo deixado assustado, mas não ficou. Ele supôs ser possível que isso também pudesse ser resultado de intromissão mágica. Mas ele duvidava. Se o Arquiteto quisesse apagar suas memórias ou usar magia para alterar sua mente, teve oportunidades muito melhores para fazê-lo.

Não, ele voltou porque quis, para dormir. Estava exausto. Seus membros estavam pesados como chumbo e o zumbido incessante quase o deixava louco. Ele se lembrou dessas coisas, do sono se estendendo e o arrastando para o esquecimento antes que ele tocasse o chão...

...Então, nada. Nenhum sonho, pela primeira vez na sua vida. Guardiões Cinzentos sempre sonhavam, era o preço por compartilhar a consciência com as crias das trevas. Ainda assim, nada. Inconsciência pacífica.

Bregan esperou por um tempo. Tateou mais um pouco o chão e não encontrou nenhuma arma, nem qualquer armadura. Talvez ele ainda não fosse confiável? Na verdade, não importava. O hábito de manter uma arma consigo veio de uma vida passada como guerreiro, uma vida inteira de preparação para uma guerra que nunca lutaria.

Uma vida que tinha desprezado.

Era glorioso aceitar aquilo. Queria pular por aí e gritar a plenos pulmões. Certamente não havia nada o impedindo, mas quem se importava? Que sua espada apodrecesse seja lá onde estivesse.

Depois do que pareceu uma hora gasta andando ao redor da pequena câmara, ele percebeu que estava esperando o Arquiteto aparecer. Era algo estranho de se dar conta. Afinal, as crias das trevas não eram suas amigas. Sim, ele tinha escolhido ficar, mas não sabia o motivo. Ele pensava ostensivamente que era importante acabar com os Flagelos, mas a mesma parte dele que sempre odiou ser um Guardião Cinzento se perguntou por que ele se importava com isso. Por que isso importava agora? Ele não era um morto-vivo, seu próprio suicídio foi adiado pelo plano do Arquiteto?

Esses pensamentos o deixaram impaciente. Ele se viu ouvindo aquela música distante, o chamado que o alcançava e embalava cada vez que começava a prestar atenção. Quase o fez desmaiar, e cada vez que acontecia, se sentia forçado a se livrar daquilo. Havia assuntos mais importantes para lidar.

Bregan caminhou até a porta de metal e descobriu que estava destrancada. Ela se abriu com um rangido alto, o som reverberou pelo silêncio que permeava o lugar. Ele quase esperava ouvir um grito e que as crias das trevas viessem correndo para contê-lo, mas nada aconteceu. O silêncio voltou, pontuado apenas pela ascensão e queda do coro distante.

Ao sair para o corredor, percebeu que as coisas estavam entrando em foco lentamente. Ele estava distinguindo as arestas da parede à sua frente e quase podia ver a porta que acabara de abrir. Era como se estivesse caminhando em uma floresta densa, só agora seus olhos se acostumaram ao luar fraco entrando por entre os galhos e revelando um mundo envolto de árvores, raízes e pedras. Aqui havia apenas paredes antigas de pedra, destroços e nenhuma luz com a qual pudesse se acostumar. Como ele conseguia ver qualquer coisa?

Enquanto piscava e olhava para as sombras, Bregan percebeu que algo estava se aproximando. Ele congelou, o terror passando por ele, amaldiçoando o fato de que sua habilidade de sentir as crias das trevas parecia ter sumido por completo. Foi um berro, uma das criaturas altas e esguias que os Guardiões Cinzentos sempre consideraram os assassinos entre as crias das trevas. Eles usavam a furtividade a seu favor, atacando das sombras e rasgando um oponente com garras longas e perversas. O brado de guerra deles era aterrorizante, daí o nome, só o ouviu uma vez na vida, e mesmo assim estava distante quando uma dessas criaturas solitárias vagava por uma floresta, atacando qualquer Guardião que encontrasse na escuridão.

A coisa se curvou assim que o avistou, expondo suas presas longas em uma careta ameaçadora. Ela sibilou, brandindo aquelas garras características, mas não avançou. Bregan ficou tenso, uma gota solitária de suor desceu pela sua testa. O berro se acalmou. Talvez tenha percebido que não seria atacado? Bregan não tinha certeza. Independente do motivo, passou por ele no corredor com cuidado, mantendo seus olhos mortos nele ao passar.

E então se foi, desaparecendo nas sombras. Ele esperou, seu coração disparado, e se perguntou se ele voltaria agora e o acertaria por trás. Mas não houve ataque surpresa. Apenas foi embora. Bregan era estranho o suficiente para causar suspeita e até alarme, mas não o suficiente para ser considerado uma ameaça.

Ele tremeu. Sentiu frio, mas a estranheza de sua pele o deixava insensível. Por um momento, quase foi dominado pelo desejo de arrancar sua carne, esburacá-la, passando por qualquer Mácula que estava por baixo de sua superfície. Mas o momento logo passou. Seu medo diminuiu e a sensação de distanciamento voltou.

Se ele conseguia enxergar, mesmo que pouco, talvez fosse uma boa hora para explorar.

Parecia estranho andar pelas ruínas da fortaleza anã. A invasão das crias das trevas foi suficiente para que algumas áreas estivessem completamente intransponíveis, era impossível de determinar qual poderia ter sido a função delas, mas algumas pareciam intocadas. Ele encontrou o que poderia ser uma cozinha, com uma fogueira agora cheia de musgo preto e sujeira, cercada por panelas enferrujadas e até facas. Reconheceu um balcão, com diversos barris e armários, todos jogados de um lado para o outro, como se alguma grande calamidade virara toda a cozinha de cabeça para baixo, e depois a deixasse para ser tomada por mácula e poeira.

Realmente foi isso que aconteceu. Para que as crias das trevas precisariam de uma cozinha, afinal? Nada que os Guardiões Cinzentos descobriram até hoje indicava que as crias das trevas se alimentavam. A mácula os sustentava.

Isso o fez pensar que ele mesmo não estava sentindo fome. Ele não comia nada há dias, mas mesmo assim se sentia... Cheio. Não exatamente saciado, mas cheio com algo que o impedia de sentir fome. A ideia o perturbou e ele tentou parar de pensar naquilo.

Ele se perguntou onde estavam os corpos dos anões. Fazia tanto tempo que até seus ossos viraram poeira? As crias das trevas os removeram? Será que todos os anões fugiram antes das crias das trevas tomarem essa parte das Estradas Profundas? Ele percebeu que não tinha ideia do que as crias das trevas faziam com seus mortos. Não havia ossos à vista, mas imaginou que eles morressem de causas naturais, como qualquer outra criatura viva. Se eles viveram aqui, onde morreram?

Talvez viver fosse uma palavra forte. Não havia nenhuma evidência de que as crias das trevas ocupavam a ruína da mesma forma que humanos ou anões. Não havia dormitórios, nem lugares para guardar pertences. Sabia que elas eram capazes de forjar equipamentos e construir estruturas quando precisavam, mas se realmente o faziam, não encontrava indícios ali. Crias das trevas claramente patrulhavam as ruínas, mas, por outro lado, parecia muito vazia.

Enquanto Bregan andava pelos corredores abandonados, percebeu que podia ouvir um novo som ali. Era estranho, um arranhar insistente. Ele não conseguia identificar o que poderia ser, apenas parecia fora do lugar entre as sombras e a escuridão. A curiosidade aos poucos superou sua apreensão. Virando a cabeça para ouvir, ele foi sentindo o caminho pelos corredores e chegou ao lugar de onde o som parecia vir.

Não demorou para encontrar. Ele notou a luz antes de qualquer coisa, um farol brilhante em uma porta distante que feriu seus olhos de imediato, embora só visse à distância. Precisou cobrir os olhos com a mão e picar entre lágrimas para acostumá-lo antes de se aproximar. À medida que se aproximava, mais a luz o feria. Mas o som ficou mais claro, como se alguém estivesse escrevendo com uma pena. Interessante que ele conseguisse perceber aquilo de tão longe. Lutando contra o desconforto, foi até a porta e olhou para dentro.

Era difícil de enxergar através do brilho, mas o que Bregan conseguiu ver o deixou chocado. O quarto diante dele era uma biblioteca, não estava corrompida e repleta de livros, além de sua capacidade . Havia estantes grandes de madeira alinhadas nas paredes, cada uma delas repleta de tomos empilhados ao acaso. Mas os livros não estavam só nas prateleiras. Estavam empilhados no chão, montes parecendo que cairiam a qualquer momento. Alguns estavam abertos, outros estavam encostados na parede, formando uma montanha de textos em uma escrivaninha elaborada de pedra que ocupava grande parte da câmara central. A cena inteira não teria parecido fora de lugar na propriedade de algum nobre anão culto em Orzammar, se não fosse pelo caos desorganizado.

O Arquiteto estava sentado à escrivaninha de pedra, em uma cadeira laqueada ornamentada cujo encosto erguendo-se atrás dele. Bregan podia ver uma caneta de pena na mão da criatura, a pena girando ativamente enquanto escrevia em um grande livro com capa de couro. A fonte da luz ofuscante era a rocha brilhante, agora pendurada na cadeira do Arquiteto preenchendo a biblioteca com sombras tremeluzentes. Ele não se lembrava da rocha ser tão brilhante, não o suficiente para machucar seus olhos.

A cria das trevas percebeu que ele estava na porta e parou de escrever. Pareceu surpresa ao ver Bregan, levantando o que poderia ser uma sobrancelha, se houvesse algum cabelo na carne desidratada de sua cabeça. Assim que percebeu seu desconforto, olhou para a rocha brilhante e fez a conexão. Com um aceno de sua mão nodosa, o brilho da pedra diminuiu, o suficiente para provocar um suspiro de alívio em Bregan. A dor sumira e agora ele conseguia enxergar o quarto.

— Perdão — disse o Arquiteto.

— Eu acordei e você não apareceu.

Ele assentiu.

— Você estava dormindo. Não sabia quanto tempo ficaria lá. Eu peguei a rocha porque precisava escrever, sabia que você estaria mais... Sensível quando acordasse.

Bregan franziu a testa, confuso. Ele deu um passo incerto para dentro da biblioteca, maravilhado com as estantes na parede. Uma escada alta de pedra estava presa em um trilho que percorria todo o diâmetro da sala, permitindo que qualquer um alcançasse o topo de quaisquer prateleiras. Uma engenhoca anã, com certeza, mas, ao contrário de tudo que tinha visto nesta ruína, estava em excelente estado.

— Eu não entendo — disse por fim. — Quanto tempo eu dormi? Um dia? Mais?

— Eu não sei o que é "dia".

— Não? — Bregan indicou as prateleiras. — Nenhum desses livros fala disso? Me parece que você os leu.

A cria das trevas recostou-se na cadeira, juntando os dedos enquanto o observava com grande interesse. De alguma forma, Bregan teve a sensação de que havia se intrometido no santuário desta criatura, que ainda assim manteve seu ar educado e culto. No entanto, aqueles olhos se arregalavam alarmados cada vez que suas mãos chegavam perto de tocar um dos livros. Havia algo lá que a criatura não queria que visse? Seria ele possessivo com seus tesouros?

Olhando com mais atenção, Bregan notou que a maioria dos livros estavam amarelados e caindo aos pedaços. Muitos estavam restaurados ou remendados toscamente, provavelmente pelo próprio Arquiteto. Com certeza seu medo era que ele os danificasse sem querer.

Aqueles tomos antigos estavam ali desde sempre? Ou o emissário os coletou das Estradas Profundas? Ele tentou imaginar esta criatura viajando pelo thaig, peneirando os escombros em busca de livros anões que não se desintegraram completamente com o passar dos séculos. Não poderiam ser muitos. Os poucos com textos legíveis na encadernação foram escritos em anão, portanto, Bregan não conseguia decifrar. Ele se perguntou por quais tópicos a criatura se interessaria.

— Sim. Eu li — respondeu o Arquiteto. — Alguns deles eu li muitas vezes. Há muitas coisas das quais eles falam que eu não entendo.

— Um dia é uma forma que temos de medir o tempo. O sol se põe e vira noite e, quando o sol nasce de novo, passou um dia, vinte e quatro horas no total.

— Ah. — Ele parecia satisfeito. — Eu li sobre isso, mas não tinha como saber a conexão. Obrigado por me explicar.

— De nada. — Bregan caminhou até a grande mesa de pedra, passando cuidadosamente entre as pilhas de livros espalhadas pelo chão. Vários dos tomos eram bem grandes, ele notou, um encostado na mesa era quase tão largo quanto a própria. Suas páginas estavam gastas e tão manchadas de amarelo que a escrita delicada era quase indecifrável. Não era anã, e sim de Tevinter, a língua dos magistrados antigos. Escrita arcana. — Você disse que eu estaria mais sensível ao acordar. Você quis dizer à luz? Por que eu ficaria mais sensível?

A cria das trevas o estudou em silêncio por um momento, virando a cabeça para o lado, confusa.

— Você não lembra?

— Não muito bem. Mas algo mudou.

— Você reclamou que o chamado dos Deuses Antigos estava o enlouquecendo. Eu ofereci para agilizar a progressão da mácula e você concordou.

Bregan ficou imóvel. A pele fria, a mudança no zumbido, as sensações estranhas.... O que fizeram com ele?

— O que você quer dizer com "eu concordei"? — A sua voz alarmada fez o Arquiteto enrijecer. Ele o olhou com preocupação, mas não se moveu da cadeira.

— Eu não tinha certeza se conseguiria — explicou. — Mas você insistiu. Eu admito que achei a ideia fascinante. A possibilidade de acelerar sua metamorfose e que mudanças isso traria. Algumas eu consegui imaginar. — Ele gesticulou para a rocha brilhante ainda pendurada na cadeira, agora emanando apenas um brilho laranja fraco. — Não estava mais claro do que antes. A sua tolerância diminuiu.

Bregan ficou parado, chocado. Ele pediu isso? Lentamente, ele percebeu que, apesar de toda a estranheza, o zumbido constante não o deixava louco como antes. Em vez disso, havia se tornado algo bonito e estranho, ele quem mudou. Ele sentia. Sentia a mudança sob a sua pele. Ele levou as mãos para frente do rosto. As marcas escuras que antes vira na sua carne se espalharam. Elas se espalharam até sua pele ficar um pouco mais do que manchada e escura, as áreas onde mudou agora estavam murchas e ásperas, assim como a carne da cria das trevas. Suas unhas estavam longas e pretas, como garras.

Tremendo de horror, deixou suas mãos cair.

— Eu quero ver o meu rosto.

A cria das trevas virou a cabeça de novo.

— Como você quer fazer isso?

— Um espelho. Dê um espelho para mim.

— Eu não conheço esse item.

Ele bateu o punho na mesa, fazendo com que vários dos livros empilhados de maneira mais precária caíssem.

— Alguma coisa com reflexo! Eu preciso me ver! — Ele gritou furioso.

O Arquiteto parecia perplexo e, lentamente, juntou suas vestes marrons e se levantou da cadeira. Sem dizer uma palavra, ele se virou e saiu da sala, deixando Bregan de pé onde estava. Ele se sentiu tolo. Furioso. O que ele fez? O emissário simplesmente o abandonou, ofendido com seu comportamento?

Realmente achava que a criatura o fizera consigo sem permissão? Não. Não, não achava. Se ele quisesse fazer experimentos, poderia fazê-los antes. Ele pediu por isso e, enquanto considerava a ideia, uma vaga lembrança passou por sua mente. Ele estava com dor. O zumbido estava por toda a parte, até dentro dele. Ele queria que aquilo sumisse.

Levou vários minutos para o Arquiteto voltar. Ele ergueu o que parecia ser um escudo circular de metal. Algo feito por anões, mas tão coberta pelas marcas escuras da corrupção que seria impossível ver qualquer coisa refletida. Ele olhou confuso para o emissário, mas foi ignorado. Com um gesto de sua mão, uma grande chama negra explodiu sobre o metal.

Ondas de calor emanavam dela, fazendo Bregan perceber o quão gelado de fato estava. Estava de pé na câmara com apenas um par de calças, mas não foi a temperatura que o fez sentir frio. Sabia disso. Ele observou enquanto o fogo negro se espalhava ao longo da superfície do escudo, limpando-a. Em poucos instantes, o brilho do metal em sua superfície interna foi revelado. Não era bem um espelho, mas serviria. O Arquiteto lhe entregou o objeto sem cerimônia.

Bregan achou que o escudo estaria queimando, mas não estava. Mal estava quente. Ele assumiu que era encantado. Não que fosse uma surpresa, quem sabe quantos tesouros os anões deixaram nesses túneis quando seus reinos desmoronaram? Tudo o que uma cria das trevas tinha que fazer era encontrá-los.

Ele levantou o escudo e se encarou. Os mínimos detalhes eram indistintos, mas a condição geral de seu rosto era óbvia: agora a mácula cobria tudo. Seu cabelo branco caiu em tufos, agora havia apenas mechas espalhadas, deixadas em meio à carne seca e enegrecida. Seus lábios também pareciam ter ido para trás de seus dentes, deixando-o com uma careta esquelética permanente.

Ele não conseguia decifrar o resto, talvez fosse melhor assim. Bregan deixou o escudo cair, uma dormência tomou conta de si. Ele vira carniçais assim. Pessoas infectadas que sobreviveram o suficiente para que seus corpos fossem tomados pela mácula. Agora aconteceu com ele. Era estranho que não estivesse mais chateado. O choque passou, deixando apenas uma sensação de inevitabilidade.

Você está bravo? — O Arquiteto perguntou.

— Não.

— Tem outra cadeira atrás de você, contra a parede, se quiser sentar. — Bregan se virou e descobriu que havia uma cadeira de pedra mais simples onde o emissário indicou. Estava debaixo de um monte de pergaminhos enrolados e tomos desgastados. Ele se aproximou e limpou-a antes de se sentar, jogando o escudo no chão. A rocha desgastada protestou com o seu peso. Quase era muito pequena para ele, construída para um anão, mas ele não se importou.

— Eu quero falar sobre o seu plano — declarou.

A cria das trevas suspirou, mas não parecia surpresa. Voltou para trás de sua escrivaninha e se sentou na cadeira. A luz da rocha luminosa oscilou como se reconhecesse sua presença.

— Sim, já é hora de falar — disse por fim.

Perguntas cruzaram a mente de Bregan. Estava ensandecido e exausto para perguntar ao Arquiteto sobre seu plano quando ele voltou mais cedo, ou pelo menos presumiu que foi o caso. Afinal, não havia mais nada que pudesse fazer pela sua aparência física. Na verdade, devia agradecer ao Arquiteto por poupá-lo de um processo longo e agonizante, aquele que os Guardiões Cinzentos começaram ao iniciá-lo na ordem há muito tempo. Estava acabado. Ele devia se sentir aliviado.

— Você quer espalhar a mácula na superfície?

— Os que sobreviverem — começou devagar — se tornarão imunes à mácula, como os Guardiões Cinzentos. Eles passariam a imunidade para as próximas gerações.

— Mas ficariam contaminados. Como estou agora.

A criatura assentiu, como se já tivesse considerado aquilo e não se incomodasse nem um pouco.

— É verdade. Eu disse mais cedo que a humanidade e as crias das trevas precisariam encontrar um meio termo. Essa é a parte da humanidade. Vocês teriam que passar por uma mudança muito grande.

Bregan ficou sentado na cadeira por um minuto, pensando sobre isso. A ideia de começar um genocídio devia incomodá-lo mais. Mas isso também os protegeria, não? Ele estava cumprindo sua missão original, como de todos os Guardiões Cinzentos: acabar com os Flagelos. Salvar o mundo. Enquanto estivesse fazendo isso, não poderia ignorar o resultado simplesmente por causa do custo. Ao considerar quantas pessoas morreram no Primeiro Flagelo, não estava sentado em uma ruína que era a evidência de tudo o que havia sido perdido? Que sacrifício seria grande demais pela sobrevivência? Se fosse possível acabar com os Flagelos.

— Então você precisa da minha ajuda. Para levar essa mudança para a humanidade.

O Arquiteto estendeu as mãos.

— Na verdade não.

Bregan ficou confuso. Quase pulou da cadeira e só se acalmou ao notar a tensão da cria das trevas enquanto o observava. Ele respirou fundo e se sentou na cadeira de novo.

— Então por que me trouxe aqui? Eu assumi que você precisava saber o que sei. Agora está dizendo que não precisa?

— Eu de fato preciso saber o que você sabe — disse visivelmente satisfeito por Bregan ter conseguido se controlar. — Mas não tem nada a ver com a humanidade. Essa parte do meu plano vai continuar sem a sua ajuda. — Ele tocou no queixo pensativo. — Eu sei pouco sobre sua espécie, muitas vezes suas reações são surpreendentes para mim, mas imaginei que mesmo que um Guardião Cinzento desejasse acabar com os Flagelos tanto quanto eu, você hesitaria em fazer isso com os seus. — Ele o encarou fascinado. — Estou errado?

— Não está. — Bregan notou o jeito que o emissário o olhava, o jeito que mexia suas mãos e se inclinava na cadeira. Estaria empolgado? Normalmente a criatura parecia tão educada e passiva, imaginar que podia ficar emotiva era estranho.

— Eu assumo que você precise da minha ajuda com a outra parte do plano. Lidar com as crias das trevas.

— Isso.

— Você está planejando genocídio contra a sua espécie também?

Ele assentiu.

— Sim. O que eu pretendo vai levar a isso.

Agora Bregan estava intrigado. De alguma forma, ele presumiu que o plano do Arquiteto para as crias seria mais brando do que para a humanidade.

— Mas tem mais?

— Minha espécie é refém do chamado dos Deuses Antigos. — Ele voltou a se apoiar no encosto da cadeira, olhando para longe enquanto falava. Havia quase um fervor religioso em suas palavras, uma crença muito intensa na sua missão sagrada. O fato de que Bregan poderia encontrar tal crença aqui, nas sombras das Estradas Profundas, era ao mesmo tempo intrigante e um pouco assustador. — Enquanto o chamado continuar, não importa se os nossos números diminuírem. Já aconteceu antes e, ainda assim, cada vez que nos reconstruímos o fizemos com apenas um propósito em mente: encontrar as prisões dos Deuses Antigos restantes para libertá-los.

Bregan começou a entender o plano.

— Então você quer...

— Encontrar e matar os Deuses Antigos que restam. — A criatura sorriu; uma expressão com um sorriso cheio de dentes em um rosto distorcido. Parecia demoníaco. — E você sabe onde eles estão.

Bregan não tentou esconder o fato de que isso era verdade. Ele presumiu que era isso que a cria queria quando tentou escapar pela primeira vez. O que mais poderia fornecer que esta criatura não soubesse ou já não tivesse acesso?

Mas ouvir a confirmação o fez rir. Havia poucos na ordem que sabiam as localizações dessas prisões antigas. Ele nem sabia como conseguiram essa informação, nem para que serviria. Afinal, saber onde eles estavam não significava que os Guardiões Cinzentos sabiam como chegar lá. Aqueles lugares estavam além do alcance da ordem.

— Como você sabe? — Ele perguntou por fim.

— Você não é o primeiro Guardião Cinzento que entra nas Estradas Profundas. — Isso fez Bregan parar. Claro que houve outros. O Chamado era uma tradição na ordem desde o Primeiro Flagelo. Nos anos depois da primeira invasão de crias das trevas, poucos Guardiões Cinzentos morreram em batalha. Eles viviam por mais tempo e perceberam que sua imunidade tinha um limite. Ainda assim, ele assumiu que fora o primeiro a ser capturado, mesmo sem motivo.

Por quanto tempo isso estava acontecendo?

— Esses outros Guardiões Cinzentos... Eles lhe contaram? Por vontade própria? — O Arquiteto o encarou, perdendo a empolgação enquanto pensava naquelas palavras. Ou foi o que Bregan assumiu que ele estivesse fazendo.

— A maioria dos seus que entra nas Estradas Profundas morre, eu tento impedir faz um tempo. As crias das trevas não me obedecem sempre, como você viu, e mesmo se obedecessem, nem sempre conseguimos capturar um Guardião Cinzento vivo.

— Eu não duvido.

— Só houve um que eu consegui encontrar e que conversou comigo na época. Foi ele quem me falou do Ingresso e da informação que alguém como você teria.

— E onde está esse Guardião Cinzento?

— Ele está morto. — O tom do Arquiteto era vazio, talvez até triste. Bregan considerou que esse homem podia ser algum amigo dele. Seria possível? Parecia que sim. — Por escolha própria. Ele não aguentou a transformação como você. Estava além das suas capacidades.

— Ah.

— Eu sabia que você viria um dia. — Agora o fervor voltou aos olhos da cria, ele observava Bregan intensamente com seus olhos leitosos. — E sabia que, quando você viesse, eu poderia trazê-lo aqui e você entenderia o real propósito diante de nós.

— Você sabia?

— Eu tive uma visão.

Bregan estremeceu e percebeu que estava ficando mais gelado do que antes. Ele esfregou seus braços vigorosamente na cadeira. Crias das Trevas sonhando parecia bizarro. O Arquiteto estaria falando de uma profecia? Ele acreditava no Criador? Estava quase com medo de perguntar, mas quanto mais pensava nas implicações, mais agitado ficava.

Mas a ideia de acabar com os Flagelos... De acordo com o Coro, tudo começou com o Criador. A humanidade invadiu os céus e os destruiu com seu pecado, e o Criador jogou aqueles homens de volta à terra para se tornarem crias das trevas. Então não seria adequado que as visões, a própria obra do Criador, estivessem envolvidas no fim dos Flagelos? Talvez o Criador tivesse perdoado a humanidade?

Tal ideia... Seria possível? Isso fez seu coração acelerar, e bater o pé no chão nervoso.

— Vamos supor que eu considere lhe contar onde estão os Deuses Antigos restantes — disse devagar. — Como eu sei que não é só um truque para as crias das trevas fazerem o que você disse que sempre fazem: encontrar os Deuses Antigos?

— Essa é uma excelente pergunta. Eu não sei como seria possível convencê-lo, mas minha intenção não é acordar os Deuses Antigos. Minha intenção é matá-los. O seu chamado deve acabar.

Bregan recostou na cadeira, deixando o ar sair devagar. Matar os Deuses Antigos restantes? Impedir outro Flagelo de acontecer? Libertar as crias das trevas de sua compulsão? Seria mesmo possível? Ele não sabia. Ainda assim, em seu coração, sabia que já havia tomado uma decisão quando voltou para as Estradas Profundas com o Arquiteto, em vez de escapar para a superfície.

Ele nem precisava falar. O emissário o olhou de perto em silêncio, sabia que Bregan iria ajudá-lo. Talvez a visão lhe mostrou isso e ele soubesse desde o começo. Bregan sabia pouco sobre visões. Sabia do Turvo e o que significava caminhar lá. Ele sabia que, às vezes, o Criador trabalhava de maneiras misteriosas. Mais misteriosas do que Bregan jamais poderia imaginar, e se houvesse de verdade algum propósito para ele estar onde estava e ter sofrido tanto.

— Se vamos fazer isso, — ele suspirou — há algo que você precisa saber. Acho que minha irmã está vindo, com outros Guardiões Cinzentos. Eu acho que ela sabe que eu ainda estou vivo.

A cria das trevas não perguntou como ele sabia. Apenas assentiu.

— Sim, eu sei.

— Sabe?

— Sim. — Ele se inclinou na cadeira, encarando Bregan com intensidade. — Precisamos nos preparar para a chegada deles.

Não demorou muito para Maric descobrir o que tinha sido o murmúrio que ouviram no lago subterrâneo. O som surgiu atrás deles novamente enquanto o grupo passava por uma caverna longa e estreita com estalagmites. Agora que não estava junto com os ecos da água pingando, era muito mais claro e soava quase como se houvesse pessoas escondidas nas sombras, sussurrando umas com as outras.

— O que é isso? — Ele perguntou, parando bem atrás deles. No entanto, tudo que podia ver eram trevas e rochas. O som parou imediatamente, como se reagindo à sua atenção. Ele tentou enxergar através da escuridão, quase esperando ver corpos se aproximando pelas sombras. Mas não havia nada.

Kell parou perto dele, também observando. Maric se perguntou se os olhos estranhos do caçador viam mais do que ele. Hafter parou na mesma hora, cheirando o ar e soltando um rosnado baixo e ameaçador. Finalmente, Kell apontou para uma das estalagmites nas bordas da luz do cajado de Fiona.

Maric observou, mas não viu nada de esquisito. Quando ia perguntar, percebeu um movimento repentino. A "estalagmite" se desdobrou, revelando uma criatura com um pescoço longo e semelhante a um verme, que terminava em uma boca cheia de dentes afiados. Sua pele manchada era quase perfeitamente camuflada, combinando com a pedra ao seu redor. Ele girou ao redor do grupo e sibilou ameaçadoramente de longe, então saltou para as sombras com uma velocidade alarmante.

Hafter rosnou de novo, decidido a caçar a criatura. O caçador o deteve com um gesto discreto.

— Os anões os chamam de caçadores profundos — sussurrou. — Se estivéssemos em um número menor, eles já teriam nos emboscado. — Ele apontou para outras estalagmites por perto e agora Maric via a diferença sutil. Ele percebeu onde os membros das criaturas se dobravam sob sua carapaça, onde acomodavam seus longos pescoços sob os corpos. Escondidos em plena vista, o disfarce quase perfeito. Poderia ter estendido a mão e cutucado um deles de tão perto que estavam.

— Eles vão nos deixar passar?

— Eles vão nos seguir por um tempo, na esperança de que um de nós se afaste dos outros. O som que você está escutando são eles se comunicando, falando que há intrusos em seus domínios.

— Ouvimos esse som lá no lago.

O caçador o encarou, impressionado.

— Então vocês têm sorte de terem saído logo. Eles deviam estar chamando os outros.

— Sorte — repetiu Maric. Duncan estava sentado lá sozinho ao lado do lago, sem dúvida parecia um alvo para esses caçadores profundos. Provavelmente ele era o sortudo.

Continuaram em silêncio. Uma mortalha pairava sobre o grupo agora, todos pareciam ansiosos para encontrar o caminho de volta às Estradas Profundas, se tal rota existisse. Utha parou assim que deixaram a caverna, se ajoelhando e botando uma mão no chão. Ela já o fizera várias vezes, fechando os olhos como se pudesse sentir algo dentro da pedra que nenhum dos outros podia. Senso da pedra dos anões, Maric suspeitou, embora nunca tivesse visto alguém usá-lo antes.

Quando ela se levantou, fez um sinal para Genevieve e os conduziu com confiança por uma nova passagem. A comandante não questionou, ela falou poquíssimo desde que eles deixaram o lago. Nicolas também estava carrancudo e retraído, tropeçando e sem qualquer sinal de estabilidade, caso precisassem lutar. Duncan se manteve longe do homem, permanecendo na retaguarda do grupo, Maric concluiu que provavelmente era inteligente da parte dele. Ele se permitiu voltar para onde o rapaz caminhava e, por um tempo, viajaram juntos em silêncio. Duncan se recusou a olhar para Maric e, embora Fiona tenha lançado um perigoso olhar de advertência para Maric, ele permaneceu onde estava.

— Como você está? — Perguntou por fim.

Duncan pareceu confuso.

— Como eu deveria estar?

— Eu não sei. Foi uma reação impressionante lá na caverna

— Ah, sim. — Duncan deu de ombros, obviamente esperando que Maric apenas esquecesse o assunto.

— Você me lembra um pouco de mim mesmo.

— Sério? Então, talvez eu devesse arrumar uma coroa? — Maric ignorou a acidez nas palavras.

— Quando eu lutei na rebelião, não era muito mais velho do que você é agora. Nunca estava muito certo das coisas, sempre me questionava se era bom ou forte o suficiente para ser rei. Toda a perda era horrível porque eu era o responsável por elas.

Duncan bufou.

— Parece que você se deu bem.

— Eu sei que eles me chamam de Maric, o Salvador. Eu não sei quem começou isso. Pensando bem, provavelmente foi Rowan. Ela sempre encorajou a adoração do povo, porque acreditava que era importante.

— Eu não sei quem é essa.

— Minha esposa, a rainha. — Ele tentou manter a voz neutra. Pelo olhar curioso de Duncan, suspeitou que não foi bem sucedido. — Ela morreu. Já faz três anos.

— Sinto muito — disse Duncan. — Você a amava?

— Sim. Até hoje. — Maric limpou a garganta, olhando ao redor. — Mas teve outra mulher antes dela. Uma elfa chamada Katriel, ela nos trouxe para o thaig de Ortan quando estávamos nas Estradas Profundas. Ela salvou minha vida, mas quando descobri que era uma espiã, que nos custou a batalha das Colinas do Oeste, eu a matei. Com as minhas próprias mãos.

Maric podia sentir o olhar do rapaz e de repente ficou feliz com a luz fraca, pois tinha certeza de que estava ficando vermelho. Não tinha certeza por que estava falando disso de repente. Ele nunca falou isso para ninguém, desde que aconteceu. Talvez estivesse sendo tolo.

— Eu fiquei sabendo — falou Duncan, com cuidado. — Pelo menos parte.

— Sem dúvidas. Loghain se certificou de falar a respeito para que soubessem que justiça foi feita. — Ele se virou e olhou para Duncan diretamente. — Meu ponto é que não era justiça. Estava furioso e me senti traído. Senti ser responsável por todas as pessoas que morreram porque confiei nela. Não podia perdoá-la. Eu a matei, e nunca me arrependi tanto de algo na minha vida.

— Oh.

— Todos nós erramos, Duncan. Alguns têm consequências graves. O que importa é que suas intenções eram boas e que você aprendeu com o que fez. — Ele tentou sorrir. — Eu queria ter descoberto isso antes.

Eles andaram um do lado do outro, encarando as sombras com um silêncio esquisito. Por um momento o rapaz olhou para ele e Maric podia jurar que parecia envergonhado.

— Obrigado — disse baixinho.

Maric assentiu e sorriu. Não havia mais nada que pudesse dizer.

— Esperem! — Genevieve gritou de repente.

Todos pararam, Kell puxou seu arco e encaixou uma flecha na mesma hora. Utha estava na frente e gesticulou para que os outros se juntassem a ela. Eles foram e, com o brilho branco do cajado de Fiona, viram o que a anã encontrou. Uma seção inteira da caverna diante deles estava desmoronada, era quase impossível atravessá-la. Mas, o mais importante, é que além do buraco na parede da caverna parecia ter uma parte das Estradas Profundas. Eles precisariam escalar os escombros e se espremerem por uma abertura bastante estreita, mas os sinais da arquitetura anã eram inconfundíveis.

— É um caminho de volta. — Fiona respirou.

— Parecia que estávamos indo para cima. — Disse Duncan e Utha acenou com a cabeça em concordância.

— Há crias das trevas lá em cima? — Maric perguntou.

— Não. — Fiona respondeu, seu olhar distante dizendo a ele que estava usando seus sentidos de Guardiã Cinzenta. — Pelo menos, não por perto. — A elfa indicou o broche de ônix na sua blusa. — Parece que o presente do Círculo está sendo útil. Nós os despistamos por um tempo.

Genevieve não estava convencida.

— Talvez... — franziu o cenho. — Mas é estranho. Normalmente elas se juntam como um enxame de abelhas quando perturbadas. — Ela desembainhou sua espada larga, a lâmina cintilando sob o brilho do cajado, e se aproximou dos escombros com cautela. Ela começou a subir, acenando para que os outros a seguissem.

Passar pelo buraco da parede era um processo lento. Afinal, eles precisaram limpar algumas das pedras no topo da pilha para abrir espaço para suas armaduras. Utha foi a primeira a passar, ela deu indicações claras pelo outro lado.

"Era bom estar de novo nas passagens anãs", Maric pensou. Mas ele percebeu, quase imediatamente, os sinais das crias das trevas. Houve uma transição quase marcada das cavernas naturais que acabaram de deixar. Mas por que? Havia algo nas Estradas Profundas que as tornavam mais suscetíveis a essa infestação estranha? Lá, ele viu as trilhas familiares de sujeira escura e os aglomerados de sacos de carne que revestiam as paredes. As estátuas em ruínas também se pareciam muito com todas as outras partes das Estradas Profundas que eles conheciam. Eles poderiam estar em qualquer lugar.

Genevieve olhou em volta, sombria.

— Você reconhece alguma coisa? — Ela perguntou para Maric.

Ele balançou a cabeça.

— Então vamos continuar.

Eles viajaram por horas, Genevieve os fez avançar sem dó, como se esperasse um ataque das crias das trevas a qualquer momento. Mas os outros Guardiões Cinzentos pareciam felizes com as chances baixas de um ataque. Eles passaram despercebidos, por assim dizer, e se as crias das trevas estivessem procurando por eles em qualquer lugar, era na rede de cavernas das quais eles acabaram de sair. Isso não acalmava a comandante, que parecia mais tensa à medida que o tempo passava.

Eles passaram por túneis que se ramificavam da rota principal duas vezes, as entradas marcadas com grandes arcos de pedra. Utha sinalizou que estes eram thaigs abandonados, embora qualquer indicação de quais fora apagada pelo tempo e a invasão da corrupção das crias das trevas. A anã parou nas entradas e olhou tristemente para as sombras, cerrando e abrindo os punhos. Maric se perguntou como devia ser para ela saber que seu povo dominara um grande império, mas havia sido reduzido a uma sombra de seu passado.

Muito mais tarde, eles chegaram a uma seção das Estradas Profundas que desabou, deixando um abismo cheio de pouco mais do que teias de aranha e escuridão. A parede de um lado permaneceu intacta, junto com uma saliência estreita em seu pé direito, apenas larga o suficiente para permitir a passagem. Eles olharam com desconfiança, mas Utha parecia convencida de que estava boa o suficiente para que pudessem atravessá-la um de cada vez, se houvesse algum lugar para segurar. A luz do cajado de Fiona não era o suficiente para iluminar até o outro lado. Eles só podiam assumir que havia outro lado.

Genevieve foi na frente, rejeitando objeções de que sua armadura era a mais pesada. Se não conseguissem fazê-la atravessar agora, não conseguiriam depois. Kell amarrou uma corda em volta dela, mas Maric duvidava que a corda pudesse segurá-la adequadamente se a pedra cedesse. Isso ofereceu pouco além de paz de espírito. Ainda assim, ela atravessou sem um momento de hesitação, apoiando-se contra a parede e deslizando lentamente ao longo da saliência, até que desapareceu nas sombras. A corda era a única coisa que poderia indicar se caísse. Minutos silenciosos se passaram enquanto eles observavam a corda cuidadosamente e Kell a soltou devagar. Justo quando parecia que estavam prestes a ficar sem corda, ela sacudiu bruscamente. Duas vezes. Ela atravessou.

Maric foi um dos últimos a ir, foi uma experiência que ele não gostaria de repetir. Deslizou lentamente ao longo da saliência estreita, mal havia qualquer indicação do fundo. Naquela escuridão, parecia que estava suspenso e que cairia para a frente no vasto fosso diante de si a qualquer momento. Ele não conseguia ver o quão fundo ia, mas podia sentir. Precisou parar uma vez, pressionando a cabeça contra a parede e fechando os olhos para evitar que o mundo girasse ao seu redor. Apenas o puxão insistente da corda o mantinha em movimento, avançando lentamente em direção ao ponto de luz do outro lado.

Quando finalmente tropeçou para fora da saliência, estava suando e tremendo. Kell o segurou e Fiona ajudou. O brilho quente de seu cajado era provavelmente a visão mais bem-vinda que ele poderia imaginar.

— Você está bem? — Ela perguntou preocupada.

— Eu não caí — disse sorrindo.

A elfa franziu a testa.

Isso é um sim?

— Err... Acho que sim.

Ela bufou com zombaria e deu meia-volta, indo embora. Maric olhou de soslaio para Kell e o caçador apenas deu de ombros. Ele também não sabia explicar.

Seguiram em frente, entrando em uma nova parte das Estradas Profundas, com túneis que pareciam mais altos do que ele se lembrava. Eles caminharam por áreas inundadas com água rasa e outras que estavam tão densas com mácula que eles precisavam abrir uma passagem pelo caminho escuro. A espada de Maric era particularmente adequada para isso, suas runas brilhavam enquanto ele forçava a mácula a se abrir diante dele. Em certo ponto, eles passaram por um corredor repleto de estátuas de anões, a maioria delas desintegrada ou coberta de líquen e musgo, a ponto de ser irreconhecível.

No momento em que Maric sentiu estar prestes a desmaiar de fadiga, ele notou um conjunto de runas em uma das paredes quase cobertas por poeira e escombros.

— Esperem! — Ele chamou.

Genevieve mandou todos pararem e então voltou preocupada. Ele correu até a parede, raspando-a com sua manopla e sorriu ao reconhecer várias das marcas. Havia anos desde que ele as viu, mas se lembrava delas com clareza.

— Eu já vi isso! Passamos por aqui! Quero dizer, eu passei, quando estive aqui antes... Viemos por esse caminho!

— Tem certeza? — Genevieve perguntou cética.

— Elas podem ser parecidas — adicionou Duncan.

Utha deu um passo à frente e inspecionou as runas com cuidado. Ela fez vários sinais para os outros, e ele não precisou de tradução.

— Não diz nada sobre Ortan, certo? Fala de outro thaig? — Com o aceno cauteloso da anã, ele se virou e estudou o túnel cuidadosamente. Havia mais mácula ali, mas era assim desde que eles entraram nas Estradas Profundas. O design confundiu sua memória, mas ele não sabia dizer se era porquê de fato se lembrava deste lugar ou porque muitas das passagens eram semelhantes entre si.

— Se eu estiver certo, deve haver uma encruzilhada à frente, com mais runas nas paredes — Os Guardiões Cinzentos piscaram um para o outro, sem saber o que fazer com as palavras de Maric. Sem mais, eles se viraram e voltaram a avançar. Em minutos, chegaram na encruzilhada da qual ele se lembrava. Havia fluxos de lava aqui, canais nas paredes esculpidas pelos anões preenchidos de lava brilhante para fornecer luz. A área estava coberta de destroços espalhados, grande parte do telhado desabou e, como previu, mais runas estavam entalhadas na parede.

Maric abriu um sorriso.

— Viram? Do jeito que eu disse!

O alívio nos rostos dos outros era óbvio. A ideia de que eles não simplesmente vagaram sem rumo todo esse tempo era bem-vinda. Apenas Genevieve parecia mais perturbada do que tranquila com aquela sorte. Ela olhou para o pilar com desconfiança e encarou Maric com uma sobrancelha levantada.

— Você sabe o caminho daqui para o thaig de Ortan?

Ele só precisou pensar por um instante.

— Por aqui — apontou. — Eu lembro que fomos pelo outro caminho e Katriel... Nós vimos as runas. Foi assim que soubemos para onde ir.

Ela pensou com cuidado.

Quanto tempo? — por fim perguntou.

— Menos de um dia.

Assentindo, ela tirou a mochila, colocando-a no chão.

— Então descansamos aqui. —

Quando os outros hesitaram, olhando para ela sem acreditar que não pretendia continuar, ela deu de ombros.

— Por alguma razão, as crias das trevas não estão por perto. Precisamos aproveitar a vantagem enquanto podemos. Não precisam montar as tendas. Não ficaremos muito tempo.

Considerando que estava prestes a cair, Maric não se opôs.

11

Os primeiros filhos do Criador viam através do Véu
E ficaram com ciúmes da vida que eles não podiam sentir, não podiam tocar.
Na inveja mais sombria, demônios nasceram.

— Cântico da Erudição 2:1

DUNCAN SE SENTIA pouco mais do que uma pilha de hematomas enquanto caminhava ao lado dos outros. Eles mal descansaram algumas horas, tempo suficiente para tirar algumas roupas de couro suadas, que pareciam usar há semanas, e esfregar pomada mágica em suas feridas. Fiona a passou adiante e eles fizeram turnos perto do fogo. Foi uma ladainha de assobios dolorosos, grunhidos e suspiros de alívio.

Seu braço permaneceu rígido e dolorido, mas Kell o examinou e disse que não estava mais quebrado. O feitiço de Fiona funcionou e a pomada conseguiu aliviar grande parte da dor que o atormentava desde a batalha. Ele experimentou flexionar e relaxar a mão, franzindo a testa com a dificuldade que era fechar o punho. Mas ele conseguia e era isso que importava.

Só Hafter conseguiu dormir direito. Logo que acenderam o fogo, o cão se enrolou aos pés de seu mestre e começou a roncar em minutos. Duncan gostava de como as patas do cachorro se contraíam e como ele bufava de vez em quando, como se estivesse prestes a latir durante o sono. Os sonhos de um cachorro provavelmente eram correr por pradarias ensolaradas e latir para esquilos, o tipo de sonho que Duncan não se importaria de ter.

Então ele se lembrou que Hafter era contaminado assim como os outros Guardiões Cinzentos. Talvez seus sonhos fossem sombrios e, quando ele corria, estava fugindo das sombras assustadoras que sempre se escondiam na mente de um Guardião Cinzento.

Ele esperava estar errado, pelo bem do cachorro.

Genevieve tensa e quieta os guiou pela passagem. Ela estava ansiosa para chegar ao thaig de Ortan o mais rápido possível e não toleraria mais atrasos. Os outros tentavam acompanhar, mas mesmo assim ela continuava avançando rápido. Eles trocaram olhares, claramente se perguntando, ela se importava em se distanciar tanto do resto de seu grupo.

Provavelmente não, Duncan suspeitou.

Ele se aproximou de Fiona e caminhou ao lado dela por um tempo. A maga parecia menos pálida depois de descansar. Genevieve a proibiu de usar mais magia para acelerar a cura dos outros e, embora Fiona reclamasse, Duncan teve que concordar. Todos os ferimentos maiores já foram cuidados. Ela precisava de sua energia, em especial se o thaig de Ortan fosse perigoso como Maric dizia.

Ele contou a todos o que aconteceu da última vez em que lá esteve, oito anos atrás. Aranhas gigantes, deformadas pela mácula, desceram sobre eles em um mar de teias que escureceu a parte superior do thaig. Para derrotá-las, eles queimaram as teias. Duncan se perguntou se ainda haveria aranhas ali. Ele tremeu com o pensamento. Não gostava das pequenas, a ideia de encontrar uma tão grande quanto ele, com veneno escorrendo de suas mandíbulas, era horrível.

— Eu preciso contar uma coisa para você. — Ele sussurrou para Fiona.

Perto dele, Nicolas lançou-lhe um olhar irritado e acelerou o passo para seguir em frente. "Não haveria perdão ali", Duncan pensou. O guerreiro ficou introspectivo perto do fogo do acampamento, mal cuidando de seus próprios ferimentos e nem mesmo removendo sua armadura suja quando teve a chance. Ele decidiu fazer o primeiro turno sem questionar, andando rigidamente enquanto os outros o olhavam com pena.

A elfa o encarou com interesse.

— O que é? É sobre Maric?

— Não! — Ele bufou. — O que 'tá acontecendo entre vocês?

Ela suspirou, cansada.

— Tá bom. O que você quer me falar?

— É sobre Genevieve. — Ele olhou para a comandante, mal podia vê-la nas sombras à frente. Era como se o thaig a atraísse magneticamente e, quanto mais perto eles chegavam, mais rápido ela se movia.

— Ela deixou o acampamento durante a noite. Não para o turno de vigília. Quero dizer, ela deu uma escapada. — Fiona o olhou, confusa.

— Escapou? Para que?

— Foi o que me perguntei. Então a segui.

— E ela não o viu?

— Eu era um ladrão muito bom em Val Royeaux, antes de vocês aparecerem, sabe?

— Certo. O que você viu?

— Ela não foi muito longe. — Ele hesitou, de repente incerto se devia contar aquela história. Talvez Genevieve entendesse aquilo como invasão de privacidade. Ele estava bisbilhotando, embora tenha dito a si mesmo que estava apenas se certificando de que ela estaria segura. Mas agora que começou a contar para Fiona, não tinha porquê parar. — Ela foi por um dos caminhos da encruzilhada com uma tocha. Então começou a tirar a armadura.

— Você a viu nua?

— Não! Quer dizer... Sim, mas não como você tá pensando. Eu pensei que talvez ela quisesse alguma privacidade. Eu ia me virar e deixá-la em paz, mas então eu vi uma coisa.

— O que?

— Achei que era um machucado. — Ele se lembrava muito bem da mancha de descoloração que se estendia desde o ombro nu da comandante até o lado de suas costelas e quase até a coxa. Ele se alarmou no começo, principalmente com a cor. Muito escuro para ser um machucado, ele se perguntou se era alguma queimadura por causa do dragão. Ela escondeu aquele machucado todo esse tempo? Mas por que? — Mas não era. E acho que Genevieve também sabia disso. Ela botou a tocha perto para conseguir olhar na luz.

— E o que era?

— Eu achei... Achei que parecia carne de cria das trevas.

Fiona olhou para frente, pensando na informação enquanto eles andavam. Por um momento, Duncan se arrependeu de ter falado. Ele não tinha certeza do que pensar quando viu o "hematoma". Ele ficou horrorizado e, pela expressão no rosto de Genevieve, ela sentiu o mesmo. Mas teve a sensação de que não era a primeira vez que ela via o machucado. Ela sabia que estava lá e o escondeu dos outros.

— Podia só ser um machucado. — Ela falou. — Um machucado antigo.

— Eu não acho.

— O que mais seria? — Ela se virou para encará-lo. — Você acha que ela foi contaminada pela mácula? Ela é uma Guardiã Cinzenta, como isso aconteceria?

Ele deu de ombros.

— Eu não sei.

Maric os alcançou de repente, interrompendo a conversa dos dois.

— O que vocês tanto sussurram? — Ele perguntou, tentando lutar contra um bocejo e quase perdendo a batalha.

— Não é nada — Fiona respondeu com rapidez.

— Eu só estava falando como estou cansado — cortou Duncan. — Nós não conseguimos descansar muito antes de Genevieve nos acordar. Eu jurava que tinha acabado de fechar os olhos.

Kell se aproximou com seu arco em mãos. Hafter veio amigavelmente ao seu lado.

— Na verdade, eu estou feliz por não dormimos mais. — O caçador falou.

— Mesmo? — Maric perguntou.

— Estava difícil aguentar os sonhos. — Os olhos de Kell escureceram e ele desviou o olhar. Hafter resmungando olhou para seu mestre. Utha foi até eles, fazendo vários gestos agitados com a mão. Fiona suspirou e assentiu. — Eu também. Os sonhos vieram assim que eu dormi, como se eu afundasse neles. — Ela fechou os olhos e tremeu com a memória.

— Talvez seja porque estamos nas Estradas Profundas? — Kell perguntou. Maric deu de ombros.

— Eu não sonhei com nada. Quero dizer, além do de sempre.

— Guardiões Cinzentos sempre sonham — Fiona explicou. — Faz parte de ter a consciência das crias das trevas. Eles pioraram desde que entramos nas Estradas Profundas.

— Cada noite é pior que a anterior — Kell adicionou, sombrio.

— Não para mim. — Duncan levantou a mão. — Eu estou bem.

Fiona o encarou, olhando com suspeita.

— Tem certeza? Eu imaginei que...

— Não. Só os sonhos normais com queijo.

— Ah! Eu tenho esses. — Maric disse sorrindo.

— Sério? Fiona estava usando feitiços para transformar as crias das trevas em pilares gigantes de queijo fedido e eu ficava pensando, 'Por que queijo fedido? Eu odeio queijo fedido.' Mas ela continuava com esse feitiço e ficou brava comigo.

— Você quer dizer assim? — Ele apontou para a elfa, que estava encarando os dois com um olhar de desaprovação.

— Vocês dois são idiotas. — Ela resmungou, girando os olhos.

— Eu acho que na verdade ela gostava muito de queijo fedido. — Ele contou para Maric. — Ela mordeu um pedaço grande do pilar. Eu só sentia cheiro de pé.

— Isso é nojento.

— Foi o que eu disse!

A presença de Genevieve na frente deles cortou todas as conversas bruscamente, como um jato de água fria. Todos eles olharam enquanto ela avançava na direção deles com uma fúria fria.

— Por que vocês desaceleraram? — Ela perguntou. — Nós estamos chegando. — Ela se virou antes de ouvir uma resposta.

Eles correram para alcançá-la e perceberam que ela estava certa.

Fiona ergueu seu cajado e deixou a luz branca brilhar intensamente na caverna em que entraram, o que não revelou tudo. Duncan sentiu como se estivessem invadindo uma tumba, uma grande caverna cheia de esqueletos de estruturas anãs antigas, largadas em uma decadência silenciosa. Ele podia ver indícios de passarelas em ruínas, grandes colunas e estátuas caídas no chão, e edifícios destruídos, alguns se elevavam quase até o teto abobadado alto sobre suas cabeças.

Uma vez aquele local fora uma cidade agitada, agora não passava de um lugar silencioso. Uma poeira negra e espessa se assentava sobre tudo, a parte superior da caverna não era nada além de uma nuvem cinza cheia de aglomerados estranhos. Se tudo isso foi resultado das teias queimadas anos antes, elas não foram reconstruídas. Talvez as aranhas gigantes tenham se mudado? A esperança é a última que morre.

— Thaig de Ortan — Maric exalou. Duncan notou seu olhar distante e assombrado. Ele ficava assim sempre que pensava em sua última viagem nas Estradas Profundas. Isso fez Duncan se perguntar por que ele concordou em voltar aqui, apesar da urgência da missão.

Genevieve empunhava sua espada com atenção. Todos eles estavam com as armas em mãos agora, olhando para as sombras paradas, como se esperassem um grupo de monstros avançar.

Alguma coisa mudou? — Ela perguntou para Maric.

— Menos teias de aranhas.

A comandante gesticulou para Kell, que avançou e se ajoelhou, estudando as camadas grossas de poeira e sujeira que cobria a pedra. Hafter andava em volta dele, farejando o chão e espirrando.

— Houve muito movimento na caverna. A maioria foi recente, crias das trevas.

— E meu irmão? — Ela perguntou.

A pergunta pairou no ar e Kell pausou. Ele olhou para o chão com seus olhos claros, como se pudesse ver padrões nas faixas fracas que nenhum dos outros conseguia. Duncan suspeitou que era o caso. O caçador tinha uma sensibilidade à mácula que ia muito além de qualquer habilidade de rastreamento que aprendera durante seu tempo com os Guerreiros das Cinzas. Ele sempre era o primeiro a sentir a aproximação das crias das trevas e podia discernir entre as várias raças apenas pelo cheiro. Alguns dos Guardiões Cinzentos costumavam afirmar que Kell podia fazer o mesmo com eles, sentir quem era quem de longe, como se fossem crias das trevas. Se era o caso, o caçador nunca confirmou.

— Seu irmão passou por aqui — disse.

— Onde?

Ele ergueu a sobrancelha.

— Eu estou acostumado com o cheiro dele, Genevieve. Mas mesmo eu não consigo rastreá-lo entre os outros. Ele esteve aqui, é tudo o que sei. — Ele gesticulou para o chão e até mesmo Duncan pôde ver que as pilhas de poeira preta e sujeira foram perturbadas por muitos pares de pés. Em tese, pegadas de crias das trevas, mas não todas.

Genevieve franziu a testa em frustração, ela procurou nas sombras distantes do thaig em desamparo. Em seguida, suas feições endureceram e ela travou a mandíbula, voltando-se para olhar os outros.

— Então vamos procurar em cada canto dessa ruína até encontrarmos algum rastro dele.

— Como sabemos se há algum rastro? — Maric perguntou. — Ele pode só ter passado por aqui. Poderia estar fugindo, até onde sabemos.

— Então descobrimos para onde ele fugiu — resmungou ela. Segurando a espada larga, ela se virou e marchou para as passagens em ruínas do thaig. Os outros a seguiram sem questionar. Por algum tempo, eles se moveram com cuidado através das passagens estreitas entre as estruturas. Algumas das paredes e passagens desabaram, deixando grandes pedaços de entulho espalhados em seu caminho, mas muitos estavam no lugar. Era uma demonstração das habilidades dos anões que esses arcos cobertos de runas e estátuas delicadas ainda estivessem de pé. A luz do cajado de Fiona banhava tudo com um brilho intenso, mas deixava muitas sombras. Para onde quer que Duncan olhasse, havia escuridão logo além da borda do brilho branco do cajado, atrás de estátuas e nas portas, obscureciam os segredos que o lugar guardava. Ele imaginou que as aranhas de Maric ainda se escondiam ali, observando-os progredir com seus muitos olhinhos escuros, esperando até que avançassem demais para recuar.

Ele esfregou os braços, sentindo frio de repente, e Fiona lançou-lhe um olhar sombrio. Ela mantinha seu cajado preparado, atenta a qualquer sinal de ataque. Todos estavam preparados. O único som que eles conseguiam ouvir, além de seus passos abafados na poeira, era o rosnado de Hafter. Os pelos do cão se arrepiaram e ele pareceu achar que valia a pena encarar todas as estruturas pelas quais passavam.

Apenas Maric não parecia preparado para o combate. Ele segurava a espada frouxa ao seu lado, caminhando entre os outros e olhando para as paredes ao redor deles com olhos grandes e tristes. Ele disse aos outros sobre as aranhas, mas o que mais acontecera ali? Estaria pensando na elfa, aquela que amou? Estaria pensando na esposa?

Eles passaram por um arco de pedra, cuja parede ao redor havia desabado, deixando apenas a curva rachada e empoeirada do arco. Grandes runas foram esculpidas ao longo do topo, Utha parou e olhou para elas, seu rosto sombrio e ilegível.

— O que é isso? — perguntou Kell, andando até ela. Ela fez vários gestos, a maioria Duncan não conseguiu entender. Mas reconheceu um deles: família. Ele percebeu que aquele lugar deve ter pertencido à casa de que ela veio, uma parte do legado de sua família. Kell assentiu e deu um tapinha em seu ombro. Ela continuou observando o arco, uma determinação silenciosa em seus olhos.

Eles entraram no que parecia ter sido um anfiteatro ao ar livre, os degraus desmoronaram e o palco estava coberto de ossos escuros, amarelados pelo tempo. Havia tantos espalhados em meio aos escombros que Duncan ficou maravilhado.

Ao passarem por um beco estreito, Nicolas encontrou uma fenda em uma das paredes que levava a um antigo arsenal. Era enorme, as forjas de pedra ainda estavam em pé e quase pareciam como se alguém pudesse subir e atiçar o fogo para fazê-las voltar a funcionar. O resto estava em ruínas, barris caindo aos pedaços e ferramentas de metal enferrujando no chão. Havia pedaços de coisas que poderiam ter sido usadas para forjar metal e armas de aparência impressionante, agora esburacadas e embaçadas, ainda penduradas nas paredes.

Uma das forjas era excessivamente alta, alcançando toda distância até o teto de pedra, coberta de runas por toda a lateral da chaminé. "Mais parecia um forno gigante", Duncan pensou, "com estranhos orifícios perfurando a lateral em intervalos regulares".

— É para osso de dragão. — Maric falou atrás dele. — Eles deixam o osso tão quente que precisam botar água do outro lado para esfriar. Está vendo como passa pelo chão aqui? Vai direto para o fosso de lava. — Ele sorriu para Duncan. — Pelo menos foi o que rei Endrin me disse quando me mostrou o de Orzammar. Ele disse que não era usado há séculos.

Duncan olhou através de um dos buracos. Ele só via escuridão e nenhum mecanismo óbvio para abrir a forja.

— Talvez sua espada tenha sido feita aqui.

— Talvez.

Eles se moveram pelo arsenal e forçaram a abertura das portas enferrujadas, descobrindo o que um dia foi algum tipo de praça central do lado de fora. A luz do cajado revelou evidências de uma batalha de muito tempo atrás, que a passagem do tempo não erradicou por complete. Algumas das barricadas ainda existiam, lajes de pedra, bancos e outros itens grandes que foram arrastados para fechar o acesso das ruas próximas. A maioria deles desmoronou. Ou as paredes ao redor deles se desintegrou. Ou foram derrubadas por qualquer força que atacou as pessoas ali.

E ficaram por lá. Mesmo em meio a toda a sujeira e poeira, Duncan podia ver os cacos de ossos, pedaços de armaduras enferrujadas e armas; nada disso era das crias das trevas. Havia uma fonte de pedra no meio da praça, com a estátua ainda de pé de um anão soprando uma trompa. Tudo estava coberto de líquen e musgo preto espesso, muitos ali devem ter morrido quando a água que estava dentro da fonte desapareceu anos antes. A concentração de ossos era maior aqui. Como última tentativa, os defensores devem ter sido forçados a colocar suas costas contra a fonte enquanto lutavam contra os invasores até o fim.

Era uma cena triste. Duncan tentou não imaginar o desespero que esses anões devem ter sentido, abandonados à própria sorte. Eles caíram aqui, quaisquer feridos ou sobreviventes foram, sem dúvidas, levados pelas crias das trevas enquanto os outros apenas permaneceram onde caíram. Eles se deterioraram com o passar dos anos, a poeira assentou, a fonte secou e ninguém cuidou de seus corpos.

Utha deu um passo em direção a uma das estacas da barricada e começou a puxar uma das maiores lajes de pedra. Sem movimento algum, ela puxou com mais força, colocando as costas contra a laje, foi Duncan percebeu que ela estava chorando. Lágrimas silenciosas escorriam por seu rosto, enquanto ela tentava puxar a placa e sua frustração aumentava.

Nicolas se aproximou para ajudar e a anã parou assim que ele se aproximou. Ele lhe deu um olhar de compaixão, se abaixando para ajudá-la e, depois de se recompor, ela continuou sua tarefa. Kell se juntou a eles e em poucos instantes o trio terminou a tarefa. Genevieve assistia em silêncio, sem se opor a essa prática estranha, embora ainda ansiasse seguir em frente.

Eles arrastaram a laje lentamente até a fonte e, juntos, a ergueram de forma que ela encostasse na pedra. Suando com o esforço, Utha tirou sua capa preta e jogou-a por cima da laje. Ali jaz, enquanto a anã encarava em silêncio.

Todos o fizeram. Talvez fosse uma lápide ruim, mas era melhor do que nada.

Utha limpou as lágrimas e deixou seu luto de lado. Se ela ofereceu uma oração ao seus ancestrais Exemplares, só poderia pronunciá-la para si mesma. Duncan ficou tentado a fazer uma oração ao Criador, mas não tinha a facilidade de rei Maric para tais coisas. Ele não conhecia uma única linha do Cântico da Luz e, além disso, não tinha ideia se os anões mortos teriam apreciado tal homenagem.

Eles avançaram. Logo, Kell os guiou até uma fogueira abandonada. Duncan não sabia como ele a tinha encontrado, mas Kell apontou o lugar ao se aproximarem. Era uma fogueira pequena na base de um obelisco, preservada mesmo com a passagem do tempo. O obelisco se erguia como um dedo no escuro, completamente liso de todos os lados, a parte superior obscurecida pelas sombras.

Genevieve observou, procurando se algo foi deixado para trás perto da fogueira. Pela forma como a poeira estava, não havia nada que indicasse lá que alguém dormiu em um saco de dormir recentemente. Ela se virou e fez um gesto para Kell, embora ele já estivesse indo em sua direção.

Depois de um momento ajoelhado perto do fogo, ele olhou para cima e assentiu.

— Ele esteve aqui. Esse acampamento é recente.

— Tem algum indício para onde ele foi?

— Não. Mas ele dormiu aqui, chegou até esse ponto sem encontrar crias das trevas.

— Como isso é possível? — Ela perguntou confusa. — Elas sentiriam a presença dele. Um Guardião Cinzento sozinho nas Estradas Profundas atrai crias das trevas como moscas.

— De qualquer forma, ele esteve aqui.

Maric deu um passo à frente.

— Você tem certeza que foram as crias das trevas que o capturaram? Ou que ele foi capturado por alguém? Você disse que ele está vivo, e talvez esteja, mas eu nunca vi crias das trevas capturando prisioneiros.

Genevieve se virou na direção do rei e, por um momento, Duncan pensou que ela fosse atacá-lo. Mas sua raiva diminuiu e ela se virou de novo para encarar a fogueira. Seus olhos ficaram vazios e assombrados.

— Não — admitiu por fim. — Eu não tenho certeza.

Por um longo minuto, o grupo ficou em silêncio. Não havia um único som na caverna escura, apenas uma brisa fraca e mofada, ar trazido através de qualquer obra-prima da engenharia anã e permaneceu neste lugar, presumiu Duncan. Ele se perguntou que outros tipos de criaturas estariam aqui embaixo e que poderiam ter capturado um Guardião Cinzento, e por que eles o fariam. E se fosse uma cria das trevas, por que elas começaram a agir de uma maneira diferente de repente?

Genevieve saiu andando por todos os lados, olhando para dentro da caverna. Ele não sabia dizer o que estava procurando. Uma pista? Um sentimento, talvez? Muito do thaig estava envolto em sombras, ela não conseguia ver muito. Os esqueletos de edifícios pairavam ao redor deles, silhuetas de estátuas robustas, e as propriedades esfarrapadas do que certamente foram grandes famílias de anões. Eles não tinham tempo para vasculhar tudo.

— Ali — disse com firmeza, apontando ao longe. Duncan olhou para onde ela apontava: as sombras que preenchiam o final do thaig, mal dava para ver, à margem da luz, o resto de um grande palácio que havia sido esculpido na rocha. Um dia foi lindo, pilares e calçadas levando até um conjunto de portões grandiosos que se erguiam sobre qualquer visitante, mas agora era pouco mais do que uma casca, uma série de degraus quebrados, escombros e buracos esculpidos na parede que conduziam para dentro. O antigo palácio estava coberto de marcas de cinza velha e sujeira. Quem sabe o que havia dentro daquele labirinto escuro de túneis?

— Você só pode estar brincando — murmurou baixinho. — Mas por que aqui? — Kell perguntou.

— Porque é para cá que ele viria — disse ela com certeza. — Se ele veio para cá, foi por ali. — Sem dizer outra palavra, ela marchou naquela direção. Os outros se entreolharam incertos, mas a seguiram um por um. Havia pouca escolha, na verdade.

— Estamos perdidos — Fiona sussurrou, fazendo uma careta. Duncan a encarou, mas não comentou. Na verdade, não estavam perdidos. Estavam seguindo a visão de Genevieve, mas cada vez mais pareciam seguir um fantasma. Ele se perguntou se sua comandante sabia de fato para onde estava indo, e suspeitou que os outros se perguntaram a mesma coisa.

Levaram várias horas para finalmente chegarem às ruínas do palácio. Quanto mais se aproximavam, mais o terreno se inclinava para cima, mas a quantidade de entulho tornou-se tão espessa que era impossível avançar pela passagem. Prédios inteiros desabaram ali, obstruindo os caminhos e forçando-os a escalar as pilhas de alvenaria, em vez de tentar contorná-las.

Quando chegaram ao pé da escada principal que conduzia ao palácio, Duncan começou a perceber a enormidade real dele. As escadas sozinhas se erguiam muito acima deles, exigindo uma escalada de mais de trinta metros, grande parte em degraus que rachados e desmoronados há muito tempo. Eles estavam cheios de pedras que caíram do alto, pedaços de osso e metais enferrujados que poderiam ter sido corpos.

Um dos pilares intactos, que revestiam as escadas, tinha centenas de metros de altura, quase alcançando o topo da caverna. A superfície era como uma teia de aranha com rachaduras grossas, ele se perguntou se o teto abobadado do palácio desabaria em cima deles caso desmoronasse. O teto podia ter contido afrescos de tirar o fôlego. Agora estava manchado e queimado, com apenas um toque da beleza que um dia teve.

Vários dos outros pilares já estavam desmoronados e pelo menos uma seção enorme de um pilar estava em seu caminho. Quando desabou, causou uma grande destruição e criou uma cratera gigante no que antes foi um patamar de mármore em frente às portas do palácio gigantesco.

Apenas uma daquelas portas ainda estava de pé, estava aberta e torta como se mal estivesse presa e fosse cair em breve. Podia ser de bronze, Duncan pensou. Agora estava manchada com uma pátina verde e feia, coberta com líquen áspero obscurecendo quaisquer inscrições e esculturas extravagantes que decoravam a superfície.

Além disso, havia apenas sombras. Ele viu indícios de teias gigantes, com fios de gosma pendurados no teto. O grupo trocou olhares cautelosos ao ver uma casca enegrecida logo atrás da porta, só ao se aproximar viram que era uma das aranhas gigantes sobre as quais Maric havia falado, com as pernas curvadas perto do corpo como uma caixa torácica torcida. Eles não sabiam dizer há quanto tempo ela estava lá, mas era o suficiente para ficar tão coberta de poeira quanto o resto da entrada.

— Talvez vocês tenham matado todas. — Duncan respirou, ainda olhando horrorizado para a aranha.

— Não achamos que fosse o caso — Maric disse. — Nós as ouvimos andando no dia seguinte. Ou pelo menos achamos que eram elas.

Genevieve cutucou a casca com sua espada e, com um forte empurrão, a tirou do lugar. Sua cabeça se tornou visível, Duncan viu que suas mandíbulas eram grandes o suficiente para arrancar a cabeça de um homem. Ainda bem que seus muitos olhos murcharam há muito tempo e estavam cobertos de poeira. Ele não queria vê-los.

— Você acha que o ninho das aranhas era no palácio? — Ela perguntou para o rei.

— Nunca viemos até aqui para ver.

— Não vimos nenhuma aranha viva desde que chegamos. — Ela disse, mais para si mesma do que para os outros.

Kell se ajoelhou, passando a mão pela camada de poeira no chão e esfregando-a entre os dedos.

— Alguém passou por aqui recentemente — murmurou.

— Foi meu irmão? — Genevieve perguntou.

— Eu não sei — Ele franziu o cenho. — O rastro está esquisito. Com certeza foi uma criatura sozinha, talvez o homem que procuramos ou uma cria das trevas. Mas...

— Chega. Vamos entrar. — Ela começou a passar pela porta, sua espada estendida com cautela enquanto olhava para cima e ao redor para as teias penduradas.

— Espere, eu não...

— Venham — comandou.

Duncan correu para alcançá-la e ouviu os outros seguindo as ordens. Seu coração batia forte, o suor escorria pelo rosto enquanto eles se moviam para as profundezas do palácio dos anões com lentidão. Ele não sabia o que encontrariam lá dentro, mas o medo que se apoderou dele indicou que não seria nada bom.

De alguma forma, ele imaginou que as teias ficariam cada vez mais grossas até chegarem ao coração de algum ninho, com alguma rainha-aranha monstruosa para recebê-los. Mas isso não aconteceu. As teias começaram a desaparecer não muito depois da entrada e, embora tenham encontrado mais alguns cadáveres de aranha enrugadas, essas também sumiram. As sombras os envolveram e o ar ficou cada vez mais pesado. Os sons de respiração e os ecos de seus passos lentos na pedra eram tudo que conseguia ouvir.

Eles entraram em uma galeria enorme, forrada com estátuas de anões e grandes pinturas que escureceram e se desfizeram com o passar do tempo. A luz do cajado revelou apenas uma pequena parte dela, mas parecia haver muito mais, grandes pilares de mármore alcançando o teto que nem conseguia ver.

O som de seus passos mudou repentinamente. Tornou-se um barulho alto de algo sendo esmagado, como se estivessem pisando em cascalho.

— Olhem — disse Kell.

Duncan olhou para baixo. O chão da galeria estava coberto por um mar de ossos. Ossos de crias das trevas. Muitos dos esqueletos ainda estavam intactos, a carne corrompida secou há muito tempo até se tornar algo parecido com couro. Elas ainda usavam suas armaduras e armas escuras. Uma grande batalha aconteceu ali, aquelas crias das trevas avançaram para... Onde, exatamente? E o que as matou?

Os números aumentavam à medida que caminhavam. Era possível caminhar entre os ossos, mas não era fácil. Duncan começou a identificar os esqueletos de anões entre as crias das trevas. Eles estavam em menor número. Dezenas de crias das trevas para cada defensor. Ele viu um cadáver de anão ainda em sua armadura enferrujada, rodeado por uma pilha de ossos de crias das trevas, parecia que todos morreram enquanto as criaturas dilaceravam o anão. Ao mesmo tempo. Não podia ser isso, podia?

— Isso é bizarro — Maric disse atrás dele, dando voz aos seus pensamentos, enquanto olhava ao redor. Duncan só assentiu. — E o irmão dela veio por aqui?

— Há um rastro — comentou Kell.

— Mas é dele?

O caçador olhou para Maric com seus olhos claros e não disse nada, a resposta contida era óbvia: ele não sabia. Mas Genevieve não deixaria aquilo pará-la. Na verdade, ela estava acelerando enquanto se movia pela galeria, quase como se esperasse encontrar seu irmão do outro lado.

Duncan duvidava. Poderia haver algo vivo ali além deles? Se o irmão de Genevieve estava aqui, como ele poderia não ter ouvido a aproximação deles? Seus passos ecoavam alto na galeria, uma cacofonia que parecia em desacordo com a serenidade deste cemitério. Ele ouviu histórias de esqueletos possuídos por demônios que se levantavam e atacavam qualquer coisa viva; esperava em parte que esses ossos o fizessem, erguendo-se para silenciar os intrusos em seu domínio.

Um par de portas de pedra gigantesco surgiu à frente deles, aparecendo na escuridão como monólitos gêmeos, elevando-se sobre os ossos. As portas foram golpeadas internamente por uma grande força, e era fácil ver o que era. Havia cadáveres enormes de crias das trevas em frente às portas, coisas enormes que deveriam ter tido mais de três metros e meio de altura, com grandes chifres curvos projetando-se de seus crânios. Eram chamados de ogros, se lembrava bem, mas nunca vira um vivo.

Seus aríetes jaziam ao lado de seus cadáveres, pedaços de metal de aparência perversa que devem ter usado para forçar aquelas portas. Eles só podiam imaginar quanto tempo demoraram. Dias, provavelmente. Havia todo tipo de entulho do outro lado das portas, alguma barricada maciça que as crias das trevas quebraram e atravessaram, morrendo logo em seguida.

Genevieve se aproximou das portas com cuidado, os olhos arregalados enquanto se esforçava para enxergar. Com um aceno de sua manopla para Nicolas, ela o mandou para o outro lado dos cadáveres de ogros. Nada se mexeu.

— Mais luz — ordenou para Fiona.

A maga franziu a testa em concentração, e seu cajado se iluminou de repente. Duncan semicerrou os olhos e os cobriu. De repente, ele podia ver todos os esqueletos mortos na galeria, estendendo-se por centenas de metros atrás dele. Um exército inteiro. Ele podia ver as runas esculpidas nos pilares e as grandes vigas ainda cruzando o teto a trinta metros de altura.

Além das portas havia uma câmara. A primeira coisa que Duncan notou foi o trono em um estrado de pedra no centro. A segunda coisa foi o mar de esqueletos. Eram anões, todos eles, uma camada de ossos tão espessa que era impossível ver o chão. O estrado em si estava vazio, mas um esqueleto solitário estava sentado naquele trono. Uma única testemunha silenciosa da carnificina, agora coberta por uma camada de poeira.

Um por um, o grupo se moveu pela câmara. Eles pisaram com cautela entre os corpos caídos, olhando ao redor com admiração. O silêncio era palpável. Como se estivessem pisando em algo escuro e terrível, onde a luz do cajado de Fiona parecia dura e indesejável.

— Olhe para eles — disse Fiona impressionada.

Havia mais esqueletos perto das portas. A princípio, sua suposição era que os anões estavam lutando contra as crias das trevas enquanto elas irrompiam pelas portas, a última defesa do governante anão. Mas onde estavam os corpos de crias das trevas dentro da sala do trono? Não havia nenhum.

Utha fez um gesto, seus olhos arregalados. Kell assentiu.

— Eu concordo. É muito estranho.

— Precisamos ir — disse Maric.

— Não — Genevieve cortou. Com a espada em punho, ela começou a se mover para perto do trono. — Há alguma coisa aqui. Posso sentir.

— Sim, alguma coisa — Maric foi atrás dela. — Mas não seu irmão!

— Ela o ignorou.

Duncan caminhou até os cadáveres que estavam bem ao lado da porta, ajoelhando-se para olhar mais perto. Fiona estava atrás dele, também intrigada. Ele percebeu que apenas alguns deles ainda tinham armas, agora enferrujadas e inúteis. O resto não tinha nada. Lá fora, na galeria, os esqueletos ainda estavam segurando suas lâminas, ou as lâminas que estavam por perto, mas aqui as armas estavam apenas em algum lugar no chão.

Fiona prendeu a respiração.

— Olhem as portas!

Na luz, ele podia ver claramente: o interior das portas era coberto por arranhões. Arranhões longos por todos os lados. Alguns dos esqueletos conseguiam alcançar com seus braços, arranhando a porta. Era a mesma coisa nas paredes da porta. Alguns ossos dos dedos estavam gastos até os nós.

Os anões não lutaram contra as crias das trevas. Eles tentavam sair enquanto as crias das trevas tentavam entrar. Algo os assustou tanto que tentaram sair, arranhando a porta com as próprias mãos. E eles morreram. Todos ao mesmo tempo. E as crias das trevas morreram com eles.

O que aconteceu ali?

Algo estava muito errado. Duncan se virou e viu Genevieve subindo no estrado, com Maric e os outros logo atrás dela. Ela parecia paralisada pelo único esqueleto anão que estava sentado naquele trono. Ele parecia reclinar-se ali, em uma cadeira de pedra muito maior do que ela, como se simplesmente adormecesse com os braços ainda nos apoios. Ele usava um elmo preto elaborado, com pequenos chifres e uma proteção facial de ferro, uma armadura de correntes pretas ainda envolta em seus ossos. E não nenhum outro cadáver sequer a menos de dez metros dele.

Os anões estavam fugindo do trono.

— Espere! — Duncan chamou.

Genevieve curiosa parou e se virou, e ele observou com horror o esqueleto no trono ao lado dela se mover de repente. Ele ergueu a cabeça, as órbitas dos olhos acesas com um brilho vermelho e sinistro. Um grande poder cresceu nas sombras ao redor deles, um sussurro de vozes em seus ouvidos enquanto uma magia antiga tomava forma.

A comandante girou sobre o esqueleto, com os olhos arregalados de terror, e ergueu a espada em ameaça.

— Para trás! Para trás! — Ela gritou para os outros. Utha e Kell recuaram devagar, o caçador com seu arco em mãos. Hafter ficou ao seu lado, rosnando em ameaça. Maric e Nicolas permaneceram atrás de Genevieve, sacando suas armas.

VOCÊS VIERAM A voz veio do esqueleto no estrado e também ecoou na cabeça de Duncan. Ele podia senti-la deslizando em sua mente como uma enguia, deixando um rastro nojento que o fez estremecer. *EU ESPEREI E FINALMENTE VOCÊS VIERAM.*

Nicolas rugiu de raiva e avançou contra o esqueleto, com o escudo erguido e a maça bem alta sobre a cabeça. O esqueleto acenou com a mão para ele e uma onda de poder o arremessou para fora do estrado, caindo com força no chão entre os esqueletos.

— Nicolas! — Genevieve gritou.

QUANDO O PRÍNCIPE ANÃO ME CHAMOU, EU CONCEDI O QUE ELE DESEJAVA. E ESPEREI NA ESCURIDÃO POR AQUELE QUE ME LEVARIA DE VOLTA PARA A LUZ E VOCÊS VIERAM.

— Nunca! — Genevieve gritou de novo. — Eu não vou!

Duncan correu em direção ao estrado, puxando suas adagas, com Fiona correndo ao seu lado. Ela já estava reunindo energia ao redor da ponta do cajado, sussurrando baixo palavras. Magia tomou conta de toda a câmara, mas não tinha certeza se vinha dela. A luz era escura e esverdeada, fazendo sua pele formigar e enchendo seu corpo com um peso estranho.

VOCÊ NÃO. O esqueleto se virou e apontou para Fiona, estendendo um dedo longo e ossudo para ela. Ela derrapou até parar, ofegando em voz alta quando a escuridão líquida a envolveu. *É VOCÊ.* O cajado caiu de suas mãos, seu brilho branco piscando, seus olhos se arregalando em choque.

Maric correu para o esqueleto e ele o atacou com a outra mão, enviando um raio que o jogou para trás, fazendo-o se sacudir e ter espasmos no chão enquanto as energias elétricas faiscavam sobre todo o seu corpo. Ele gritou em agonia.

Duas flechas dispararam contra o esqueleto, alojando-se em seus ossos. Genevieve levantou sua espada.

— Ataquem! Acabem com ele! — Ela correu para a criatura, saltando sobre Maric no chão, com Utha imediatamente atrás dela. Duncan se virou para ajudar Fiona, estendendo a mão para tentar libertá-la do poder que estava em seu encalço, mas estava tão frio que queimou sua mão. Ele recuou, gemendo de dor.

EU SEI O QUE VOCÊS DESEJAM. O esqueleto ergueu ambas as mãos e o brilho esverdeado na sala se intensificou. Duncan sentiu o poder sugando sua energia. Ele caiu com um joelho no chão, sua cabeça leve como se acabasse de acordar de um sono profundo. No estrado, Genevieve e Utha também caíram de joelhos. Kell vacilando largou o arco e Hafter gemeu confuso. *EU TROUXE VOCÊS AQUI, PROMETENDO O QUE DESEJAM, E VOCÊS VIERAM. FINALMENTE FICAREI LIVRE DA ESCURIDÃO.*

Tudo o que Duncan conseguia fazer era não cair no chão. O suor escorria de sua testa e ele deixou as duas adagas caírem. Sua visão ficou nublada. Ele viu Maric tentando se arrastar pelo chão em direção ao esqueleto, cerrando os dentes com esforço. Utha caiu inconsciente, e Genevieve não estava muito distante do mesmo.

O desânimo tomou conta de Duncan ao ver algo emergir do esqueleto, como fios finos de fumaça que se ergueram de seus ossos e vagaram pelo ar na direção de Fiona.

A elfa jogou a cabeça para trás, soltando um som horrível e agudo. Seu corpo inteiro ficou tenso, as mãos voaram ao lado de seu corpo. Sua pele ficou pálida, então começou a mudar. Ficou inchada e se torceu. Seu corpo cresceu e assumiu uma forma horrível, sua cabeça se tornou algo retorcido e dentado, mesmo enquanto ela gritava em agonia.

Então a transformação estava concluída. Uma abominação demoníaca agora estava de pé onde antes Fiona estivera, uma coisa de carne viva e garras, sem gênero aparente. Os olhos da coisa brilharam ameaçadoramente e olharam para Duncan. E acenou em sua direção.

DURMAM.

O mundo tornou-se cinza e confuso, e o chão o recebeu. Ele dormiu. Apesar de todas as fibras de seu ser estarem lutando contra, ele dormiu.

Todos dormiram.

12

Embora tudo diante de mim sejam sombras,
o Criador será meu guia.
Não ficarei vagando à deriva pelas estradas do Além.
Pois não há escuridão na Luz do Criador
E nada que Ele fez será perdido.

— Cântico das Provações 1:14

A LUZ DO SOL entrava por uma janela aberta, as cortinas amarelas de seda balançavam suavemente com a brisa. Maric demorou um momento para perceber que estava no palácio de Denerim. Ele inalou profundamente, surpreso com o cheiro maravilhoso do ar, com o quão quente era a sensação do sol em sua pele. Era tão fácil esquecer esses prazeres simples quando você estava a quilômetros das Estradas Profundas...

As Estradas Profundas. O pensamento o irritou e, de repente, ele se perguntou por que estava no palácio. Não deveria estar com os Guardiões Cinzentos? A memória se esvaia como mercúrio quanto mais ele tentava se concentrar nela. Tinha sonhado?

Ele estava em sua própria cama nos aposentos reais, usando apenas lençóis de linho imaculados e não uma armadura de pesada de prata. A penteadeira de mogno, que havia sido um presente da família real Antivana, estava na parede. Os óculos de seu avô feitos por anões estavam sobre a pequena escrivaninha, recuperados com grande custo de um nobre orlesiano em Nevarra e, ao lado deles, estava o livro pesado sobre o rei Calenhad, o qual ele esteve lendo no último ano. Ele não tinha talento para leitura e a linguagem do estudioso era densa o suficiente para tornar o esforço mais difícil. Mas Maric era teimoso.

Ele estava onde deveria. Por que ele pensou que viajara em uma aventura, perseguindo uma ordem antiga que nem existia mais em Ferelden? Aquela ideia não fazia sentido.

Alguém se moveu na cama perto dele e ele estremeceu. Rowan estava morta. Não devia ter ninguém...

— Maric? — Ele ouviu uma voz sonolenta.

O pânico se apoderou dele e seu coração começou a bater rápido. Ele arregalou os olhos enquanto a mulher levantava a cabeça do travesseiro. Os cachos cor de mel eram exatamente como ele se lembrava, desgrenhados e sem cobrir totalmente as orelhas de elfo. Os grandes olhos esmeralda piscaram para ele enquanto ela sorria.

— Você está me olhando estranho — disse sorrindo. — Teve um sonho ruim?

Katriel. Era Katriel, a espiã elfa que ele matou oito anos antes.

— Eu... Não sei — gaguejou. — Acho que sim.

Ela fez uma careta e estendeu a mão, afastando os cabelos dos olhos dele. O gesto foi como algo saído de uma memória distante, ainda assim era muito familiar. Ele pegou a mão dela e segurou-a com firmeza contra sua bochecha. Seu cheiro era o mesmo. Como podia ter esquecido? Seus olhos se encheram de lágrimas.

— Oh, Maric. — Ela disse, sua preocupação se tornando real. — Você teve um pesadelo mesmo! Oh, meu querido. Sempre sensível. — Ele segurou a mão dela contra seu rosto por mais um momento, com medo de que, se a soltasse, ela escaparia. Mas ele lutou contra as lágrimas e olhou para ela.

— Como você chegou aqui? Eu não entendo.

— Eu vim para a cama depois que você dormiu. Espero não ter te acordado.

— Não, quero dizer, e Rowan?

Ela franziu o cenho, confusa.

— Rowan está em Gwaren com Loghain, como sempre. Eles só vão chegar em Denerim amanhã. Perdeu a noção dos dias?

— Chegar? — Ele passou a mão na cabeça, confuso. — Mas... Rowan está morta.

Katriel se sentou na cama, os lençóis caindo e revelando seu corpo, a pele dela era pálida do jeito que se lembrava. Ela o abraçou, suspirando.

— É com isso que você sonhou? Oh, Maric. Não se lembra? Ela ficou muito doente, sim, e ficamos assustados, mas Loghain a ajudou a se recuperar.

— Loghain a ajudou a se recuperar. — Ele repetiu. Um lugar vazio em seu coração doeu, se tornando presente. Ele se lembrava bem daquilo.

— Você sabe como ele é. — Ela franziu a testa, afastando os cabelos dele novamente. — Ela estava lá, definhando e perto da morte, e o maldito estava gritando com ela sobre como invadiria o próprio Turvo para trazê-la de volta se ela morresse. Você ficou muito bravo.

Ele não respondeu. Engoliu em seco, sua garganta parecia apertada e seca. Ela passou a mão na bochecha dele e o olhou calorosamente. Ele poderia ter se afogado naqueles olhos esmeralda.

— Eu fiquei orgulhosa. Eu nunca gostei daquele idiota, não sei como você o aguentava. Ainda assim, ele segurou a mão de Rowan por dias, se recusando a dormir ou comer. Dizem que a vontade dele era tão forte que ela não pode recusar, então sobreviveu.

— Foi só isso? — resmungou baixinho

— Shhhh — ela ronronou, inclinando-se e dando um beijo suave em seus lábios. Ele se sentiu dormente e não respondeu. Não pense muito nisso. Sua rainha está aqui, meu amado. Você vai me deixar ajudá-lo a esquecer esse sonho horrível?

Maric se deixou ser puxado para cima dela. Ela o beijou novamente, desta vez ele correspondeu, primeiro devagar, mas depois com mais vigor. O sentimento era muito real, muito potente, ele não podia ignorar.

Quantas vezes ele desejou aquilo? A chance de voltar e desfazer o que havia sido feito, de consertar... Deveria ser assim. Seria tão simples só deixar isso acontecer. No fundo, sabia que ali seria possível esquecer que ele assassinara essa mulher, que ele se casou com Rowan e depois a viu morrer enquanto seu melhor amigo ficava cada vez mais frio. Ali, ser um rei não seria uma tarefa árdua e, quando ele encarou os olhos de Katriel e viu seu sorriso, achou a ideia muito tentadora.

Mas havia outra elfa. Quase sem ser convidada, a memória de Fiona surgiu, sendo dominada pelo demônio e transformada em uma abominação. Os gritos agonizantes dela ainda ecoavam em seus ouvidos e, mesmo que aquela outra vida escorregasse por seus dedos como um sonho, aquela parte prendia sua consciência.

Ele fez uma promessa para Fiona.

— Eu não posso — sussurrou, se afastando de Katriel. Ele se moveu para o seu lado da cama e saiu enquanto ela o olhava confusa, segurando os lençóis contra o peito.

— Mas por que? Qual o problema?

— Isso não é real. — Ele se recusou olhá-la, se recusou a encarar aqueles olhos verdes. Lembrou-se de ter olhado para eles ao enfiar a espada em seu peito, sem acreditar que o fizera enquanto observava a vida dela se esvair. Ele viu muita desaprovação naqueles olhos. Ela esperava convencê-lo, apelar por misericórdia, embora soubesse que era impossível, e ele atendeu às suas expectativas. No entanto, embora esta vida parecesse completamente real e atraente, ele não conseguia aguentar a ideia de Fiona sofrendo lá fora. Ele tinha que agir.

— Maric. — Ela o chamou suavemente.

Ele se recusou a se virar, fechando os punhos pelo esforço que precisou fazer.

— Maric. — Ela disse com mais firmeza. — Olhe para mim. — Ele se virou, relutante. Katriel olhou para ele com tristeza, como se soubesse que estavam prestes a se separar. — Podemos ter uma vida aqui — disse. — Você não precisa voltar para o outro mundo. Você pode ficar.

— Ficar e fingir, você quer dizer.

— É fingir? — Ela sorriu. — O que é a realidade, Maric? O que é de verdade? Você pode ser feliz. Por que você acredita tanto que deve fazer o que o faz infeliz? Você não merece ser feliz?

Katriel estendeu a mão, esperando que Maric a pegasse para que ela pudesse puxá-lo de volta para a cama. Seus olhos imploravam por isso. Ele baixou a cabeça, com o coração partido, e a mão dela caiu devagar.

Ela não chorou. Ele se virou e saiu da sala com rapidez, antes de mudar de ideia. O vazio em seu coração parecia ter se tornado um poço sem fundo que não poderia ser preenchido. Ele se fechou e se forçou a ficar dormente. Era algo que tinha feito por tanto tempo que era quase fácil agora. Ficar dormente era sua segunda natureza.

Quando ele pisou para fora, o mundo mudou. Ele estava em uma paisagem retorcida cheia de paredes e portas desconectadas, como se alguém espalhasse os pedaços de um edifício sem qualquer relação um com o outro. O mais incrível, de longe, era o céu, um vasto mar de escuridão com fitas brancas que rodopiavam. Ilhas flutuavam acima dele, algumas grandes e aparentemente a um braço de distância, outras distantes.

Tudo tinha um brilho estranhamente artificial, os cantos de sua visão estavam turvos como se nada disso fosse distinto o suficiente para ser real. Ele observou enquanto as paredes de retalhos se moviam lentamente, formando configurações diferentes na frente dele e, em seguida, se recompondo lentamente. Uma parede se desintegrou no chão, desaparecendo por completo. Pequenas luzes flutuantes chamaram sua atenção, raios brilhantes passavam acelerados pela paisagem não muito longe de onde ele estava. Aquele era o Turvo. Os homens vinham aqui para sonhar e, supostamente, apenas os magos eram capazes de atravessá-lo acordados, mas aqui estava. Estaria dormindo? O demônio o prendeu de alguma forma, era por isso que continuava aqui mesmo estando acordado? O que estaria acontecendo com seu corpo no mundo real?

Ele não tinha respostas para essas perguntas. Ficou lá, naquela planície, sentindo uma brisa seca passando pelo seu rosto. Pelo menos sua armadura e roupas reapareceram ao deixar seus aposentos. Já era alguma coisa. Seu quarto, e o resto do palácio, desapareceram. Assim como Katriel. Ele olhou em volta, mas não viu nenhum vestígio de que alguma coisa tivesse existido. Ele sentiu uma pontada de arrependimento pelo que perdeu.

Mas não era real, não é? Ela foi um sonho conjurado para agradá-lo, com a intenção de mantê-lo aqui. Esperava que isso significasse que havia uma saída.

Mas como se saía do Turvo? Olhando em volta, ele percebeu que não tinha a menor ideia para onde ir. Não havia caminhos que o conduzissem além do terreno em que estava. Ele não viu nenhuma estrutura, nenhum portal brilhante ou algo do tipo. Só as portas que levavam. . . Para onde, exatamente? Além do que Fiona falou naquela noite fora das Estradas Profundas, ele não sabia nada sobre o reino dos sonhos.

— Estou vendo que já está perdido. — Uma voz murmurou atrás dele.

Ele se virou e congelou ao perceber que era Katriel. Ela estava como se lembrava, com o couro resistente que havia usado durante suas viagens nas Estradas Profundas. Uma adaga estava presa na bainha de seu cinto e seus cachos loiros voavam na brisa que varria o campo.

Katriel o encarava agora com um olhar divertido, mas parecia contente em esperar que ele falasse.

— Você... Não está aqui — disse ele.

— Aparentemente estou.

— Mas você não é Katriel.

— Você tem muita certeza disso, né? — Ela caminhou em direção a ele, sua diversão se dissolvendo em uma carranca irritada. — Eu o conheço bem, Maric; você não é mago. Você sabe tanto sobre o Turvo quanto um produtor de vinho. Você precisa de ajuda.

— Sua ajuda — ele repetiu.

Ela ergueu uma sobrancelha.

— Você acha que vai conseguir escapar do Turvo sozinho? Eu o guiei pelas Estradas Profundas uma vez. Posso guiá-lo aqui também. Se você quiser.

Maric deu vários passos para trás. Parecia Katriel e soava como Katriel, mas não era mais um sonho dele. Ela tinha que ser algum tipo de demônio, algo que o seguiu para fora do sonho, uma vez que falhou em sua missão. Agora estava tentando atraí-lo de volta. Seu coração batia rapidamente em seu peito enquanto ele sacava sua espada, brandindo-a com cautela.

— Afaste-se! — Ele ameaçou. — Você está tentando me prender aqui. Mas eu não vou ficar. Preciso ir embora! — Katriel não parecia impressionada, olhando para sua lâmina com certo desprezo.

— Essa não é sua espada de verdade, Maric. Você deve saber disso.

— Eu estou disposto a apostar que ela ainda pode cortar você.

Ela assentiu, sorrindo de leve.

— Talvez. O que você pretende, então? Correr sem rumo? Se beliscar até acordar? Loghain não está aqui para salvá-lo, querido. Você precisa de ajuda.

— Eu não serei guiado por um demônio!

— Ah sim. — Ela o observou. — Boa ideia. Você não vai querer correr na direção de uma espada, com certeza.

Maric cambaleou para trás. A maneira como ela o olhou como se soubesse de tudo, penetrando-o com seus olhos verdes. Mas não era possível, nada além de um sonho.

— Eu deixei você naquele sonho — insistiu. — Eu precisei! Eu fiz uma promessa.

— Sim, eu sei — disse triste. Katriel suspirou, andando na direção dele e acariciando sua bochecha. — Não posso oferecer para você felicidade. Não antes e não agora. Então eu vou ajudar, se é isso que você quer.

Ele se sentiu dividido.

— O que eu quero — ele falou — é sair daqui.

— Sair do Turvo — assentiu ela. A elfa se virou e gesticulou em direção ao terreno ao redor deles, Maric percebeu que estava indicando as várias portas que compunham a paisagem. — Há várias maneiras de sair daqui, Maric. Mas você não vai ter muita ajuda. Você não está aqui de forma natural.

— Foi o demônio.

Katriel começou a caminhar em direção a uma das portas soltas. Sem saber o que fazer, Maric a seguiu. Ele olhou para o campo árido ao seu redor. O que quer que Katriel realmente fosse, ela estava certa sobre uma coisa. Na melhor das hipóteses, ele teria vagado pelo Turvo, na esperança de esbarrar em algo útil.

Ela alcançou a porta e ficou ao seu lado, virando-se para ele que parou, perguntando-se o que ela planejava. Continuou com a espada em mãos, só por precaução.

— Vamos facilitar — disse. Ela virou a maçaneta da porta e a abriu. Não havia nada. Era uma porta vazia, Katriel até enfiou a mão por ela para enfatizar esse fato. — Não leva a lugar nenhum. A menos que você queira. — Ela fechou a porta de novo e a abriu... E desta vez Maric se assustou quando a porta levou para uma floresta verdejante. Ele podia ver o céu azul, o sol, até ouvir os pássaros. Era um portal esculpido no ar.

Katriel fechou a porta de novo.

— Não é uma porta — afirmou, chamando sua atenção com a mão. — É uma transição, um símbolo. Pode ser uma transição para o mundo real, onde você acorda de repente e começa a esquecer tudo sobre isso, mas você não pode até ir lá. Não enquanto o demônio o prender.

— Por que você está me dizendo isso? — Ele perguntou.

Ela suspirou, sorrindo para ele, mas ignorou a questão.

— Você precisa confrontar o demônio. Apenas uma parte dele cruza o Véu para o mundo real, assim como apenas uma parte de você está aqui. — Ela acenou na direção da porta. — Você pode chegar no demônio, se quiser de verdade.

— Ele está dormindo?

— Não. Esse é o reino dele. Ele tem poder o suficiente para te matar você. — Com o olhar questionador de Maric, sua expressão endureceu. — Esse é o seu plano, Maric. Eu não disse que era bom. Eu estou ajudando como posso.

— Me mandando para minha morte.

— Não é isso que eu faço? — O tom de Katriel era amargo, então ela desviou o olhar dele, encarando a paisagem. Por um momento ela pareceu vulnerável, quebrada. Era como Maric se lembrava e seu coração doeu. Ele só queria se aproximar para confortá-la. No entanto, quando olhou na direção dela, sua expressão estava dura de novo. — Você pode localizar seus companheiros do mesmo jeito. — Ela declarou. — Eles estão presos em sonhos, como você estava.

— Eles não conseguem sair sozinhos?

— Não é todo mundo que está disposto a ir contra as próprias vontades como você, Maric. — Havia pena em seus olhos verdes, então ele hesitou por um momento. Ele não sabia tudo o que poderia acontecer; ninguém sabia. Uma parte dele queria desesperadamente que ela o deixasse, que voltasse ao sonho que havia deixado para trás. Mas uma parte ainda maior queria que ela ficasse. Talvez ele não a tivesse deixado para trás de verdade.

— Vou tentar — murmurou.

Talvez fosse algo tolo para se dizer. Se Katriel o estava enganando, se era algum espírito tentando mandá-lo de volta para as garras do demônio ou mesmo para a morte, então que assim seja. Ele não podia ficar ali e chamar Katriel de mentirosa. Não depois do que fez com ela. Preferia estar em lugar nenhum.

Ele virou a maçaneta.

O lugar era muito parecido com qualquer rua movimentada nos bairros mais pobres de Denerim, Maric pensou, embora tivesse certeza de que não era Ferelden. Orlais, ele suspeitava, pelos trechos de conversas que ouvia das multidões pelas quais passava. As lojas ficavam muito próximas umas das outras, o gesso sobre o tijolo era rachado e desbotado, e os sinais de pobreza estavam em todo o lugar. A chuva caía levemente do céu cinzento, o suficiente para mexer a poeira das ruas de paralelepípedos e trazer consigo um odor úmido e bolorento que assolou suas narinas.

Ele ainda estava no Turvo? Parecia que sim, embora a mudança fosse abrupta. Este lugar era como os aposentos de seu palácio, um fragmento ou mesmo um sonho.

Ele acenou com a cabeça para várias servas ocupadas enquanto lavavam lençóis. Elas olharam para sua armadura, escandalizadas por ele andar tão abertamente armado e, óbvio, pensando em chamar os guardas. Maric não tinha ideia do que isso implicaria neste mundo dos sonhos e não queria descobrir, então se apressou.

Havia uma loja em particular que parecia, de alguma forma, mais presente do que as outras. Seu gesso estava menos desbotado e havia cor ali, enquanto todas as outras partes da rua pareciam lamacentas e cinzas. Ele notou uma caixa de ervas bem cuidadas no parapeito da janela, com cortinas azuis claras que balançavam com a brisa. A porta do prédio era pintada de um vermelho vivo e estava fechada, mas um par de portas parecidas com as de um celeiro estavam abertas para os funcionários.

Ele podia ouvir o som de marteladas e presumiu que o lugar pertencia a um carpinteiro. Até que era fácil enxergar com toda a serragem no chão e cavaletes ao lado de um par de cadeiras sem verniz. Elas eram bem feitas, resistentes e grossas. Mais móveis estavam lá dentro, incluindo uma mesa e uma cômoda pintada pela metade. Era um lugar ocupado.

As marteladas pararam.

— Duncan! Traga tudo antes que chova, pelo amor de Andraste! — A voz era profunda e forte, do tipo que Maric associava a um homem grande. Não havia sinal de sotaque orlesiano. De fato, se não soubesse a verdade, teria apostado que eram fereldenianos.

— Moleque! — A voz veio de dentro de novo. — Para onde você foi? — Quando Maric se aproximou da loja, a fonte da voz apareceu na entrada. Era um homem gigante, de pele clara, com uma barba espessa e cabelo escuro puxado para trás em um rabo de cavalo. Ele usava um grande avental coberto de serragem e manchas velhas de tinta. Fazendo uma careta, o homem agarrou uma cadeira em cada mão antes de notar Maric.

— Oh! Desculpe, meu senhor — diz incerto, olhando para Maric. —

Você gostaria de comprar algo? Eu estava tirando isso da chuva agora.

— Parece um móvel. Você é um mestre.

O homem balançou a cabeça, sorrindo um pouco.

— Obrigado, meu senhor. Vejo que está longe de casa. Não recebemos muitos fereldenianos aqui, principalmente nessa parte da cidade.

— Você é de Ferelden?

— De Cimassempe, na verdade. Meu filho sente falta de lá e eu também. — Então, o homem percebeu a chuva engrossando e, pareceu envergonhado. — E eu o senhor deixando na chuva! Por favor, meu senhor! Entre! — Ele se retirou para a loja, carregando as grandes cadeiras consigo como se pesassem pouco mais do que penas, e Maric o seguiu. Ele suspeitou que um homem tão grande por certo pudesse carregar talvez mais meia dúzia, em um ombro. A loja era pequena, com mais cadeiras e outros móveis variados empilhados ao longo da parede, mais do que caberia. Havia espaço suficiente para uma bancada de trabalho, coberta com pedaços de madeira e uma grande variedade de ferramentas de metal, bem como uma grande mesa virada de cabeça para baixo sobre um par de cavaletes. Seria uma peça fina, as pernas curvadas e incrustadas com suavidade de entalhes florais, que Maric vira em peças orlesianas semelhantes. Era o tipo de mesa que estaria na casa de um nobre.

O carpinteiro percebeu para onde Maric olhava e seu sorriso se alargou. Pensando bem, era um sorriso que ele tinha visto em Duncan.

— É para a Marquesa — disse, orgulhoso. — Pedido especial.

— Você parece muito ocupado.

— Eu e meu filho trabalhamos duro. Acho que estamos nos dando bem.

Uma porta que dava para o interior da loja se abriu e uma mulher de pele escura entrou. Ela tinha cabelos pretos e crespos, olhos adoráveis em formato de amêndoas. O tempo a deixara com rugas em seu rosto e trazido fios cinzas para suas têmporas, mas ela ainda era bonita, ele pensou. Pela protuberância que ele viu sob o vestido, era óbvio que estava grávida.

— Oh! — disse assustada com Maric. — Eu pensei que você estava fechando a loja, Arryn. — Seu sotaque rivaini era forte, mas seu domínio da língua comum era perfeito.

— Esse homem é de Ferelden, Tayana.

Ela acenou com a cabeça educadamente para Maric, embora estivesse com um olhar suspeito. Não acreditava que ele estava ali para comprar móveis.

— Como vai, sir? — Ela disse.

— Estou procurando o seu filho. — Com os olhares assustados de ambos, ele rapidamente acrescentou. — Contanto que Duncan seja seu filho, é claro. Dezoito anos? Cabelo escuro?

O sorriso do homem sumiu.

O que ele fez?

— Arryn? — A mulher perguntou, incerta.

— Vá para dentro, amor — disse para ela. Ela olhou para Maric com medo, mas depois assentiu com a cabeça e entrou na casa. O homem o encarou com severidade. — O que meu filho fez? Ele arruma problemas de vez em quando, mas é um bom garoto. Nós fazemos o melhor por ele.

— Eu tenho certeza. — Maric se sentiu culpado por enganar o homem e deixá-lo pensar que era alguém importante. Não que fosse mentira, na verdade. E não vamos nos esquecer que ele é pai em um sonho. — Preciso falar com o seu filho. Temo que seja importante.

O homem assentiu, devagar.

— Deixe-me achá-lo. — Ele entrou e Maric esperou. A chuva batia no telhado. Várias carruagens passavam trovejando nos paralelepípedos lá fora, ele ouviu ao longe uma mulher mandando seus filhos entrarem. Um clarão de relâmpago foi seguido pelo primeiro estrondo de trovão.

Logo, a porta se abriu novamente e o homem corpulento reapareceu, desta vez acompanhado por um Duncan carrancudo. O jovem parecia encharcado, como se acabasse de sair da chuva, vestindo uma calça preta e uma camisa branca ensopada.

Duncan encarou Maric e então olhou para seu pai.

— Eu não conheço esse homem. Não fiz nada! — Ele se defendeu.

— Chega! — O pai o empurrou para a loja.

Maric limpou a garganta.

— Na verdade, gostaria de falar com ele a sós.

— Sozinho? — O homem olhou com raiva para Duncan, que revirou os olhos e suspirou. Finalmente, ele assentiu para Maric. — Como desejar. — Com um olhar de advertência para o filho, o homem se virou e voltou para dentro, fechando a porta com firmeza atrás de si.

Duncan cruzou os braços e olhou em desafio para Maric, mas não disse nada. Não havia nada em seus olhos que indicasse que o reconhecesse, nem mesmo um pouco. Maric limpou a garganta. Aquilo não seria muito fácil.

— Imagino que não se lembre de mim?

O rapaz estreitou os olhos.

— Deveria?

— Não nos conhecemos há muito tempo.

— Eu acho que você se enganou.

— Não me enganei. — Maric fez um gesto para a loja ao seu redor. — Eu sei que vai parecer difícil de acreditar, mas não sei outro jeito de explicar para você. Isso não é real.

— Como assim? Claro que é! — Duncan deu um passo para trás, encarando-o como se fosse insano. Maric se perguntou, se talvez não fosse verdade. Toda a ideia do Turvo era incrível. Como você explica para alguém que eles estavam em um sonho? E se alguém viesse até ele há um ano e sugerido?

Infelizmente, uma parte de Maric se perguntou se ele não teria apenas se sentido aliviado.

— Não. Isso é um sonho. Não é real.

Duncan se virou para a porta, mas Maric segurou seu ombro e o girou de volta. O rapaz estava furioso agora, mas também havia algo a mais em sua expressão. Seria dúvida? Maric se aproveitou disso.

— Você sabe do que eu estou falando — insistiu. — Você é um Guardião Cinzento, Duncan. Estamos no Turvo, em um sonho, fomos presos aqui pelo demônio que encontramos no palácio dos anões. Não se lembra?

Duncan se livrou de Maric e recuou bruscamente, o suficiente para bater contra uma das paredes de madeira da loja. Uma pilha de cadeiras chacoalhou.

— Não! — Ele gritou furioso. — Isso nunca aconteceu! Isso... Foi um sonho!

— Este é o sonho, Duncan.

— Não! — Ele gritou. E investiu contra Maric, com os punhos prontos, mas o rei os segurou e, juntos, eles caíram sobre a mesa da Marquesa no centro da loja. A mesa voou dos cavaletes, caindo no chão com um barulho alto quando duas das pernas se quebraram. Duncan estava em cima de Maric, lutando para soltar os punhos enquanto seu rosto se contorcia de fúria, ele mal conseguiu se defender. Finalmente, conseguiu segurá-lo.

— Não seja estúpido! — Maric reclamou. — Você sabe que é verdade! Eu posso ver!

Duncan caiu de costas no chão, batendo a cabeça em outra cadeira e fazendo-a voar para a chuva. Ele ficou sentado ali, em choque.

A porta da casa se abriu e o pai de Duncan saiu com um martelo de carpinteiro em uma das mãos, seu rosto tomado por preocupação e fúria.

— O que está acontecendo aqui? — Quando viu Maric deitado na mesa danificada, e Duncan a menos de um metro de distância, ele atacou Maric. Aquelas mãos fortes agarraram a gola da armadura de Maric, levantando-o da mesa como se não pesasse nada. Aquele rosto furioso estava a apenas alguns centímetros do seu, vermelho de raiva. — Por que trouxe problemas para minha casa? Saia daqui!

— Pai, espera. — Veio pedido baixo de Duncan.

Foi o suficiente para fazer seu pai parar. Ainda segurando Maric, ele se virou e fez uma careta para seu filho.

— Então foi você quem fez isso? Duncan, achei que tinha lhe dado modos.

O olhar que Duncan lançou para seu pai era, ao mesmo tempo, tão desesperador e triste que Maric sabia que o rapaz percebera a verdade.

— Você deu — disse, quieto. — Você me ensinou muito.

— Então qual é a sua desculpa?

— Você morreu — Duncan sussurrou. Seus olhos brilhavam intensamente e ele os enxugou, virando-se de costas. A fúria de seu pai se dissolveu em um momento, ele pôs Maric de volta no chão como se fosse um pouco mais do que um reflexo.

— Filho — disse com a voz grossa — Não precisa ser assim.

— Já é.

O rapaz se voltou para o pai, os olhos turvos de lágrimas, e os dois se entreolharam em silêncio por um momento. Seu pai suspirou e Duncan fechou os olhos. E, de repente, toda a loja desapareceu. Simplesmente sumiu, substituída por uma planície aberta e o céu cheio de ilhas do Turvo.

Duncan mal pareceu notar. Mais uma vez, ele vestia seu couro preto e sua túnica de Guardião Cinzento, as adagas gêmeas ao seu lado. Ele olhou para o local onde seu pai estava antes, lágrimas rolando pelo seu rosto.

— Eu realmente pensei... A voz dele falhou e ele engoliu em seco. — Eu achei que eram eles mesmo; que tinha sido tudo um pesadelo.

— Eu sei.

— Estava tão aliviado. Não estava preso, sozinho...

— Eu sei.

Maric ficou tenso ao ver Katriel se aproximar. Ele presumiu que ela foi embora, que talvez sua aparição fosse apenas mais um sonho. No entanto, lá estava ela, caminhando em direção a eles e olhando para Duncan, parecendo se divertir.

O rapaz franziu a testa e seguiu seu olhar, virando-se para encará-la com certo grau de surpresa. Ele recuou com cautela, na direção das suas adagas, mas ela ergueu a mão para mostrar que estava desarmada.

— Um pouco jovem, não? — Ela perguntou com um sorriso. Duncan se virou e olhou incrédulo para Maric.

— Essa é Katriel — Maric disse, com um suspiro. — Você quer dizer..?

— Sim, essa Katriel.

— Mas ela não está...?

— Morta? — Ela respondeu, recebendo um olhar seco de Maric. — É o que os rumores dizem. Eu vim ajudar. Se preferir achar que eu sou algo desagradável, tudo bem. Não seria pior do que aconteceu quando estava viva.

Duncan parecia confuso.

— Não podemos confiar nela!

— Ela me trouxe até você — disse Maric. Ele se virou para Katriel, tentando não encará-la. Era um tormento vê-la assim, ter memórias que ele pensava estarem enterradas há muito tempo trazidas à tona. — Precisamos achar os outros. — Falou para ela.

Ela acenou com a cabeça e apontou para um caminho desolado alinhado com estátuas altas.

— Há outra porta nessa direção. Eu o levarei para onde precisa ir.

Maric e Duncan estavam nas Montanhas do Dorso Frio. Uma brisa passou por eles, fria e forte. Maric olhou para os picos cobertos de neve que subiam altos no céu. A neve no chão era densa, quase chegando ao topo de suas botas, e parecia que uma tempestade estava por vir pelas nuvens escuras no céu.

— Ah, ótimo — Duncan murmurou. — Mais neve.

Maric olhou para o rapaz, mas não disse nada. Tinha deixado Katriel para trás de novo. Ou ela não podia segui-los ou optou por não fazê-lo;

Maric não tinha certeza. Ele percebeu que seus pensamentos ficavam voltando para ela. Se ela era fruto de seus sonhos, como tinha saído?

Por que os ajudava contra o demônio que a criou? Talvez fosse outro demônio, inimigo do primeiro? Ou estava apenas sendo enganado? Até agora as informações dela foram úteis.

Uma parte dele se perguntou se ela era mesmo Katriel. Dizia-se que os mortos passavam pelo Turvo em seu caminho até o lado do Criador, mas às vezes se perdiam. Talvez ela fosse um fantasma. Era um pensamento perigoso e assustador, e ele tentou tirá-lo de sua mente.

Um caminho íngreme subia pela encosta da montanha e eles o seguiram, tremendo com o vento. As árvores aqui eram vivas e grossas, se aglomerando pelo caminho e forçando-os a empurrar muitos galhos baixos da frente.

Quando o caminho virou em uma esquina, uma vista se abriu diante deles. Esse era o Dorso Frio em sua forma mais deslumbrante: grandes montanhas quase alcançando o céu, uma floresta vasta no vale abaixo, levando a um lago congelado que ele podia ver com clareza cristalina. Se o lago não fosse de gelo e neve, seria possível pular na água, desde que não se importasse em bater contra os penhascos algumas vezes. E contanto que atingir a água de tal altura não o matasse de uma vez. Ainda assim, era impressionante.

— O que é isso? — Duncan murmurou.

Maric se virou para ver o que ele estava olhando e percebeu que o caminho continuava ao longo do penhasco, ao redor da encosta da montanha, e terminava em uma fortaleza murada. Era um assentamento fortificado, cinza e sombrio, situado na beira do penhasco, aparentemente construído na metade da montanha. Ele notou que havia homens nas paredes, com cabelos longos, barbas e capas de pele grossas, já apontando para os dois estranhos no caminho. Cachorros começaram a latir quando o alarme tocou.

— Eles não parecem amigáveis — notou Duncan. — São Avvars. O povo da montanha. Eles não vão gostar muito da gente.

— Devemos lutar?

— Não, vamos ver o que eles farão.

Não demorou muito para que três homens saíssem dos portões, guerreiros altos e carrancudos, comandando cães de guerra de aparência cruel, que latiam, rosnavam e tentavam sair de suas coleiras. O fato de não terem soltado os cães sobre eles deveria significar que se dispunham a conversar, esperava.

O trio parou perto de Maric e Duncan, olhando para eles com desconfiança enquanto seguravam seus cães. O líder era um homem mais velho com cabelos grisalhos bem abaixo dos ombros, mesmo assim parecia forte. Ele também tinha um ar de autoridade.

— Povo das terras baixas — grunhiu ele.

Não era bem uma pergunta, mas Maric assentiu. Achou melhor ser educado. Os Avvars tinham uma longa história de guerras com o "povo das terras baixas" no vale de Fereldan, e se recusaram a se juntar ao reino quando o rei Calenhad uniu os teyrns séculos atrás. Os anos que se seguiram apenas os tornaram mais determinados a permanecer separados.

— Por que vocês vieram? — O homem perguntou.

— Estamos procurando um homem chamado Kell — disse Maric. Os olhares que os homens trocaram indicavam que sabiam exatamente de quem ele estava falando. Não era surpreendente. Até agora, parecia que cada um desses sonhos estava completamente centrado em torno da pessoa que sonhava.

As pessoas tinham tipos de sonhos diferentes? Alguns em que eram apenas espectadores, irrelevantes para o esquema mais amplo das coisas?

— Vocês procuram Kell ap Morgan? Por quê?

— É algo que preciso falar com Kell. — Eles não gostaram da resposta e se arrepiaram com sua temeridade. Duncan ergueu as sobrancelhas para Maric, pensando que estavam prestes a entrar em uma briga e não era totalmente contra a ideia. Felizmente, o líder de cabelos grisalhos cuspiu em seus companheiros e refreou a raiva antes que saísse do controle.

— Veremos — grunhiu. Acenando para que os outros o seguissem, ele se virou e começou a subir o caminho de volta à propriedade. Os outros correram atrás dele, puxando com força os cães de guerra para que os seguissem. Maric e Duncan foram deixados para segue-los ou ficar para trás. Não havia muita escolha.

— Eles cheiram à urina — Duncan reclamou, mas não muito.

— Você pode ficar, se quiser.

Eles entraram na propriedade e foram recebidos por uma multidão de moradores curiosos. As crianças eram sujas e selvagens, encarando com olhos arregalados enquanto roíam os dedos. Os adultos eram um pouco melhores. Eram pessoas que viviam dia a dia, agarrando-se a esta montanha como ervas daninhas teimosas, sujeitas a uma grande variedade de desastres: de doenças a anos de caça ruim, ou de rixas violentas com propriedades vizinhas. Os Avvars nasceram para lidar com infortúnios, mas também moldaram a eles.

Os edifícios fora das cavernas eram baixos, mas bem construídos. Maric se lembrou de que eles não eram primitivos. Eles conheciam alvenaria e mineração, negociavam com os anões para adquirir armas de qualidade e outros suprimentos. Cada uma das portas tinha uma pele esticada sobre ela, que era decorada com runas coloridas.

Os totens na frente da maioria dos edifícios também eram tipicamente avvarianos. Ídolos de pedra construídos para homenagear seus deuses, se Maric se lembrava corretamente. O único que ele conhecia era o Pai dos Céus, a quem os Avvars devolviam seus mortos, deixando seus corpos nas rochas para serem comidos pelos pássaros. Ele supôs que isso não fosse mais estranho do que queimar um morto, embora estivesse curioso sobre o que faziam com os ossos.

Os homens conduziram Maric e Duncan por um pátio sujo cheio de esterco de cachorro e peles penduradas, em direção a um edifício de pedra. Na verdade era pouco mais que uma cabana, mas era mais largo do que a maioria dos outros e tinha uma cabeça de águia esculpida sobre a porta. Alguém importante morava ali.

O homem de cabelos grisalhos entrou, e quando Maric o seguiu, os outros dois Avvars se interpuseram, cruzando os braços e olhando para ele com firmeza. Ainda não podia entrar.

Eles esperaram no pátio, um grupo de cães subindo e farejando suas pernas com curiosidade. Esses não eram animais bem cuidados como Hafter; eles eram quase lobos, cobertos de pelos emaranhados que cheiravam a umidade. Duncan engasgou e cobriu a boca, mas Maric apenas sorriu. Por ser fereldeniano, ele conviveu com cães desde criança.

Perto dali, um grupo de crianças olhou para eles com expressões de medo. Uma arremessou uma pedra em Maric, errando por uma larga margem, e então todo o grupo saiu correndo, rindo de medo. O par de guardas na porta não lhes deu atenção.

Quando o guerreiro de cabelos grisalhos reapareceu, tinha outro ao seu lado: este era um guerreiro mais jovem, vestindo uma capa de pele avermelhada, com cabelos longos e castanhos, e uma barba curta. Ao ver os olhos intensos e pálidos, Maric percebeu que era Kell. Um Kell com cabelo e tatuagens tribais em toda a extensão de seus braços nus, mas não havia como confundir o comportamento taciturno do homem.

— Kell? — Duncan perguntou, chocado.

As sobrancelhas do caçador se ergueram. O guerreiro de cabelos grisalhos olhou para ele, franzindo a testa.

— Os das terras baixas disseram que querem falar com você, Jarl. Você os conhece? Podemos entregá-los para os cachorros.

Kell estudou Maric e Duncan de perto, aqueles olhos claros os percorrendo com cuidado. Maric não viu nenhum indício de reconhecimento, mas isso significava bem pouco ao se tratar do caçador indecifrável. Duncan levantou a mão como se fosse falar, mas o guerreiro de cabelos grisalhos rosnou para ele. O que aconteceria se Kell decidisse que não falaria com eles? Eles estavam cercados por uma fortaleza cheia de avvars experientes que poderiam abatê-los em um momento.

— Deixe-os entrar — disse Kell, por fim. Ele pareceu hesitar, mas deu um passo para o lado e gesticulou para que Duncan e Maric entrassem na cabana de pedra. Os outros homens presentes pareceram surpresos, mas obedeceram aos desejos de Kell e cederam.

O interior da cabana era organizado, com peles grossas cobrindo o chão e uma grande cadeira de encosto alto feita de toras. Aquele era um tipo de sala para audiências. Maric conhecia o tipo. Vários arcos longos e cabeças de animais eram exibidos com destaque na parede. Uma das cabeças era de um urso gigante, sua boca aberta larga o suficiente para engolir a cabeça de um homem. Um troféu impressionante.

Maric podia ver pouco além de uma cortina pendurada em uma porta interna, mas viu as sugestões de outra sala além. Ele também ouviu o som característico de um bebê, bem como os zumbidos suaves de uma jovem. Ela se aquietou e Maric teve a impressão de alguém espiando com curiosidade pela cortina, mas não conseguiu distinguir detalhes.

Kell sentou-se na cadeira, apoiando o queixo no punho enquanto os estudava novamente.

— Eu vi vocês dois em um sonho — murmurou. — E agora vocês estão aqui. Como isso aconteceu?

— Não era um sonho — cortou Duncan. — Aqui que é.

Maric não teria falado assim direto, mas talvez fosse melhor. O caçador olhou para cada um deles, sem dúvidas se perguntando se eles estariam brincando. Vendo que eles não estavam, ele franziu a testa.

— Isso não é sonho. Vocês estão diante de mim, na minha sala, no meu forte. Isso é a realidade.

Antes que Duncan pudesse responder, Maric levantou a mão. Ele deu um passo para a frente e tocou o ombro de Kell, olhando dentro dos olhos do homem. Havia confusão ali. Ele não tinha certeza se estavam dizendo a verdade, e talvez isso fosse o suficiente.

— Você lembra do sonho? — Maric perguntou. — Você era um Guardião Cinzento, como Duncan. Nós encontramos um demônio que nos prendeu no Turvo. — Ele apontou para a sala ao seu redor. — Tudo isso aqui é o seu sonho.

Uma nuvem negra passou pelo rosto de Kell e ele saltou de sua cadeira, se afastando do toque de Maric. Perturbado, ele caminhou até a cortina que levava para a outra sala, mas parou antes de abri-la. Ele abaixou a cabeça e ouviu por um momento o choro da criança da porta ao lado.

— Como você chegou aqui, então?

— Você pode acabar com o sonho — Maric falou. — Foi o que eu fiz quando percebi o que era. E vim procurar você. Não podemos ficar aqui e Fiona precisa da gente.

— Fiona — Kell testou o nome. — A maga. — Maric assentiu.

— Acho que estamos dormindo.

— Podemos estar mortos. E esse é o Além. — Kell pareceu quase esperançoso. — Vocês dois podem ser demônios mandados para me tentar no meu descanso final.

— É isso que você acha? — Duncan perguntou.

O caçador pensou, então fechou os olhos.

— Não — respondeu.

— Eu sei o que aconteceu nesse lugar e com essas pessoas. — Seus olhos brilhavam quando ele os abriu e deu uma última olhada em volta. — Eu não aceitarei uma mentira.

O bebê na outra sala começou a chorar, Kell estremeceu como se fosse atingido. Ele ficou lá, seu rosto pálido enquanto ouvia. Nenhum deles se moveu.

— Você quer se despedir? — Com cuidado, Maric perguntou.

Ele balançou a cabeça.

— Não — respondeu. — Eu o fiz há muito tempo.

O homem foi substituído pela figura que Maric conhecia: bem barbeado e careca, a capa com capuz e couro de caçador. Seus olhos brilhavam por baixo do capuz com uma intensidade sombria. Um momento depois, a cabana desapareceu, substituída pela paisagem vazia do Turvo.

Os três entraram em uma casa de anões. O teto era baixo e o ar cheirava a fumaça de carvão e pratos com carne. Uma grande família morava aqui; cadeiras anãs sólidas misturadas com brinquedos infantis, peles enroladas e uma mesa coberta de rolos de pergaminho. Mapas adornavam as paredes, pelo menos um deles era de Ferelden. Um grande braseiro cheio de carvão emanava um brilho laranja quente na câmara.

Uma criança anã entrou correndo, talvez com dez anos de idade, com cabelos acobreados rebeldes na cabeça. Ela parou derrapando, claramente esperando que alguém além de um trio de três humanos estivesse na entrada, sua expressão mudando de empolgação para horror.

— Mãe! Pai! — Gritou. — Tem gente da superfície aqui!

— Humanos? — Uma anã matronal entrou na câmara, vinda de uma cozinha mal iluminada, enxugando as mãos no avental. Maric podia ouvir algo borbulhando em uma grande panela e notou várias outras crianças atrás da mulher olhando por cima de sua saia. O cabelo preto da mulher tinha mechas grisalhas e estava preso em um coque, e ela usava óculos. Do mesmo tipo que o avô de Maric tinha, ele se lembrou.

— Pelos Ancestrais! São humanos!

Várias outras pessoas entraram na sala. Um homem mais velho apareceu, um anão gordo quase tão largo quanto alto, careca e com uma barba de cobre brilhante indo até a metade do peito. Ele andava com uma bengala e possuía o ar de um distinto cavalheiro, talvez um estudioso. Um jovem forte veio ao lado dele, com uma barba acobreada curta e presa em várias tranças.

O jovem pareceu indignado com a presença de intrusos e correu para a frente, com os punhos em riste. O anão mais velho agarrou sua camisa e puxou-o para trás com força.

— Espere, Tam! Não seja estúpido.

— Por que estão aqui? — O rapaz perguntou irritado.

A mulher deu um passo à frente, acenando para as crianças atrás dela. Elas se retiraram para a cozinha, mas não foram muito longe. A tensão no quarto os assustou e a mulher também parecia incomodada. Ela assentiu para Maric com cuidado.

— Nós não temos nada que vocês queiram, humano. Você não precisa machucar ninguém.

Maric levantou a mão.

— Por favor, se acalme. Não queremos machucar você. — Ele olhou para Kell e Duncan, que assentiram. Nenhum deles queria começar uma briga com essas pessoas.

— Então responda ao garoto — reclamou o homem. — Por que estão aqui?

— Eles vieram por minha causa, pai. — Veio uma voz nova. Maric se virou e ficou chocado ao ver Utha entrar na câmara vindo de um corredor curto. Sua trança longa havia sido desfeita para revelar um cabelo volumoso e acobreado, ela usava um vestido anão simples com um manto de couro fino. Ela parecia desamparada.

— Não há motivo para ficar assustada. Eles são amigos.

— Amigos? — A senhora perguntou confusa. — Desde quando você conhece humanos, Utha? O que está acontecendo?

— Desculpa, mãe, vai ser difícil explicar. — Utha se virou para Maric e os outros e acenou com a cabeça. — Vocês estão bem?

— Você pode falar! — Duncan estava surpreso.

— Parece que aqui consigo.

— E você se lembra da gente? Sabe quem somos? — Maric perguntou, com cuidado.

— Você é o rei de Ferelden — ela falou com um suspiro triste. — Os homens com você são Guardiões Cinzentos, como eu. Sim, eu lembro.

Os anões na sala pareciam assustados e confusos. O homem mais velho deu um passo à frente, olhando para Maric como se fosse uma cobra pronta para atacar, mas caminhou até Utha para pegar a mão dela.

— Utha, do que você está falando? Isso é loucura!

Ela olhou para o pai, com lágrimas nos olhos, e estendeu a mão para acariciar carinhosamente sua bochecha.

— Eu sei que é, pai. Eu preciso ir.

— Ir? Para onde?

Sua mãe marchou em direção a eles, a preocupação da mulher superando seu medo de Maric e dos outros. O resto da família se amontoou atrás dela, balbuciando perguntas confusas.

— O que quer dizer com isso? — Ela perguntou. — Por que você vai com essas pessoas?

Os lábios de Utha formaram uma linha fina, controlando as lágrimas que claramente ameaçavam dominá-la.

— Eu preciso — sussurrou com sua voz grossa. Ela abraçou seu pai e, em seguida, sua mãe, cada um deles retribuindo seu gesto calorosamente, mesmo que não entendessem o que ela estava fazendo. As crianças se reuniram em torno de Utha, abraçando suas pernas e derramando lágrimas de pânico ao perceber o que estava acontecendo.

— Você não vai nem ficar para jantar? Você e seus amigos? — Sua mãe perguntou com alguma esperança, lágrimas escorrendo pelo rosto.

Utha beijou sua mãe na bochecha, sem dizer nada, e fez o mesmo com seu pai. Então ela se virou para o jovem que estava próximo. Ela começou a falar com ele, mas uma onda de tristeza a fez parar. Ela fez uma pausa, recompondo-se enquanto o jovem a olhava, sem compreender.

— Você lutou bem, Tam — disse por fim. Ela se obrigou a encarar seus olhos, embora fosse claramente difícil para ela. — Eu fiquei muito orgulhosa de você. Muito mesmo.

— Você... Ficou?

— Sim — disse com fervor. — Eu jurei vingá-lo. — Ela se virou e olhou para os outros, novas lágrimas aparecendo. — Eu jurei vingar todos vocês. E eu vou. — Seu tom era resoluto e, com isso, a câmara desapareceu. Eles estavam de volta ao Turvo, parados em um campo de pilares de rocha muito altos, e Utha olhou para longe. Estava como antes, vestida com uma túnica marrom simples com o cabelo trançado nas costas.

Ela se virou para os outros, seus olhos vermelhos pelas lágrimas. Ela fez vários gestos enfáticos, terminando com o punho fechado sobre o coração. Sua expressão era tão triste que Maric não sabia o que dizer. Kell foi até ela. Eles se encararam por um longo momento, então ela o abraçou com força em torno de sua cintura. Ele fez carinho em seus cabelos.

— Nós não a culpamos, Utha — disse. — Você ficou o máximo possível.

Duncan deixou a cabeça pender. Maric o olhou e se perguntou se ele estava pensando na própria família. Ele viu Katriel parada não muito longe, observando o grupo, mas sem vontade de se juntar a eles. Ele se perguntou se seria terrível apenas ficar com ela por um tempo, desfrutar daquela mentira um pouco mais. Gostaria de falar com ela, fazê-la entender...

Mas eram pensamentos que precisava ignorar. Ele fez uma promessa. A vida deles estava em jogo.

Precisavam seguir em frente.

Uma cabana feita de toras ficava no topo de uma colina, em meio a uma floresta verdejante que se estendia sob um céu azul claro. As árvores aqui eram pinheiros enormes esticando-se direto para o céu, fileiras de sentinelas altas que faziam a cabana parecer minúscula em comparação. Não era, claro. À medida que se aproximavam, eles podiam ver que o prédio era significativo, com uma grande pilha de lenha cortada do lado de fora e um rastro de fumaça quente saindo de uma chaminé. Tinha uma pele esticada sobre um tambor próximo à porta e uma grande fogueira ainda ardia, um pouco manchada de qualquer carcaça que havia sido assada lá.

— Estamos nos Ermos Arbor. — Kell supôs, estudando o terreno. — No sul de Orlais. País perigoso. Um lugar difícil de viver, com certeza.

Duncan olhou para cima, interessado.

— Perigoso? Por causa dos animais?

— Por causa das dríades.

— Quem vive aqui não parece ter problemas. — Maric notou. — E há alguém aqui. — Ele apontou para o lado da cabana, onde um homem sem camisa de cabelo escuro e curto, e com barba, estava ocupado cortando lenha em um toco de árvore. Eles caminharam pela estrada de terra, o som rítmico do corte ecoando pelo campo. Um bando de corvos saiu voando de uma das árvores próximas, grasnando alto enquanto desapareciam no céu.

Os sons de corte pararam.

O grupo contornava a lateral da cabana, eles encontraram o guerreiro de cabelos escuros que os encarava com cautela com o machado na mão, ainda suando e ofegando pelo esforço. Ele os olhou como quem encara para uma matilha de cães selvagens, sem saber se iriam atacar ou fugir. Seja lá o que pensou, ele não disse nada. Demorou um momento para Maric perceber que sabia quem era aquele.

— Julien! — Duncan gritou, animado.

Os olhos do homem se estreitaram.

— Conheço você?

— Claro que sim! — Duncan respondeu. — Nós somos...

— Amigos de Nicolas. — Kell interrompeu, colocando a mão no peito de Duncan para segurá-lo O rapaz pareceu confuso por um momento antes de perceber o motivo. Aquele não era Julien. Não podia ser. Julien estava morto.

— Acho difícil. — Ele respondeu, segurando seu machado um pouco mais alto. — Ninguém sabe que estamos aqui, nem os meus parentes. Você não se parece com o tipo de bandido que encontramos, mas direi o mesmo que disse ao anterior: saia agora ou enfrente as consequências.

— Não somos bandidos, eu garanto. — Maric falou.

— Então, quem são?

— Se pudermos falar com Nicolas, será mais fácil de explicar. — Julien os encarou com cuidado. Seu olhar foi de um para o outro antes de finalmente ir para o machado. Ele relutou, provavelmente apenas porque todos eles mantiveram suas armas embainhadas.

— Veremos. — Foi tudo o que disse enquanto golpeava o machado com força contra o toco da árvore, alojando-o lá. Ele voltou para a cabana, pegando uma camisa de linho úmida de cima da pilha de lenha e jogando-a por cima do ombro.

O interior da cabine só tinha um cômodo, cheio de evidências de que estava ocupado há um bom tempo. Uma lareira de pedra dominava a sala, duas cadeiras gastas estavam na frente dela, rodeadas por várias garrafas de vinho no chão. Uma estante de livros transbordava de tomos empoeirados e uma mesa próxima a ela estava coberta de papéis, muitos deles amassados, e um conjunto de penas e tintas feitas de ouro. A cozinha era uma bagunça de panelas de ferro e pratos espalhados ao redor do fogão. Além dela, havia uma cama de tamanho considerável no canto, coberta por várias peles grossas de urso.

Nicolas estava sentado lá dentro em frente à lareira, o fogo crepitava e enchia a sala com luz quente e um cheiro de fumaça. Ele vestia uma longa camisa preta e calças de couro, olhava para o fogo com o ar de um homem que carregava um fardo. Mal olhou para cima quando Julien e os outros se aglomeraram na porta.

— Você ouviu? — Julien perguntou.

Nicolas continuava a olhar o fogo, seu rosto tinha uma expressão cansada.

— Sim.

— E você conhece essas pessoas?

Maric deu um passo à frente.

— Nicolas, eu sei que pode ser difícil de acreditar, mas...

O guerreiro loiro se levantou, interrompendo-o com o arrastar de sua cadeira quando ela foi empurrada para trás. Ele olhou para Julien solenemente.

— Você precisa me deixar sozinho com eles, Julien.

— Como assim? Você está louco! Primeiro me diga quem eles são.

Nicolas andou até ele. Ignorando a presença dos outros, ele pegou o queixo de Julien e beijou-o nos lábios com ternura. Julien pareceu envergonhado no início, mas depois aceitou o gesto. Era doce e tinha o jeito de um casal que estava junto há muito tempo.

Maric desviou o olhar, envergonhado com a intimidade, sem mencionar o fato de que ele não havia percebido a natureza do relacionamento dos dois guerreiros antes. Não eram só camaradas e sim muito mais do que amigos próximos. Os outros Guardiões Cinzentos não estavam surpresos.

— Eu não estou louco — Nicolas sussurrou. — Mas você precisa confiar em mim. — Julien estava confuso, mas concordou relutante. Lançando um último olhar desconfiado para Maric, ele disse:

— Então vou ficar lá fora. — Marchando pelo quarto, ele abriu um grande guarda-roupa ao lado da cama e tirou sua espada. Era opaca e parecia que não era usada há algum tempo. O homem a colocou em seu ombro e caminhou para fora, ainda encarando o caminho inteiro.

Nicolas o observou partir, franzindo a testa com tristeza. Assim que Julien saiu pela porta, ele suspirou.

— Ele não sabe.

— Mas você sabe? — Maric perguntou. — Que isso é um sonho?

— Eu sei que é o Turvo. Eu soube na hora. Sabia que não era verdade ao ver Julien vivo. Eu segurei o corpo dele nos meus braços. Não dá para esquecer.

— Então não precisamos explicar — disse Duncan aliviado.

Um silêncio constrangedor se seguiu quando Nicolas se voltou para a lareira. Ele caminhou até ela e passou a mão por sua extensão, como se estivesse testando a textura. Seus olhos pareciam assombrados, pensou Maric, e por um longo momento todos o observaram. O único som era o crepitar das chamas.

— Nós conversamos sobre isso— murmurou o homem loiro. Ele não olhou para os outros. — Deixar os Guardiões Cinzentos e vir para cá, sozinhos. Teríamos alguns anos antes que a mácula ficasse grave e poderíamos ficar juntos. Ficar juntos de verdade. — Ele passou os dedos na lareira de novo. — Era um bom plano, arrumamos todos os detalhes. — A voz dele foi diminuindo e ele ficou em silêncio de novo, olhando para o fogo.

— Você quer ficar — Kell disse. Não era uma pergunta. O caçador e Utha trocaram um olhar triste e compreensivo.

Nicolas assentiu.

— Eu quero ficar.

— Você não pode! — Duncan se opôs, seu horror ficou evidente quando percebeu do que estavam falando. — Você não pode fazer isso! Você sabe que não é ele, não é? É uma mentira!

— Não é uma mentira.

O guerreiro parecia decidido. Maric caminhou em direção a ele e, hesitante, colocou a mão no ombro do homem, encarando seus olhos para chamar sua atenção.

— Mas é um sonho. Seu corpo está no mundo real, como os nossos. Se você ficar...

— Eu morro? — Nicolas sorriu, envergonhado. — Nós sabíamos que um de nós podia morrer em batalha. Eu achei que estava preparado, mas não estava. — Ele se virou para a lareira, incapaz de encarar Maric. — Eu o amo. Me diga que eu devo voltar para uma vida sem ele. Me diga que é melhor.

Maric não podia dizer isso. Ele o soltou e deu um passo para trás.

— Mas... — Duncan olhou em volta, sua confusão crescia enquanto via Kell e Utha aceitando as palavras de Nicolas, assim como Maric. — Você não pode estar falando sério! Você precisa voltar. Isso é suicídio!

— Existem formas piores de morrer.

— Não! Isso é errado. — Ele correu até Nicolas, como se fosse empurrá-lo contra a lareira. O guerreiro o agarrou com cuidado e o segurou com uma mão forte, embora Duncan não resistisse muito. Ele parecia mais surpreso do que bravo. — Como você pode deixar o demônio derrotá-lo assim?

Nicolas assentiu lentamente, fechando os olhos como se a ideia o machucasse.

— Julien o salvou. — Ele suspirou. — Eu sei que ele fez a coisa certa. Eu queria ter morrido com ele. — Então ele fez uma pausa, abrindo os olhos e encarando Duncan. Lágrimas desceram pelo seu rosto. — Eu morri com ele. Não tem nada a ver com o demônio.

— Mas...

— Me deixe ter o meu sonho — implorou, com a voz pesada. Aquilo era demais, tanto para Maric e os outros, quanto para Duncan. — Por favor, só me deixe ter isso.

Duncan parecia prestes a continuar discutindo, mas ao ver a expressão no rosto de Nicolas, ele derreteu. E por fim assentiu. Não concordava, até Maric podia ver isso, mas não podia argumentar diante daquela dor. Ele deu a Maric um olhar preocupado, então se virou e saiu pela porta sem dizer uma palavra.

Kell se aproximou de Nicolas, estendendo sua mão.

— Você serviu bem — disse. — Cumpriu seu dever. Que isso acabe aqui. — Nicolas apertou sua mão com entusiasmo, as lágrimas caindo mais rápido. Ele lutou para controlar um soluço.

Utha foi até o guerreiro, olhando para ele com suas próprias lágrimas de compaixão. Ela não fez nenhum gesto, mas segurou a mão dele entre as dela.

— Obrigado — falou ele, sua voz quase falhando.

Maric assentiu para o homem. Parte dele sentia-se inquieto com a ideia de deixar Nicolas para trás, um guerreiro que ainda poderia ser de grande ajuda. Seria melhor exigir que ele os seguisse, lutando até morrer sozinho, uma morte horrível nas Estradas Profundas? Ou pior, sobreviver e continuar sozinho? Não parecia que os Guardiões Cinzentos encontravam finais felizes, mesmo nos melhores momentos. Talvez fosse melhor poder escolher.

A ideia acertou Maric como uma nuvem negra enquanto deixavam Nicolas e a cabana para trás. Do lado de fora, Duncan esperava de braços cruzados. O rapaz parecia mais angustiado do que irritado. Devia ser difícil entender quando a morte parecia algo muito distante. Talvez fosse melhor que ele não soubesse.

Julien os observou sair e depois voltou para dentro da cabana, para o seu amor. Esse sonho não acabaria e, de alguma forma, isso trouxe algum conforto para Maric.

— Precisamos achar Genevieve. — Duncan declarou.

Maric concordou e o grupo desceu com rapidez a colina e saiu do deserto em busca da comandante dos Guardiões Cinzentos.

O tempo estava acabando.

13

Respirem uma última vez, meus amigos,
Atravessem o Véu e o Turvo e todas as estrelas no céu.
Descansem na mão direita do Criador,
E sejam perdoados.

— Cântico das Provações 1:16

O GUARDA ESTUDOU o grupo com um olhar cauteloso enquanto espiava pela janela fechada do portão enorme. O símbolo de um cervo com chifres em um fundo preto estava pendurado nas ameias. Duncan não reconheceu, mas assumiu que era orlesiano. O sotaque do guarda parecia confirmar isso.

— Milorde não aceita viajantes — zombou.

Maric olhou para o resto do grupo, obviamente pedindo ajuda. Eles passaram a maior parte da tarde viajando pelos pântanos antes de verem o posto avançado. Tinha aparecido na névoa, heras subindo pelas paredes de pedra rachada e musgos acinzentados pendurados. Era como se o pântano estivesse ocupado tentando recuperar o lugar que resistia de maneira nobre.

Havia uma única fortaleza dentro das paredes e um pequeno pátio, espaço para não mais do que talvez cem homens, de acordo com a estimativa de Kell. O tipo de posto avançado que o Império construía nas bordas de suas fronteiras, procurando incursões, mesmo que nenhuma acontecesse há séculos. Eram lugares convenientes para aristocratas desfavorecidos serem exilados, embora Duncan soubesse que alguns nobres levavam essas atribuições de fronteira a sério e tentavam faze-lo de forma honesta. Eles traziam ordem para as aldeias locais e tentavam limpar a selva de bandidos e adorações pagãs. No entanto, este lugar parecia que mal estava se mantendo contra o pântano escuro ao seu redor, e se havia alguma população local, eles não encontraram nenhum sinal dela. Este era um deserto frio e úmido, cheio de cobras e certamente um lugar inóspito para construir qualquer coisa.

Duncan encolheu os ombros, nem Kell e Utha pareciam ter uma ideia melhor. Maric suspirou e voltou-se para o guarda, que esperava na janela.

— Estamos procurando uma pessoa. Uma amiga

O guarda semicerrou os olhos para Maric.

— Não há fereldenianos aqui.

— Ela não é fereldeniana. Ela é orlesiana, talvez capitã da guarda? O nome dela é Genevieve.

— O que? Eu não conheço ninguém com esse nome! Ela certamente não é a capitã, a menos que ele tenha se transformado em uma mulher quando eu não estava olhando! Sumam, todos vocês! — O guarda fez menção de fechar a veneziana, mas parou quando alguém atrás dele murmurou algo indistinto. Duncan se esforçou para ouvir, mas não conseguiu entender. O guarda resmungou e olhou na direção de Maric. — Meu amigo aqui diz que a esposa do novo senescal atende por esse nome. É ela?

— Provavelmente.

— Então o que você quer? Já tivemos viajantes suficientes por aqui. Não abrimos os portões para ninguém sem a palavra do senhor das terras. Então, se você tem alguma mensagem para passar, eu mando adiante e todos podem ir embora.

Maric fez uma pausa e Duncan podia ver sua mente trabalhando rapidamente, sem encontrar uma solução. O Rei de Ferelden não era muito bom em blefar, ao que tudo indicava. Duncan não estava surpreso.

— Diga que o irmão dela está aqui para vê-la — disse ele.

O guarda pressionou o rosto contra a janela do alçapão, revirando os olhos para ver melhor quem falava.

— É você?

Duncan ficou tentado a dizer que era Maric, mas o olhar de pânico do homem disse que não seria uma boa ideia. Que pena, já que a única outra pessoa que poderia se passar por irmão de Genevieve seria Kell, e ele mentia ainda pior que o rei.

— Meio-irmão — assentiu. — Meu nome é Bregan.

O guarda mordeu o lábio, ponderando e olhando para a pele escura de Duncan. Por fim, ele grunhiu.

— Vamos ver o que ela tem a dizer sobre isso. Vocês esperam aqui. — A janela se fechou com um barulho alto.

Maric franziu a testa.

— Tem certeza de que é uma boa ideia? — Sussurrou.

— Você tem uma melhor?

Utha fez um gesto complexo para Kell e o caçador deu de ombros em resposta.

— Eu não sei quem o senescal pode ser — respondeu. — Eu sei muito pouco da vida da comandante além da ordem.

A anã acenou com a cabeça como se dissesse que também não sabia muito.

Eles esperaram na névoa por algum tempo, ouvindo algum pássaro desconhecido grasnando nos pântanos distantes. Quando as venezianas se abriram novamente, todos se assustaram.

— Você aí — grunhiu o guarda, olhando para Duncan. — Ela disse que verá o irmão. Os outros podem esperar do lado de fora.

— Você tem certeza de que é uma boa ideia? — Maric perguntou.

— Nós só...

— São as ordens do senescal. — O guarda bateu a janela de novo e no momento seguinte, a porta estava aberta. O pátio além era coberto por lama, com apenas uma árvore retorcida coberta por musgo pendurado, crescendo ao lado de uma ferraria e um estábulo dilapidado. O estábulo parecia conter poucos cavalos e a maior parte do tráfego a pé parecia estar entre a fortaleza e a torre maior, próxima ao portão. Havia um punhado de soldados à vista, todos os homens estavam vestindo cotas de malha mal ajustadas e o mesmo uniforme com o veado preto acima do portão.

O guarda desconfiado acenou para Duncan entrar, ele teve pouca escolha além de ir. Maric encontrou seu olhar ao passar e aquele olhar parecia dizer: Agora é com você, rapaz. O que era maravilhoso. Perfeito. Duncan deveria ter aprendido há muito tempo a manter a boca fechada.

Ele esperou na lama enquanto fechavam o portão atrás dele. Ele fez um ruído alto e final ao se fechar. O guarda caminhou até ele e acenou para outro que estava parado nas proximidades. Era um homem bem mais jovem, até mais do que Duncan, com sua armadura parecendo ter sido feita para alguém muito maior. Seu elmo ficava caindo na frente de seus olhos e ele precisava empurrá-lo para cima.

— Leve esse aqui para os aposentos do senescal — mandou o guarda. — Sem zanzar por aí!

O guarda mais jovem balançou a cabeça e começou a andar em direção à fortaleza. Ele não olhou para trás para ver se estava sendo seguido, então Duncan suspirou e correu atrás dele.

O caminho os levou sob a ponte levadiça da fortaleza, tão enferrujada que ele duvidava ter sido baixada nos últimos anos. Juncos altos cresciam ao longo da parede. Dentro da fortaleza era mais arrumado, e também escuro. Havia poucas janelas e os tetos baixos deixavam as passagens apertadas, mas o jovem guarda parecia saber aonde estava indo. Ele pediu a Duncan que o acompanhasse enquanto se afastava do pequeno corredor interno, com todas as suas mesas e cadeiras e, em vez disso, os levou por uma passagem lateral até um lance de escadas.

— Como esse lugar se chama? — Duncan perguntou, enquanto subiam. O homem o encarou, surpreso. — Aqui é o Sufocador. Não sabe?

— Esse é o nome verdadeiro?

— Não — falou sorrindo. — Eu não lembro como aparece no mapa. Até o Senhor das terras chama de Sufocador. Dizem que os Pântanos Nahashin vão sufocar você.

— Esperto.

As escadas levavam ao andar onde Duncan assumiu que o senhor e sua família viviam, assim como os membros sêniores da equipe do castelo. Uma pequena sala de estar decorada com um tapete antivano e chique se abria para vários grupos de salas apertadas. Uma jovem com rabo de cavalo vermelho e um vestido cinza simples sentou-se no canto e olhou para eles com interesse, mas o guarda jovem a ignorou e os levou para uma das salas.

A porta de carvalho estava aberta e dentro havia outra câmara, esta mal tinha espaço do lado de dentro. Estava cheia com uma pequena mesa e papéis, com apenas um banquinho para sentar. Havia várias espadas encostadas em uma parede e uma lanterna solitária pendurada em um gancho para oferecer um pouco de luz. Duas portas conduziam para mais longe, mas ambas estavam fechadas.

— Quando você terminar, sir, estarei lá embaixo. — O jovem guarda deu meia-volta e marchou para fora sem cerimônia, fechando a porta atrás dele.

Duncan observou o quarto. Não viu muito que lhe lembrasse de Genevieve, além das espadas. Ela obviamente não era a senescal, então o que estava fazendo ali no castelo? Ainda era uma Guardiã Cinzenta? Ela era apenas parte da guarnição aqui, ou talvez uma guarda-costas do senhor local? Ele não conseguia imaginar uma guerreira orgulhosa fazendo algo tão sem importância, mas supôs que era o sonho dela.

Uma das portas se abriu e Duncan se virou para ver uma figura de armadura entrar, carregando vários pergaminhos longos sob um braço e tentando não deixá-los cair. Mas não era uma mulher, era um homem. Ele tinha olhos azuis penetrantes e cabelos pretos com fios grisalhos nas têmporas, bem como uma barba curta de aparência distinta. Ele parou e olhou para Duncan com curiosidade, então percebeu quem era.

Guy. O Guardião Cinzento que ele matou.

— Você não é Bregan — disse o homem com um tom amigável, mas confuso. Ele caminhou até a pequena mesa e botou os pergaminhos em cima de todos os papéis que já estavam lá. Vários deles foram empurrados para fora e caíram no chão. Ele estudou Duncan novamente, coçando a barba.

— Eu disse para não deixarem mais ninguém entrar. Bregan está aqui, não? Ele não quer ver a gente?

Duncan abriu a boca e tentou formar palavras, mas não conseguiu. Pensando bem, era óbvio que ele encontraria o homem aqui. Guy era noivo de Genevieve quando morreu. Era natural que seu maior desejo fosse que ele tivesse vivido e se casado. Mas Duncan não sabia quase nada sobre ele. Por razões compreensíveis, os outros Guardiões Cinzentos relutaram em falar sobre o homem com seu assassino. Ele era querido, um bom homem que conheceu Genevieve a maior parte de sua vida, e que a seguiu na ordem. Era tudo o que sabia.

Guy ficou mais confuso quando Duncan permaneceu em silêncio, então ficou alarmado.

— Aconteceu alguma coisa? — Ele perguntou, agitado. — Bregan... Está vivo? Aconteceu algo com ele?

— Não, ele... Está bem — Duncan completou.

— Ah. — O homem acenou com a cabeça e esperou a explicação. Ele foi interrompido por outra porta se abrindo e uma mulher entrando. Ela usava um vestido cinza e tinha longos cabelos brancos que caíam em cascata pelas suas costas. Era corpulenta e de aparência gentil, com o rosto marcado por rugas e Duncan ficou surpreso ao perceber que era Genevieve. Não a guerreira que ele conhecia, com seu cabelo branco curto, feições duras e musculosas, mas apenas a esposa de Guy.

Ela sorriu para Duncan, mas ao ver sua expressão atordoada e sua boca aberta, ela encarou seu marido.

— Algo errado? — Ela perguntou.

— Eu não sei. Me disseram que seu irmão estava aqui, achei que era uma surpresa então não te contei. Mas não tenho certeza.

— Bregan? — Ela exclamou, empolgada, e sorriu ao se virar para Duncan. — Ele está aqui? É essa a novidade? Oh, me conte! Faz tanto tempo que soube dele!

A reação calorosa era muito bizarra. Ela poderia até ter chifres na cabeça; ele não conseguia parar de olhar. Ambos estavam esperando por uma resposta, ele teve que se recompor.

— Eu, uhm — ele gaguejou, — preciso falar com Genevieve. Sozinho. — A preocupação cruzou seu rosto e ela olhou para Guy.

— Então são más notícias — disse ele. — Eu preciso falar com Lorde Ambrose, de qualquer forma. Grite se precisar, amor. — Ele a beijou na testa calorosamente, embora ela mal tenha notado, já que estava olhando para Duncan. Com um último olhar cauteloso em sua direção, Guy saiu para a sala de estar, fechando a porta atrás de si. Genevieve olhou para Duncan com medo. Ele se sentia muito melhor agora que Guy se fora, mas não sabia o que dizer.

— Você não sabe, não é? — Ele perguntou, na esperança de que estivesse errado.

O olhar dela ficou mais intenso.

— Eu não sei o que, exatamente?

— Que isso — ele fez um gesto mostrando o ambiente — é um sonho. Não é real. — Ela o encarou, tentando juntar as peças do que ele estava dizendo, como se não pudesse ser o que pensava. Então ela franziu o cenho.

— É isso que você veio me dizer? Isso é algum tipo de piada?

— Não é piada. Não se lembra de mim? Meu nome é Duncan.

— Bregan está aqui? Você conhece meu irmão? — Genevieve passou por Duncan com raiva, em direção à porta atrás dele. — Pode ter certeza que não vou ficar ouvindo essas coisas. Meu marido o jogará nas masmorras!

— Espera! — Ele a segurou pelos ombros. Ela se virou, não com medo, mas sim com indignação. — Diga que não teve um sonho em que era uma guerreira! — Ele falou. — Uma Guardiã Cinzenta, nos guiando em uma missão importante!

— Foi só um sonho. — Mas a dúvida em seus olhos dizia o contrário. Ela não se afastou dele e não abriu a porta para sair.

— Tem certeza? Então como eu sei do seu sonho?

— Não, isso não pode ser verdade. — Ela balançou a cabeça e, quando finalmente percebeu que ele estava segurando seu ombro, ela se afastou. Ela caminhou para o outro lado da sala, torcendo as mãos pela ansiedade. — Aquele sonho foi horrível! É algum tipo de truque!

— Você é a comandante dos Guardiões de Orlais. Não é um truque.

— Eu não pego em uma espada há anos! Um Guardião Cinzento veio para a nossa aldeia quando eu era jovem e ele falou sobre recrutamento, mas eu não era boa o suficiente. Meu irmão me convenceu a desistir! Eu me lembro!

— Mas não é verdade.

— É sim! — Ela sacudiu o punho, sua voz assumindo um tom de desespero. — Meu irmão é um chevalier, um general do exército da Imperatriz! Ele tem uma esposa e um filho! Ele não é o homem miserável do meu sonho!

— Ele é um Guardião Cinzento, como você. Ou era. Estamos procurando por ele.

— Não, não! — Ela se virou, colocando as mãos na cabeça como se precisasse evitar que ela explodisse. Duncan estava ficando um pouco preocupado que talvez ele estivesse sendo muito duro. Mas o que mais poderia fazer? Não é como se ele pudesse sair e voltar em outro momento, quando ela pensasse melhor sobre isso. — Eu o vi dois meses atrás! Ele trouxe o meu sobrinho e está muito feliz! — Ela parou, atordoada, e lentamente se virou para olhar Duncan. — E Guy? Está me dizendo que ele também não existe?

Ele deu um passo para trás. Lembrava-se bem daquele olhar. Se havia algo naquela mulher que o fazia se lembrar da guerreira que conheceu, estava bem ali. Isso era bom? Não sabia dizer.

— Ele... Morreu.

— Ele está vivo. — Ela insistiu com sua voz de aço. — Você está tentando me afastar do meu marido, a única coisa que faz minha vida valer a pena. A única coisa que eu valorizo acima de tudo!

— Não estou! — Ele protestou. — Você não tem marido!

— Porque você o matou! — Ela rugiu, seu rosto vermelho de raiva. Ela agiu como se fosse atacar Duncan, seus punhos erguidos, mas se conteve quase imediatamente. Seu corpo inteiro tremia de fúria, mas seus olhos piscaram com a compreensão horrível.

— E como você saberia disso, — ele perguntou devagar — se não sabe quem eu sou? — Ele se aproximou com cuidado. — Porque você sabe, não é? Só preferia não saber.

Com um grito de raiva, Genevieve correu pela sala, pegando uma das espadas encostadas na parede e girando na direção de Duncan. Ele viu a morte em seus olhos e empunhou suas adagas, mesmo quando ela correu na sua direção. Ele defendeu o primeiro golpe, mas o segundo quase arrancou uma das adagas de sua mão. Esses não eram os movimentos de uma mulher que não pegava em uma lâmina há anos, mas de uma veterana experiente.

— Pare! — Ele gritou, mas ela continuou. Fazendo uma careta, ela deu um golpe forte após o outro, empurrando-o para trás até que ele quase tropeçou. Em um ambiente tão fechado, as adagas deveriam ter vantagem, mas ele não queria machucá-la. E ele também não queria se machucar.

Duncan arremessou sua adaga na mão que segurava a espada, tentando desarmá-la, mas ela foi mais rápida. Fazendo uma pirueta, ela golpeou seu antebraço e então se lançou para frente, jogando-o contra a parede e empurrando o fio da espada contra sua garganta. Ele ficou lá, pressionando com força suficiente para que sentisse a lâmina contra sua pele. Isso o fez sufocar e ele jogou a cabeça para trás, tentando não se mover.

Ela olhou para ele com frieza, a poucos centímetros de seu rosto. Essa definitivamente era a Genevieve que ele conhecia, apesar de sua aparência. Ela poderia cortar sua garganta em um piscar de olhos e não havia nada que pudesse fazer para impedi-la. Seria possível morrer no Turvo? Seu corpo simplesmente morreria no mundo real? Uma gota de suor desceu por sua testa, o momento se estendendo para sempre, já que nenhum deles fez qualquer som.

Finalmente ela puxou o fio da espada com leveza. Ele engasgou e engoliu em seco.

— Me diga por que não devo matá-lo — ordenou.

— Você é a comandante! Precisamos de você!

— Essa vida é boa — disse com a voz baixa e cheia de frieza. — Bregan está feliz. Eu estou feliz. Guy está vivo. E mais importante, eu nunca tive nada a ver com os Guardiões Cinzentos, especialmente com malditos como você.

Suas últimas palavras foram duras. Ele a encarou sem acreditar, incapaz de formular uma resposta.

— O que você pensou? — Ela falou. — Que eu recrutaria o assassino do homem que eu amava como recompensa? Era uma punição. Eu queria ser uma Guardiã Cinzenta, mas meu irmão transformou em um tormento. Ele odiava tudo e saber que ele se alistou por minha causa me fez odiar também. Você tirou de mim a única coisa que me permitia esquecer.

— Sinto muito.

— Não, eu que sinto.— Ela cerrou os dentes, sua raiva a fez tremer. — Eu tinha tanta certeza de que você morreria no Ingresso, você teria um gostinho do que Guy e tantos dos nossos sentem. O suficiente para se engasgar. Mas você sobreviveu. Mais uma piada do Criador.

— Mas eu pensei...

— Você se provou útil — cortou com um tom frio. — Você é habilidoso e faz o que deve ser feito. Você se tornou um bom Guardião Cinzento — disse. — Parabéns.

Eles se encararam por mais um momento, então ela se afastou dele.

— Vá — disse. — Volte para os outros e saiam daqui. Eu não serei resgatada, não por você. Nem por ninguém. — Ele caiu no chão, tossindo, engasgando e segurando a garganta. Ele podia sentir o sangue onde a lâmina deixou um corte raso. Ela deu um passo para trás, olhando para ele com ódio; ele não pode fazer nada além de olhar para ela sem reação.

Era assim que ela realmente se sentia? Ele sempre se perguntou. Nunca pensou que ela tivesse algum amor por ele depois do que fez, mas o odiava tanto? Por que mantê-lo por perto? Por que não mandá-lo embora para alguma outra fortaleza de Guardiões Cinzentos assim que se tornou uma comandante? Ela tinha autoridade.

— Eu não acredito em você — insistiu.

Ela bufou zombeteiramente.

— Então no que você acredita?

— Eu acredito que você é melhor do que isso. Eu me inspiro em você. Você me tirou daquela cela, eu sei que você pensou estar fazendo a coisa certa. Eu acho que você só quer me fazer ir embora.

Genevieve suspirou, seu rosto se acalmando.

— Então vá.

— Você vai ficar aqui mesmo? Viver uma mentira?

— Estou cansada da verdade.

Ele balançou a cabeça devagar, esfregando o pescoço e limpando a garganta várias vezes. Era quase como se sua laringe tivesse sido esmagada.

— Então você vai desistir. Como Nicolas.

Ela franziu a testa, colocando a espada sobre a mesa com os pergaminhos e os papéis. Mais deles caíram no chão. Então ela olhou para Duncan.

— Como assim? O que ele fez?

— Ele está com Julien. Ele se recusou a vir conosco. Preferiu morrer no Turvo.

Um pouco de tristeza cruzou os olhos de Genevieve e ela encarou o chão.

— Ele merece, se é isso que quer.

— É o que você realmente acha?

— Por que não? — Ela respondeu irritada. — A realidade seria tão melhor? É um crime estar com quem você ama? Deixe-o ficar com Julien. Deixe os dois encontrarem paz.

— Mas ele não está com Julien.

— Você não sabe disso. Dizem que o espírito dos mortos passa pelo Turvo. Não acho difícil acreditar que o espírito de Julien estaria com Nicolas se eles se encontrassem no Turvo.

Duncan parou.

— É isso que você pensa que Guy é?

Genevieve olhou na direção da porta, como se pudesse ver através dela. Havia um desejo em sua expressão. Um desejo por algo que ela recusou há muito tempo. Quando uma sombra cruzou seus olhos, ele soube sua resposta.

— Não — admitiu.

Um silêncio constrangedor se seguiu. Duncan se levantou do chão enquanto ela continuava no lugar, rígida e propositalmente sem olhar para ele. Ela baixou a cabeça, a boca torcida em uma careta infeliz. O silêncio foi interrompido quando a porta da sala se abriu de repente e Guy entrou correndo.

— O que está acontecendo? — Ele exigiu, olhando alarmado para Duncan e depois para a esposa. — Me disseram que ouviram gritaria? Luta?

— Nada aconteceu — disse Genevieve seca. Ela não o encarou.

Seu olhar caiu sobre a espada na mesa e sua boca se apertou. Ele olhou para Duncan com desconfiança.

— Tem certeza? — perguntou para Genevieve. — Posso mandar levarem esse rapaz embora; não tem porque ele te chatear, amor.

— Não — ela disse. Ela ficou parada ali, encarando o chão. Duncan não tinha certeza do que deveria fazer agora. Deveria ir embora? Ela estava ignorando-o? Guy olhou para ele com uma mistura de confusão e questionamento. Ele não sabia mais do que Duncan, mas claramente ele sabia que algo estava muito errado.

Ele se inclinou perto de Genevieve, colocando a mão em seu ombro até que ela o encarou. Lágrimas desceram pelos seus olhos.

— Qual é o problema, meu amor? — perguntou. — Por favor, me diga.

— Eu preciso ir.

— Ir? Para onde? Quando você vai voltar?

Genevieve enxugou as lágrimas e cerrou os dentes. Ela colocou a mão no rosto de Guy, olhando para ele como se estivesse memorizando todas as suas características. Então ela o beijou nos lábios com carinho. Ele franziu o cenho, confuso.

— Em breve, eu espero — sussurrou.

Assim, a fortaleza ao redor deles desapareceu. Duncan ficou quase surpreso com a transição, tropeçando enquanto a parede atrás dele desaparecia. Eles estavam de volta na planície rochosa, com os céus infinitos do Turvo acima deles. Genevieve estava em sua armadura pesada e sua túnica de Guardiã Cinzenta, seu cabelo branco estava curto mais uma vez. Ela olhou para o chão, cerrando a mandíbula, e não se moveu. Não muito longe, Maric e os outros correram.

— Você conseguiu! — gritou.

— Acho que sim — Duncan murmurou. Ele continuou encarando Genevieve, percebeu-a fechando os olhos e organizando os pensamentos. Toda a dureza voltara, mas talvez nunca tivesse desaparecido por completo, não é?

Atrás dos outros, ele viu a elfa com os cachos loiros, Katriel, se aproximando lentamente. Maric enrijeceu, vendo-a ao mesmo tempo que Duncan. Genevieve também a notou e alarmada sacou sua espada.

— Espera! — Maric gritou, erguendo a mão para ela parar. Genevieve não abaixou a espada.

— Por que? Quem é ela?

— Alguém que... Eu conheci.

— Então é um demônio. — Ela avançou em direção a Katriel, que permaneceu onde estava e mal olhou para a agressora. Em vez disso, ela observou Maric com seus olhos verdes e tristes. A elfa os encontrava cada vez que eles voltavam de um sonho, ela parecia mais triste a cada um dos encontros. Maric se sentia da mesma forma. Duncan podia ver seu coração se partindo cada vez que a via.

Maric correu atrás de Genevieve, alcançando-a pouco antes que atacasse a elfa. Ele agarrou sua armadura e a puxou, mesmo com dificuldade.

— Pare! Ela pode nos ajudar! — Ele insistiu. Kell e Utha pareciam preocupados, mas não interferiram.

A comandante olhou para Maric como se o homem fosse louco.

— Ajudar? Um demônio?

Ele fez uma pausa e olhou para Katriel com uma expressão triste. Ela só continuou a encará-lo. Genevieve carrancuda recuou com a expressão de desaprovação, mas mantendo a espada em punho. Maric se aproximou da elfa, apreensivo e com medo ao mesmo tempo.

— Você vai nos ajudar? A enfrentar o demônio? — perguntou com a voz baixa.

Ela o encarou, sua expressão pensativa.

— Não — admitiu. — E você também não deveria enfrentá-lo.

— Por que não?

— Porque eu te amo. — Quando ele recuou angustiado diante das palavras, ela correu em sua direção. Lágrimas escorreram pelo seu rosto e agora parecia frenética. — Maric, o demônio vai te matar! Não morra, não por dever! Sempre essa coisa de dever!

— Eu fiz uma promessa — murmurou.

Ele tentou desviar o olhar de Katriel, mas ela estendeu as mãos e agarrou seu queixo, tentando fazê-lo olhar em seus olhos e chorou ainda mais. Ele lutou contra, mesmo que fracamente, e quando ela fitou seus olhos, lágrimas também escorriam pelo rosto dele.

— Deixe que eles completem essa missão — sussurrou com urgência, sua voz cheia de emoção. — Já não sacrificou o suficiente?

— Preciso salvá-la.

— Há outros que precisam ser salvos. Há outros presos no Turvo, vivendo em um sonho eterno. — Ela manteve os olhos fixos nos dele, em um apelo desesperado. — Sua mãe está aqui, Maric. Podemos salvá-la juntos. Por favor... Não vá.

Maric vacilou, seus olhos se encheram de uma dor intensa, mas não desviou o olhar de Katriel. Por um longo momento, houve apenas silêncio.

Então sua expressão ficou resignada e ela balançou a cabeça desoladamente. Mais lágrimas desceram pelo seu rosto. Duncan se sentiu quase envergonhado de assistir, até mesmo Genevieve virou o rosto com uma careta.

— Eu entendo — suspirou o homem.

— Eu gostaria de pedir perdão.

Ela estendeu a mão com gentileza e afastou o cabelo dele com um sorriso triste.

— Se perdoe — disse. — E me esqueça. — Então ela se virou e foi embora. Maric permaneceu onde estava, observando-a partir. Ele parecia calmo, quase sereno. Duncan não tinha certeza do porquê.

Ficou na dúvida. Talvez houvessem espíritos bons no Turvo, não apenas demônios. Talvez fantasmas fossem reais. Talvez o Criador realmente zelasse por Seus filhos e ajudasse aqueles que mais precisavam Dele.

Ou talvez tudo tenha sido um truque para tentar afastar Maric. De repente, Duncan ficou feliz por finalmente irem enfrentar o demônio. Deixe-os fugir deste lugar ou morrer tentando. Ele estava cansado de pesadelos.

O grupo entrou em um alienário élfico, uma parte murada de uma cidade maior. Os edifícios aqui eram, em sua maioria, casebres amontoados juntos e, às vezes, até em cima uns dos outros. Era uma pilha de cortiços e lojas sujas, varais espalhados pela rua, às vezes com dois ou até três andares de altura. A rua em si era quase toda cheia de lama, os estavam caminhos gastos, cheios de água velha e cheirando a esterco. O único ponto de cor em todo o bairro era a praça central, onde um carvalho bem cuidado espalhava seus galhos largos, suas folhas verdes vibrantes formando um dossel que deixava grande parte do solo abaixo dele seco. Um palco de madeira foi construído lá, adornado com postes cobertos por guirlandas azuis brilhantes. Um lugar de celebração, Duncan imaginou, mesmo que não houvesse nada no palco empoeirado.

O estranho, ele notou, era que não havia uma única pessoa em todo o alienário. A rua estava vazia e nenhum elfo enfiou a cabeça para fora de qualquer porta ou janela. Nuvens escuras ondulavam no alto e parecia que ia chover, mas ninguém correu para recolher a roupa dos varais. As venezianas da janela estalavam no ritmo da brisa. Parecia que todo o lugar estava deserto.

Duncan puxou suas adagas. Havia uma inquietação no silêncio, uma estranheza que deixou seu pescoço arrepiado.

Utha semicerrou os olhos enquanto olhava ao redor e fazia gestos rápidos em direção a Kell.

— Você está certo — murmurou. — Parece muito diferente dos outros sonhos, não só pela falta de pessoas.

Duncan tinha que concordar. Havia uma distinção estranha em sua visão aqui. Fazia tudo parecer ligeiramente irreal, como se estivesse vendo tudo através de uma vidraça. Tudo também parecia um pouco desbotado, não só pela sujeira das casas élficas. Até o céu estava sem vida, nada além de nuvens cinzentas de uma ponta a outra. Ele esperava que as nuvens se abrissem e revelassem o céu desbotado com suas ilhas flutuantes do outro lado.

— Onde encontramos o demônio? — Maric perguntou.

Ninguém tinha uma resposta. Os portões de ferro que conduziam para fora do distrito estavam fechados. Eram sólidos e de aparência ameaçadora, visto que parecia que os elfos não tinham permissão para contemplar o resto da cidade e suas condições superiores.

"Não que as favelas de Val Royeaux fossem uma grande melhoria em relação a isso", Duncan pensou. O fato de ser uma melhoria já era ruim o suficiente, o alienário passava a sensação de abandono, como se os edifícios e seu povo parecessem o lixo que foi varrido do resto da cidade. Os elfos aqui obviamente fizeram o melhor que podiam, mas ele imaginou que, mesmo o ladrão mais infeliz com quem havia fugido nas favelas, teria torcido o nariz para ficar ali. Enquanto Duncan examinava lentamente a área percebeu que, não apenas o portão estava fechado, mas todas as portas também. Exceto uma. Um edifício inócuo do outro lado da praça estava com a porta aberta.

— Olha ali. — Ele apontou.

Todos olharam e pararam.

— Parece quase conveniente demais — murmurou Genevieve. Ninguém discutiu com ela, mas o grupo começou a cruzar a praça em direção à porta silenciosamente.

— Será que Fiona está aqui? — Maric perguntou. — Ou só o demônio?

— Eu não sei — Kell admitiu.

Genevieve fez sinal para os Guardiões se espalharem. Kell e Utha contornaram por um lado do grande carvalho enquanto ela e Duncan iam pelo outro. Maric ficou atrás deles. Ninguém disse uma palavra, o único som era o vento passando pelas goteiras acima deles.

Enquanto o grupo ia até porta, Duncan fez uma pausa. O corredor lá dentro não era o que esperava. Para começar era largo, e as paredes estavam cobertas com o papel delicado que às vezes via nas casas dos ricos. O lugar era decorado com pequenas rosas, cada uma crescendo a partir de uma trepadeira que se estendia até o teto branco e alto. Os pisos aqui eram de madeira polida, escura, rica e limpa o suficiente para comer neles.

— Esse não pode ser o mesmo lugar que a gente entrou — murmurou. Os outros também estavam olhando ao redor, as mãos segurando as armas. — Passamos por uma porta, não? — Maric sussurrou. — Podemos estar em qualquer lugar.

— Estamos sendo guiados — Genevieve declarou.

— Isso é uma armadilha.

— Temos escolha?

Ela não tinha uma resposta. Após um momento de hesitação, o grupo avançou de novo. Tornou-se óbvio que se tratava de uma propriedade, a casa de algum aristocrata orlesiano. Eles passaram por uma sala de estar decorada com luxo, um corredor que parecia ir para a ala de um criado e até mesmo uma estufa completa, com portas caiadas que se abriam para um jardim ensolarado cheio de arbustos floridos.

Ainda assim, tudo dava a mesma sensação artificial que o alienário, de que tudo estava meio errado. Duncan notou também que a propriedade estava abandonada. Os corredores deveriam estar cheios de criados e guardas, uma equipe inteira cuidando da casa, e ainda assim não havia nada além de silêncio.

— Consegue ouvir? — Kell perguntou.

O grupo parou no corredor. Duncan inclinou a cabeça ouvindo o som fraquíssimo de uma mulher chorando. Poderia ser Fiona; estava muito longe para dizer e seria impossível ouvir se não estivesse tão quieto. O caçador ouvia bem.

Eles seguiram em frente, Kell liderava enquanto tentava encontrar um caminho em direção ao som. Eles passaram por um pátio aberto cheio de arbustos verdejantes e uma estátua de mármore de Andraste no topo de uma fonte borbulhante. Abrindo uma janela, Kell os levou para uma cozinha vazia com cuidado. Era grande, do tipo que normalmente estaria cheio de criados desesperados para assar o pão e terminar a refeição da noite, mas não havia ninguém. Nem cheirava como se tivesse sido usado. No entanto, os sons da mulher choramingando estavam mais altos e quando o caçador os trouxe para o fundo da cozinha, eles encontraram um lance de escadas que descia para a escuridão.

O choro vinha lá de baixo.

— Devemos descer? — Maric perguntou para ninguém em particular.

Não houve resposta. Eles não tinham como voltar ao mundo desperto, nenhuma maneira de se libertar de qualquer feitiço que o demônio colocou sobre eles. Se isso fosse uma armadilha de fato, então precisavam andar com os olhos abertos e torcer para que saíssem do outro lado.

Duncan sentiu um pavor crescente à medida que desciam. As escadas rangeram ameaçadoramente sob seu peso e o ar ficou frio conforme desciam. Seu coração começou a bater rapidamente e ele teve que se esforçar para continuar se movendo. As pedras ao redor deles mudaram, tornando-se rochas naturais. Eles entraram em uma caverna úmida, o som do choro à frente ecoava pelo local.

Este não era um lugar natural, ele pensou. Isso era uma memória, algo tão terrível que, para Fiona, havia se tornado uma caverna escura cheia de terror. Ele podia sentir algo arranhando por dentro e ver os outros sentindo o mesmo. O suor escorria pelos seus rostos, seus olhos estavam arregalados enquanto avançavam nas sombras. Fiona não estava presa em um sonho repleto de seus maiores desejos, ela estava presa no seu pior pesadelo.

Uma luz fraca apareceu à frente deles, a passagem se abrindo em uma pequena caverna. Estava vazia, exceto por um candelabro de ferro forjado no centro, as velas tremeluziam e faziam sombras saltar sobre o chão rochoso. Um homem estava ao lado dela, de costas, o cabelo grisalho preso em um rabo de cavalo elegante. Ele estava vestido com a jaqueta de veludo bordada e botas de couro de cano alto, típicas de um nobre orlesiano, carregava um longo chicote de couro enrolado em uma das mãos.

Onde ele estava usando o chicote era óbvio. Fiona estava deitada de bruços no chão de pedra, de costas para eles, com os braços erguidos acima da cabeça, e acorrentados à parede. Sua cabeça estava caída, a parte de trás de seu manto estava rasgada por tantas chicotadas em suas costas e sua pele estava vermelha de sangue. Duncan teria pensado que ela estava morta, não fosse pelo tremor de seus ombros e seus soluços torturantes.

— Você achou — o nobre falava com Fiona diante dele — que eu deixaria o Coro tirá-la de mim? Que fugiria para o Círculo dos Magos, hmm?

— Desculpe, mestre — Fiona implorou. Sua cabeça ainda estava baixa, quase tocando o chão. Sua voz foi reduzida a um sussurro quebrado e ela continuou a chorar.

— Você esqueceu dos meus contatos! Eu garanto que eles esqueceram de uma elfa vagabunda! O mago que a achou estava enganado, simples assim!

— Sim, mestre...

— Não é como se eu precisasse de você por conta de um dom qualquer, certo?

— Sim, mestre...

Mesmo que Duncan não pudesse ver o rosto do homem, sua raiva era óbvia. Ele desenrolou o chicote de couro e o estalou ruidosamente.

— Você não está ouvindo, garota tola! Eu cansei da sua insolência! Chega! — Ele ergueu o chicote, preparando-se para acertar Fiona mais uma vez.

— Pare! — Genevieve ordenou. Ela se moveu para a pequena caverna, sua espada erguida diante dela com cautela. Os outros seguiram o exemplo, mantendo distância do nobre e se espalhando. Não havia como saber o que esperar dele.

Ele fez uma pausa, sem acertar o golpe, e em vez disso se virou para olhar para eles. O nobre era muito bonito. Seus olhos estavam delineados de preto, como o costume orlesiano, mas o brilho púrpura e sinistro neles era muito mais perceptível. Ele sorriu, satisfeito.

— Ah! Finalmente vocês chegaram. Conseguiram se encontrar pelos sonhos, não é? Bem, joguem fora o presente, se quiserem. Eu não lhes darei outro.

— Não precisamos dos seus presentes — Genevieve disse com um tom mortal. Ela abaixou a espada na direção dele. — Você vai soltar Fiona e nos deixar ir. Agora.

Ele riu baixinho.

— Soltar minha garota preciosa? Acho que não! Eu a trouxe aqui de maneira justa! Eu estou criando-a há anos; não vou jogá-la fora!

— Nós sabemos o que você é, demônio. Não precisa fingir.

Ele estalou a língua em reprovação.

— Vocês acham que realmente estão aqui? Vocês acham que essas armas apontadas para mim são reais? Quem você acha que é o mestre deste reino e quem é o sonhador? — Com um aceno de mão, Genevieve foi jogada para trás com uma força terrível. Ela grunhiu enquanto batia com força na parede de pedra da caverna, sua espada caiu no chão. Sorrindo ele ergueu a mão, e ela se levantou como se fosse carregada pela garganta, mexendo as pernas e agarrando o pescoço enquanto sufocava.

Kell disparou uma flecha que se alojou no pescoço do nobre, mas surtiu pouco efeito. Utha investiu contra ele, Maric estava logo atrás dela com sua espada erguida, mas o nobre só acenou com outra mão e bateu os dois contra o chão. Kell atirou mais duas flechas, ambas atingindo o demônio sem causar qualquer efeito, antes que ele pegasse sua flecha e também atacasse.

— Isso é — o nobre suspirou em seco — uma bobagem. — Ainda segurando Genevieve contra a parede, ele sacudiu a mão livre para o caçador e o mandou voando para longe, caindo com força no chão perto de onde Maric e Utha tentavam se levantar.

Duncan ficou para trás, suas adagas em mãos. Seu primeiro pensamento foi circular ao redor do demônio e tentar esfaqueá-lo enquanto estava desprevenido, mas vendo como os outros estavam falhando com seus ataques, parecia improvável que fosse conseguir. Em vez disso, ele se aproximou de onde Fiona estava deitada e a tocou com cuidado.

— Fiona? — Ele sussurrou. — Você está bem?

Ela levantou a cabeça lentamente e ele percebeu que era uma pergunta muito estúpida. As costas dela estavam ensanguentadas e abertas e, quando ela se virou para ele com olhos avermelhados e questionadores, seu rosto estava manchado de lágrimas. E concluiu que ela não tinha ideia de quem ele era e mal registrou que tinha alguém ali.

— Deixe-me tirar essas algemas. — Ele pegou suas mãos, percebendo que seus pulsos estavam machucados e ensanguentados pelas algemas grossas de ferro que os prendiam. Pareciam simples o suficiente de soltar. Ele enfiou a mão no cinto e puxou suas ferramentas escondidas.

— Fique longe dela! — O demônio rugiu, girando para Duncan e estendendo a mão para afastá-lo de Fiona. Duncan deslizou pelo chão e bateu a cabeça com força em uma pedra que aflorava da parede, gritando enquanto a agonia se espalhava por ele. Ele tentou se sentar meio grogue e pode ouvir gritos enquanto Genevieve e os outros atacavam o demônio novamente. Talvez ele tenha conseguido distrair a criatura? Era um pensamento reconfortante.

Ele se levantou bem a tempo de ver Genevieve enfiar sua espada no meio do nobre. Atravessou de forma limpa, sem derramar sangue ao sair do outro lado, e ele a olhou quase desapontado.

— É sério que esse é o melhor que pode fazer? É para essas futilidades me impressionarem? — Ele estendeu a mão, rápido demais para Genevieve evitar, agarrando sua garganta e levantando-a do chão.

Ela engasgou e bateu contra sua mão.

— Viram? Eu posso fazer isso do jeito antigo. — Ele falou sorrindo. — Assim que desistirem dessa luta inútil, todos poderão morrer em silêncio. Guardá-la para o final foi um erro, óbvio.

Kell estava deitado por perto, esparramado no chão, inconsciente. Duncan não conseguia ver onde Utha estava. Maric estava perto do demônio, com a cabeça ensanguentada, se esforçando para erguer sua espada cheia de runas para outro ataque.

— Maric, não! — Duncan gritou.

O demônio virou a cabeça para encontrar Maric, sua mão o agarrou pelo pescoço da mesma forma que fez com Genevieve. Maric engasgou alto, segurando sua espada e golpeando-o enquanto o demônio o erguia do chão. Seus esforços fizeram pouco mais do que cortar o casaco bordado da criatura.

O nobre olhou para os cortes, seus olhos roxos faiscando perigosamente.

— Para isso, você precisará sofrer. — Ainda segurando Genevieve no alto com a outra mão, ele começou a esmagar a garganta de Maric. O som de esmagamento foi úmido e desagradável, Maric soltou um grito gutural de angústia que encheu a caverna.

De repente, outro som foi ouvido, um grito selvagem de dor e raiva. Era Fiona. Ela se levantou do chão furiosa, tremendo com o esforço, os olhos selvagens, a magia se aglutinando em torno de seus punhos. O demônio fez uma pausa e dirigiu um olhar curioso para ela, mas não antes que ela lançasse um raio poderoso em sua direção.

O flash de luz cegou Duncan e o trovão que se seguiu quase o jogou para longe. Ele tropeçou contra a parede atrás dele e, quando abriu os olhos, viu que Fiona havia caído de joelhos, esgotando as suas forças. O demônio estava no chão, derrubando Genevieve e Maric. Seu casaco foi completamente queimado, deixando seu peito nu fumegando com o golpe. Ele parecia atordoado.

Duncan aproveitou a chance. Ele avançou pela sala, saltando no ar e pousando diretamente em cima do nobre antes que ele pudesse se recuperar. Vamos ver se funciona agora! Ele mergulhou as adagas na cabeça do demônio enquanto pousava, ambas deslizando através dos olhos da criatura.

Ele rugiu de dor, agitando os braços e incapaz de ver. Duncan se sentiu agarrado por um poder invisível que o impulsionou para o alto. Ele foi jogado no teto da caverna, pressionado lá como se fosse segurado por uma mão gigante. Ele estava sendo esmagado, o ar era forçado para fora de seus pulmões, deixando-o ofegante.

— Isso foi tolo da sua parte, rapazinho! — O nobre rosnou, arrancando uma das adagas de seus olhos. O brilho roxo naquele olho agora estava brilhando, como se estivesse sangrando por uma rachadura em sua fachada. Ele se virou para Fiona, com uma careta desumana no rosto.

— Você quer brincar, né? Quer mais correntes? Quando você vai aprender?

— Nunca! — gritou. E se ergueu do chão, tão fraca que estava tremendo, seu rosto se contorceu em nada menos que um desafio cruel. — Eu nunca vou sofrer nas suas mãos de novo! Nunca!

— Veremos — desafiou ele. As chamas queimaram em torno de uma de suas mãos, chamas negras que preencheram a sala inteira com uma frieza que fez Duncan vacilar. Ele apontou a mão para Fiona, as chamas crescendo em uma magnitude ainda maior. Ela o olhou e não recuou.

No entanto, antes que o demônio pudesse agir, Duncan viu Maric encharcado de sangue se levantar atrás dele. O rei deu um grito de batalha enquanto movia sua espada e decapitava o demônio com um golpe.

Eles acordaram.

Duncan levantou-se do chão de pedra fria da ruína dos anões, os esqueletos ainda ao seu redor. Ele viu o cadáver do governante anão, aquele que havia sido possuído pelo demônio, agora esparramado sem vida em seu trono antigo, como se nunca tivesse se movido. Os corpos estavam mortos mais uma vez, ele observou enquanto os ossos do governante desmoronavam e se desmanchavam, qualquer que fosse a magia que o mantinha unido não estava mais lá. Em poucos instantes, não havia nada no trono, exceto poeira.

A sensação sinistra na sala não estava mais lá. Ele podia ouvir os outros se mexendo e viu Maric acordando no estrado. Fiona se mexeu ao lado de Duncan. Ele percebeu que ela estava de volta à sua forma normal e nenhum dos ferimentos que sofreu no Turvo aparecia em seu corpo. Não aconteceu com nenhum deles.

Ela observou as mãos sem acreditar.

— Esse... É o mundo real? Estou viva?

— Todos estamos — disse, com um sorriso.

Ela se inclinou e o agarrou em um abraço, chorando lágrimas de cansaço e alívio, e ele a abraçou. Não podia imaginar pelo que ela tinha passado. Ele não queria. Era ruim o suficiente se lembrar do que deixou para trás.

No entanto, nem todos voltaram. Enquanto todos levantavam, Nicolas permaneceu esparramado onde o demônio o havia acertado, tão sem vida quanto os cadáveres antigos ao seu redor.

Duncan esperava que, onde quer que Nicolas estivesse agora, seu sonho continuasse e ele encontrasse a paz que tanto queria. Alguém merecia.

14

E enquanto as nuvens escuras se aproximavam,
Eles viram o que o Orgulho forjou
e se desesperaram.

— Cântico das Trenodias 7:10

FIONA ESTAVA FELIZ em finalmente sair dali.

O grupo praticamente fugiu do palácio arruinado depois que Kell se reuniu com Hafter. O cão latiu para seu mestre sem parar, quase como se reclamasse que ele e os outros o deixaram sozinho por tanto tempo. Ela não tinha certeza se o cão dormiu, ou se esteve em algum lugar com eles no Turvo. Cachorros dormiam, não? De qualquer forma, ele estava aliviado, assim como Kell. O caçador falou pouco, apenas deu um tapinha na cabeça de Hafter e sorriu com tristeza.

Eles levaram o corpo de Nicolas consigo. Não parecia certo deixá-lo no meio de todos aqueles anões que morreram de forma tão horrível. Kell e Maric o carregaram, nenhum dos dois falou uma palavra enquanto Genevieve os conduzia para fora. Fiona os seguiu, se abraçando e tentando recuperar um pouco de calor. Ela não conseguia parar de tremer. Quanto mais pensava no pesadelo, mais frio sentia.

Eles deixaram Nicolas fora do palácio arruinado, ao pé da escada longa. Demorou um pouco para coletar entulhos o suficiente para empilhar em cima dele, até que formassem uma espécie de túmulo. Genevieve colocou sua capa preta por cima e eles abaixaram a cabeça por um longo momento. A caverna não continha nada além de um silêncio opressor.

— É errado não enterrá-lo — murmurou Fiona.

— Foi escolha dele — respondeu Genevieve.

Ela não podia argumentar contra isso. Ninguém podia. Eles deveriam marchar todo o caminho de volta para o lago subterrâneo para permitir que o corpo de Nicolas descansasse junto com o de seu amado? A ideia era atraente, mas todos sabiam ser impossível. As crias das trevas certamente os alcançariam muito antes disso. Precisava ser o suficiente.

Para ela, eles precisavam ter discutido o assunto. Precisavam conversar sobre para onde foram conduzidos e aonde estavam indo. Fiona sentia que precisava haver algum reconhecimento sobre o que aconteceu, mesmo que sua mente gritasse para ela não pensar nisso. Cada vez que ela se lembrava daquele chicote cortando sua carne, desviava os pensamentos. Mas os outros não pareciam melhores do que ela, então todos seguiram atrás de Genevieve enquanto ela os levava de volta para o thaig.

Eles tropeçaram nas ruas em ruínas por horas. Fiona mal percebeu a cidade em si, estava muito envolvida na própria escuridão. O sonho pareceu muito real. O demônio havia personificado o humano que a comprou dos donos de escravos que a acolheram depois que seus pais morreram. Ela não tinha ideia de quem aqueles homens eram, apenas que lhe ofereceram comida e uma cama quente para dormir. Então, um homem ainda mais gentil veio para tirá-la deles, ela se viu em uma casa luxuosa e se considerou a menina mais sortuda de todo o alienário.

Como foi ingênua! Conde Dorian, o nome de seu novo mestre, estava em busca de uma prostituta elfa que ele pudesse manter como animal de estimação, alguém em que pudesse pôr em um vestido bonito e levar consigo em suas muitas viagens à capital, como uma bagagem. A condessa permitira que ele tivesse um novo brinquedo e ignorou Fiona completamente enquanto cuidava se seus próprios assuntos. Fiona vivia naquela casa como prisioneira, invisível e sem saber que aquilo era errado, apenas precisava agradar o conde ou sofreria sua ira. Sua ira aparecia com frequência, estando satisfeito ou não.

Escapar do homem não foi fácil. Por sorte, ela chamou a atenção de um mago idoso nas ruas de Val Royeaux, embora a fúria do conde tenha sido imensa quando ele descobriu. Ela ainda se encolhia ao lembrar como ele a chicoteara naquela noite. Ele a machucou e torturou até ela implorar pela morte, e até mesmo isso foi negado.

Então, ela ficou furiosa. Escondera qualquer talento mágico que tivesse, um dom no qual ela nem mesmo acreditava de verdade, até aquele momento em que foi salva por ele. Foi o que aconteceu. Ela matou o conde com força mágica bruta e ficou deitada ao lado de seu cadáver sangrando, enquanto a exaustão a tomava.

Os demônios também vieram. Eles sussurraram coisas suaves, prometendo que poderiam tirar toda a dor. O desejo de possuí-la era tão grande que invadiram a sua mente, ela fez tudo o que podia para se deitar lá e chorar lágrimas silenciosas enquanto tentava resistir. A condessa a encontrou na masmorra, inconsciente e deitada em uma poça de seu próprio sangue. Quase morta. Ela não tinha ideia do porquê a mulher entrara em contato com o Círculo de Magos para vir e a levar embora. Ela nunca viu a mulher de novo. Talvez a Condessa tivesse pena dela? Talvez ela tenha sentido alguma gratidão pela elfa, que finalmente matou seu marido cruel e a transformou em uma viúva rica? Ela poderia só ter chamado a guarda, ou deixá-la lá para morrer.

O Círculo foi um pouco melhor. Pelo menos os pesadelos diminuíram. Ela pensou que os havia deixado para trás, mas não foi bem assim. Parecia que uma velha ferida havia sido aberta dentro de seu coração, deixando-o em carne viva e sangrando.

Eles estavam perto de um campo cheio de entulho (era impossível dizer o que tudo poderia ter sido) quando Kell achou o rastro de Bregan novamente. O caçador ergueu a mão para pedir uma parada e se ajoelhou, correndo os dedos pelo chão e fechando os olhos claros. Ele ergueu a cabeça ligeiramente como se sentisse um cheiro e disse:

— Eu o encontrei.

Todos sabiam de quem ele estava falando. O efeito em Genevieve foi eletrizante. Ela quase se lançou sobre Kell, exigindo que ele seguisse a trilha imediatamente. Ele a olhou por um momento e Fiona pensou que ele poderia desafiar sua autoridade mais uma vez. Mas recuou, apenas acenando com a cabeça e se levantando para liderar o caminho.

Genevieve quase vibrou, estava muito focada. Era marcante a mudança da comandante carrancuda e silenciosa que deixou a ruína. Ela ainda estava tão ansiosa quanto antes para encontrar seu irmão? Parecia que sim, embora Fiona sentisse que ela precisava se lembrar do porquê eles estarem aqui. Eles estavam nas Estradas Profundas há quanto tempo? Alguns dias? Parecia uma eternidade.

Duncan andou ao lado dela por um tempo. Ela o encarou e ele sorriu com tristeza. Ela assumiu, que ele pretendia ser reconfortante, mas apenas a lembrou de que seu coração também se partiu no Turvo. Ela não sabia exatamente o que ele passou, mas sabia o suficiente. Ele parecia mais velho.

— Por que o demônio te queria? — Ele perguntou de repente.

— Porque eles ficam muito poderosos ao possuir um mago.

— Ele já parecia bem forte.

Ela deu de ombros.

— Eu não sei. Ele se sustentou no nosso mundo por muito tempo, talvez só tivesse um pouco de poder sobrando. Talvez ele sempre quisesse um mago. É da natureza dos demônios cobiçar o que não podem ter.

Ele assentiu, considerando a ideia.

— Obrigada por ter vindo me salvar — sussurrou para ele.

— Você não deveria me agradecer — respondeu. Ela seguiu seu aceno e viu que ele se referia a Maric, não muito longe deles, perdido demais em pensamentos para perceber que estavam falando dele.

— Por que? Porque foi ele quem matou o demônio?

— Ele saiu do sonho primeiro e veio nos buscar. Ele insistiu em salvar você. Sem ele, não sei se eu teria saído do meu... Eu ainda estaria lá. Com certeza.

Duncan desviou o olhar, tentando esconder a dor. Ela se perguntou que tipo de sonho seguraria um menino que cresceu sozinho nas favelas de Val Royeaux. Não queria perguntar, em vez disso agarrou a mão dele e deu-lhe um aperto caloroso.

Eles alcançaram a porta enorme que dava para fora do thaig, depois de mais uma hora abrindo caminho através de pilhas de pedra e alvenaria. Maric indicou que ele passara por essa porta antes, quando seu grupo encontrou as crias das trevas pela primeira vez, várias horas antes. Fiona trocou olhares com Kell e Utha, embora eles não tenham dito nada. Sentiam crias das trevas por perto. Parecia estranho, considerando como as criaturas os perseguiram até agora. Talvez, quando as crias das trevas achassem seu rastro novamente, até mesmo desejasse essa estranheza.

A grande porta de ferro foi destruída há muito tempo por alguma força poderosa. Ogros, ela assumiu. Os grandes brutos azuis eram os burros de carga das crias das trevas e, sempre que atacavam o thaig, eles estavam no meio da horda. Ainda assim, era impressionante. Ela quase podia imaginar as criaturas passando pela brecha, passando por cima das defesas dos anões que permaneceram, como uma onda sombria.

Hafter farejou entre os escombros em frente à porta, fazendo sons ansiosos. Então ele ergueu a cabeça, olhou para as sombras além da porta e gemeu. Fiona precisava concordar.

As Estradas Profundas estavam logo a frente. Não demorou muito para que começassem a ver os sinais familiares de mácula das crias das trevas, tão densos que era impossível distingui-los da pedra. Era uma camada nauseante de pele que cobria tudo, sentia-a enervante esmagando sob suas botas. A ideia de tocá-la diretamente a fez estremecer de repulsa. Também havia um som novo. Talvez som não fosse a palavra certa, pois ela sentia muito mais do que ouvia. Ela percebeu que já vinha sentindo isso há algum tempo. Às vezes parecia que algo sussurrava o nome dela, ou pelo menos achava que era o nome dela.

Em outras ocasiões, era pouco mais do que as notas mais suaves e atraentes de um refrão que vinha de longe.

Tinha algo a ver com as crias das trevas. Era tudo o que sabia. Eles viajaram por muito tempo. Ela não tinha certeza de quanto e se focou em manter a luz de seu cajado e colocar um pé na frente do outro. Sua mente clamava por descanso, mas quase se sentia feliz com o cansaço. Ela suspeitou que todos estavam assim, já que o ritmo deles fazia com que pensar fosse quase impossível.

Kell permaneceu na frente, seu cão fiel o seguia, e só parava de vez em quando para se abaixar e franzir a testa enquanto estudava a trilha invisível. Fiona não conseguia imaginar como ele poderia localizar um único Guardião Cinzento em meio a toda essa mácula de cria das trevas. Mas ele conseguiu! Ele passou por várias passagens, até que finalmente chegaram a outra seção onde a alvenaria dos anões havia desabado, abrindo-se para as cavernas negras... A real casa das crias das trevas, debaixo das Estradas Profundas.

— Aqui. — Ele apontou.

Genevieve deu um passo à frente, o suficiente para olhar para a brecha e ver que os destroços adiante eram possíveis de escalar.

— Lá vamos nós de novo. — Ela concluiu.

— Não vamos. Vamos conversar.

Ela passou por ele.

— Não estou interessada em conversar. — Ela marchou, descendo pelos escombros para as sombras abaixo. Fiona ia segui-la, mas Kell lançou-lhe um olhar e balançou a cabeça negativamente.

Ela parou, assim como os outros atrás dela. Eles esperaram. Genevieve só poderia descer até certo ponto antes que a falta de luz a impedisse de ir mais longe. Fiona a ouviu parar e suspirar irritada. Ela se virou e marchou de volta pelos escombros até ficar na frente deles. Seu rosto em uma fúria silenciosa, ela cruzou os braços e olhou para Kell. Hafter rosnou ameaçadoramente, mas ele acenou com a mão para silenciar o cão, que obedeceu.

— Esse é outro desafio? — Ela perguntou.

O caçador a estudou por um momento com olhos claros, refletindo sua expressão. O homem era impenetrável nos melhores momentos, Fiona não tinha ideia se ele estava com raiva ou simplesmente preocupado.

— Genevieve, nós a seguimos — ele disse devagar — enquanto você nos levava de um perigo para o outro. Seguimos você até o palácio. Isso precisa mudar.

— Não vamos voltar.

— Não estou falando de voltar.

— O palácio não foi culpa minha — insistiu. — Fomos levados até lá por ilusões, que enganaram tanto vocês quanto a mim.

— Fomos até lá por conta da sua obsessão e falta de cuidado. — Ele estava escolhendo as palavras com cuidado. Duncan encarou Fiona preocupado, mas não disse nada. Ela tinha que concordar. Aquilo não traria nada de bom.

— E? — Genevieve perguntou. — O que você propõe? Eu sou sua comandante. Quer me substituir?

— Eu não tenho interesse em liderar — Kell respondeu. — Mas sou o Guardião Cinzento sênior depois de você. Cabe a mim garantir que nossa missão seja realizada da melhor maneira possível, isso requer a cautela que você se recusa a ter.

— Para o inferno com o seu cuidado! — Ela respondeu irritada. Os olhos dele se estreitaram. — Seja razoável, comandante.

Maric deu um passo à frente por trás de Fiona.

— Eu concordo. — Ele falou, com o tom mais razoável que ela já ouviu vindo dele. — Estou disposto a arriscar minha vida para salvar meu país, mas não vou jogá-la fora.

— É isso que todos pensam? — Seus olhos foram dele para Kell, e então para Duncan. Eles continuaram encarando o rapaz, mas Fiona não sabia por quê. — Você acha que eu quero jogar minha vida fora? — Duncan encarou o chão com uma expressão estranha.

— Eu não sei — Kell respondeu. — Podemos morrer. Mas se continuarmos assim, vamos morrer com certeza.

Ela fez uma careta, travando a mandíbula. Seus braços estavam descruzados e pendurados ao lado do corpo, as mãos fechadas em punhos.

— Obrigada, Kell — disse seca. — Sua opinião foi anotada. Agora vamos continuar.

Ele hesitou.

— Acho que você não entendeu o que eu disse. Você...

A manopla de Genevieve voou tão rápido que Fiona nem percebeu o que ia acontecer. Mas Kell percebeu e pulou para trás para evitar o golpe.

— Eu disse para continuar! — Ela rugiu, seu rosto vermelho e tremendo de raiva.

Com um rosnado alto, Hafter se lançou contra Genevieve. Ela só teve tempo de cobrir o rosto quando o cão se lançou contra ela, prendendo suas mandíbulas em torno de uma de suas manoplas e jogando os dois no chão. Eles caíram e rolaram pelo chão. O cão balançou a cabeça para frente e para trás, rosnando enquanto Genevieve lutava para se livrar dele.

— Hafter! Não! — Kell ordenou.

O cachorro não ouviu. Ele continuou a lutar com ferocidade e, mesmo quando o caçador se moveu para tentar puxá-lo para longe, ele não respondeu. Finalmente Genevieve se moveu, empurrando o grande cão de caça de cima dela.

Hafter pousou a apenas trinta centímetros de distância, a manopla de Genevieve ainda estava na boca dele. Ele se levantou imediatamente, largando a manopla e pronto para atacá-la novamente. Utha disparou e agarrou o cão pelo pescoço. Hafter ficou surpreso, mas depois voltou sua atenção para Genevieve, com as presas à mostra.

Kell ergueu a mão para Genevieve.

— Peço desculpas, comandante. Ele...

O caçador não desviou do segundo soco. Ela o acertou no rosto com força, gritando de fúria, e ele tropeçou para trás. Hafter latiu alto, indignado com o fato de não ter permissão para proteger seu mestre. Genevieve saltou e foi até Kell, mas desta vez Maric e Duncan conseguiram pará-la. Eles a seguraram por trás e, em sua fúria, ela quase conseguiu escapar deles. Seu punho nu se afastou para acertar Kell, que estava de pé atordoado a trinta centímetros de distância, mas Duncan a segurou.

Foi quando Fiona viu. Ao longo de toda a mão da comandante, continuando pelo seu pulso e provavelmente mais, havia uma mancha feia. O tipo de mancha de que Duncan falara para ela antes. Não era um machucado, nem nada natural. Parecia que sua carne estava apodrecendo.

Ela arfou de surpresa.

Utha também viu. Maric e Duncan viram claramente na luz. Genevieve percebeu o que eles estavam fazendo e seguiu os olhares até sua mão, vendo que sua carne corrompida estava visível. Ela simplesmente desistiu de lutar. Ela deixou a mão cair e amolecer, tanto Maric quanto Duncan se afastaram com cuidado.

— O que é isso? — Maric perguntou, olhando horrorizado.

Genevieve fez uma careta. Ela andou até onde estava a manopla e a pegou. Por um momento, ela não disse nada, apenas enxugou a saliva do cão e ignorou Hafter rosnando para ela.

— É a mácula das crias das trevas — disse, baixo demais para ser ouvida.

— Mas...

— Somos contaminados com o tempo, Maric.

Kell deu um passo à frente, esfregando o queixo onde o punho de Genevieve havia acertado. Ele parecia envergonhado, mas não com raiva. Com um gesto e um olhar sério, o caçador acalmou Hafter, depois puxou uma de suas próprias manoplas de couro e ergueu a mão. Havia uma mancha visível ao longo de todo seu antebraço, muito menor do que a de Genevieve, mas ainda presente.

— Eu também tenho — falou de forma seca.

Utha enrolou a manga de seu manto marrom. Uma série de manchas escuras e grandes marcavam a extensão de seu braço. Ela fez vários gestos e Kell assentiu.

— Começou quando viemos para as Estradas Profundas, — falou — junto com os sonhos.

Genevieve parecia perturbada, franzindo a testa enquanto olhava para Kell e Utha.

— Achei que fosse só eu — murmurou.

— Se tivesse nos contado, nós teríamos falado.

Não havia muito o que ela pudesse responder. Ficou lá, parecendo perdida e desconfortável durante um longo momento de silêncio. Fiona lançou um olhar interrogativo para Duncan e ele balançou a cabeça. Ele não tinha aquelas marcas. Nem ela, até onde sabia. Por enquanto.

— Por que isso está acontecendo? — Fiona quebrou o silêncio. — É porque estamos perto das crias das trevas?

Genevieve considerou a ideia.

— Não existe registro de Guardiões Cinzentos serem afetados assim. Eu só achei que a minha hora tinha chegado. Talvez alguma coisa esteja acontecendo.

— Tipo o que?

A comandante não disse nada, só olhou para o chão. Kell vestiu a manopla e também ficou quieto. Utha só fez uma careta. Ela percebeu que eles não sabiam. Não era um pensamento agradável.

— Então talvez não seja um Flagelo — Duncan sugeriu. Enquanto os outros o olhavam, ele assentiu com a ideia. — Não temos certeza se as crias das trevas estão por trás disso. Eles só estão aqui nas Estradas Profundas. Isso pode ser qualquer outra coisa, você mesma disse.

Genevieve assentiu hesitante.

— Ainda assim, — falou — há algo muito errado aqui.

— Mas nós não sabemos se as crias das trevas estão envolvidas — Kell murmurou. — Ou o Flagelo. A nossa única missão é impedir que um Flagelo aconteça. Se não é isso que está acontecendo... — Ele deixou o pensamento pairar no ar e os Guardiões Cinzentos trocaram olhares perturbados.

— Mas há um Flagelo — Maric anunciou.

Fiona encarou o homem e o viu se esquivar dos olhares curiosos dos outros.

— Eu não queria dizer isso — hesitou. — Mas há um motivo para eu ter concedido uma audiência quando vocês foram para Denerim. Há um motivo para eu ter acreditado em vocês.

— E eu achando que era o charme da comandante — Duncan brincou.

Maric o ignorou.

— Depois que minha mãe morreu, eu e Loghain ficamos perdidos nos Ermos Korcari tentando escapar dos orlesianos — começou com uma voz solene. — Encontramos uma senhora, uma bruxa que nos salvou. Ela me deu um aviso. Disse que um Flagelo aconteceria em Ferelden. — Fiona conseguia ver que havia algo a mais nessa história. Mas ele parou ali, calando-se.

Genevieve pensou sobre a história e encarou Maric com curiosidade.

— Uma bruxa escondida nos Ermos? E você acredita no que ela disse?

— Houve mais... Coisas que ela disse que estavam certas.

— Magia não pode prever o futuro, Maric — Fiona falou.

— Mas existem visões. Magos podem ter visões, você mesma disse. — Ele suspirou. — Eu não sei se confio nela. Mas paguei um preço alto pelas palavras da bruxa, parece muito para ser só uma coincidência.

Fiona viu as sombras por trás dos olhos dele. Ela não sabia a história completa da bruxa, mas podia ver que suas implicações o perturbavam. E ele acreditava no que ouviu. Mas não era tão impressionante, não é? Fiona acreditava nas visões de Genevieve. Todos acreditavam. Não era difícil acreditar que o Flagelo era a fonte dessas visões, advertências contra o desastre que se aproximava.

Genevieve assentiu com firmeza. Sua convicção havia retornado e aumentado; Fiona podia ver o fervor queimando em seus olhos.

— Isso não é coincidência — ela declarou. — Continuamos com a missão. Com cuidado. — Ela disse a última parte encarando Kell.

Ele balançou a cabeça, franzindo a testa.

— Estamos exaustos, comandante. Você também. Passamos por muita coisa. Nos deixe descansar antes de continuar.

— Mas já estamos aqui! Temos que avançar, rápido!

— Os broches continuam nos escondendo das crias das trevas — Kell disse, apontando para o broche de ônix em seu colete. — Vamos precisar de energia. Então vamos descansar.

Genevieve o encarou como se ele tivesse enlouquecido, mas finalmente cedeu.

— Se você insiste — ela respondeu. Sem outra palavra, ela marchou até a parede mais próxima e tirou a mochila.

Parecia que eles iam parar mesmo.

Quando o sonho veio era parecido com centenas de sonhos que Fiona teve desde que se tornara uma Guardiã Cinzenta. Antes sempre parecia que ela estava olhando o sonho de longe, algo nebuloso e fácil de esquecer. Agora ele estava muito claro.

Fiona estava no campo de batalha, cercada por homens mortos. Todos eram soldados em armaduras pesadas, cavaleiros usando o símbolo de grifo da ordem. Todos morreram de forma brutal. O cheiro de sangue e decomposição era enjoativo e pairava no ar, o zumbido das moscas cutucando seus sentidos.

Acima, o céu se encheu de uma nuvem negra infinita e turbulenta. Parecia que tinta se espalhava lentamente pela água, uma grande mancha que obscureceu o horizonte. Já contaram para ela sobre isso. De acordo com os Guardiões Cinzentos, o primeiro sinal do Flagelo aparecia nas nuvens. Quando o poderoso dragão surgiu, sua mácula atingiu o mundo e se espalhou.

Ela estava sozinha no mar de corpos. Completamente sozinha. O vento aumentou, uma brisa doentia que carregava consigo o fedor de carniça. A melancolia tomou conta dela, e ela tropeçou ao ver algo surgir entre os corpos próximos. Era enorme. Algo grande e escuro, tão frio e terrível quanto qualquer coisa que ela poderia ter imaginado.

Medo tomou conta dela. Seu coração acelerou e ela desviou o olhar. Não queria ver. Ergueu as mãos diante de seus olhos para não ver. Ainda assim, ela sentiu a coisa vindo. Seu pé ficou preso entre dois cadáveres e ela caiu em cima deles. Havia carne morta pressionada contra seu corpo e ela continuava cobrindo os olhos. Ainda assim, ela sentiu a escuridão se aproximando cada vez mais.

Estava vindo. Estava vindo até ela. Fiona gritou horrorizada...

...E acordou. Ela precisou de um momento para perceber onde estava e que a escuridão era esperada. O fogo do acampamento se reduziu a pequenas chamas, oferecendo uma iluminação fraca. Ela podia ver alguém deitado do outro lado do fogo, de costas para ela, envolto em sombras. Talvez fosse Kell? Hafter estava deitado nas proximidades, era fácil de identificar com a quantidade de pelo e a respiração pesada. Fora isso, o silêncio era quase opressivo, como se a pressionasse de todos os lados.

— Você está bem? — Uma voz sussurrou atrás dela. Isso a fez pular e uma mão gentil tocou seu ombro para acalmá-la. — Desculpa. É que eu ouvi você se mexendo.

Era Maric. Seu coração bateu um pouco rápido demais para o seu gosto e ela se sentou. O suor cobria seu rosto e tinha encharcado o forro sob sua corrente, tornando-a desconfortável e fazendo pinicar. O homem olhou para ela ao lado do fogo, seus olhos turvos de sono e seu cabelo loiro bagunçado. Sua armadura normalmente prateada agora estava opaca com sangue seco e fuligem.

— Estou bem —sussurrou de volta. — Desculpa por ter acordado você. — Ela adicionou e o ouviu se virar para voltar a dormir.

Fiona encarou o fogo. Utha também estava perto, dormindo em silêncio, assim como Duncan. Genevieve estava obviamente de guarda, com certeza estava entre as sombras densas a menos de trinta centímetros de distância. O grupo parecia menor agora. Ela se abraçou e tremeu. Antes ela não achava aquele lugar tão frio. Talvez as reclamações de Duncan a afetassem.

Ela pegou seu cajado e ficou quieta, não queria perturbar os outros. Utha se mexeu em seu sono, estremecendo e tocando as mãos em algum inimigo invisível.

Fiona conseguia entender. Ela nem imaginava o que os outros estavam passando. Quando eles deitaram, ela se inspecionou em detalhes, sem remover a armadura e a saia por inteiro. Ela não encontrou nenhum sinal de mácula na sua pele e isso foi um alívio. De fato não deveria ter nada. Ela era Guardiã Cinzenta há pouco mais tempo que Duncan, seu Chamado estava tão longe que ela nem deveria ter que pensar sobre isso. Ainda assim, nas próprias palavras de Genevieve, alguma outra força estava agindo aqui.

Com um pouco de concentração, ela fez seu cajado brilhar. Não a ponto de acordar os outros, mas o suficiente para que ela pudesse ver onde estava pisando. Ela não queria ir longe, apenas o suficiente para respirar. Voltaria a sonhar se fosse dormir, ou talvez tivesse outros pesadelos ainda piores. Era melhor andar.

Ela parou na beira do aglomerado de escombros que estava espalhado pelo chão na passagem desintegrada. Mais adiante, havia apenas mais sujeira úmida de crias das trevas e ela não queria tocá-la de novo. Ela viu o suficiente da mácula para uma vida inteira e, em algum lugar ao longe, estava aquele som estranho, o lindo sussurro.

Não queria ouvir, mas não conseguia evitar. Ela fechou os olhos e tentou entender o que os sussurros estavam dizendo. Era uma música? Um nome? Parecia que estava sendo chamada, acariciando sua alma suavemente...

Fiona ouviu alguém se aproximando por trás e ela pulou. Virou-se e viu Maric se aproximando com cuidado.

— Estou vendo que também não consegue dormir — sussurrou.

— Achei que você tinha conseguido.

— Não — ele respondeu. Então, com mais ênfase: — De jeito nenhum.

— Eu queria não ter tentado.

Maric removeu sua capa de pele e espalhou-a em uma parte do solo em que não havia muitos escombros. Ele se sentou na beirada, encostado na parede e emitindo um suspiro de cansaço. Então ele a olhou e ofereceu-lhe um espaço do outro lado. Ela hesitou um pouco, apoiando seu cajado contra a parede. Afinal, não precisava manter contato direto para mantê-lo aceso.

Eles ficaram em silêncio por um tempo. Por fim Maric se virou para falar com ela, mas antes que pudesse dizer qualquer coisa, ela o interrompeu.

— Obrigada — desabafou.

Maric fez uma pausa, inclinando a cabeça um pouco para o lado, como se fosse pego desprevenido.

— Por quê?

— Por vir atrás de mim. Duncan me disse que você foi o primeiro a escapar da armadilha e que insistiu em me encontrar. — Foi um pouco difícil para ela pronunciar as palavras, considerando o quão rude foi com ele em várias ocasiões. Se ele apenas parasse de encará-la, seria muito mais fácil.

— Como você fez isso? — Ela perguntou.

Ele balançou a cabeça como se estivesse tentando entender, então a encarou confuso.

— Como eu fiz o que? Encontrei você?

— Como você escapou do seu sonho?

— Ah — ele assentiu. — Eu prometi que ia retribuir.

— E você sempre cumpre as suas promessas?

— Eu tento. Foi o suficiente para me lembrar que eu não podia ficar lá, mesmo que quisesse. Eu sabia que tinha que ajudar você, se pudesse. — A sinceridade dele foi o suficiente para emocioná-la. As lágrimas brotaram de seus olhos e ela as enxugou rapidamente, sentindo-se ainda mais tola. Parecia que errara em seu julgamento sobre ele. Ela depositou muitas expectativas nele por ser rei e uma figura lendária, mas no final ele era simplesmente um homem bondoso. Que inesperado.

Maric desviou o olhar, permitindo-lhe um momento para se recompor.

— Então, obrigada — repetiu. — Eu... Não esperava que você fosse me retribuir dessa forma, ou de qualquer outra, mas significa muito.

Ele assentiu e se virou na direção dela. Estava completamente sério e com um olhar intenso.

— Eu queria falar com você, — ele falou — dizer algo. O homem daquele sonho. Eu não sou ele. Eu sei o que você pensa de mim, mas não sou assim.

— Eu sei.

— Eu não sei o que ele fez, mas...

— Eu era uma escrava — respondeu, da maneira mais fácil que podia. — O Conde me comprou dos donos de escravos quando eu tinha sete anos e fui o brinquedo dele até os catorze. — As palavras saíram com pressa, ela sentiu o rubor tomar conta de suas bochechas. Nunca contou aquilo para ninguém. Era uma parte de sua vida que ela enterrou, empurrou para as sombras para nunca mais se lembrar. Ainda assim, sentia que precisava contar. — O que você viu era a minha vida até eu matá-lo e escapar para o Círculo.

Os olhos de Maric estavam arregalados e horrorizados.

— Eu não sei o que dizer.

— Não há o que falar — deu de ombros. — Escravidão é ilegal no Império, mas ainda acontece. Ninguém liga se um elfo desaparece aqui ou ali. Ninguém liga para o que acontece no alienário. Homens ricos e poderosos como o Conde fazem o que querem, com quem querem, contando que ninguém se importe.

— Sinto muito.

— Não precisa se desculpar. Eu tive sorte. Eu tinha o talento da magia, uma maldição para todos, mas para mim foi liberdade. Significava que eu podia fugir para o Círculo, a elfa solitária na torre, sem educação e com medo de qualquer um que chegasse perto. — Ela fez careta ao lembrar. — Eu descobri que os magos eram apenas homens. Caprichosos, tristes e fanáticos como em qualquer outro lugar. Eu jurei que eles não me segurariam, então escapei de lá também.

— Para os Guardiões Cinzentos.

Ela assentiu.

— Alguns querem virar Guardiões Cinzentos por uma questão de dever. Talvez até como punição. Duncan foi forçado. Eu implorei para ser recrutada. — A memória não era agradável. O ritual do Ingresso foi ainda pior. Beba o sangue das crias das trevas, eles disseram, e se você sobreviver, será só por um tempo. Você será uma Guardiã Cinzenta até o Chamado. E ela bebeu feliz. Sem olhar para trás.

Eles ficaram sentados na capa juntos, encarando as sombras. Finalmente, Maric falou.

— Minha mãe morreu na minha frente — disse baixinho. — Eu precisei virar o líder da rebelião e não me sentia nem um pouco preparado.

— Você não precisa me contar isso — ela murmurou.

— Não, eu preciso. — Ele a encarou com uma expressão sombria. — Havia uma elfa chamada Katriel. Uma espiã de Orlais por quem eu me apaixonei, e ela retribuiu. Ela salvou minha vida, mas quando eu descobri quem ela era, não dei chance dela se explicar. E a matei.

— Eu não sabia disso.

Ele riu, quase se lamentando.

— Você deve ser a única.

— Era ela... Que estava no seu sonho?

Ele assentiu.

— Eu faria qualquer coisa pra mudar aquele dia. Mas não posso. Eu precisava continuar, porque Ferelden precisava de mim. Eu casei com uma mulher que era apaixonada pelo meu melhor amigo, porque Ferelden precisava de mim. E quando ela morreu eu continuei, mesmo que tudo na minha vida parecesse vazio, porque Ferelden precisava de mim. — Ele a encarou de novo, com olhos tristes. — Tudo porque Ferelden precisava de mim.

— Por que você está me dizendo isso?

— Todos temos pesadelos, Fiona.

Ela sentiu Maric segurando sua mão e apertando. Sentia-se atraída por ele quase como um imã e se viu inclinando para dar um beijo nele. Depois ela se afastou, apenas um pouco. Ele parecia tão surpreso quanto ela, mas não desinteressado.

Ela se inclinou de novo, com mais urgência, e o beijo tinha paixão. Sentiu a respiração dele e aceitou seus braços, que a envolveram.

Ela queria aquilo. Queria ficar com um homem bondoso e esquecer, por um momento, onde estavam e o que tinha acontecido com eles. Ela precisava de consolo e suspeitava que ele também. Afastando-se do calor de seu toque, ela puxou sua cota de malha, desatando as tiras de couro que a prendiam.

Puxou a camiseta acolchoada, suspirando de alívio ao enfim tirá-la.

Maric hesitou.

— Fiona, eu... Talvez não devêssemos...

Ela o ignorou, estendendo a mão e desatando as tiras que seguravam sua armadura no lugar. Ele parecia aflito, lutando consigo mesmo, apesar de seu desejo óbvio.

— Mas e os outros?

— Eu não ligo.

— Mas... Aqui?

— Esqueça onde estamos. — Ela puxou a armadura dele por cima da cabeça e ele permitiu, encarando-a. Quando acabou, ela começou a trabalhar nas correias das ombreiras e, após um momento de hesitação, ele começou a ajudar. Puxaram e torceram até que, devagar, retiraram a armadura volumosa e pesada.

Ela desamarrou sua camiseta manchada e suja e a removeu, revelando a pele nua. Estava coberto de hematomas e cortes, como ela provavelmente também estava. Seus olhos azuis estavam fixos nela com uma intensidade que ameaçava queimá-la. O Rei era um homem bonito; ela tinha que admitir. Mas nem todos os homens bonitos eram ruins.

— Você tem certeza? — Ele sussurrou, com a respiração pesada. — Eu tenho... Memórias ruins aqui. Eu não sei se. . .

— Shhhhh — Fiona o silenciou, colocando um dedo em seus lábios. Ele parou e olhou com ela com tanta dor e solidão que quase partiu seu coração. Ela acariciou sua bochecha. — Estou cansada da dor. Muito cansada. Você não está?

Sua resposta veio quando ele se inclinou, seu beijo suave como se a achasse frágil. Então veio outro, e outro.

"Para o inferno com a escuridão", ela pensou. E deixou a luz do cajado se extinguir.

15

Então nós queimamos. Nós erguemos nações, nós travamos guerras,
Nós sonhamos com deuses falsos, grandes demônios.
Nós atravessamos o Véu para o mundo acordado,
Voltamos nossa devoção para eles e nos esquecemos de vocês.
— Cântico das Trenodias 1:8

GENEVIEVE SE MOVIA SOZINHA pelos túneis subterrâneos. Ela usou uma tocha para iluminar seu caminho no começo, mas, conforme avançava no território das crias das trevas, descobriu que, cada vez mais, os túneis eram iluminados pelo líquen fosforescente que revestia as paredes como mofo. Até onde ela sabia, poderia ser mofo mesmo. Talvez a mácula que revestia a pedra como bile escorregadia avançasse sozinha, com seu próprio processo de decomposição. Seja qual for a fonte, a luz verde doentia nos túneis já era forte o suficiente para que ela pudesse apagar a tocha e se mover pelas sombras. Ela poderia guardá-la para mais tarde.

Se o mais tarde chegasse.

Aquela provavelmente era uma viagem só de ida. Ela estava lidando com esse fato há algum tempo, mas se recusou a reconhecê-lo. Abandonar os outros era a coisa certa a fazer. Bregan era seu irmão e ela quem insistiu que ele estava vivo. Era a sua responsabilidade. Os talentos dos outros foram úteis, mas seria melhor se ela fizesse o resto por conta própria.

Kell acordaria para descobrir que ela partira e, com razão, julgaria ser melhor abandonar a missão e retornar à superfície. Seria uma viagem difícil para os outros, mas Genevieve estava confiante de que eles conseguiriam. Estava menos confiante de que teria sucesso em alcançar seu próprio objetivo.

Mas ela precisava acreditar. Ela sentiu Bregan lá, da mesma forma que sentia as crias das trevas. De vez em quando, ela virava uma esquina nos túneis e sentia a presença de seu irmão no limite de seus sentidos, quase como se o cheiro dele fosse levado até ela por um vento invisível. Ela não sabia por que só o sentia agora, antes só sonhava com ele. Talvez por estar muito perto. Aquilo queimava sob sua pele, o conhecimento de que estava perto o suficiente para tocá-lo.

A tontura dominou Genevieve e ela fez uma pausa, apoiando-se na parede de pedras esculpidas. O muco escuro espalhou-se no ombro de sua armadura, mas ela mal percebeu. Aquela música infernal! Quanto mais ela se concentrava em tentar sentir onde seu irmão estava, mais alta ficava e mais penetrava em sua mente. Era enlouquecedor, mas tentava lutar contra. Não poderia ser derrubada agora.

Ela começou a ouvir semanas atrás, antes mesmo de chegar a Ferelden. Era um sussurro fraco no começo, um zumbido estranho que ela presumiu ser um resíduo de sonhos intensos. Então ela percebeu o que era. Sua hora chegou, assim como foi com Bregan. Eles participaram do Ingresso juntos, então ela sabia que não demoraria muito, mas por algum motivo assumiu que teria mais tempo. Os Guardiões Cinzentos a colocaram no posto de seu irmão sabendo que era temporário, algo que duraria menos de um ou dois anos, no máximo, mas ainda assim estava determinada a lhes provar que estavam errados. Todos aqueles anos vivendo na sombra de seu irmão e finalmente sua hora chegou, então os sussurros começaram e destruíram suas esperanças.

Ela não contou para ninguém. Os Guardiões Cinzentos ignoraram seus avisos sobre Bregan, sugerindo, na melhor das hipóteses, que a ordem precisaria se preparar se o que ela dizia era verdade. A possibilidade de prevenir aquela calamidade nem passou pela cabeça deles. Tolos. Se ela contasse lhes sobre os sussurros, eles teriam usado isso como uma desculpa para mandá-la para as Estradas Profundas sozinha, e para morrer.

Genevieve limpou o suor de sua testa. Olhou para sua manopla e a observou tremer. Sentia-se mais fraca do que nunca, como se houvesse um veneno espesso em seu sangue. Isso fez sua pele coçar e ela não queria nada além de que tirar a armadura e coçar até que arrancasse a carne de seus ossos.

No entanto, não havia como parar isso agora.

Banindo o medo que se aninhava como uma serpente na boca do estômago, ela se afastou da parede e começou a andar. Seu equilíbrio vacilou, mas, por pura força de vontade, ela se obrigou a colocar um pé na frente do outro. "Eu cheguei muito longe", ela pensou. "Não vou parar agora. Eu vou impedir o Flagelo".

Pelo que pareceram horas intermináveis, ela se arrastou através da corrupção e da lama, a luz esverdeada do líquen às vezes se tornava um clarão que a enojava, outras vezes tornava-se tão fraca que queria reacender sua tocha. Ela se moveu pelas sombras, parando em cada junção dos túneis para ouvir e ver se a sensação de Bregan voltaria. Expandiu sua mente, procurando por qualquer coisa, mas tudo o que ouvia agora era aquela canção atraente à distância.

Onde estavam as crias das trevas? Em certo ponto, as criaturas os perseguiram de perto, seus sentidos de Guardiã Cinzenta diziam que elas estavam por todos os lados, mesmo quando não estavam ativamente em cima deles. Então eles se perderam nas cavernas e o que mais? Desapareceram.

Ela achava difícil de acreditar. Não importava o quão eficazes fossem os broches dados pelo Primeiro Encantador, eles não mudariam o comportamento das crias das trevas. Assim que as criaturas perceberam os intrusos, a atividade deveria ter se expandido até que as Estradas Profundas zumbissem como uma colmeia furiosa. Perder suas presas apenas deveria aumentar seus esforços. A ideia de que as crias das trevas poderiam estar procurando no lugar errado, e apenas lá, era muito bizarra.

Algo estava errado. Ela ficou frustrada ao perceber que estava perdendo uma peça importante do quebra-cabeça. Por que as crias das trevas estavam agindo tão estranho? Assumindo que Bregan realmente foi capturado, por que fazer isso agora, já que nunca fizeram em todos os séculos que os Guardiões Cinzentos enviaram membros da ordem para o Chamado?

A menos que já tenham feito. Aqueles que iam para o Chamado nunca eram vistos de novo. E se eles tivessem sido enviados para os braços das crias das trevas, e não para a morte? Ainda assim, a ordem dizia saber o que acontecia lá e ela precisava acreditar.

A passagem rochosa se abriu lentamente e ela notou paredes mais suaves agora. Arquitetura. Trabalho manual anão. Os túneis davam a volta em uma parte mais antiga das Estradas Profundas. Ali as estátuas pareciam estar ausentes, o artesanato menos preciso e faltavam fluxos de lava. Então onde estava? Em Estradas Mais Profundas? Ela nunca ouviu falar nisso.

Quase sem aviso, sentiu crias das trevas se aproximando. Ela apertou a sua espada e esperou. Por que ela não tinha percebido antes? E se eles encontrassem alguma maneira de se esconder dos sentidos de Guardiões Cinzentos, assim como os broches os esconderam? Um pensamento preocupante, com certeza.

Enquanto ela avançava, suor escorrendo pela testa, seus olhos tentavam em vão perfurar as sombras enquanto esperava um ataque, então percebeu que apenas uma única criatura chegava. Um solitário, então? Talvez um desgarrado incapaz de senti-la através da proteção do broche?

Ela precisava matá-lo rápido. Derrubá-lo antes que ele soubesse de sua presença e poderia evitar que ele alertasse a horda à espreita.

Genevieve moveu-se para o lado do túnel, pressionando contra a parede atrás de um pilar de suporte de pedra. Não era grande o suficiente para realmente escondê-la, mas a escuridão a envolveu mesmo assim. Essas criaturas podiam ver muito melhor no escuro do que os humanos, mas não eram imunes a isso.

Seu coração bateu forte em seu peito e ela esperou. Olhou ao redor do pilar, esperando que a cria das trevas aparecesse. Os minutos passaram. O suor escorria de sua testa e corria pelos seus olhos, mas ela ignorou.

Logo, sua paciência a recompensou. Uma figura apareceu à distância, quase imperceptível contra a névoa verde do líquen. A coisa se moveu em sua direção, sua respiração rouca no silêncio vasto e vazio. Era um hurlock, notou pelo tamanho. Ela preparou a espada. Até um hurlock podia morrer com um único golpe, se ela fosse rápida.

Ela se pressionou contra a parede o máximo que pôde, sufocando a própria respiração e ouvindo os sons fracos dos passos da criatura. A coisa se aproximou... Cada vez mais. O barulho de uma pedra sendo esmagada a fez saber o momento de atacar. Ela saiu de trás do pilar, preparando-se para se mover silenciosamente...

— Genevieve.

Era Bregan. Ele ficou ali na sua frente e ela sabia quem era, embora estivesse usando uma armadura de cria das trevas e tão coberto de carne podre que poderia muito bem ter se passado por uma das crias. Seu cabelo branco tinha sumido, seus olhos estavam vermelhos como a cor do sangue, mas era ele.

Ela parou no meio do movimento, soltando um gemido. "Misericórdia de Andraste, o que tinha acontecido com ele?"

— Bregan? — Ela perguntou, sem acreditar.

Ele assentiu. Parecia calmo, seus olhos observavam a espada dela com interesse. Genevieve baixou a espada e a deixou cair no chão. Ela caiu com um barulho surdo. Deveria matá-lo? O conhecimento que ele tinha precisava morrer com ele, mas e se já tivesse falado? E se havia algo que ele poderia lhe dizer?

Olhando para o que ele havia se tornado, parte dela se perguntou se deveria matá-lo mesmo assim. Seu irmão sacrificou tudo por ela, até mesmo a sua vida. Poderia se recusar a fazer o mesmo?

— Nós afastamos as crias das trevas por um tempo. — Ele disse. — Eu sabia que você viria, queria que viesse em segurança.

— Quem é "nós"? Bregan, o que aconteceu com você?

Ele deu um passo em direção a ela e segurou seus braços em suas mãos. Encantada e horrorizada com aqueles olhos, ela não conseguia desviar o olhar. De todas as coisas que ela imaginou quando encontrasse Bregan, a ideia de que ele não era um prisioneiro querendo fugir não era uma delas. A ideia de que ele tinha virado algo... Monstruoso... Era ainda pior.

— É isso que nós viramos — disse. — Se você esperar o suficiente, a mácula se espalha e você fica assim.

— Isso é horrível!

— Não, é liberdade! — Bregan a balançou. — Nós temos uma chance, Genevieve. Uma chance de fazer o que nenhum Guardião Cinzento conseguiu. Acabar com os Flagelos para sempre!

As palavras se afundaram lentamente e, quando ela percebeu o que ele estava dizendo, o encarou perplexa.

— Acabar com os Flagelos? Como?

— Precisamos fazer um sacrifício. Um sacrifício grande. Mas precisamos fazê-lo. — Ele parecia decidido, seu tom cheio de certeza. — Por favor, se vier comigo, podemos explicar.

— Tem outros Guardiões aqui?

— Tem um emissário das crias das trevas. — Ele levantou um dedo para silenciá-la quando sentiu sua tensão. — Eu sei o que você está pensando, eu pensei o mesmo, mas ele não é como as outras crias que vi. Ele é diferente, um aliado. Venha, ouça o que ele tem a dizer. É tudo que eu peço.

— Você enlouqueceu?

Bregan pareceu considerar a pergunta. Ele soltou seus braços e Genevieve deu um passo para trás, sua mente estava cheia de perguntas. Talvez ela tivesse enlouquecido. A música estranha ao fundo começou a fazer pressão e tomou conta de sua mente. Ela ficou tensa e tentou lutar contra. Tinha que saber o que era aquilo, o que aconteceu com seu irmão.

— Talvez. — Ele ponderou. — Eu não sei.

Ela se aproximou dele e segurou uma de suas mãos. Sua pele estava fria e úmida, mas ela ignorou, encarando-o com súplica no olhar.

— Bregan, precisamos sair daqui!! Antes que algo terrível aconteça!

— E ir para onde? — Perguntou. Quando ela não respondeu, ele riu. Era um som frio e triste. — Para onde eu poderia ir sem alguém me matar assim que me visse? Para onde eu poderia ir? — Ele mexeu nas suas manoplas. Ela não fez nada para impedi-lo. Ele as tirou e mostrou as manchas de mácula por baixo. — Estamos mortos, Genevieve. Morremos no momento em que bebemos o sangue no Ingresso, em nome de parar os Flagelos, custe o que custar. É isso que Guardiões Cinzentos fazem, não? E agora temos uma chance.

— Mas...

— Você realmente veio aqui me salvar? — Bregan soltou as suas mãos e se afastou, escondendo-as atrás das costas. — Você veio por todo esse caminho, passando por crias das trevas e sei lá mais o que, para me levar para casa?

— Eu vim parar você. — Ela franziu a testa, sua calma voltando. — Eu vim impedir um Flagelo.

— Então impeça. — Ele estendeu sua mão cheia de mácula na direção dela. Ela o encarou, se perguntando se esse era realmente o destino que a esperava. Os Guardiões Cinzentos antigos sempre souberam disso? Será que isso já tinha acontecido antes e por isso criaram o Chamado? Morrer parecia um destino melhor.

Mas ela precisava saber. A ordem tinha uma causa nobre, que salvou inúmeras vidas e salvaria muitas outras. Ela queria ser uma Guardiã Cinzenta desde muito antes do recrutador chegar na sua aldeia, e se houvesse verdade no que Bregan disse? Parar os Flagelos. Para sempre. Isso valia o sacrifício, não? Genevieve pegou a mão de Bregan. Ela estava tremendo como vara verde e não conseguia parar. — O que... Mas e os outros? — Ela perguntou com relutância.

— Não posso fazer promessas.

— Tem certeza que isso pode dar certo, Bregan?

Ele sorriu, exibindo dentes que estavam manchados e mais afiados do que jamais tinha visto. Como os dentes das crias das trevas.

— Eu não tenho mais certeza de nada — disse.

E então ele a levou para longe, pelo túnel na escuridão, enquanto a música distante crescia em um coro que abafava todo o resto.

O grupo acordou apenas para descobrir que Genevieve desaparecera durante a noite. Não foi difícil adivinhar para onde ela foi. Kell se xingou por ter concordado com a sugestão dela de ficar de guarda, embora Maric pensasse outras coisas a respeito. Ela os deixou adormecidos e desprotegidos. Qualquer coisa podia aparecer de noite e atacá-los, e para quê? Para saciar sua vontade obsessiva de achar o irmão. Ele nem mesmo estava convencido de que tudo aquilo era para parar o Flagelo, e não para ela.

Mas os outros ainda acreditavam. Duncan, em particular, parecia mais irritado com a partida de Genevieve, esbravejando ao sair do acampamento e resmungando sobre o quanto ela poderia ser estúpida. Era uma maneira estranha de falar sobre a comandante de alguém, Maric teve que admitir, e ele se perguntou o que aconteceu entre os dois dentro do sonho dela.

Utha observou o rapaz andar, então indicou que eles precisavam seguir Genevieve. Os outros não disseram nada a princípio, olhando uns para os outros sem jeito, e Maric percebeu o que eles estavam pensando. Ir atrás da comandante era uma responsabilidade dos Guardiões Cinzentos. Na verdade, mesmo que eles ainda pensassem que impedir o Flagelo era uma possibilidade, aquela também era sua responsabilidade, mas não a dele. Maric já havia feito sua tarefa e eles não podiam pedir ao rei de Ferelden que os seguisse para o que parecia ser uma morte certa.

Então ele olhou para Fiona e viu que ela evitava encará-lo. Ele acordou sozinho e eles não conversaram. Na verdade, ela disse muito pouco. Até onde sabia, ela não parecia brava. Talvez estivesse simplesmente tentando fingir que não aconteceu, ou que foi um momento de consolo e nada mais. Talvez ele tivesse falado muito de Katriel. Também se deitou com sua antiga paixão nas Estradas Profundas, era impossível não ver a comparação.

Ele disse aos Guardiões que iria com eles, claro. Não tinha como voltar agora, não mais do que depois de matar o dragão. Estavam no ponto sem volta. Quer ele acreditasse ou não no aviso da bruxa, ele estava comprometido com este caminho.

Então eles desceram. Fiona guiou o caminho com seu cajado brilhando nas sombras esverdeadas, eles se moveram o mais rápido que conseguiam. A expressão nos rostos dos Guardiões disse tudo que ele precisava saber: as crias das trevas voltaram. Até ele podia ouvir os sons fracos da aproximação, o zumbido distante ficando mais alto a cada minuto.

— Quanto tempo nós temos? — Perguntou para Kell.

O caçador olhou fixamente para as sombras, seus olhos claros estavam brilhando. Ele tirou o arco dos ombros e puxou uma flecha. Hafter rosnou com raiva perto de seus pés, com os pelos eriçados. Duncan sacou suas adagas de argentite, fazendo uma careta enquanto procurava por um inimigo invisível.

— Não vai demorar muito — murmurou para ele.

— Mas já? De onde eles vieram?

Eu não sei. Eles estão por todos os lados.

— Tem algum jeito de darmos a volta neles?

Duncan não disse nada. Então o grupo começou a correr. Fiona ergueu seu cajado e lançou um feitiço de proteção, um brilho azul apareceu ao redor deles. O passo deles acelerou e chegaram em uma intersecção das passagens. Havia três caminhos diante deles, cada um levando para mais sombras e uma névoa esverdeada.

Kell acenou para que parassem e olhou atentamente para cada passagem. A mão de Maric ficou tensa em sua espada, seu coração vibrou de medo. Os outros formaram uma posição defensiva quase imediatamente, virando as costas para Kell e olhando ao redor, com as armas em punho. O zumbido alienígena das crias das trevas parecia cercá-los.

— Elas estão em todas as passagens. — O caçador franziu o cenho. Hafter rosnou para as sombras, mostrando suas presas, e Kell se abaixou para acalmar o cão com um tapinha gentil.

— Então para onde vamos? Qual caminho? — Duncan perguntou.

Utha apontou diretamente para a frente e Kell assentiu.

— Sim. Não podemos ficar aqui. Precisamos de uma posição mais defensiva, eles vão chegar independente de para onde fomos.

— Como Genevieve passou por eles? — Fiona perguntou com frustração na sua voz.

O caçador correu na frente, sem responder à pergunta, e o resto deles o seguiu rapidamente. Era possível que Genevieve não tivesse conseguido passar por eles, Maric pensou. Ela já podia estar morta e eles nunca saberiam. O que ele realmente se perguntou foi como as crias das trevas pareciam, de repente, se concentrar neles quando os Guardiões estavam supostamente escondidos pelos broches de ônix que usavam. Algo não estava certo.

Eles correram pela passagem, vendo escombros aparecendo em meio à mácula das crias das trevas. Estátuas antigas alinhavam se nas paredes rochosas aqui, a maioria delas tão desmoronadas e cobertas de mácula que mal podiam ser reconhecidas. Os anões viveram aqui, embaixo das Estradas Profundas? Mas não tinham tempo de admirar o cenário. Eles correram, respirando pesado, exaustos e em pânico. Maric tropeçou em um pedaço de rocha irregular e Utha se lançou para segurá-lo antes que ele caísse. Ele balançou a cabeça em agradecimento e eles continuaram.

A passagem abriu em uma caverna e eles desaceleraram. Uma estrutura preenchia metade da câmara, um conjunto amplo de escadas ladeadas por estátuas altas que levam a um estrado maciço revestido de pilares altos. A parede rochosa atrás do estrado tinha sido esculpida em um grande arco abobadado. Um dia tinha sido uma visão impressionante, talvez um templo em homenagem a alguma divindade anã antiga, mas agora estava infestado pela mácula. Grande parte se alinhava no chão que levava à escada, se reunindo em sacos aglomerados e retorcidos do tamanho de um homem. Os aglomerados também pendiam do teto, sujeira escorria para o chão, onde se acumulava em piscinas verdes e estagnadas.

Kell apontou para o estrado.

— Paramos aqui. — Eles não discutiram e começaram a subir o lance de escadas. Havia mácula o suficiente para envolver as botas de Maric e fazer um som úmido de sucção cada vez que ele as puxava. O fedor rançoso provocado por seus movimentos era insuportável.

Havia uma espécie de altar no topo do estrado, simples e plano que ia até a altura da cintura de Maric. Pelo menos ele assumiu que tinha sido um altar. Agora estava tão coberto por uma massa borbulhante e purulenta que ele nem queria chegar perto.

O grupo deu meia-volta imediatamente, formando uma linha defensiva no topo da escada e olhando para a caverna abaixo deles. Tudo o que Maric podia ouvir era a respiração irregular e o zumbido monótono da horda que se aproximava. Havia uma fome nele, o som subindo e descendo quase ritmicamente. Fiona ergueu seu cajado e ele começou a brilhar de forma tão deslumbrante que toda a caverna ficou iluminada. Maric quase pensou que poderia ver a mácula horrível lá embaixo.

Um leve ruído sibilante irrompeu da câmara, alguns dos aglomerados cheios de mácula explodiram em gosma verde escura.

Hafter começou a latir furiosamente, mas se acalmou com um gesto de Kell. Utha trocou um olhar duvidoso com o caçador e ele acenou com um sorriso sarcástico. Ele estendeu a mão e acariciou sua bochecha com ternura, o cão encarou e piscou, surpreso. Utha agarrou a mão dele e segurou sua bochecha por um momento, seus olhos úmidos, então ela a deixou cair.

Fiona olhou para o par e virou para ver a caverna com uma expressão decidida.

— Ainda não acabou — ela falou.

— Parece que sim — Duncan murmurou.

Kell se virou, estudando o rapaz com atenção.

— Você precisa ir embora, Duncan. Lutaremos com as criaturas enquanto você foge.

— Fugir?

— Você consegue se mover pelas sombras. Você consegue escapar da horda, se for sozinho. Pode encontrar Genevieve, se ela ainda estiver viva, ou até o irmão dela.

— Eu acho que você superestima minhas habilidades — bufou.

—Você devia tentar — Fiona falou. — Não sabemos quantas dessas criaturas estão vindo. Alguém precisa terminar nossa missão, se é que ela pode ser concluída.

— Eu não vou deixar vocês — insistiu, teimoso. — Não vou a lugar nenhum.

— E se for uma ordem? — Kell perguntou.

— Então precisarei desobedecer.

O caçador sorriu.

— Então não darei a ordem.

Eles se viraram para a caverna e esperaram. O zumbido das crias das trevas ficou mais alto, então as primeiras se espalharam pela câmara. Vários genlocks entraram, seguidos por um hurlock em uma armadura enorme e preta, carregando uma espada com cravos de aparência mortal. A cria assobiou no estrado e os genlock se juntaram, parando e sibilando com desgosto ao avistar suas presas.

Uma flecha cruzou o ar e acertou o hurlock no meio dos olhos. Caiu sem fazer barulho. Os genlocks rugiram e avançaram. Mais flechas voaram e as crias das trevas caíram no chão, mortas antes mesmo de chegar às escadas.

— Estou ficando sem flechas — anunciou o caçador, preparando seu arco de novo.

— Eu estou ficando sem cuecas limpas — Duncan respondeu.

Mais crias das trevas surgiram na caverna agora, vindo de ambas as entradas. Foi uma onda delas, o zumbido enchendo toda a câmara e abafando todos os outros sons. Kell disparou flechas cuidadosamente e, embora cada golpe mandasse uma criatura gritando para o chão, não seria o suficiente.

Fiona apontou o cajado para elas, franzindo a testa quando uma bola de fogo se formou e foi arremessada para o fundo da escada abaixo delas. A esfera flamejante explodiu nas primeiras fileiras de crias das trevas, fazendo as criaturas voarem e enchendo a caverna com um clarão de chama mágica. As criaturas soltaram gritos ensurdecedores de angústia, muitas delas completamente queimadas e se debatendo enquanto caíam no chão. As chamas se espalharam para a mácula que cobria o chão da caverna e, de repente, o próprio solo estava queimando, a fumaça encheu o ar rapidamente.

Maric estava impressionado.

— Quantas dessas você consegue lançar? — Ele perguntou. Nenhuma resposta veio quando a elfa desmaiou e caiu para trás. Ele correu e a pegou, seu coração pulando ao notar o quanto ela já estava pálida, o suor escorrendo por sua testa.

Ela piscou rapidamente e se levantou.

— Mais algumas — respondeu. As crias das trevas ignoraram seus camaradas em chamas, saltando sobre eles e correndo adiante, mesmo enquanto se queimavam. Mais flechas foram lançadas.

Fiona soltou um grito de esforço e uma segunda bola de fogo foi lançada, a explosão enviou uma onda de calor e fedor carbonizado que passou por Maric.

Outros já estavam abrindo caminho para dentro da caverna, embora estivesse ficando difícil ver através das chamas e da fumaça. Ele tossiu e piscou os olhos no meio da névoa. Parecia que os dutos de ventilação dos anões simplesmente não eram tão bons aqui, ou estavam cheios da mácula que cobria todo o resto.

Que seja. Se for necessário, é melhor sufocar do que morrer nas mãos desses monstros.

Ele avançou enquanto o primeiro hurlock subiu os degraus correndo, sua carne chamuscada e seus olhos translúcidos cheios de puro ódio. Ele bateu na lâmina com a própria e, em seguida, a girou, decapitando a criatura com um golpe limpo. Icor saiu do troco, respingando em sua armadura, mas ele ignorou.

Mais crias das trevas estavam vindo na sua direção. Uma flecha passou zunindo por sua orelha atrás dele, atingindo uma das criaturas e fazendo-a cair escada abaixo. Ele ergueu a espada e avançou. Com os Guardiões Cinzentos de armadura mais pesada mortos, coube a Maric manter a linha de frente da melhor forma possível. Uma pena que as escadas não eram mais estreitas.

Outra bola de fogo passou por cima de sua cabeça quando ele se defendeu de uma lâmina, aparando-a com uma chuva de faíscas. Ele não viu a explosão da chama quando a bola de fogo atingiu seu alvo, mas a onda de som e calor escaldantes quase foi o suficiente para derrubá-lo. Várias crias das trevas caíram na frente dele; então aproveitou a oportunidade para enfiar a espada na parte de trás de um de seus pescoços.

Fumaça espessa passou por seu rosto e ele engasgou, então caiu para trás quando um genlock de armadura de placa pontiaguda e esfarrapada saltou sobre ele e bateu em seu peito. Maric grunhiu de dor quando sua cabeça bateu nas escadas, ele observou com horror enquanto o genlock preparava o porrete para derrubá-lo sobre sua cabeça.

Utha avançou, voando direto sobre Maric. Tudo o que ele viu foi um lampejo de vestes marrons e sua trança longa acobreada, e assim a criatura foi arrancada dele. Ele deu um pulo bem a tempo de ver a anã golpeando o rosto do genlock embaixo dela, esmagando seu focinho, voando icor e presas por todos os lados. Sem parar, ela girou e chutou um hurlock em seu peito e o enviou de volta escada abaixo.

Mais flechas voaram sobre sua cabeça. Maric ergueu sua espada rapidamente para se defender quando um hurlock de pele clara o atacou de repente. Ele desceu a lâmina em um golpe de gancho do qual mal conseguiu se desviar. A força do golpe ressoou em seus ombros. Grunhindo com esforço, ele empurrou a lâmina da cria das trevas para longe e, em seguida, enfiou o punho em sua testa. O osso cedeu com um estalo nauseante e ela guinchou de dor, caindo no chão.

Duncan avançou em dois hurlocks que tentaram alcançar Maric nas escadas, suas espadas levantadas enquanto sibilavam de raiva. Uma de suas adagas de argentite cortou a garganta de um e ele caiu para trás, agarrando a ferida que jorrava. O outro hurlock rugindo balançou sua espada para baixo, mas ele se esquivou para o lado.

Agachando-se, Duncan cortou as canelas da criatura com sua segunda adaga. A lâmina cortou seus ossos profundamente e caiu no chão com um guincho raivoso. Mal parando, o jovem Guardião Cinzento saltou no ar e trouxe suas duas adagas para atacar com um floreio. Ele pousou em cima da cria das trevas com um grito de guerra, mergulhando ambas as adagas na cabeça do monstro. A criatura teve um espasmo e depois parou.

Em seguida, outra onda de crias das trevas estava sobre Maric que não conseguia ver nada além dos oponentes logo à sua frente. Ele balançou sua espada longa em arcos largos à sua frente, menos preocupado com a técnica, apenas focando em forçar as criaturas a descerem os degraus. As runas azuis em sua lâmina estavam brilhando mais intensamente do que ele jamais vira, parecia fazer as crias das trevas retrocederem no momento em que se aproximavam.

Fumaça ácida entrou em seus olhos. O fedor nauseante de carne queimada ameaçou dominá-lo. Ele cortou a mão da espada de um hurlock, fazendo a arma voar, e então o chutou com força seu peitoral blindado.

Gritando, ele caiu escada abaixo, derrubando vários outros pelo caminho e terminando empalado na lança de um de seus próprios camaradas.

As escadas estavam cheias de cadáveres de crias das trevas, um número suficiente de criaturas alcançou o estrado que estava ficando lotado e caótico. O suor escorria pelo seu rosto, era difícil respirar por causa do ar. Ele olhou para ver Kell não muito longe, seu mangual chicoteando ao redor dele em círculos, a cabeça pontiaguda rasgava as gargantas dos inimigos. Hafter lutou ao seu lado, suas presas gotejando de icor e seu pelo emaranhado com sangue vermelho que devia ser dele.

Maric também estava machucado. Ele sentia dor na coxa por conta de uma lança que conseguiu contornar suas defesas e o fez ficar mais lento. Mesmo assim, ele não conseguia parar. Balançou a espada com força em um genlock que tentou passar por ele, cortando-o. Então girou e empalou outro genlock que correu para ele com a lâmina negra erguida.

Onde estava Fiona? Ele olhou em volta em busca de um sinal da maga, mas não via nada além de uma luta caótica. Ele teve um vislumbre de Utha lutando nas proximidades, fazendo uma careta de determinação, cheia de respingos de icor, mas havia muita fumaça e caos para ele ver muito mais longe. Devia ter ficado mais perto de Fiona. Devia ter cuidado dela ao invés de avançar.

Maric fez uma pausa ao ouvir um novo som sobre o estrondo: um rugido gutural, mais profundo e mais alto do que qualquer coisa que ele ouviu antes. Ele olhou para as escadas e viu outra criatura aparecer. Era gigante, musculosa e com pele azul, chifres escuros, quase demoníaco. Ele avistou Maric e soltou um rugido furioso, exibindo presas afiadas como navalhas e emitindo um jato de saliva espessa.

— Ogro! — Ele ouviu Kell gritar alarmado.

A criatura correu escada acima, ultrapassando seus próprios camaradas e balançando seus punhos carnudos para derrubá-los do caminho. Seus olhos brancos e leitosos estavam fixos em um alvo: Maric. Dois hurlocks à sua frente tentaram sair do caminho, mas o ogro estava impaciente. Ele pisou em um, esmagando-o sob os pés com um ruído nauseante, e deu um tapa no outro com tanta força que ele voou e bateu contra a parede da caverna.

Maric se preparou enquanto a criatura avançava, nivelando sua lâmina na frente dele e encarando-o intensamente. Ele rugiu em desafio e desferiu um enorme punho contra seu alvo. Ele rolou para o lado, mal evitando o ataque, e se levantou sem tirar os olhos da criatura. Pedaços de pedra voaram da escada, deixando uma rachadura para trás. O ogro fez uma pausa e virou a cabeça chifruda em sua direção, olhando-o como se soubesse que Maric não morreria tão fácil.

A criatura correu para ele e o golpeou repetidamente com suas mãos cheias de garras. Qualquer um desses golpes poderia arrancar sua cabeça, ele pensou. Ele se abaixou no primeiro golpe e rolou para frente para evitar o segundo, cortando as pernas do ogro quando passou. A lâmina cortou facilmente através da pele azul e espessa da criatura, icor escuro saindo da ferida.

O ogro se virou para tentar agarrar Maric novamente. Ele mal evitou seu alcance, rolando para o lado mais uma vez. Mais fumaça passou por seu rosto e fez seus olhos lacrimejarem, mas ele manteve a criatura à vista.

Soltando um berro ensurdecedor, a criatura empinou-se e, em seguida, desceu os punhos sobre os degraus abaixo com uma força incrível. O impacto enviou uma onda de choque que sacudiu toda a estrutura e Maric foi jogado de costas. Seus ouvidos captaram o som e, quando ele balançou a cabeça, viu o gigante azul em cima dele de repente.

Ele o agarrou com força, erguendo-o com facilidade. Maric ainda segurava sua espada, mas agora ela estava presa ao lado dele junto com seus braços. Ele lutou, mas a criatura o apertou até que sua armadura cravasse em sua carne. A dor de seus ossos esmagando era insuportável e ele gritou.

Quando abriu os olhos, estava cara a cara com o ogro. Viu cada cume em seus chifres retorcidos, cada veia em sua pele azulada. A criatura sorriu com malícia, o fedor de carniça podre de seu hálito encheu as narinas de Maric.

"Ele pode arrancar minha cabeça com aquelas presas", ele pensou. "Ou só me esmagar contra o chão. Não é um jeito ruim de morrer. Muito melhor que, por exemplo, tropeçar em uma poça ou comer uma coxa de frango do jeito errado".

Ele fechou os olhos, esperando o inevitável. De repente, um estrondo de trovão ecoou por toda a caverna e um raio atingiu o ogro bem no peito. Maric sentiu o calor, ficou surdo com onda de força e som, e voou para fora da mão do ogro ao ser impulsionado para trás. Ele rugiu de dor quando Maric caiu nas escadas, caindo desajeitadamente em uma perna e torcendo-a. Agonia queimou dentro dele. Ele teria continuado caindo das escadas se não houvesse um grande número de cadáveres de crias das trevas lá para impedi-lo.

Maric gemeu, incapaz de se mover, e observou o ogro se levantar lentamente. A marca de queimadura deixada pelo relâmpago cobriu grande parte de seu peito, ainda chiando e fumegando. A criatura olhou com raiva em direção ao topo da escada onde Fiona estava, a fumaça ainda saía de seu cajado. Ela parecia uma deusa élfica da vingança, cheia de icor e fuligem, seus dentes à mostra em fúria.

— É isso aí! — Ela gritou. — Vem me pegar, seu azul cretino! — O ogro rugiu para ela em resposta, trazendo seus punhos para baixo nos degraus próximos. O chão tremeu com o golpe e, a princípio, Maric não percebeu o que estava fazendo. Então ele viu: estava cravando suas garras na pedra. Com um gemido violento, o ogro arrancou um grande pedaço de alvenaria da escada, deixando uma lacuna enorme. Pedaços de pedra voaram, um era grande o suficiente para esmagar a cabeça de Maric, quicando em um degrau a menos de trinta centímetros de distância.

Com um rugido de esforço, a criatura lançou o pedregulho de alvenaria em Fiona. Ela ergueu seu cajado, gritando enquanto lançava outro feitiço. Uma chama branca queimou ao redor do cajado quando outro relâmpago se formou, atingindo a pedra no meio do voo. Com um som retumbante que preencheu a caverna, a rocha se estilhaçou em uma nuvem de poeira e mil cacos voaram em todas as direções.

Fiona cambaleou para trás, pálida e enfraquecida, e o ogro começou a subir as escadas em sua direção. Maric se levantou, sua perna queimando de agonia. Ele a ignorou e começou a subir os degraus atrás da criatura, subindo dois ou três de cada vez.

O ogro chegou ao topo da escada, elevando-se sobre a maga. Embora ela erguesse seu cajado e tentasse invocar um feitiço, havia apenas redemoinhos de luz ao seu redor e nada mais. O ogro rugiu, vitorioso.

Maric alcançou o ogro por trás e, soltando um grito de guerra, correu pelas costas largas da criatura, permitindo que a velocidade o levasse. Ele mergulhou a espada longa de osso de dragão entre suas omoplatas, a lâmina encantada enfiada através do couro grosso e dos ossos. Afundou até o punho com o seu peso, empurrando-a ainda mais fundo até que a espada tremeu com o esforço.

Um jato de icor frio irrompeu da ferida, espirrando no rosto de Maric. A criatura gritou, arqueando as costas e agarrando-se no ar com os dedos cheios de garras. Ela tentou, em vão, alcançar a espada empalada, girando freneticamente. Maric tentou se segurar, mas o punho estava escorregadio com o icor e ele acabou se soltando. Jogado de lado, ele pousou no estrado, com a cabeça batendo com força contra a pedra.

O ogro arqueou ainda mais para trás, gritando e tentando chegar à fonte de sua angústia. Maric podia ver a ponta de sua espada projetando-se na frente do peito. Lentamente, ele oscilou para trás e, em seguida, tombou. Ele caiu pesadamente nas escadas e então começou a cair, ganhando velocidade à medida que avançava.

Uma nuvem de fumaça surgiu em sua visão, fazendo seus olhos arderem. Ele podia sentir o calor das chamas próximas, ouvir o chiar e estalar da corrupção das crias das trevas enquanto queimava. Ouviu Hafter latindo alto em algum lugar ao longe, então Duncan gritou. Ele não conseguia ver nada. Havia um som vibrando também e Maric percebeu que era sua cabeça. Ela latejava e ele não conseguia se mover.

— Maric!

Era a voz de Fiona. Ele percebeu que estava de olhos fechados. Os sons da batalha pareciam muito distantes de repente, como se estivessem acontecendo em outro lugar e não fossem relevantes para ele. Uma sensação de fraqueza e paz tomou conta dele. Seus olhos se abriram para encontrar a maga olhando para ele. Seu rosto estava pálido de exaustão, seu cabelo preto curto estava coberto de icor que escorria por sua testa. Ela o segurava nos braços e ele sentiu o sangue escorrendo de sua cabeça. Ela parecia assustada, ele pensou. Queria confortá-la, mas não conseguia. Sua mão parecia pesada e fora de seu controle e, enquanto ele tentava alcançá-la, se perdia totalmente.

— Maric! Você precisa levantar! — Fiona gritou. Então sua atenção foi atraída para algo que ele não podia ver. Ela olhou para o lado, com pavor enchendo seus olhos quando o zumbido das crias das trevas ficou muito mais alto. O zumbido preencheu toda a caverna, Maric quase podia imaginar outra onda de crias das trevas aparecendo nas duas passagens.

— Que droga — murmurou. — Achei que tínhamos derrotado todos.

— Eles não acabam. — Ela parecia cansada, a fúria já tinha ido embora enquanto observava a horda das crias das trevas. Kell gritou em algum lugar e Hafter uivou de dor.

Ele a encarou e sorriu. Não parecia estar tão ruim assim. Ele se sentiu mal pelo jovem Cailan, mas sabia que Loghain faria o certo pelo menino.

Muito mais do que ele poderia. Ele se sentia vazio por tanto tempo, um vazio que só piorava a cada ano que passava.

Ainda assim, deitado ali, nos braços dela, Maric se sentia contente. Ele olhou para o rosto de Fiona e só pensou em como ela era bonita. Aqueles olhos escuros tinham visto muito sofrimento. Queria dizer a ela que não precisava ficar assustada mais, que tudo ficaria bem agora.

E então uma onda de magia os atingiu, um poder mais frio do que qualquer coisa que Maric havia sentido antes. Sua visão embaçou até ficar branca, então ele mergulhou na escuridão. A única coisa da qual ele se arrependeu era estar sozinho.

16

Abençoados aqueles que ficam diante
Da corrupção e perversidade e não hesitam.
Abençoados são os pacificadores, os campeões dos justos.
— Cânticos das Bençãos 4:10

— DUNCAN.

A palavra penetrou no cérebro de Duncan lentamente, levou um momento para ele perceber que estava saindo da inconsciência. Centímetro por centímetro, ele rastejou para fora da névoa difusa de dor que o envolvia. Ele se lembrava da luta. Lembrava-se do ogro entrando na caverna e, em seguida, sendo dominado pelas ondas intermináveis das crias das trevas. Uma lança perfurou seu estômago, atravessando-o e saindo do outro lado. Ele se lembrava da dor avassaladora, do sangue borbulhando na boca e das criaturas pulando em cima dele. E então...

...Ele começou a acordar, se sentando muito rápido. O latejar em sua cabeça se tornou uma agonia excruciante. Ele estremeceu, pressionando as mãos nas laterais da cabeça como se isso pudesse impedir que seu cérebro explodisse. Pelo menos era o que parecia que ia acontecer. Foi quando ele percebeu que havia algemas de ferro em seus pulsos.

— Mas o que... — Ele murmurou.

— Calma lá. — Uma voz avisou. — Estamos todos machucados. — Ainda com a cabeça doendo, Duncan abriu os olhos.

Havia luz na pequena câmara, um forte brilho laranja vindo de um estranho amuleto pendurado perto da porta. Foi o suficiente para fazer sua cabeça latejar e ele desviou o olhar na direção das sombras.

A voz estava certa sobre uma coisa: tinha curativos em seu corpo. Podia sentir as bandagens grossas ao redor de seu peito, todas cheias de algum tipo de material quente que coçava. Havia outras tiras de pano enroladas no ombro e na coxa esquerda, ferimentos que ele nem se lembrava de ter sofrido, embora pulsassem bastante agora. O pano usado para as bandagens parecia amarelado e suspeito. Era melhor não examinar muito de perto.

— Como você está se sentindo?

A voz preocupada era de Fiona. Ele piscou várias vezes, se acostumando com o brilho do amuleto, e viu que ela estava sentada ao seu lado. A elfa parecia um tanto assustadora, seu cabelo emaranhado com icor seco e a camisa tinha vários buracos abertos. Sua saia estava esfarrapada e suja. Ela também estava algemada, presa a uma parede de pedra atrás deles por correntes enferrujadas.

Os outros não pareciam melhores. Ele podia distinguir Kell na luz fraca, com uma das pernas enfaixada, usando parte de seu gibão de couro, além de seu colete esfarrapado. Panos amarelados cobriam grande parte de seu tórax, manchas escuras apareciam em dois pontos. Hafter dormia ao lado dele, o caçador acariciava a cabeça do cão distraidamente. O cão não estava enfaixado, mas seu pelo estava coberto por áreas avermelhadas e úmidas, indicando que também estava ferido.

Utha estava sentada ao lado dele com os braços em volta dos joelhos. Ela tinha vários cortes no rosto, suas vestes marrons estavam quase pretas de sangue e fuligem. A anã não parecia satisfeita, ele pensou, e examinou suas algemas como se pudesse encontrar uma maneira de abri-las apenas com a intensidade de seu olhar.

Rei Maric estava deitado no chão do outro lado de Duncan. Ele ainda estava inconsciente, sua cabeça coberta com uma bandagem grossa, encharcada com uma quantidade alarmante de sangue. Sua armadura de argentite estava opaca e preta, coberta com tantos respingos de icor e sangue que ele não conseguia saber se o homem estava ferido em outro lugar.

Estavam em uma cela. Era uma câmara longa com paredes de pedra e correntes de aparência sólida. A quantidade de mácula cobrindo a parede era extensa, gavinhas se espalhavam por todas as direções e ele estava feliz que as sombras escondiam a maior parte delas. O ar estava bolorento, pesado com o cheiro de sangue e coberto com uma imundície insidiosa que se infiltrava dentro dele toda a vez que respirava.

— Duncan, como você está? — Fiona repetiu. — Você parece perdido.

— Eu estou — murmurou. — Como viemos parar aqui?

— Eu não sei. — Ela olhou ao redor, observando a porta de pedra. — Não dá para alcançar a porta para testar se está trancada, e minhas mãos estão presas, não consigo lançar feitiços.

— Você não consegue lançar nada?

— Nada que vá nos ajudar. — Seus olhos se voltaram para Maric e seu rosto ficou cheio de preocupação e ansiedade. — Pode ver se Maric está bem? Ele não se mexeu e eu não consigo alcançá-lo.

Duncan se virou para o homem, puxando suas algemas para mais perto, eram pesadas, e pressionou os dedos no pescoço dele. Seu pulso estava ali, mesmo fraco.

— Ele está vivo.

Ela soltou um suspiro de alívio. Kell olhou para os dois, fazendo uma careta.

— A música está muito alta aqui, não? — Ele disse.

— Que música? — Duncan perguntou. Ele não ouvia nada; a cela estava em silêncio, exceto por sua respiração. Ele podia sentir a presença das crias das trevas ao seu redor, um mar inteiro delas do lado de fora da porta. Aquelas criaturas não acabavam nunca?

Fiona o encarou.

— Você não consegue ouvir?

— O que? Não tem música nenhuma.

Ela encarou Kell.

— Eu ouço bem baixo, como algo distante. Eu achei que eram as crias das trevas, mas não tenho certeza.

— É o Chamado — anunciou ele. Fiona o encarou, em choque, e Duncan fez o mesmo. O Chamado? Não tinha como Fiona já estar ouvindo! Utha fez vários gestos e o caçador assentiu. — Eu também não acho que é só porque estamos aqui embaixo. Algo está acontecendo com a gente. — Ele indicou a mácula se espalhando nas partes visíveis de seu peito e braços. Era muita. Se Duncan tivesse visto o homem andando em uma rua, ele imaginaria crianças jogando pedras nele e o chamando de leproso, se não pior.

O horror tomou conta do rosto de Fiona. Ela ergueu as algemas e deixou uma das mangas cair para revelar seu braço nu. Estava coberto por vários arranhões longos e ensanguentado, mas a mácula era visível. Não era tanta quanto a de Kell, mas estava ali.

— Eu chequei não faz nem um dia! Não estava assim!

— Estamos sendo corrompidos por dentro — Kell concordou. — Muito mais rápido que o normal. — Utha apenas assentiu, voltando-se para olhar suas próprias algemas.

Duncan se virou para tentar ver a própria pele nua. Não conseguia ver muito. Algumas das tiras de couro que cobriam seus braços se soltaram, mas não o suficiente para a armadura toda sair. Suas calças estavam rasgadas, o pedaço de pele por baixo estava com muito sangue seco para ele dizer qualquer coisa. No entanto, suas mãos estavam visíveis.

— Eu não vejo nada — ele anunciou. — Nem escuto nada.

Fiona encolheu os ombros.

— Você foi o último de nós fazer o Ingresso.

Isso não o acalmou muito. Seu Ingresso foi apenas alguns meses antes do de Fiona, enquanto o dela foi muitos anos depois do de Kell e Utha.

— Então é aqui que as crias das trevas mantêm seus prisioneiros, uhm? — Ele perguntou, querendo mudar de assunto. — Eles têm carrascos? Virão nos interrogar?

Utha fez um gesto rude e Kell franziu a testa para ela.

— Ele não sabe — disse gentilmente. Olhando para Duncan, ele respondeu. — Elas não mantêm prisioneiros. Os Guardiões Cinzentos sabem que as crias das trevas são capazes criar mecanismos simples, mas não parecem se importar em nos questionar ou descobrir nossos planos. Não são criaturas sutis.

— Odeio te contrariar, mas parece que estamos presos de verdade.

— Eu sei. — Os olhos pálidos dele se estreitaram enquanto considerava a questão. — Eu tinha esperança que Genevieve estivesse aqui — murmurou.

O tempo passou devagar. Tinham tirado as armas dele, assim como suas mochilas, então não havia nada para comer e o estoque de cataplasmas de cura de Fiona estava nas mãos de uma cria das trevas agora. Ocasionalmente, sons estranhos vinham de longe, ruídos altos retinindo como se algo estivesse batendo contra metal, e então um grande gemido. Eles também ouviam as crias das trevas, sibilando e se movendo. Era baixo, mas com certeza estavam lá for a, ignorando-os, por qualquer motivo.

Logo, Maric se mexeu. Ele gemeu e, com a insistência de Fiona, Duncan verificou suas ataduras e, seja lá o que estava embaixo delas, parecia estar funcionando. O sangramento dele parou. Duncan balançou seu ombro até que ele abrisse os olhos.

Demorou um minuto para ele piscar antes de finalmente virar a cabeça e olhar para Duncan. Seus olhos pareciam desfocados e ele estava com uma expressão confusa.

— Cailan? — Ele gemeu.

Duncan riu.

— A menos que seu filho não tenha nada a ver com você, não. — Mais piscadas.

— Duncan?

— Agora sim.

Sentar-se foi um processo lento, ele fez as mesmas perguntas que Duncan fez antes. Fiona parecia aliviada ao ver que Maric estava acordado e, com o passar dos minutos, parecia ficar cada vez mais forte.

— O que foi aquele feitiço no final? — Murmurou. — Quem lançou?

— Foi um emissário — Fiona respondeu. — Mas eu não vi. — São eles que falam, né? Bem, se tivermos sorte, o veremos em breve.

Mais tempo se passou e eles fizeram turnos para dormir. Não que tenham descansado direito. A cela estava fria e os ferimentos ardiam. Duncan queria rasgar as bandagens e coçar a mistura que foi aplicada sob elas, direto na sua pele. Se as crias das trevas tinham feito aquilo, não queria perto dele. Só podia imaginar o que aquilo fazia, se misturando com seu sangue. A ideia o fez querer vomitar.

Logo, os sons desapareceram. Eles ficaram atentos quando passos se aproximaram da porta. "Mais de um par", Duncan pensou consigo mesmo. Três criaturas, pelo menos. Crias das trevas, já que conseguia sentir a mácula. A porta se abriu com um som alto e violento, embora ele não tenha ouvido uma chave girando. Então não estava trancada? Era uma cela esquisita.

A primeira cria das trevas a entrar pela porta foi um emissário. Duncan nunca tinha visto um antes, mas a criatura era do jeito que imaginava uma cria das trevas maga: mantos sujos, cajado, uma cabeça murcha e pequena com uma careta dentuça. No entanto, por mais maligno que parecesse, ele caminhava com uma calma e senso de autoconsciência que falava muito sobre a sua inteligência. Aquele não era um monstro simples. Ele não sabia se ficava impressionado ou apavorado.

As outras duas crias que apareceram tinham armaduras muito mais pesadas. Mas pareciam estranhas. Sua carne murcha não era exatamente a mesma, seus olhos eram vermelho-sangue em vez de branco pálido. Eram carniçais? Nenhuma delas tinha cabelo, mas mesmo assim, Duncan podia ver que uma delas era uma mulher...

Ele parou, registrando o choque, embora não pudesse acreditar. A mulher olhou diretamente para ele, com um olhar intenso. As linhas duras de seu rosto eram familiares, assim como a expressão severa de sua mandíbula.

Ela não estava usando sua roupa preta de Guardiã Cinzenta, mas sua armadura ainda parecia a mesma, muito manchada, em vez de brilhante e prateada como antes.

— Genevieve — ele exalou.

Os olhos de Maric se arregalaram, assim como o dos outros quando perceberam a verdade. Hafter ergueu a cabeça e rosnou nervoso.

— O que aconteceu com você? — Kell murmurou, sem acreditar.

Genevieve ergueu a mão para o emissário e para a outra cria das trevas macho.

— Esperem — disse ela. Sua voz estava estranha, Duncan pensou. A voz tinha um tom sibilante, um leve assobio que acompanhava suas palavras. Isso o fez tremer. Ela se virou e ajoelhou diante deles, olhando para cada um com seus olhos vermelho-sangue. — Por favor, não se assustem — disse.

— Você só pode estar brincando — Maric zombou.

— Eu sei que minha aparência está horrível. Sei que seus sentidos dizem que eu sou uma cria das trevas, mas não sou. É isso que os Guardiões Cinzentos viram se a mácula toma nosso corpo por completo. — Kell olhou para a outra cria das trevas armadurada e o reconheceu. Ela assentiu. — Este é Bregan, meu irmão. — Bregan assentiu, mas não disse nada. Só conseguiam encará-los com surpresa. Duncan nunca conheceu o homem, então não tinha ideia do que esperar, mas não era isso. — E esse é o Arquiteto. — Ela indicou para o emissário, que curvou a cabeça educadamente.

— O Arquiteto. — Fiona repetiu, com cuidado.

— Eu tive sorte de encontrar vocês. — A criatura afirmou, muito mais eloquente e suave do que Duncan teria esperado de uma cria das trevas. — Minha habilidade de controlar meus irmãos é limitada, e não muito eficiente. Uma vez que sua sede de sangue despertou, não consegui mantê-los longe de vocês. Sinto muito por terem chegado tão perto da morte. Isso teria sido um problema.

— Você sente muito? — Fiona encarou a criatura.

Genevieve franzindo o cenho ergueu a mão para o emissário mais uma vez.

— Eu sei como isso parece, mas tudo que eu peço é que vocês me deem uma chance de explicar o que sei.

O grupo ficou em silêncio. Duncan nem sabia como responder aquilo. Talvez ele estivesse muito chocado em olhar para a comandante, ou seu ex-comandante. Uma pessoa não podia ser um Guardião Cinzento e uma cria das trevas ao mesmo tempo. Seu cabelo branco sumiu e sua pele estava escura e murcha. No entanto, a intensidade insana havia desaparecido. Foi substituída por uma sensação calma que sufocou todo o seu comportamento. Ele se perguntou se os outros tinham notado.

— Eu não entendo — Kell disse devagar. — Fomos trazidos aqui? De propósito? E agora que você encontrou seu irmão, seus planos mudaram?

— Não mudaram — prometeu ela.

— Se você realmente quer falar conosco, nos solte. Por que nos manter como prisioneiros?

Genevieve trocou um olhar com o Arquiteto. Duncan não conseguia ver nada na expressão da criatura, mas ela suspirou pesadamente e se voltou para o caçador.

— Até conseguirmos nos explicar, isso é para o seu próprio bem.

— Entendo.

Não havia mais nada a ser dito.

— O Arquiteto não é como os outros da sua espécie. Ele não é controlado pelos mesmos impulsos e quer ver o resto de sua espécie livre como ele.

A criatura tocou seu próprio queixo.

— Se não fôssemos vítimas do chamado dos Deuses Antigos, — ele disse — não teria motivo para procurá-los. Não precisaríamos ir para a superfície e isso impediria os Flagelos.

Utha ergueu a cabeça, obviamente interessada. Kell também parecia intrigado. Fiona tomou um susto.

— Sem Flagelos? Nunca mais?

Genevieve sorriu, mostrando seus dentes afiados e manchados de amarelo pela mácula.

— Percebem? O Arquiteto tem um plano, um que só os Guardiões Cinzentos podem realizar. — Ela respirou fundo. — Nós existimos entre a humanidade e as crias das trevas, corrompidos, mas nunca controlados. O Arquiteto pode acelerar a nossa corrupção, nos transformar no que seríamos se não tivéssemos que morrer, como ordena a tradição dos Guardiões Cinzentos.

— Mas por que? — Fiona perguntou horrorizada.

— Porque assim as crias das trevas nos ignoram — Bregan respondeu. Genevieve olhou para ele, que deu um passo à frente para ficar ao seu lado. Ele parecia feroz e decidido. Seus olhos vermelhos queimavam em seu crânio. — Eu sei onde os Deuses Antigos estão. Os Guardiões Cinzentos sempre souberam. O problema é que eles sempre estiveram bem além do nosso alcance, em terras que não conhecemos e que estão cheias de crias das trevas.

Ele parou para que compreendessem o que dizia. Utha agitada fez vários gestos e Genevieve assentiu.

— Se existirem Guardiões Cinzentos o suficiente como nós, auxiliados pelas crias das trevas do subterrâneo, poderíamos achar os Deuses Antigos e matá-los antes que sejam corrompidos. Podemos acabar com os Flagelos antes de começarem: acabar com o Chamado.

— E libertar o meu povo — o Arquiteto adicionou. A maneira como a criatura juntou os dedos na frente do peito fez com que Duncan o achasse parecido com um padre. Era intencional? Era atuação?

— Você quer contar para essa criatura onde os Deuses Antigos estão! — Fiona gritou.

— Já contei. — A resposta de Bregan deixou todo o grupo chocado. Ele cruzou os braços desafiadoramente e se recusou a se explicar mais.

— Temos uma chance — Genevieve explicou. — Nós podemos fazer o que os Guardiões Cinzentos tentam há séculos; séculos repletos de Flagelo atrás de Flagelo, cada um deles matou inúmeras pessoas e ameaçou destruir o mundo. Podemos parar com isso! — Ela socou mão com o punho enfaticamente. — Como Guardiões Cinzentos, prometemos fazer o que fosse necessário para derrotar as crias das trevas. Sacrificamos nossas vidas no momento em que participamos do Ingresso e bebemos o sangue. A existência do Arquiteto nos dá uma chance que nunca imaginamos antes!

— Se essa cria das trevas for confiável — Maric falou de repente.

Bregan olhou para Maric com um olhar frio. Os outros também olharam para ele de forma estranha e Duncan sabia por quê. De todos, Maric era o único que não era Guardião Cinzento. Ele era parte do plano? Duncan queria perguntar o que pretendiam fazer com o rei, mas então se lembrou do que Genevieve lhe disse na primeira noite em que acamparam nas Estradas Profundas: se o Rei descobrisse algo que não deveria, ele teria que morrer.

Talvez fosse melhor não perguntar nada ainda.

— Sim — Bregan admitiu. — Se confiarmos nessa cria das trevas.

— E confiam? — Kell perguntou.

— Eu confio no plano, sim.

— E eu confio em Bregan. — Genevieve acrescentou, olhando para seu irmão com afeição genuína. Era estranho ver a expressão no rosto de alguém tão corrompido, com aqueles olhos vermelhos e pele murcha.

— E como sabemos que vocês não estão sendo controlados? — Fiona perguntou. — Magia de sangue pode ser usada para controlar a mente. Vocês podem estar enfeitiçados e nem saber disso.

— Se fosse o caso, — o Arquiteto disse — por que eu tentaria convencer vocês de qualquer coisa?

— Então me diga — ela respondeu. — Se o seu "povo" for libertado, agirá diferente? Vai parar de atacar a superfície? Ou os anões? Vai parar de espalhar a doença?

Ele não pareceu se incomodar com as perguntas.

— Eu sou livre — constatou. — Isso me dá a chance de agir diferente dos outros. Você negaria essa escolha às outras crias das trevas?

Fiona pareceu surpresa com a resposta. Bregan se inclinou.

— É um passo — ele falou. — Um de vários. Antes desses, outras coisas precisam acontecer, como impedir os Flagelos.

— E que passos seriam esses? — Maric perguntou. Bregan o ignorou. Ele assentiu para Genevieve.

— Não vamos falar tudo. Sei como parece, mas não temos muita escolha. Confio no meu irmão e farei o que for preciso para cumprir minha missão. Talvez vocês não se sintam assim. — Ela olhou para o chão e ficou em silêncio por um momento, considerando suas próximas palavras. — Eu aprecio que vocês tenham vindo até aqui comigo. Realmente acreditei que vocês iriam embora, mas agora que estão aqui, preciso pedir que me sigam um pouco mais.

Silêncio seguiu as suas palavras. Fiona arqueou uma sobrancelha para sua ex-comandante.

— E se recusarmos?

— Então ficarão aqui — Bregan respondeu. — Até que nossa missão tenha acabado.

— E Maric? — Duncan perguntou. Ele se arrependeu assim que perguntou. Os outros o encararam com curiosidade, especialmente Maric. Apenas Genevieve não o encarou. Na verdade, ela evitou seu olhar.

— Ele voltará para a superfície — o Arquiteto disse com cuidado. — Em breve.

— Gentil da sua parte — Maric comentou.

— Voltará como? — Duncan insistiu. — Vivo?

A cria das trevas fez um movimento que poderia ter sido um sorriso.

— Para os aliados.

Ele não elaborou e Duncan desistiu. Obviamente não iria obter uma resposta sobre isso também, embora ele tivesse que se perguntar de que "aliados" a criatura estava falando. Aliados de Bregan, provavelmente. Ele notou Genevieve lançando um olhar curioso para seu irmão com a menção, mas apenas por um segundo. Talvez eles não tenham contado tudo a ela também? Curioso.

Genevieve se virou para ir.

— Eu darei tempo para vocês decidirem — ela disse. — No final, se Bregan e eu tivermos que agir sozinhos, nós vamos. — Bregan acenou com a cabeça para ela, mas quando os três começaram a caminhar para a porta, Utha bateu as algemas com força no chão. O som que elas fizeram chamou a atenção de todos. A anã ficou sentada lá, encarando Genevieve e Bregan. Duncan não sabia se ela estava furiosa ou... Alguma outra coisa.

Ela fez vários gestos com as mãos. Eram rápidos e pontuados. Certos. Sua expressão não mudou. No entanto, Kell reagiu em choque.

— Utha, não!

Genevieve se ajoelhou na frente da anã com preocupação em seu rosto.

— Podemos lhe dar mais tempo se...

Utha fez um corte simples e negativo com a mão.

Kell chocado balançou a cabeça para ela.

— Não, você devia esperar. Nós podemos...

Ela se virou e o encarou triste. Duncan observou enquanto ela fazia uma série de gestos complicados para o caçador, a maioria ele não entendeu. Era uma explicação, algo que envolvia vários movimentos de corte com a mão e uma expressão determinada.

Kell ficou cada vez mais sem esperança. Então ele finalmente assentiu, resignado.

— Se você acha que deve.

Ela assentiu com um gesto de sua mão.

Achava.

Genevieve dilacerada observou Utha, mas então seu rosto endureceu. Ela olhou para o Arquiteto atrás dela e deu um breve aceno de cabeça. Ele se abaixou com a ajuda de seu cajado para se ajoelhar ao lado de Genevieve, suas vestes farfalhando enquanto o fazia, e estendeu uma mão esguia e murcha para a anã.

Utha a pegou, seus olhos fixos no emissário e com sua mandíbula cerrada. Duncan esperava que houvesse algum tipo de encantamento falado, algum ritual. Mas havia apenas silêncio. O Arquiteto encarou os olhos de Utha e nada aconteceu no início. Em seguida, veias pretas começaram a aparecer ao longo de sua mão onde a cria das trevas tocou. Elas se tornaram cada vez mais escuras, se ramificando, até que toda a sua mão estava coberta por elas.

A anã fechou os olhos, tremendo levemente. Duncan observou enquanto as veias apareciam em seu pescoço. Então elas se espalharam pelo seu rosto. Seu tremor ficou mais evidente, ela cerrou os dentes com força para manter a compostura. Hafter acordou, sentindo algo, quando percebeu o emissário parado por perto e sentiu a magia em ação, ele começou a rosnar ameaçadoramente. Kell colocou a mão no pescoço do cão para acalmá-lo. O caçador desviou o rosto e fechou os olhos com força. Ele não conseguia olhar.

Uma sombra se formou em torno da mão do Arquiteto, uma massa negra e amorfa que parecia brotar dele. Ela ficou maior e, à medida que crescia, a pequena câmara esfriava. Duncan estremeceu e viu a formação de gelo na parede ao lado de Utha. Sua respiração estava saindo como uma fumaça branca, para os outros também. A sombra rastejou da mão da cria das trevas para a da anã e, lentamente, entrou nela. Sua carne secou e se enrolou, o ar se encheu com o fedor da mácula.

Utha começou a ter espasmos. Ainda assim, ela lutou contra a agonia que queimava nela. A mancha em sua pele se espalhou, subindo pelo pescoço e cobrindo o rosto. Seu cabelo acobreado começou a ficar grisalho e depois tornou-se branco. Sua longa trança torceu e enrolou atrás dela, como um fósforo que estava queimando em uma brasa. Seus olhos se abriram, vermelho-sangue, e ela abriu a boca em um grito silencioso... E o que restou de seu cabelo simplesmente caiu.

Estava feito.

Utha puxou sua mão do Arquiteto e se dobrou, seu corpo atormentado por espasmos que ficavam cada vez menos frequentes. As nuvens de sua respiração ficaram mais fracas, até que finalmente desapareceram e ela ficou imóvel. Duncan pensou por um momento que ela tinha morrido, mas quando se sentou, percebeu que só estava com frio agora.

A cria das trevas acenou para ela e abaixou a mão. O frio no ar diminuiu quase imediatamente, embora não tivesse desaparecido.

Todos encararam Utha, menos Kell. O caçador desviou os olhos e acalmou Hafter enquanto o cão gemia em confusão. Fiona balançou a cabeça em descrença, furiosa, mas Duncan não sabia o que pensar. A anã agora estava tão careca e manchada quanto Genevieve e Bregan, seus olhos do mesmo vermelho sangrento, mas ela parecia calma. Ela acenou bruscamente para o Arquiteto e ele passou o dedo por suas algemas. Elas abriram com um clique alto e caíram.

Belo truque. Duncan precisava aprender aquilo.

A anã se levantou e caminhou para a frente e ficou diante de Genevieve, sem olhar para os outros.

— Obrigada — Genevieve disse com o tom oficial reservado para um bom soldado. Utha acenou com a cabeça novamente, mas não fez mais nada.

Genevieve encarou o caçador.

— E você, Kell?

Ele não a olhou e não disse nada. No entanto, Duncan podia ver em sua expressão preocupada que ele estava incerto. O caçador fechou os olhos, fazendo uma careta.

Ela olhou para Fiona, menos esperançosa.

— Fiona?

A maga a encarou com ódio puro.

— Como você ousa me perguntar isso? — Ela respondeu. — Você nos joga aqui, não fala quase nada e espera que a sigamos de novo? Você nos abandonou, Genevieve!

— Vocês deviam ter ido embora.

— Mas não fomos! Tentamos terminar a missão!

— Eu também. Estou tentando até agora — Genevieve bufou. — Você não é uma criança. Isso é a nossa missão. Isso. Fazemos sacrifícios para acabar com o Flagelo. Foi exatamente por isso que vocês me seguiram até aqui.

— Você é doida. — A elfa balançou a cabeça com desgosto. — Se eu realmente achasse que isso poderia acabar com o Flagelo...

Genevieve a interrompeu, se virando para Duncan.

— E você? — Perguntou para ele.

Ele se sentiu preso. O que deveria fazer? De uma forma, ela estava certa. Já estavam mortos. Ele teria sido executado se não fosse recrutado pelos Guardiões Cinzentos. Estava vivendo com tempo emprestado, então o que importava como ele lutou contra o Flagelo? Poderia ter morrido tão facilmente naquela caverna ou em qualquer uma das batalhas antes dela... Pelo menos assim poderia fazer algo importante. Mas a mudança repentina o assustou. Genevieve parecia tão determinada a encontrar seu irmão e matá-lo se necessário, como se isso fosse tudo o que importasse. E agora ela queria algo completamente diferente, baseado em apenas uma única conversa com seu irmão e esta cria das trevas. O que tinha acontecido ali naquele tempo todo? Por que ela concordaria com isso?

Mas ele queria acreditar nela. Ele queria provar que poderia ser o tipo de Guardião Cinzento que ela esperava que ele fosse.

— Eu... — Ele a encarou, incapaz de responder.

— Não faça isso — Maric murmurou baixinho.

— Fique fora disso! — Ela reclamou.

— Não fique fora disso! — Fiona bateu as algemas no chão com um baque forte, olhando para Genevieve. — Somos os únicos sãos aqui? Você está disposta a jogar tudo fora por uma aposta! Pela palavra de uma cria das trevas!

Genevieve a ignorou.

— Duncan? — Ela perguntou de novo.

— Eu... Não sei. — Ele admitiu.

Ele se sentiu fraco, seu rosto queimou de vergonha quando a expressão dela mudou para decepção.

— Que seja. — Ela gesticulou para Utha e os outros irem. — Deixaremos vocês sozinhos para pensar nas suas opções. — Duncan os observou saírem pela porta de pedra e, quando esta se fechou atrás deles com um baque profundo, seu coração afundou. Ele sentiu como se tivesse perdido sua oportunidade.

A cela parecia vazia agora que Utha não estava lá. Suas algemas e correntes estavam no chão ao lado de Kell e Duncan tentou não olhar para elas. O caçador puxou os joelhos para cima e apoiou a cabeça neles, exausto de tristeza. Hafter choramingou e tentou acariciar seu nariz preto nos braços de Kell, oferecendo todo o apoio que podia ao seu mestre.

— O que fazemos agora? — Fiona perguntou desesperançosa.

Ninguém respondeu de imediato. Em certo momento, Duncan a encarou.

— E se você estiver errada? — Perguntou. — E se não for loucura? E se loucura for continuar a travar uma batalha perdida quando tivemos a chance de fazer algo a respeito?

— É perdida mesmo?

— Parece que sim — ele bufou. — Já conheceu algum Guardião Cinzento realizado? Quantos Flagelos lutaremos antes de perdemos? Podemos fazer algo para parar com isso!

— Ou você pode piorar. — Maric entrou na conversa.

— Não fazer nada é pior!

Maric suspirou em resignação.

— Desde quando pegar um atalho melhorou as coisas, Duncan? Este não é um plano racional. A sua comandante está se agarrando a qualquer coisa, assim ela e o irmão podem ser heróis.

— Eu não acho que é isso.

— Não? — Maric perguntou, sem acreditar. — Sua comandante não é exatamente a pessoa mais estável, sabe?

Kell ergueu a cabeça do colo bruscamente.

— É o Chamado — ele murmurou, mal abrindo os olhos. — A música está nas nossas cabeças e dentro da pele. Está nos deixando loucos. Se Genevieve estava mais avançada e depois Utha e eu...

Maric assentiu.

— Então o Arquiteto os está manipulando. Esperando essa música que eles ouviram...

— Eu não ouço — Duncan insistiu.

— Meu ponto é que este tal de Bregan devia estar bem antes disso. Assim como Genevieve. Eles estão em um ponto em que precisariam se matar, entrando nas Estradas Profundas. Essa música está na cabeça deles, deixando-os loucos, e o que essa cria das trevas fez? Ofereceu-lhes uma chance de melhorar a situação. Dar sentido para as suas vidas.

— O que você acha que ele quer de verdade?

— Talvez ele só queira chegar aos Deuses Antigos — parou e considerou Maric. — Talvez seja isso que comece o Flagelo que a bruxa me avisou. Esse Arquiteto quer ir direto até os Deuses Antigos.

— Ou vai começar porque nos recusamos a ajudar — Duncan considerou. — Esse Arquiteto não é como as outras crias das trevas que vimos. Talvez não seja como nenhuma cria.

— E isso ajuda? — Fiona perguntou. — Essas criaturas são nascem do mal, Duncan. Você sabe disso. Sente dentro de você o que eles têm em suas veias desde que nasceram. Você realmente quer confiar em uma criatura que conheceu isso, e só isso, durante toda a vida?

— E tem aliados — Kell adicionou. — Aliados que não sabemos quem são. — Ele parecia estar aceitando o ponto de vista de Fiona e Maric, embora o caçador não parecesse satisfeito. Ele balançou a cabeça. — Mesmo que essa criatura esteja nos manipulando, não podemos arriscar.

— Mas Genevieve está certa! — Duncan protestou. — É o nosso dever derrotar o Flagelo.

Os olhos claros de Kell cravaram nele.

— Nosso dever é proteger as pessoas do Flagelo — sua voz era baixa e intensa e, enquanto ele se sentava, parecia estar cada vez mais seguro de suas palavras. — Há uma diferença. Enfrentamos os ataques das crias das trevas várias vezes, essa é a nossa tarefa. Não cabe a nós julgar, e jogar com as vidas daqueles que estão sob nossos cuidados.

— Mas...

— Cabe a nós tomar as decisões difíceis que devem ser feitas. Não podemos fingir que isso nos torna deuses.

Duncan se recostou contra a parede de pedra, deixando o frio da superfície ser pressionado contra sua nuca. Era bom. Sua cabeça girava e ele tinha ainda menos certezas do que antes. Genevieve sempre disse que os Guardiões Cinzentos faziam o que precisava ser feito. Se uma aldeia precisava ser totalmente queimada para evitar que as crias das trevas se espalhassem, então ela seria queimada. Ninguém ia contra isso. Quando um Flagelo acontecia, a palavra deles era fundamental. Mas aquele não era um Flagelo, certo? As crias das trevas ainda não encontraram os Deuses Antigos, ainda não os infectaram com a mácula, nem os fez virar arquidemônios. Todo o propósito dos Guardiões Cinzentos era ir até ali e impedir que isso acontecesse. Genevieve disse a ele que mesmo a menor chance de um Flagelo não poderia ser permitida, e ainda assim ela mudou de opinião. Esse plano dela... Tinha uma chance de dar errado e começar um Flagelo. Se era isso que esse Arquiteto realmente queria, poderia acontecer, e os Guardiões Cinzentos estariam ajudando ao invés de impedindo. Genevieve acreditava que o risco valia a pena. Ela acreditava muito, ele sabia só de olhar para ela. E ela queria que ele acreditasse nisso também. Mas talvez ela tenha esquecido porque foi até ali. Talvez ela quisesse que sua vida tivesse algum significado para justificar todos os seus sacrifícios.

Ou o que foi tirado dela.

— O que faremos agora? — Ele perguntou em silêncio, recusando-se a encarar os outros, embora pudesse sentir seus olhares. Ele olhou atentamente para suas algemas. Parte dele queria recusar, cuspir nos olhos deles e ficar com a comandante. Ele sempre acreditou nela, uma guerreira super-humana que podia fazer qualquer coisa. Por isso que a seguira para Ferelden e concordado em entrar nas Estradas Profundas. Ela iria derrotar esta ameaça sozinha, prevenir o Flagelo e provar seu valor para os Guardiões Cinzentos, e ele estaria lá para apoiá-la. Era o mínimo que devia a ela.

Mas então ele se lembrou do que ela falou em seu sonho. Duncan viu um lado dela que não sabia que existia. Ela era apenas humana, seu sonho não tinha sido maior do que o de qualquer um deles. Não havia razão para pensar que ela não tinha culpa. De alguma forma, isso o deixou se sentindo abatido e vazio, como se tivesse perdido algo importante.

— Vamos sair daqui— Kell declarou com a voz abafada.

— Precisamos avisar Ferelden — Maric disse. — Precisamos falar que o Flagelo está chegando, ou algo pior.

— E se o Arquiteto estiver certo? — Duncan perguntou.

— Então não precisaremos avisar.

Ele pensou sobre isso e assentiu devagar.

— Tá bom. — Balançando-se para trás, Duncan colocou os joelhos entre os braços até que pudesse colocar as botas nas algemas. Parecia que Fiona ia protestar, mas ele a ignorou. Pressionando as botas com força, ele ignorou o ferro raspando dolorosamente em seus pulsos, enquanto as empurrava o máximo que podia.

Com um silvo entre os dentes cerrados, ele sacudiu as pernas e estalou os polegares para fora da junta. As algemas rasgaram sua pele e deixaram um rastro de sangue enquanto deslizavam pelas suas mãos. Elas caíram no chão, fazendo barulho, e Duncan desabou, ofegando com o esforço.

Cerrando os dentes, ele pressionou as mãos contra o chão com força, colocando os polegares de volta no lugar. A dor era insuportável e ele podia sentir os tendões das suas mãos rasgando sob a carne. Ainda assim, funcionou.

Ele levou um momento para se acostumar com a dor aguda e, em seguida, respirou fundo e ficou de pé. Então percebeu os outros o encarando em choque.

— O que? — Ele perguntou, zombando. — Vocês acham mesmo que eu nunca sai de celas melhores que essa?

Alcançando o cinto, ele ficou satisfeito ao encontrar suas ferramentas ainda escondidas dentro do couro. Ele as ergueu com um sorriso.

— Vamos sair daqui antes que eles voltem.

17

Criador, mesmo que a escuridão venha sobre mim,
Eu abraçarei a luz. Eu resistirei à tempestade. Eu suportarei.
O que você criou, ninguém pode destruir.
— Cântico das Provações 1:10

FOI MUITA SORTE Duncan ter encontrado as armas deles.

Depois de alguns feitiços de cura rápidos de Fiona, o rapaz abriu a porta de pedra da cela em silêncio e colocou a cabeça para fora para garantir que podiam continuar. De acordo com os sentidos dos Guardiões Cinzentos, a área ao redor de sua cela estava quase sem criaturas. Sem guardas, sem patrulhas, sem portas trancadas—Duncan imaginou que, mesmo as crias das trevas prendendo prisioneiros agora, não era algo que eles tinham muita experiência.

Maric precisava concordar. Talvez seus captores não imaginassem que eles podiam escapar das suas correntes. Ou talvez não imaginassem que eles quisessem. O mais provável é que eles soubessem que não havia nenhum lugar para ir, a não ser na direção da horda.

Duncan havia retornado com suas armas em seus braços no minuto seguinte. Eles estavam em uma cela ao lado deles, junto com as mochilas e os broches mágicos que escondiam os Guardiões Cinzentos das crias das trevas. Teoricamente, tudo havia sido mantido lá para caso eles concordassem com o plano de Genevieve. Ainda assim, nem mesmo ter um guarda para vigiar as armas parecia uma tolice.

Mas talvez essas criaturas não tivessem guardas. O Arquiteto deu a entender que não tinha controle total sobre seus próprios companheiros. Ele precisou resgatar Maric e os outros das garras das crias das trevas, em vez de ordenar que o ataque parasse. Era um estranho e, portanto, seu suprimento de lacaios para agir como guardas nas celas era limitado ou inexistente. Maric não ia reclamar.

Era bom ter a espada longa de osso de dragão de volta em suas mãos, mesmo coberta com o icor negro de ogro. Tinha que se perguntar como eles conseguiram trazê-la volta aqui, mas ele não estava disposto a questionar aquele momento de sorte.

O cajado de Fiona estava lá, assim como o mangual de Kell. A única arma faltando eram as adagas de argentite de Duncan. O rapaz tirou outra arma de sua mochila: uma adaga de obsidiana com um cabo esculpido de aparência estranha. Ele testou o peso da adaga, fazendo vários cortes no ar com ela. Parecia satisfeito e Maric teve que admitir que a arma parecia mortal o suficiente. A lâmina negra o lembrava um pouco dos broches dos Guardiões Cinzentos, embora fosse muito mais extravagante e parecia vidro.

— Bom, pelo menos você tem uma arma que sabe usar. — Maric comentou.

— Eu roubei isso do Círculo dos Magos quando estava na torre. — Duncan falou. — Quase esqueci que estava na minha mochila. — Fiona usava o cajado como apoio, assim ela conseguiu iluminar seu caminho sem depender apenas da rocha brilhante dentro da cela.

O que se seguiu não foi sorte, mas Duncan provando que Genevieve o achou útil por mais motivos do que a sua habilidade com um par de adagas. O rapaz os conduziu pelos corredores da ruína, se esgueirando à frente de vez em quando para encontrar o melhor caminho, impedindo-os de se depararem com crias das trevas. Não que houvesse muitas delas—por alguma razão, a ruína parecia estar povoada por poucas criaturas, passando por eles para cuidarem de seus próprios afazeres. Maric não tinha ideia.

A própria ruína parecia ser algum tipo de fortaleza anã abandonada, pelo que Maric imaginava. Estava desmoronando, as paredes cheias de rachaduras e buracos onde a alvenaria havia desabado, as pedras cobertas por uma camada de pele espalhada pela mácula. Toda a estrutura cheirava a poeira e sujeira. Estavam nas Estradas Profundas? Ou algum lugar abaixo? Mais importante, quanto tempo levaria até que Genevieve e seus novos aliados descobrissem que haviam partido?

Na terceira vez que Duncan voltou de uma de suas breves missões de reconhecimento, veio com uma careta no rosto. Maric notou icor fresco escorrendo de sua adaga.

— Agora é questão de tempo. — Ele anunciou.

— Eles te viram? — Kell perguntou.

— Claro que não. Mas você não acha que eles vão perceber? — O caçador franziu a testa. — Então precisamos nos apressar.

Eles aceleraram o ritmo, entrando em salas laterais para se esconderem sempre que sentissem as crias se aproximando. Hafter rosnou no fundo da garganta enquanto esperava na escuridão, mas não alto o suficiente para que as criaturas ouvissem. Kell olhou com reprovação para seu cão, que pelo menos pareceu estar se desculpando. Aparentemente os broches ainda escondiam a presença dos Guardiões Cinzentos. Ou as crias das trevas os sentiam como outros de sua espécie e não se importavam.

Após uma hora rastejando pelos corredores escuros e desertos, Duncan finalmente os conduziu a uma ampla escadaria que descia para a escuridão. No entanto, ao invés de continuar, ele parou e ergueu a mão atrás de si. Ele mordeu os lábios e olhou para a frente.

— São muitas crias das trevas. — Fiona murmurou.

— Com certeza.

Os Guardiões Cinzentos pareciam preocupados. Até Hafter inclinou as orelhas para trás enquanto olhava para baixo, mostrando os dentes em um rosnado silencioso.

— De quantos estamos falando? — Maric perguntou.

— Cem. — Kell respondeu — Talvez mais. — Tem outro jeito de passarmos?

— Estou procurando. — Duncan suspirou. — Tinha uma passagem maior que levava para fora, eu acho, mas tinha mais criaturas no final. Talvez milhares, não sei. Não quis arriscar.

— Boa ideia.

Eles ficaram no topo das escadas, indecisos. Era por isso que Genevieve e os outros não estavam preocupados. Mesmo que saíssem da cela, o que fariam? A única saída da ruína levava a um pequeno exército de crias das trevas. Eles não podiam ter esperanças em vencer aquela batalha.

Duncan desceu as escadas para as sombras, acenando para eles ficarem para trás. Kell olhou para o rapaz, mas não havia nada que eles pudessem fazer. Era prosseguir agora ou voltar atrás, e voltar só causaria problemas. Genevieve insistiria em prendê-los, ou ao menos tentaria. E, se conseguisse, ela e seu irmão não cometeriam o mesmo erro duas vezes. O emissário podia não saber muito sobre como manter prisioneiros, mas eles não tinham esse problema.

Então esperaram. Kell sentou-se em um dos degraus, fazendo carinho na cabeça peluda de Hafter enquanto o cão gemia. Fiona espiou atrás de Duncan, a preocupação óbvia em seu rosto. Maric se encostou na parede de pedra e se viu olhando para ela. Ele observou seus olhos escuros e a curva de seu pescoço. Era estranho que ele se concentrasse nessas coisas enquanto ficavam em silêncio, mas não conseguiu se conter. O pensamento de sua noite juntos continuava passando pela sua cabeça.

— Como ele vai enxergar lá? — Perguntou, finalmente.

— Não muito bem. — Fiona respondeu e, por um instante, seus olhos se encontraram. A maga desviou o olhar instantaneamente, mas não antes de ver algo ali. Ela também estava pensando sobre isso.

— Fiona... — Ele chamou, mas sua voz falhou. O que deveria dizer? Aquele não era o lugar nem a hora, mas talvez não tivesse outra chance.

Ela não o encarou.

Maric, você não precisa dizer nada. — Eu sinto que preciso.

Parecia que ela estava prestes a dizer algo a mais, mas sua atenção desviou para Duncan voltando. O rapaz apareceu das sombras, rastejando de volta pelas escadas, agachado. Ele parou a vários metros deles, esfregando o queixo.

— Bem, — murmurou, — eu não vou mentir. Tá feio.

Kell assentiu. Os olhos do caçador estavam fechados e ele parecia angustiado. Mexendo na cabeça de Hafter uma última vez, ele colocou as mãos nos joelhos e se levantou.

— Diga. O que você viu?

— A escada está quebrada no final e termina em uma caverna natural. Grande. As crias das trevas estão lá. Cavando, eu acho.

— Cavando?

— Pelo que eu ouvi. Investiguei um pouco, mas não consegui ir longe. Logo na entrada da caverna, dá para ver todas as crias das trevas. Não tem onde se esconder e eles vão ver a gente.

O caçador assentiu.

— E? Tem alguma forma de sair?

— Não encontrei nenhuma. — Duncan suspirou. — Parece que dá para ir para cima se formos seguirmos a esquerda, mas tem por quê. Nunca passaremos pela horda. É só um deles olhar para cima e será o nosso fim.

— Então acharemos outro caminho. — Maric concluiu.

— Não. — Kell falou. Ele se virou e espiou a passagem escura atrás deles. — Eu acredito que eles já descobriram que fugimos e estão nos procurando. Não temos tempo.

— Então acabou. — Maric ficou frustrado, passando a mão pelo cabelo. — Então voltamos, nos rendemos e encontramos outra solução. Falamos com Genevieve e seu irmão. Fazemos eles entenderem nosso lado.

Duncan bufou.

— Você conheceu Genevieve, né?

Fiona balançou a cabeça.

— Maric, eu não acho que isso vai ajudar. — Então fazemos o que? Você quer avançar para a morte? — Ele caminhou em direção a ela e segurou seus ombros, fazendo-a olhar para ele. Ela parecia desanimada, quase à beira das lágrimas.

— Maric... — Ela balançou a cabeça.

— Não! Eu não vou te deixar morrer! E também não vou morrer. Eu vim até aqui. . . Acho que queria morrer. Acho que aceitei isso. Senti que não tinha motivo para viver, mas mudei de ideia! — Ele sacudiu os ombros dela, mas isso só a fez olhar para ele com mais pena.

— Maric, é tarde demais.

— Eu me recuso a aceitar isso. A Fiona que eu conheço, que desafiou o maldito que a fez escrava, também se recusaria. — Ele apertou a mandíbula e olhou para ela, exigindo que não se rendesse, como se ele pudesse convencê-la com pura força de vontade. Em vez de murchar sob seu olhar, ela se endireitou a contragosto e acenou com a cabeça. Ele viu a determinação voltando para os seus olhos.

— Se você diz. — Ela bufou.

— Seja lá o que a gente vai fazer, — Duncan se meteu, — precisamos fazer logo. Todas as crias das trevas estão conectadas entre si e a notícia está se espalhando rapidamente. Eles vão vir para cima em cerca de dois minutos.

— Então nós lutamos. — Fiona declarou. Ela se desvencilhou das mãos de Maric, sua magia azul começou a crepitar em torno da cabeça de seu cajado. — Lutaremos contra esse Arquiteto e se Genevieve, o irmão ou Utha quiserem nos impedir, então lutaremos contra eles também.

— Não. — Kell disse a palavra com força o suficiente para Fiona encará-lo com olhos arregalados. Maric também ficou sem entender. O caçador olhou para baixo das escadas em direção à caverna diante deles, seu rosto severo com determinação. Sua mão apertou o mangual em seu cinto até que os nós dos dedos ficassem brancos. — Vocês precisam avisar a superfície. Os Guardiões Cinzentos precisam saber que algo mudou entre as crias das trevas. Eles precisam saber o que está acontecendo, alguém que possa lhes contar sobre este Arquiteto e seus planos.

Fiona ficou confusa.

— Mas...

O caçador enfiou a mão no colete e tirou a pedra brilhante, seu esplendor laranja preenchendo o corredor instantaneamente. Ele colocou ao redor de seu pescoço.

— Eu vou atrair as crias das trevas para longe. Meus sentidos são bons o suficiente para que eu possa dizer onde elas estão e evitá-las por algum tempo. — Ele se virou para encarar Fiona com seus olhos pálidos. — Tempo o suficiente para vocês.

A elfa parecia alarmada agora, ela olhou para Maric e Duncan em busca de apoio. Duncan parecia igualmente alarmado, mas Maric conhecia o tom do homem. Ele tinha ouvido Loghain usando aquele mesmo tom, quando falava de algo terrível que precisava ser feito sem questionamentos. Pior ainda, Maric não conseguia argumentar contra.

— Kell, você não pode! — Ela protestou.

— Eu devia ter insistido mais para irmos embora quando tive a chance. Devia ter sido mais cuidadoso. — Kell se agachou na frente de Hafter, esfregando a cabeça do cão. Hafter o encarou de volta com olhos arregalados e confusos. Ele sabia que tinha algo errado. — Leve-o com vocês. — O caçador disse, sua voz cheia de emoção. — Ele sobreviveu a muitas jornadas e batalhas. Gostaria que ele tivesse uma chance.

Afagando o cachorro uma última vez, ele se levantou e acenou para Duncan.

— Você precisa levar o rei Maric embora. Fiona vai te ajudar. Eu sei que você consegue.

O rapaz só conseguiu acenar com a cabeça, estupefato.

Kell se virou para Maric e ofereceu a mão.

— Lamento que tenha terminado assim, Vossa Majestade. Você é um guerreiro bom, para um rei das terras baixas. — Ele deu um sorriso irônico, como se fosse uma piada pessoal. Maric sorriu tristemente para o homem e apertou sua mão.

— Que o Criador cuide de você, Kell.

O caçador se virou e começou a descer as escadas sem dizer mais nada. Ele puxou a flauta do cinto, o mangual chacoalhando enquanto sua ponta pontiaguda se desenrolava ao seu lado. Maric já podia ouvir a agitação das crias das trevas adiante. Havia um sussurro no ar, um zumbido que foi crescendo lentamente ao redor deles. Elas sabiam. Sabiam e estavam vindo.

Fiona se lançou para agarrar a coleira de Hafter, mas o cão foi muito rápido para ela. Ele desceu em direção a Kell, soltando um latido raivoso. O caçador se virou, olhando para o cão com um desgosto óbvio.

— Não. — Ele ordenou, apontando para trás, onde Fiona e os outros estavam. — Hafter, vá com eles!

O cão abaixou a cabeça, dobrando as orelhas para trás, confuso. Hafter era um inteligente, mas ainda era um cachorro. Kell olhou para o animal, ficando mais furioso a cada segundo.

— Eu mandei ir! — Ele gritou.

— Venha, Hafter! — Fiona chamou com urgência.

Mortificado por ter feito algo para ofender seu mestre, Hafter parou aos pés de Kell, esfregando o nariz nas botas do caçador e ganindo. Kell agarrou a coleira do cão com raiva e o puxou para cima, virando-o e empurrando-o de volta escada acima. — Vá! Agora! Vá com eles!

Mesmo assim, Hafter não quis ir até Fiona e correu de volta para Kell, gemendo agitado. Kell cambaleou para trás, atormentado, e o grande cão ganiu aos seus pés como um cachorrinho perdido. Sem aviso, Kell deu um passo à frente e chutou a lateral do cachorro com um grito.

— Obedeça! — Ele rugiu.

O chute foi forte e, embora Hafter tivesse enfrentado coisas muito piores—ele era um cão de guerra feito de pele e músculos, o cão desabou com um grito aterrorizado que ecoou por toda a passagem. Fiona cobriu a boca horrorizada e Maric ficou sem palavras. Kell olhou para eles, angustiado e sua expressão implorando ajuda. Ele olhou para o cachorro tremendo de medo em seus pés e começou a chorar.

— Oh Hafter, me perdoe! — Ele disse, sua voz falhou. Ele se ajoelhou e pegou a cabeça do cachorro em seus braços, acariciando seu pelo. Hafter olhou para ele com seus grandes olhos castanhos e abanou o rabo de forma incerta. Kell tentou dar um sorriso reconfortante em meio às lágrimas. — Me desculpa, meu velho amigo. — Ele sussurrou. — Pode me perdoar? — As orelhas do cão lentamente se levantaram e sua cauda bateu nas escadas. Não precisava perguntar. Os sons das crias das trevas estavam se aproximando e Maric podia ouvir o movimento na caverna ao pé da escada. Duncan lançou um olhar preocupado para ele. Eles estavam quase sem tempo.

Kell se levantou, com o rosto molhado de lágrimas, e Hafter ficou de pé com ele. O homem olhou tristemente para seu cão e apertou seu mangual.

— O que você diz, garoto? — Perguntou. — Está pronto para uma última batalha? Só você e eu? — O cão saltou no lugar, muito feliz por seu mestre levá-lo consigo, latindo de forma animada e ansiosa.

O caçador olhou para os outros escada acima e acenou com a cabeça solenemente.

— Me dê um minuto. — Ele pediu com firmeza. Seus olhos claros encontraram os de Maric e seu significado foi claro: nem mais, nem menos.

Sem mais despedidas, ele se virou e acelerou em direção à caverna, Hafter correu atrás dele. Girando o mangual, ele soltou um grito de guerra que explodiu nas sombras. Hafter juntou-se a ele com um uivo alto. O efeito nas crias das trevas foi instantâneo. Como fogo tocando a água, Maric ouviu um assobio furioso e uma grande comoção enquanto as criaturas se moviam para o ataque.

Mas Kell era muito rápido para elas. Ele e Hafter correram para a direita, desaparecendo na escuridão e levando as crias das trevas para fora. A última coisa que Maric viu foi o brilho laranja do amuleto, que diminuiu rapidamente.

— Ele se foi. — Duncan falou ainda abalado.

Maric assentiu.

— Não vamos gastar a chance que ele nos deu.

Eles esperaram um minuto excruciante enquanto os sons de perseguição nas passagens atrás deles aumentavam. Felizmente, a câmara à frente ficou em silêncio. Kell conseguira afastá-los, pelo menos por enquanto. Finalmente, quando Maric não aguentou mais, ele sacou sua espada longa e começou a descer as escadas. Fiona e Duncan não hesitaram e estavam logo atrás dele.

Juntos, eles correram para fora das ruínas anãs e de volta para as Estradas Profundas.

Maric não tinha certeza de quantas horas os três passaram correndo. Duncan assumiu a liderança quase imediatamente assim que saíram da caverna, correndo à frente e mantendo o ritmo. Eles atravessaram as passagens sem serem notados, sombras borradas iluminadas pelo cajado de Fiona. Duncan disse a eles para se esconderem quando sentissem as crias das trevas se aproximarem, eles foram forçados a atacar grupos pequenos três vezes, quando as alcovas sombrias e estátuas desmoronadas não seriam o suficiente para mantê-los fora de vista.

Cada vez que isso acontecia, eles precisavam se defender de um novo frenesi das crias enquanto elas se concentravam em encontrá-los. E eles conseguiram se livrar todas as vezes.

Em certo momento, o rapaz os parou e olhou para o teto da passagem em que estavam. Maric olhou para cima também, não parecia muito diferente dos tetos que já tinham visto, com vigas de pedras de suporte—muitas das quais haviam desmoronado, levando-o a se perguntar quanto tempo levaria para que as Estradas Profundas caíssem por completo. Talvez não fosse tão ruim se isso acontecesse.

— Estamos perto da superfície. Acho que estamos subindo. — Duncan murmurou.

Fiona ergueu as sobrancelhas.

— Como você sabe?

— É um chute.

Eles pararam por um tempo, o suor escorrendo por seus rostos enquanto ofegavam de exaustão. Mas logo Duncan os incentivou a continuar. Fiona não reclamou e Maric só presumiu que isso significava que eles sentiam as crias se aproximando novamente. Então eles correram de novo. Maric começou a se perguntar se eles acabariam em Gwaren. Ele sabia que esses túneis levavam à cidade, seria engraçado, já que a entrada das Estradas Profundas lá foi selada anos atrás.

Bem, talvez engraçado não fosse a palavra. Infeliz podia ser mais apropriado.

Eles passaram por um longo corredor em ruínas, cheio de pilares altos e alvenarias caídas do teto que eles precisaram escalar. Os sons dos caçadores profundos estavam altos, o suficiente para fazer Fiona olhar ao seu redor, alarmada, quando chegaram ao topo de uma das pilhas.

— Eles vão vir atrás da gente? — Ela perguntou, nervosa.

— Só tem três de nós agora, então por que não? — Maric queria dizer isso como uma piada, mas sua falta de ar tornava aquilo difícil. Ela o encarou em resposta, mas não disse nada.

— Se continuarmos avançando, eles não vão ter tempo para nos devorar. — Duncan advertiu. O rapaz parecia ter uma quantidade ilimitada de energia e parecia apenas um pouco cansado, enquanto Fiona e Maric estavam tropeçando atrás dele e quase caindo. Ainda assim, eles tinham sobrevivido até agora. Mas isso podia mudar logo, então continuaram correndo.

Depois de uma quantidade indeterminada de tempo gasto atravessando as passagens, Maric sentiu-se prestes a desmaiar. Ele nem estava prestando atenção aos cruzamentos pelos quais passavam. Duncan havia afirmado que eles não estavam andando em círculos, mas Maric não tinha ideia de qual era seu método para escolher um caminho. Até onde ele sabia, o rapaz poderia estar levando ele de volta para as ruínas. Talvez Duncan estivesse simplesmente escolhendo a direção que o levava para longe da sensação das crias das trevas? Isso parecia lógico, mesmo que ainda não os levasse a lugar nenhum.

Ele se perguntou o que Genevieve estaria fazendo agora. Estaria procurando por eles por conta própria, ou o Arquiteto tinha mais controle sobre as crias das trevas do que afirmava? Tentou imaginar um Guardião Cinzento guiando uma horda de crias das trevas em uma busca nas cavernas, mas sua mente não concluiu a imagem. Era muito bizarro. Felizmente, embora Genevieve talvez adivinhasse para onde eles tinham ido, ela não podia saber qual rota eles estavam tomando, já que eles mesmos não sabiam.

Talvez ela não se importasse. Talvez ela, seu irmão e Utha simplesmente continuassem com o plano do Arquiteto, encarando a fuga como uma perda infeliz. Afinal, ela alegou que pretendiam fazer isso sem qualquer ajuda. Ainda assim, Maric achava difícil acreditar naquilo.

Eles estavam passando pelo que parecia ser os restos em ruínas de um posto avançado de anões quando Maric notou a estátua manchada bem no meio. Ele parou, encarando com os olhos arregalados. Estava meio coberto de mácula, mas a imagem de um grande rei anão com seu martelo de guerra erguido era inconfundível. Ele caminhou até a borda da pequena caverna em que o posto avançado estava, estudando os escombros e os túneis desmoronados ao redor. Seria...?

Fiona parou na frente e Duncan também se virou.

— O que foi, Maric? — Ela chamou. — O que você achou?

— Eu já estive aqui antes. — Ele caminhou até a estátua lentamente, as pedras sob suas botas ecoando pela caverna. De repente, ele percebeu o quanto suas pernas doíam. Fiona e Duncan avançaram para dentro da caverna atrás dele, olhando em volta como se temesse que criaturas subterrâneas pudessem pular das sombras. — Esse é Endrin Martelo-de-Pedra. — Ele falou. — O primeiro rei dos anões.

— Que legal. — Duncan murmurou. — Por que paramos?

— A Legião dos Mortos nos trouxe aqui. O posto deles ficava aqui. — Ele apontou para uma área perto da estátua, agora coberta de escombros. — E foi aqui que enterraram alguns dos legionários que morreram lutando contra as crias das trevas quando os encontramos pela primeira vez.

— Você acha que eles deixaram algo para trás? — Fiona perguntou.

— Talvez. Eu lembro que eles não podiam levar todos os suprimentos.

Duncan olhou para algumas das cavernas laterais que haviam desabado. Algo havia passado por ali, algo com o objetivo de destruir a maior parte do que a Legião havia deixado para trás. Talvez crias das trevas? A Legião era um de seus inimigos mais odiados, junto com os Guardiões Cinzentos. Talvez eles tenham vindo e desfigurado a área assim que os anões partiram.

— Qualquer coisa ali pode estar quebrada. — O rapaz falou. — Ou destruída.

— Faria mal olhar?

Duncan lançou um olhar irritado para Maric, mas Fiona ergueu a mão.

— Você sabe bem que as crias das trevas ficaram para trás. Eu nem consigo senti-las agora.

— Talvez você esteja certa. — Duncan olhou em direção à entrada da caverna, perturbado. — É que continuo esperando que Genevieve apareça de todas as sombras. Eu sinto que ela está logo atrás da gente.

Fiona bufou.

— Ela é só humana, Duncan, como vimos hoje.

— É, acho que sim. — Ainda assim, Duncan parecia muito mais triste do que assustado e, com um último olhar pensativo para a entrada, ele se virou e acenou com a cabeça. — Vamos parar e descansar aqui. Há apenas uma entrada para a caverna e, mesmo com todos os escombros, ainda é bastante defensável. Esse é o melhor que vamos conseguir.

Eles passaram algum tempo vasculhando as ruínas, mas além de encontrar algumas caixas de pedra dentro de uma das cavernas menores, não havia tanto quanto Maric esperava. Utensílios de cozinha, potes e panelas, alguns cobertores gastos e roupas empoeiradas. Felizmente, os anões tinham um talento especial para construir caixas resistentes que mantinham o interior protegido. Maric foi capaz de encontrar um par de botas que cabia nele, Duncan localizou um colete de couro cinza que substituiu bem o seu gibão rasgado.

Fiona localizou uma caixa com alguns suprimentos de comida, a maioria inútil, sem dúvida deixados para trás por um bom motivo, mas pelo menos alguns ali pareciam comestíveis e eles os mastigaram em silêncio. Bolas de carne seca, embora Maric não pudesse imaginar de que tipo de carne. Talvez nem fosse carne. Ele se lembrava de que Nalthur, o líder da Legião, reclamara da falta de comida decente. Uma reclamação que fazia sentido.

A elfa ficou muito mais satisfeita quando localizou uma bacia empoeirada e rachada sob uma pilha de pedras. Tinha um efeito mágico, ela exclamou, e quando passou as mãos sobre ele, a bacia começou a se encher de água. Maric tinha visto algo semelhante durante seu tempo no thaig de Ortan anos antes, Fiona explicou que era um encantamento bastante simples—um em que os Moldadores anões se especializavam.

Isso os deu a oportunidade de se lavar pelo menos um pouco e eles se revezaram na bacia. Maric não percebeu o quão sujo ele estava até que começou a limpar um pouco da poeira e do icor seco que se acumulou sobre ele. Passou água pelos cabelos, notando o quanto a bacia assumia um tom vermelho amarronzado. Em seguida, a água clareou lentamente, como mágica.

"Na verdade por causa da mágica," ele se corrigiu. "Podíamos ter uma dessas no palácio".

Ele enxugou o rosto mais uma vez com a toalha improvisada, maravilhado com a sensação da água fria em sua pele. Ignorando a cautela, ele desfez as tiras de seu peitoral e removeu a metade superior de sua armadura. Em seguida, ele tirou a camisa e começou a se lavar. A caverna era apertada, mas permitia um pouco de privacidade e, por um breve minuto, ele gostou de ficar sentado em silêncio, ouvindo apenas o som da água pingando e se sentindo humano novamente.

— Queria ter pensado nisso. — Fiona meditou, parada na entrada da caverna.

Ele sorriu para ela.

— Cadê o Duncan?

— De vigia na entrada da caverna. Ele me viu olhando para a caverna, revirou os olhos e me disse que ficaria por lá até que um de nós viesse buscá-lo. — Ela falou rindo, mas o silêncio voltou rápido. Uma sombra cruzou atrás de seus olhos e ela franziu a testa. — Ele ainda não está ouvindo o Chamado.

— Mas você está?

— Sim. E está ficando pior. — Ela caminhou em direção a ele e se ajoelhou ao lado da bacia, encostando seu cajado contra a parede. Ela se recusou a cruzar os olhares com ele, que observava enquanto ela tirava a camisa. Assim que as costas dela apareceram, ele notou os sinais reveladores da mácula se espalhando. As manchas eram pequenas, mas perceptíveis, e ele não se lembrava de ter visto nada quando ficaram juntos na noite anterior.

Fiona começou a tremer de repente, cobrindo os olhos com as mãos e sufocando um soluço. — Consegue ver? — Ela perguntou, sua voz cheia de agonia.

— Sim.

— É claro. Como não veria? — Ela enxugou os olhos e, em seguida, balançou a cabeça com raiva. — Está nas minhas mãos também. Eu vou acabar como Kell. Ou Utha.

— Não vai.

— Não diga isso. — Fiona o encarou. — Claro que vou. Não dá para voltar atrás, não é? Mesmo se chegarmos à superfície, eu... Estou morta. Eu nem me sinto elfa mais.

Ele se aproximou, ela fechou os olhos e respirou fundo. Afundando seu pano na bacia novamente, ele o pegou e começou a lavar as costas dela. Fiona tomou um susto com a água fria, mas logo aquiesceu. Por um tempo, ele passou o pano sobre a pele dela, incluindo as áreas contaminadas, e ela não disse nada, continuando a olhar para frente. Às vezes ela estremecia quando os dedos roçavam nela. O silêncio preencheu a pequena caverna, mas, de alguma forma, não era desconfortável.

— Maric, — ela perguntou — você acha que vamos sair daqui?

— Sim, eu acho.

— Por quê? Nossas chances não são boas.

— É que... — Ele sorriu. — Eu tive sorte na maior parte da minha vida. Eu mal escapei na noite que minha mãe foi assassinada, encontrei Loghain por acaso. Ele salvou minha vida inúmeras vezes durante a rebelião. Na verdade, ele não foi o único. Acho que tive ainda mais sorte agora.

— Talvez sua sorte tenha esgotado. — Fiona falou. Seu tom era mais severo do que ela pretendia, ela mordeu o lábio inferior assim que disse isso. Ele não se importou. Seu sorriso se alargou quando ele limpou a nuca dela com o pano frio e a sentiu estremecer.

— Na verdade eu acho que minha sorte está voltando.

A elfa virou a cabeça para encará-lo com curiosidade. Maric continuou a lavar o sangue seco de sua pele enquanto ela o avaliava, vários pensamentos passando pela sua cabeça. Ele não perguntou nada e logo ela franziu a testa e disse o que pensava. — Sabe, você não precisa viver assim.

— Oh? Assim como?

— Como um homem preso. — Agora era a vez dele de ignorar o olhar. — Você é rei, pode fazer qualquer coisa, Maric. Mas você age como se fosse um escravo. Age como se o presente que o Criador te deu fosse um fardo.

Ele suspirou, levando um longo minuto para molhar o pano na bacia mais uma vez. O icor se espalhou pela água como uma flor escura e mortal.

— Eu não acho que sou tão livre quanto você pensa.

— Não? O que está te prendendo, exatamente?

— Eu não escolhi ser o que sou hoje. Meu país precisava de mim. O jeito que Rowan e Loghain olhavam para mim, eles esperavam que eu assumisse a posição. Ser um rei forte. Ser um rei bondoso. Reconstruir Ferelden. E eu fiz isso. Mas... Tudo o que sinto é que há uma estrada longa à minha frente, sem surpresas, e eu vou continuar caminhando por ela até que um dia eu simplesmente caia e morra. — Ele deu uma risada triste. — Tenho certeza que eles farão um funeral enorme, com muitas mulheres fereldenianas chorando sobre meu túmulo.

Os olhos de Fiona se estreitaram.

— E você nunca quis ser rei? Nem um pouco?

— Eu queria vingar a minha mãe. Eu queria expulsar os orlesianos de Ferelden.

— Mais nada?

— Bem...

Ela se virou para encará-lo, sua saia farfalhou no chão de pedra. Parecia estar completamente alheia ao peito nu e segurou o queixo dele com firmeza.

— Essa elfa que você matou. Qual era o nome dela?

Ele sentiu que estava corando. Realmente não queria falar sobre isso, mas a maneira como ela o encarou com seus olhos escuros, era como se estivessem perfurando seu crânio. — Katriel. — Ele respondeu.

— Você a amava?

— Que tipo de pergunta...?

— Você amava ela? — Fiona insistiu.

— Sim. — Era difícil admitir. Ele teria desviado do olhar se ela não tivesse segurado seu queixo com força. Fiona o encarou e sorriu calorosamente.

— Então você vai se punir pelo o que fez pelo resto da vida? — Seus olhos lacrimejaram enquanto ela balançava a cabeça. — Maric, você me disse naquelas escadas que você tinha mudado, que você queria viver. Viva! Você tem a liberdade que eu nunca tive. Aproveite! Você quer compensar seus erros com essa elfa? Certifique-se de que ninguém vai acabar que nem ela. — Fiona soltou seu queixo e piscou para afastar as lágrimas, franzindo a testa por ter chorado. — Existem todas essas histórias sobre o grande Maric, o Salvador, e eu pensei que eram só mentiras. Achei que era uma fachada refinada como meu mestre costumava ter, sorrisos que mascaravam a verdade. Mas Ferelden deu sorte de ter um homem bondoso como rei.

— Eu não sou tão bom assim.

Ela bufou sem acreditar.

— Só um homem bondoso diria isso. — Ela pegou o pano úmido e começou a limpar seu rosto com ele. Ele deixou, observando-a em silêncio. Então ela fez uma pausa, olhando para ele com seriedade. — Você precisa se perdoar, Maric. Ou eu juro que vou socar a sua cara.

Foi quase a mesma coisa que Katriel disse a ele no Turvo. O pensamento lhe causou uma pontada de arrependimento, mas ainda assim ele riu da expressão de Fiona, e foi bom rir. Ela abriu um sorriso com aquilo. Então foi limpar o rosto dele novamente, mas ele estendeu a mão e pegou a dela, parando de rir.

— Venha comigo. — Ele pediu. — Para Denerim.

— Nós nem saímos das Estradas Profundas ainda.

— Eu sei que nós dois podemos morrer. Mas quero que venha comigo mesmo assim.

O sorriso dela foi educado, mas ele percebeu a recusa antes mesmo que ela dissesse.

— Eu sou uma Guardiã Cinzenta. — Ela suspirou. — E uma elfa. E maga. E se isso já não fosse o suficiente, a mácula está se espalhando. Meu tempo é limitado.

— Eu não me importo.

— Mas eu me importo. — Ele percebeu que não conseguiria argumentar. — E eu me importo com você.

Ele se inclinou e a beijou. Ela foi pega de surpresa, prestes a falar novamente, mas se acalmou e aceitou a aproximação. Ele a inclinou contra o chão, seus beijos ficando mais apaixonados, derrubando a bacia dos anões de modo que a água fria corresse ao longo da pedra e encharcasse suas roupas.

Eles mal perceberam.

Duncan parecia mais surpreso quando os acordou um pouco mais tarde, limpando a garganta ruidosamente do lado de fora da entrada da caverna. Quando eles finalmente saíram, com as roupas encharcadas e arrumando as armaduras, ele riu deles.

— Então acho que vocês não vão mais reclamar um do outro?

Fiona ficou vermelha e ele sorriu.

Ele não os deixou dormir mais porque as crias das trevas estavam se aproximando. Foi aí que a diversão acabou, eles pegaram os poucos suprimentos que queriam levar e saíram rapidamente. Maric viu as olheiras de Duncan e se sentiu mal. O rapaz podia ter dormido um pouco, mas ele e Fiona tinham sido egoístas e usado todo o tempo de descanso.

Ainda assim, Duncan não reclamou. Ele também parecia determinado, de alguma forma. Maric não sabia dizer bem o porquê.

Eles passaram metade do tempo correndo, atravessando os corredores escuros, e Maric tentou, mas não conseguiu se lembrar da rota que a Legião dos Mortos havia feito para chegar ao posto. Não demorou muito para ele perceber que não estava reconhecendo os corredores.

Eles mantiveram o ritmo por várias horas, se esforçando muito. A expressão apreensiva de Duncan disse a ele que as crias das trevas não poderia estar muito longe, embora Maric não pudesse ouvir os sons delas se aproximando. As Estradas Profundas estavam em silêncio. Apenas o som de seus passos ecoou e, com o passar do tempo, Maric percebeu que os sinais da mácula ao redor estavam diminuindo.

— Estamos chegando na superfície? — Ele perguntou para o nada.

Fiona e Duncan o encararam, mas não disseram nada.

Outra hora se passou, os três estavam suando enquanto se arrastavam. Eles estavam subindo uma encosta; a dor nas pernas de Maric dizia muito. Mesmo atrasando, eles continuaram. Afinal, eles queriam ir para cima.

No topo da encosta, a luz do cajado de Fiona revelou que o corredor terminava em um beco sem saída. O telhado ali havia desabado há muito tempo, deixando o fim do túnel cheio de pedras e escombros, sem um caminho para contornar. Eles pararam, olhando para toda a poeira com olhos arregalados.

— Ah, que maravilha. — Duncan resmungou, limpando a testa. — Nós vamos precisar voltar rápido ou vamos dar de cara com as crias antes da última passagem. — Ele se virou para fazer exatamente isso, mas antes mesmo de dar o primeiro passo, Maric ergueu as mãos.

— Espera. Está sentindo o cheiro? — Maric estava tão acostumado com o fedor da mácula nos túneis, e com o cheiro de mofo da poeira, que quase pensou que seu nariz tinha parado de funcionar em legítima defesa. Mas lá, a menos de três metros da enorme pilha de pedras, ele podia jurar que sentiu o cheiro...

— Ar fresco. — Fiona falou. Seus olhos brilharam de repente, ela se aproximou das rochas e escalou a encosta até chegar perto do teto. Ela sorriu e olhou para eles. — Eu acho que o caminho leva para fora! A superfície deve estar logo ali!

— Tem certeza? — Duncan perguntou.

— Não consigo ver luz nenhuma, mas tem ar vindo de cima dessas rochas. — Ela estendeu a mão e empurrou, passando por vários pedaços maiores, franzindo a testa com o esforço. — É isso mesmo, consigo sentir.

Maric coçou o queixo pensativo.

— Talvez esse caminho leve para uma das portas seladas das Estradas Profundas na superfície? Que não está mais lá.

— Não importa. — Duncan suspirou. — Não vamos conseguir cavar uma passagem aqui a tempo. As crias das trevas vão nos encontrar bem antes. — Ele olhou de volta para a passagem escura. — Pelo menos vai ser mais fácil descer do que subir.

— Não. — Fiona falou. Ela desceu as rochas em direção a eles, segurando seu cajado na mão com firmeza. O seu olhar deixou Maric nervoso. — Vamos sair daqui. Agora. — Ela encarou Duncan e ele ficou de boca aberta.

— Você não vai... — Ela parou na frente deles, franzindo o cenho.

— Afastem-se. Bastante.

Eles obedeceram. No momento em que Maric e Duncan voltaram correndo pela passagem, Fiona já estava se concentrando. Redemoinhos de fogo mágico estavam se formando em torno de suas mãos e subindo pelo seu corpo, as chamas de repente ficando mais quentes e maiores.

Mas ela não soltou a energia. Ela segurou o cajado acima da cabeça e fechou os olhos, sua boca se movendo em um canto silencioso. O fogo aumentou. A energia branca começou a circular em torno de seu corpo, iluminando todo o túnel como se fosse dia. O cajado tremeu e ficou óbvio que a magia era difícil para Fiona controlar. Ela cerrou os dentes e agarrou o cajado com força, um arco de chamas a envolveu lentamente.

— Ela é doida! — Duncan exclamou. — Ela vai derrubar o teto na gente!

Maric não tinha tanta certeza.

— Talvez a gente devesse se afastar um pouco mais.

A bola de fogo, quando foi lançada, fez o túnel inteiro tremer. Houve um enorme clarão de luz e um som que os ensurdeceu, a reação da força da explosão jogou os dois há vários metros de distância. Vários grandes pedaços de rochas caíram nas proximidades, seguidos por um enxame de poeira espessa e fumaça que os sufocou. Ele engasgou e tossiu, pensando por um momento que Duncan podia estar certo, mas então sentiu outra coisa.

A poeira começou a se mover. Ela girou quando uma leve brisa atravessou o túnel.

Maric se sentou, afastando a poeira, tossindo um pouco mais. Duncan parecia bem, mas não conseguia ver Fiona através da nuvem. Ele se levantou com dificuldade e ficou aliviado ao encontrá-la deitada de costas, não muito longe. A maga havia sido jogada para trás pela bola de fogo, agora estava tossindo e pálida, mas parecia bem.

A pilha de destroços que bloqueava o túnel havia sumido. As paredes e o teto estavam queimados e muito da parte superior da pilha havia sido destruída. Estava muito escuro, mas o ar fresco entrava pela passagem. Muito ar fresco. Maric nunca tinha sentido um cheiro tão bom.

— Fiona! — ele falou e riu. — Você conseguiu!

— Ótimo — ela gemeu, fraca. Maric se abaixou e a ajudou a se levantar. Ela estava tremendo. Ele suspeitou que ela tinha usado todo o seu estoque de mana naquela explosão. Ainda bem que a explosão tinha mandado as pedras para fora e não na direção deles. Ou direcionado o fogo para eles. Ou...

Ele olhou para cima e viu várias rachaduras se formando na alvenaria ao longo do teto, nenhuma delas estava em boas condições para começo de conversa. Mais poeira e destroços estavam caindo.

— Precisamos sair daqui — Duncan murmurou, mancando na direção deles.

Maric acenou para ele subir na pilha. Ele não era tão pequeno quanto Fiona, mas ela estava exausta o suficiente para precisar de ajuda. O rapaz não precisou ser avisado duas vezes e escalou as rochas rapidamente. O espaço que se abriu no topo da pilha não era grande, ele precisava rastejar lentamente para passar, cavando seu caminho entre os obstáculos.

Maric e Fiona ficaram um ao lado do outro, observando enquanto as pedras caíam na pilha atrás de Duncan. Eles ainda podiam ver suas pernas; não tinham passado completamente. Enquanto isso, mais poeira e detritos caíam do teto. Ele também podia ver rachaduras maciças se formando ao longo das paredes. Essa passagem não ficaria de pé.

— Ah — Fiona falou, tão exausta que parecia mais entediada do que assustada. — Isso pode acabar muito mal.

— Não diga. — Maric sorriu para ela. Então ele se virou e gritou. — Duncan! Anda logo!

Ele ouviu uma resposta abafada além das pernas, algo que poderia ter sido uma afirmação ou um palavrão. De qualquer maneira, com uma contorção final, as pernas de Duncan finalmente desapareceram. Uma nova chuva de pedras menores caiu, espalhando-se pela lateral da pilha. Um momento depois, a cabeça do rapaz apareceu pelo buraco.

— Tem uma caverna aqui! — Ele exclamou. — Uma caverna de verdade. E vai para fora.

Fiona foi em seguida, Maric a ajudou até que Duncan a alcançasse. Assim que ela se afastou, Maric começou a remover sua armadura. Se Duncan mal cabia, suas chances eram menores ainda—e vestindo sua armadura de prata seria sem dúvida impossível. A placa da armadura caiu no chão e ele trabalhou se apressou para tirar o resto. Era uma pena perder uma armadura tão boa, mas era preciso.

Conforme o cajado desaparecia no buraco, a única fonte de luz ia junto. O brilho branco foi sumindo até que tudo o que restou foram as sombras e os sons crescentes de desmoronamento. Algo extremamente pesado caiu no chão atrás dele. Maric ficou bem feliz por não poder ver o que era. Um grito abafado veio além da pilha:

— Ela passou! — e Maric não esperou. Ele correu até a pilha e jogou sua espada e sua mochila através da abertura. Em seguida, saltou atrás deles. Não avançou muito antes que o som do colapso no túnel atrás dele se tornasse ensurdecedor, e uma nuvem de poeira passou por ele.

Por um momento ele pensou que iria sufocar até a morte naquele espaço minúsculo. Ele podia ver uma luz fraca através da poeira à frente e tentou rastejar para frente enquanto tossia e engasgava. Era quase demais para ele. O peso do teto parecia estar pressionando-o para baixo. Ele ficou tonto e desacelerou. Ouviu mais desabamento atrás dele, sons de estalos tão alarmantes que soaram como se uma montanha inteira estivesse caindo em volta dele. Ele gritou, mas o som se perdeu no meio de todos os barulhos.

Então mãos o pegaram. Ele se sentiu sendo puxado pela abertura. Foi lento, ele tentou chutar e se contorcer o máximo que podia, mas ele era muito grande. Pedras cutucavam sua camisa dolorosamente e ele ouviu algo rasgando. Ele sentiu arranhões na pele e uma dor aguda quando sua carne foi rasgada.

Então, de repente, ele passou. Ele estava sendo puxado para o outro lado, meio rolando e meio caindo em uma encosta rochosa, até que ele estava deitado, olhando para a poeira e a luz branca nebulosa. Duncan e Fiona também estavam tossindo; podia ouvi-los, mas só via sombras vagas através da poeira. Maric se sentiu tonto e nauseado, como se o mundo estivesse girando ao seu redor.

— Vamos tirá-lo daqui! — Fiona gritou.

Ambas as mãos o agarraram novamente, tentando colocá-lo de pé. Desta vez, Maric fez o possível para ajudá-los, tentando levantar e falhando miseravelmente. Viu sua espada longa caída nas rochas e a agarrou, então foi puxado em outra direção.

Ele tropeçou, todos os três tossindo e engasgando. Teve uma impressão de que, através da poeira, a caverna estava cheia de ruínas de algum tipo. Ele viu os restos de uma das grandes portas de metal que os anões usaram para selar as entradas, bloqueando metade da passagem da caverna, mas esta estava tão enferrujada que mal dava para identificar.

Ele se perguntou se havia até mesmo uma caverna para eles avançarem. Aquela pilha de pedras não devia ter vindo no colapso do túnel? A menos que alguém tenha empilhado aquelas pedras lá para selar as Estradas Profundas. Teve que se perguntar se isso foi algo feito por fora ou por dentro.

Uma brisa fria o atingiu no rosto antes que ele percebesse que estavam fora da caverna e ao ar livre, parados em uma encosta rochosa coberta de neve. Era noite, com um céu sem nuvens, cheio de um milhão de estrelas e a lua prateada quase cheia. Naquele momento, enquanto os três estavam ali, atordoados, Maric achou que era a visão mais bonita que viu em toda a sua vida.

Fiona o soltou e se encostou nas pedras, enxugando o suor da testa. Havia muita neve ali, indo até a metade de suas canelas. O frio congelante que sentiu através das botas era maravilhoso, ele se abaixou para pegar um pouco da neve e espalhar no rosto. Eles estavam todos cobertos por uma poeira cinza que se assentou na pele como areia.

Duncan riu e olhou em volta enquanto enxugava o rosto com as costas da mão. Qualquer que fosse a vista lá fora, estava quase toda escondida pelas rochas ao redor deles, mas Maric podia ver um pouco de verde ao longe.

— Onde estamos? — O rapaz perguntou.

— Não tenho certeza. — Maric respondeu. — Vamos precisar de um lugar mais alto para descobrir.

— Espera. — Fiona falou. Ela se afastou das pedras e colocou as mãos no ombro dele. Só então Maric percebeu que sua camisa estava quase toda em farrapos e manchada de sangue. Tinha vários cortes profundos no peito, cobertos de sujeira e sangrando.

Ela fechou os olhos, concentrando sua energia, embora ainda estivesse pálida e fraca. Ele a parou e balançou a cabeça.

— Agora não, podemos fazer isso depois. — Ela não discutiu, o que indicava, além de todo o resto, que estava exausta.

Eles caminharam devagar pela encosta mais suave das proximidades, Duncan assumiu a liderança e ajudou os dois a subir. Quando chegaram ao topo, Maric descobriu que o luar brilhante permitia que eles vissem a paisagem nevada ao redor. Eles estavam no sopé das Montanhas do Dorso Frio, com árvores pontuando na encosta que descia diante deles para as planícies e uma floresta densa mais distante.

— Estamos no noroeste, eu acho. — Ele disse. Ele apontou para o horizonte. — Eu acho que o Círculo dos Magos é por ali. Se fosse dia, poderíamos ver daqui.

Fiona o encarou, perplexa.

— Como você sabe?

— Você acha que eu nasci no palácio? Lembra, eu passei metade da minha vida escondido nessas montanhas. Eu achei que não prestava muita atenção, mas acho que estava errado. Não estamos longe do Lago Calenhad. — Duncan esfregou os braços, aparentemente já congelando, e desta vez nem tinha sua capa de pele para mantê-lo aquecido. Ele encarou Maric, que estava sem armadura e agora quase sem camisa, e balançou a cabeça surpreso. — Então vamos logo. — Ele sugeriu.

Eles começaram a andar encosta abaixo. Fiona fez o possível para tentar remontar os farrapos ensanguentados da camisa de Maric, mas não ajudou muito. Ele não se importou, pois era bom sentir a brisa e o ar frio, mas imaginou que se importaria muito antes que a noite acabasse.

No entanto, no meio do caminho, eles viram três figuras se aproximando da base da montanha. Eles emergiram das sombras, a princípio quase imperceptíveis, e inicialmente Maric pensou que poderiam ser crias das trevas. Ele ergueu sua espada e Duncan sacou sua adaga negra, mas Fiona apontou com entusiasmo.

— São magos! — Ela exclamou.

Ela estava certa. Eles pararam sua descida quando os três magos se aproximaram, suas vestes agora evidentes, assim como seus cajados. Na verdade, o homem à frente do grupo era ninguém menos que o próprio Primeiro Encantador Remille, sorrindo e erguendo a mão para acenar.

— O Primeiro Encantador? — Duncan perguntou confuso.

Maric também achou que era muito conveniente, mas Fiona parecia aliviada.

— Primeiro Encantador! — Ela gritou. — Ainda bem que você nos encontrou! — Ela segurou as saias e começou a correr em direção ao Primeiro Encantador enquanto os magos se aproximavam. Maric ergueu a mão para impedi-la, achando suspeito, mas ela escapou.

— Fiona! — Ele gritou. Viu quando o Primeiro Encantador parou de sorrir tarde demais. O homem ergueu seu cajado, energia mágica estalando pelo seu comprimento. Os outros dois magos fizeram a mesma coisa e, de repente Fiona derrapou até parar, sua excitação se transformando em surpresa.

Duncan tomou um susto e avançou. Maric estava logo atrás, levantando sua espada e gritando. Os magos liberaram uma onda de energia mágica neles logo em seguida, e ele se sentiu paralisado. Sua espada estava congelada no ar e ele não conseguia se mover. Duncan estava um passo na frente dele e Fiona ficou parada, atordoada, a menos de um metro de distância. Uma aura de poder envolveu os três, um feitiço que os manteve parados.

Remille abaixou seu cajado e sorriu, embora desta vez sua expressão fosse muito mais maliciosa. Ele caminhou até Fiona, dando tapinhas em suas bochechas e rindo enquanto ela o olhava horrorizada. Maric lutou para tentar se livrar do feitiço, só querendo partir o mago orlesiano ao meio, mas não conseguiu.

— Bom. — O homem disse, esfregando sua barba pontuda enquanto se virava de Fiona para Duncan e depois para Maric. — O Arquiteto falou que vocês poderiam tentar sair por aqui. Eu não achei que fosse possível, mas aqui estão.

Ele gesticulou para os dois magos atrás dele, que avançaram, tirando um saco do qual removeram várias correntes. Remille sorriu para Maric.

— Sorte a minha. — Ele sorriu.

18

Aquela que se arrepende, que tem fé,
Inabalada pelas trevas do mundo,
Esta conhecerá a verdadeira paz.
— Cântico das Transfigurações 10:1

DUNCAN CONTEVE A RAIVA enquanto era conduzido com os demais de volta para a torre do Círculo dos Magos. Eles foram acorrentados e amordaçados de novo, e Duncan foi preso ainda mais apertado do que Maric ou Fiona. Os magos foram informados sobre quem provavelmente foi responsável por facilitar a primeira fuga.

Foram levados de volta a cavalo, Maric e ele trocando olhares de pavor, mas incapazes de falar. Fiona parecia querer queimar tudo, sua fúria era enorme. Se os olhares que ela lançava ao Primeiro Encantador pudessem machucá-lo, ele teria problemas. Duncan tinha que concordar. Genevieve e seu irmão serem loucos o suficiente para trabalhar com as crias das trevas para acabar com o Flagelo era uma coisa, mas teriam os magos o mesmo motivo? Apesar de pouco saber sobre eles, isso parecia muito improvável.

Remille e seus dois companheiros cavalgavam enquanto conversavam em orlesiano, mas não muito, pois pareciam com pressa. No entanto, foi o suficiente para Duncan entender algumas coisas. A primeira era que os três magos eram orlesianos. Em Ferelden, isso não era muito comum. Pelo que ele entendeu, também parecia que a torre havia sido invadida. Eles mencionaram outros magos sendo "colocados sob controle" e até mortos.

Então nem todos os magos do Círculo concordavam com aquilo? Bom saber. Também parecia que tinha crias das trevas na torre. Duncan presumiu se tratar de uma referência ao Arquiteto, mas ainda assim ficou surpreso. A ideia do emissário realmente vindo à superfície era difícil de imaginar. Mas, e se estivessem falando de outras crias das trevas? E se a torre estivesse cheia de criaturas? Impossível!

Havia um barco grande esperando por eles quando chegaram a uma faixa deserta ao longo da costa do Lago Calenhad, guiado por um mago e dois templários também orlesianos.

Os três foram jogados em um porão raso sob o convés iluminado apenas pela pouca luz de tocha que entrava pelas rachaduras ao redor das tábuas. Pelo menos estavam protegidos do vento frio, Duncan pensou,e havia peles empilhadas no chão, então não era totalmente desconfortável. Eles botaram uma camisa em Maric para que não morresse congelado. Fiona olhou feio para o convés acima dela, se não tivesse sido amordaçada, tinha certeza de que ela estaria xingando. Logo, ele adormeceu, exausto.

Acordou com a luz invadindo o porão. Não tinha ideia de quanto tempo tinha passado. Maric e Fiona estavam acordados e observavam com cautela enquanto três homens desciam. Um deles, um mago idoso de olhar cruel, carregava uma lanterna. Os outros dois eram templários carrancudos, apontando suas espadas para os prisioneiros como se esperassem que eles atacassem, mesmo estando amarrados e amordaçados.

Os três foram conduzidos ao convés, e Duncan percebeu que estavam no cais cavernoso sob a torre mais uma vez. A não ser pelo bater rítmico da água contra o barco, era bastante silencioso. Havia uma sensação de algo muito errado no ar.

O mago mais velho removeu suas mordaças uma por uma. Duncan puxou o ar e cuspiu quando tiraram a dele. Maric lambeu os lábios e cheirou o ar.

— Sentiu o cheiro? — Perguntou.

Duncan assentiu. Era um cheiro fraco de mácula. Estavam respirando isso há dias, então não tinha como se enganarem.

Sem uma palavra, subiram a escada e entraram na câmara de audiência, onde o Primeiro Encantador Remille havia presenteado os Guardiões Cinzentos com os broches. Estava vazio agora. Havia poucas pessoas na galeria, assim como no estrado com os pilares brancos. As poucas pessoas estavam no centro da câmara, quase sob a janela abobadada bem no alto, com seu único feixe de sol da manhã brilhando através da poeira.

O Arquiteto estava lá, com aparência calma em seu manto marrom e mãos cruzadas atrás das costas. Utha ficou ao lado dele, resoluta, com os punhos cerrados. Genevieve e Bregan também estavam lá, com seus olhos vermelho-sangue e pele escurecida. O primeiro Encantador Remille estava falando com as crias das trevas e não se virou quando eles foram levados para dentro, mas Genevieve se virou.

Ela encarou Duncan, que queria desviar o olhar, mas se sentia quase hipnotizado por sua aparência alienígena. Bregan também olhou para ele, seu rosto se contorceu em uma fúria silenciosa e Duncan se perguntou o que ela havia lhe contado. Ele sabia sobre Guy? Tinha conhecido o homem? Isso parecia provável, considerando há quanto tempo Guy era um Guardião Cinzento.

— Remille! — Fiona gritou através da câmara, pouco depois de eles entrarem. — O que é isso? Tem ideia do que você está fazendo? — O Primeiro Encantador mal olhou em sua direção e continuou sua conversa tranquila com o Arquiteto.

Duncan e os outros foram conduzidos para dentro da sala até que estivessem quase sob o raio de sol. Então, um templário chutou a parte de trás de suas pernas e o forçou a se ajoelhar. Ele fez o mesmo com Maric e Fiona até que todos os três estivessem ajoelhados, Genevieve e Bregan se colocaram na frente deles com suas armaduras pesadas de cota de malha.

Os templários passaram um pacote longo e embrulhado para Bregan, que o pegou e abriu. Duncan viu suas armas ali, o cajado de Fiona e a espada de Maric, cujas runas azuis brilharam quase enraivecidas, fazendo Bregan e Genevieve recuarem com um sibilo repentino. Bregan jogou o pacote de lado no chão, onde caiu com um ruído.

O Arquiteto acenou com a cabeça, concordando com algo, e o Primeiro Encantador finalmente se virou para olhar os três. Ele parecia triunfante, quase orgulhoso de sua vitória.

— Claro que eu sei o que estou fazendo. — Ele respondeu Fiona com um sorriso.

— Você é aliado das crias das trevas? — Ela reclamou. — Por quê?

— Pelo bem da humanidade! — Ele abriu as mãos amigavelmente, mas seu tom era tão falso que a mentira era óbvia. Até Genevieve encarou o homem. — Além disso, o Arquiteto tem acesso a magias muito interessantes. Você sabia que as crias das trevas possuem feitiços muito diferentes dos nossos? São impulsionados pela mácula e tem muitas utilidades, mesmo para nós que não estamos corrompidos.

Maric o encarou sem acreditar.

— Mas você sabe o que ele quer?

— Claro! Você não? — Ele deu de ombros. — Eu tive apoiadores o suficiente na torre para fazer um golpe. Mais um passo no plano.

O Arquiteto se aproximou lentamente, seus olhos translúcidos passando por Duncan e os outros como se os estudasse com curiosidade.

— Eu lamento por isso, mas precisamos de aliados. Na verdade, eu imaginava que mais Guardiões Cinzentos seriam atraídos para as Estradas Profundas. Mesmo assim, a maioria de vocês sobreviveu. É de se admirar. — Duncan digeriu aquelas palavras por um momento.

— Atraídos para as Estradas Profundas? — Ele perguntou. Os olhos de Genevieve estreitaram-se com a declaração, mas o Arquiteto apenas acenou com a cabeça. Ele caminhou para a frente e removeu o broche de ônix preso no colete de Duncan, segurando-o contra a luz do sol.

— Os broches os escondiam de todas crias das trevas, mas não de mim.— Ele falou. — Sempre soube onde vocês estavam. Eles também ajudaram a acelerar a mácula em vocês.

— Minha criação. — Remille se curvou, orgulhoso. — Graças aos conhecimentos do Arquiteto.

Genevieve se virou bruscamente para o Arquiteto.

— Como você sabia que estávamos chegando?— Ela perguntou. — Você não tinha como saber do meu sonho.

O emissário olhou para ela como se achasse sua raiva curiosa, mas Remille apenas riu.

— Não? — Ele interrompeu. — Os Guardiões Cinzentos têm os sonhos das crias das trevas o tempo todo, não? Seria uma questão simples encontrá-la no Turvo através de seu irmão, simples o suficiente para...

— Eu sinto muito. — O Arquiteto disse solenemente, encarando Genevieve.

Seus olhos brilharam de raiva e ela puxou a espada das costas em um movimento rápido. O Arquiteto não se moveu, apenas ficou parado continuando a olhar para ela.

— Como ousa! — Ela rugiu, mas antes que pudesse avançar, Bregan colocou a mão em seu ombro para contê-la.

— Genevieve, ele está certo.

Ela se afastou do irmão, rosnando furiosa.

— O que você quer dizer com ele está certo? Fomos enganados! Fomos enganados e levados até as Estradas Profundas para... Como... Eu pensei que... — Ela balançou a cabeça, sem encontrar as palavras.

— Ele está certo sobre ter sido necessário. — Bregan a garantiu. — Lembre-se do que viemos fazer. Os Guardiões Cinzentos aceitam aliados onde conseguem e fazem o que é preciso.

Utha se posicionou ao lado de Bregan, concordando.

A anã olhou com compaixão para os olhos vermelho-sangue de sua ex-comandante e fez uma série de gestos rápidos que Duncan não conseguiu entender. Mas ela acenou com a cabeça assim que terminou, como se para enfatizar que acreditava no que disse.

Genevieve não parecia convencida.

— Se isso realmente vai acabar com o Flagelo...

— Vai. — Bregan declarou com firmeza.

Fiona bufou.

— Você não acredita nisso! O que mais esconderam de você? Por que não conseguem ver que estão sendo manipulados?

Genevieve se virou e olhou para a elfa com frieza e uma expressão petrificada. Era um olhar que Duncan conhecia bem.

— Lamento que tenha chegado a isso, Fiona. Demos a você a chance de participar de algo muito importante, mas vocês jogaram a oportunidade fora. Eu sei que deve achar difícil acreditar em qualquer coisa.

Fiona cuspiu nos pés de Genevieve, seu rosto cheio de raiva.

— E Kell? — Ela exclamou. — Ele também era um elfo tolo? Alguém que não sabia o que significava ser um Guardião Cinzento? — Genevieve olhou para a poça de saliva diante de seus pés. Utha se virou na direção de Fiona e fez uma série de gestos, parecendo interessada.

— Ele está morto. — A elfa declarou. Morreu como um herói. É tudo que pedem dos Guardiões Cinzentos. É por isso que bebemos o sangue, não para isso.

A anã acenou com a cabeça, triste, embora não parecesse surpresa. Ela voltou a ficar ao lado do Arquiteto, que a olhou com uma expressão que Duncan quase poderia jurar ser compaixão.

— É uma pena que um deles não pode ser convencido.

— Chega! — O Primeiro Encantador gritou. — Por que ainda estão falando com essa elfa? É claro que ela é teimosa!

Eu poderia ter dito isso!

— Talvez. — Genevieve disse, ainda encarando Fiona — Eu imaginava... Não, acho que é isso mesmo. — Ela embainhou sua espada e caminhou até Duncan, ajoelhando-se para encará-lo. Ele podia sentir o fedor de mácula preso nela, como carne podre. Ainda assim, não conseguia desviar o olhar. Ela parecia zangada, mas também magoada, como se não soubesse o que dizer. Ele se lembrou do confronto no sonho. Ela não parecia ter problema nenhum lá.

Mas não era a mesma coisa, não é?

— Duncan. — Ela começou, hesitante. — Por favor, reconsidere. Foi por sua causa que pedi para trazê-los aqui. Eu quero você do meu lado quando enfrentarmos os Deuses Antigos. Preciso de você.

Ele sentiu um misto de emoções. Aquela era sua chance de mudar de ideia. Poderia se juntar a Genevieve, ficar ao lado dela e talvez até tirar proveito do que viesse desse plano maluco. Sabia que uma parte dela o odiava pelo que tinha feito, mas uma parte dele a odiava também. Ela o arrastou para esta vida que ele desprezava. Mesmo assim, ainda desejava a aprovação dela.

Então ele viu as adagas no cinto dela. Era o par de adagas de argentite, as que faltavam na pilha de armas que ele encontrou nas ruínas. Suas adagas, as que ele tinha ganhado de presente dela. Que foram de Guy. De repente, Duncan sentiu raiva. Veio com tanta força que quase o deixou tonto, como se estivesse guardada há muito tempo, se acumulando, uma fúria que ele alimentou e escondeu, mas nunca reconheceu.

Não era só por ela ter pego as adagas. Ela as tirou dele, as únicas armas em toda a pilha que tinham sido confiscadas. Era uma punição por sua recusa.

— Não. — Ele rugiu.

Os olhos dela se arregalaram em surpresa.

— Não?

— Isso mesmo. Não. Não vou ajudar.

Ela o encarou sem acreditar, então seu rosto endureceu em uma raiva repentina.

— Você não vai me ajudar? Você me deve.

— Eu te devo? Te devo? — Duncan sentiu sua raiva crescendo e tremia enquanto olhava para Genevieve. — Acho que sei porque Guy estava tão aliviado quando o matei. Não era porque queria escapar dos Guardiões Cinzentos. Ele estava feliz por se livrar de você.

Ela deu um salto, segurando sua espada.

— Como ousa!

Ele a encarou.

— Anda logo. Me mate. Prove que você é uma guerreira forte. O fato é que eu sou um Guardião Cinzento há apenas seis meses e ainda sou melhor nisso do que você.

Foi tão bom dizer aquilo. Era libertador. O coração de Duncan batia forte em seu peito, mas ele sabia que estava certo e estava disposto a morrer por isso. Melhor do que morrer estando errado. Genevieve olhou para ele indignada, sua mão apertando o punho da espada.

Bregan deu um passo à frente, colocando a mão no ombro dela.

— Deixe-o. Ele já se decidiu. É tão tolo quanto a elfa, o que você esperava?

Ela não tirou os olhos de Duncan. Soltou um grunhido, todo o seu corpo tremendo de raiva.

— Eu quero matá-lo. — Ela falou entre os dentes cerrados.

— Então mate.

Por um momento, Duncan achou que ela o mataria. Sentiu o suor escorrendo por sua testa enquanto observava a tensão crescente dela, que então ela deu meia-volta, afastando-se de seu irmão.

— Não. — Ela declarou. E ele sabia que era o fim.

Bregan observou Genevieve se afastar e se perguntou se ele deveria matar o rapaz agora. Tanto ele quanto a elfa, na verdade, e poupá-los de qualquer trabalho adicional de tentar convertê-los. Kell poderia ter sido uma possibilidade, e de alguma utilidade, mas esses dois eram pouco mais do que crianças mimadas. Já o rei era uma questão diferente.

Percebendo a hesitação, Maric arqueou uma sobrancelha.

— E onde eu fico nessa? — Ele perguntou. — Só estou aqui aproveitando o passeio?

— Não, você é o meu prêmio. — O Primeiro Encantador disse, se aproximando do rei. Bregan lutou para não estender a mão e esmagar o pescoço do mago. Por que o Arquiteto insistiu em se aliar a uma lesma tão traiçoeira, ele não tinha ideia. Supôs que o emissário precisava aceitar qualquer ajuda, mas se Bregan soubesse que este homem seria parte do plano, ele poderia ter considerado mais. Bem, agora era tarde demais.

— De tudo isso, — o mago continuou — você é o que mais me agrada. Quando trouxe os Guardiões Cinzentos para fazerem o seu pedido no palácio, esperava conseguir o famoso Loghain, o Herói do Rio Dane! Ah, levar aquele tolo arrogante para o Imperador... — Ele fez uma pausa e olhou para o rei com um sorriso largo, se deleitando com sua vitória. — Mas você, o grande Maric, o Salvador, vai agradar o Imperador mais do que qualquer coisa que eu poderia imaginar.

O rei cuspiu furioso.

— Então é só isso? Um truque orlesiano?

— Ah, é muito mais do que isso, Vossa Majestade.

— Chega. — Bregan cortou o Primeiro Encantador. — Sua preocupação com isso é inútil, você sabe que não sobrará o suficiente de Orlais, ou de qualquer nação, para isso ter importância quando tudo acabar.

O mago se virou para ele, os olhos brilhando de aborrecimento.

— Nós temos feitiços para preservar os mais importantes, aqueles que ajudarão nos planos do Arquiteto, o que inclui o Imperador. O Império de Orlais vai resistir!

— Como assim? — Rei Maric perguntou, sua voz baixa e desconfiada. — O que isso tem a ver com parar o Flagelo?

— Essa é uma ótima pergunta. — Genevieve caminhou na direção deles, franzindo a testa para Bregan. — O que isso tem a ver com o Flagelo? Do que você está falando?

Bregan se chamou de estúpido. Ele não queria que ela soubesse dessa parte, pelo menos não ainda. Bastava dizer que era possível acabar com os Flagelos. Era isso que os Guardiões Cinzentos faziam, especialmente ela, e ela sabia disso. Poderia saber do verdadeiro escopo do sacrifício depois.

O Primeiro Encantador Remille riu.

— Você não contou para ela? — Genevieve não desviou o olhar de Bregan, sua expressão frágil e desconfiada.

— Parece que Fiona está certa. Não me contaram várias coisas.

Ele suspirou.

— Não era assim que eu queria que soubesse.

— Talvez você devesse ter me dito antes.

— Eu te disse exatamente o que você precisava saber. — Ele a cortou. — Podemos acabar com os Flagelos! Isso não mudou!

— Do que você tá falando? O que destruiria Orlais e as outras nações se não o Flagelo?

— Eu posso responder. — O arquiteto caminhou para o raio de sol que irradiava da janela no alto. Bregan observou com surpresa. Os Guardiões Cinzentos pensavam que as crias das trevas não sobreviviam ao sol, quc era por isso que traziam a escuridão com eles quando subiam à superfície, por isso se escondiam nas Estradas Profundas. No entanto, aqui estava o emissário, sem medo de entrar na luz. Sua própria existência desafiava todas as suas suposições sobre as crias, coisas que a ordem considerava como certas há séculos.

— Devíamos conversar em outro lugar. — Bregan rosnou. — Em privado. — Genevieve se voltou para o Arquiteto, sua expressão era de aço.

— Não. Eu quero saber agora.

A cria das trevas estendeu suas mãos murchas e acenou com a cabeça.

— Eu queria falar com você sobre isso, mas seu irmão disse que você não entenderia. Eu aceitei o que ele disse, pois não tenho muito conhecimento sobre os humanos e seus costumes.

— Então fale agora. — Ela insistiu.

— Acabar com os Flagelos não é suficiente. — O Arquiteto colocou as mãos juntas na frente dela, parecendo quase meditativo. — Sem a compulsão, as crias das trevas iriam se destruir. Seria um grande banho de sangue. Mas com o tempo eles recuperariam seus números, então a ameaça da mácula que eles carregam nos colocaria em conflito com a sua espécie.

— E? Qual a sua alternativa?

— Você. — Ele respondeu, encarando seus olhos. — Os Guardiões Cinzentos possuem uma resistência que lhes permite sobreviver, mesmo que seus corpos sejam contaminados. Você é a prova viva de que existe um caminho do meio, uma forma de nossos povos existirem em harmonia.

Ela franziu o cenho.

— Mas para isso... — Então seus olhos se arregalaram de ódio.

— Ah, ela entendeu. — O Primeiro Encantador disse.

Bregan queria matar o mago. Matar ele e os Guardiões Cinzentos e até mesmo o rei. Matar todos os orlesianos na torre e todos os magos que eles mantinham presos. Deixar o sangue esfriar no chão e fazer com que o Arquiteto encontrasse outra maneira de completar seu plano. Seria mais fácil. Ele sentiu o sangue pulsando em seu peito, escuro e pesado pela mácula. A sensação era que se movia como lama. Parecia certo.

— Genevieve. — Ele falou com firmeza e sua irmã se virou na direção dele. Ela ainda parecia atordoada, sem processar toda a implicação das palavras do Arquiteto. Utha o observou também, de perto. Ela parecia estar considerando o assunto com calma. Ótimo. Ela sempre foi uma guerreira digna, uma que conhecia a verdadeira profundidade da ameaça das crias das trevas. — Existe algo aqui que você precisa entender. A vontade do Arquiteto não é acabar com os Flagelos. É paz com as crias das trevas, de verdade. Do tipo que dura.

Ela balançou a cabeça, sem acreditar.

— Você tem ideia de quantos morreriam se os forçássemos a passar pelo Ingresso? Como... Como isso pode ser feito? Não podemos forçar todos a beber sangue de crias das trevas!

— Não o sangue. — Remille respondeu casualmente. Ele se afastou um pouco, suspirando como se ficar em pé e falar o cansasse. — É a mácula, administrada no corpo em uma dose. Espalhar a mácula de maneira rápida o suficiente para virarem Guardiões Cinzentos, isso de acordo com o conselho gentil do Arquiteto. — Ele gesticulou para a cria das trevas, que acenou com a cabeça em reconhecimento.

— Vocês estão loucos! — Fiona gritou.

Ele a olhou com um sorriso malicioso.

— Ah não, querida. É bem possível. Com o poder que esta criatura nos ensinou, podemos fazer um encantamento em algumas cidades. O suficiente para espalhar a mácula por toda Thedas. — Ele estendeu a mão, mexendo os dedos até que um orbe de escuridão se formasse sobre ela, pairando no ar. Bregan podia sentir aquele poder o alcançando, puxando seu sangue. Em seguida, a orbe implodiu e desapareceu, deixando o ar mais frio ao seu redor. — E o que nos restará — o mago sorriu — é um mundo de sobreviventes que será imune pelos nossos feitiços de proteção ou virtude do sangue.

O Arquiteto assentiu, satisfeito.

— E as crias das trevas que restarem, livres do chamado dos Deuses Antigos. O suficiente para se juntarem e aprenderem. Começar de novo.

— Nós todos podemos começar de novo. — Bregan adicionou. — Uma chance de paz de verdade. — Ele notou Utha balançando a cabeça em concordância, mas Genevieve apenas o olhou desconfiada. Ela caminhou até Bregan, olhando-o como se pudesse encontrar a verdade ali e em nenhum outro lugar.

— Por que você quer paz? — Ela exigiu.

— Não é algo que todos queremos?

— Eu te conheço. — O tom dela era acusatório e ele não gostou, mas não recuou e, em vez disso, olhou para ela. — Que você queria destruir os Deuses Antigos, por ter feito parte da ordem por muito tempo, eu consigo imaginar. Mesmo você odiando tudo ligado aos Guardiões Cinzentos, eu entenderia. Mas paz? — Ela balançou a cabeça sem acreditar. — Não, isso não.

O Arquiteto deu um passo na direção deles, erguendo uma mão.

— Não fiquem irritados. Falaremos mais sobre isso se ainda tiver dúvidas.

— Cala a boca. — Genevieve o cortou. Então ela encarou Bregan de novo. — Eu quero ouvir o que meu irmão tem a dizer.

Ele sentiu a raiva aumentando. Estranho que agora parecia ser tudo o que lhe restava. Seu medo foi queimado pela mácula que o tomava, mas não foi capaz de tirar a raiva e o ódio. Eles tomaram conta de seu coração como um veneno mais escuro do que qualquer coisa que a cria das trevas poderia ter dado a ele.

— Deixe-os morrer. — Ele falou fervorosamente. — Deixe que todos morram. Eu não me importo com o sofrimento deles. Deixe que eles tenham um gostinho do que nós passamos.

— Você quer dizer o que você passou.

Ele bufou.

— Pobre irmã. Ela não podia ser uma Guardiã Cinzenta, então teve que me implorar para me juntasse a eles, só então a aceitariam. Não podia ter Guy, então ela me fez recrutá-lo para ficar com ela. E ainda assim não foi o suficiente. Nada era. — Ele rosnou, sentindo a pressão de suas presas afiadas contra seus lábios. — Quantos você envenenou para conseguir o que queria, Genevieve? — Ela cambaleou com a ferocidade de palavras dele, mas ainda assim não recuou. Seus olhos se encheram de lágrimas vermelhas de raiva.

— Então você me envenenou agora, é isso? — Ela perguntou, sua voz grossa de angústia. — É a sua vingança?

Bregan cuspiu em seus pés.

— Você sempre esteve envenenada, desde o momento em que bebeu o sangue! Agora faça algo que valha a pena! Pessoas vão morrer; pessoas sempre morrem. Não vale a pena salvá-las! — Ele apontou para o rei Maric. — Quantos anos passamos implorando por restos porque eles decidiram que o Flagelo não era mais uma ameaça? Para logo esquecerem das vezes em que os salvamos! Eles são covardes e estúpidos! — Ele erguei um punho com manopla diante de Genevieve, apertando os dedos com tanta força que o metal rangeu. — Então vamos dar o salvamento que eles merecem.

— Não virei uma Guardiã Cinzenta por isso!

Ele se aproximou dela, até que seus rostos estivessem a apenas alguns centímetros.

— Você virou uma grande heroína, irmã? Alguém se importa com os seus sacrifícios? Você poderia matar os Deuses Antigos com as próprias mãos e ninguém se importaria.

Genevieve estava dividida entre a fúria e o tormento, mas ele se recusou a soltá-la e a encarou. Tinham vindo até aqui, permitindo que a mácula em seus corpos os tornasse aberrações; por que desistiriam agora? Ele conhecia sua irmã. Ela o daria o que queria. Era o que lhe devia. Desde que ele desistiu de toda a sua vida para permitir que ela se juntasse àquela ordem patética, para se tornar a grande heroína que ela sempre desejou ser, ela lhe devia.

Uma nova comoção do lado de fora da grande câmara chamou sua atenção. O Primeiro Encantador se virou em direção à entrada, sua expressão era aborrecida, enquanto gritos distantes ecoavam pelos corredores da torre. Gesticulando para os templários ainda montando guarda atrás do rei Maric e os demais prisioneiros, o mago caminhou em direção ao barulho.

Antes mesmo de chegar à entrada, um mago mais jovem entrou correndo. Provavelmente era um aprendiz, recém maior de idade. Ele derrapou até parar, quase colidindo com o Primeiro Encantador, então ofegou em busca de ar de forma que mal era possível compreender suas palavras.

— Calma, rapaz! — Remille falou. — Os outros prisioneiros escaparam? Magos estão invadindo a torre?

— Não! — O mago mais jovem balançou a cabeça, dobrando-se e colocando as mãos nos joelhos enquanto tentava recuperar o fôlego.

— Barcos! Barcos estão se aproximando!

O Primeiro Encantador fez uma pausa, lançando um olhar duvidoso para o Arquiteto antes de se virar para o menino ofegante.

— Pelo lago? Que barcos? Quantos? Fale! — Exigiu.

— Três! — O garoto ofegou. — Barcos grandes! Com o símbolo real!

Bregan se virou e olhou para Maric, que sorriu de forma insolente em resposta.

— Não olhe para mim. — O rei deu de ombros. — Eu queria poder conjurar barcos à vontade. Deve ser conveniente.

Remille cuspiu.

— É o Teyrn Loghain. — Ele disse o nome com escárnio, então estalou os dedos para os dois templários. — Vão, selem as entradas debaixo da torre. — Os homens partiram e ele se virou na direção do jovem. — Quero magos na parte de cima. Se eles tentarem atracar na ilha, queime os navios.

— Mas estarão fora de alcance!

— Então queime qualquer um que sair dos navios! — Ele explodiu. Queime a ilha toda se for preciso! Vá! Ande! — Com um aceno furioso, ele mandou o jovem tropeçando de volta para o corredor. Mais gritos podiam ser ouvidos do lado de fora, além do som de botas correndo por todos os lados.

— Se for Loghain, — Maric disse, sorrindo ainda mais — vocês estão com problemas.

— Com o rei precioso como refém? Acho que não. — Bregan falou.

— Vocês não conhecem Loghain.

O Primeiro Encantador avançou na direção deles, xingando com raiva. Seus rosnados ecoavam por toda a câmara. O Arquiteto caminhou calmamente até Bregan, Utha se manteve ao lado dele.

— Essa é uma complicação inesperada. — Ele declarou.

Bregan assentiu.

— O que mais tivemos foram complicações.

— Ainda podemos resolver. Precisamos, se não vamos perder a nossa chance.

— Vamos resolver. — Ele assegurou para a cria das trevas, então olhou para sua irmã. — Desde que Genevieve supere os problemas e nos ajude.

Ela ficou lá, com a indecisão visível em suas feições. Foi se afastando lentamente do Arquiteto, olhando com cautela para o Primeiro Encantador que se aproximava. Parecia uma gata encurralada, ele pensou. Ou um cachorro. Um cachorro muito teimoso.

— Seu plano está todo errado. — Ela sussurrou, alto o suficiente para ser ouvida.

— E desde quando isso te impediu? — Bregan a cortou. Genevieve o encarou com ódio, mas não disse nada. Seus olhos se encontraram por um longo minuto. Houve um único momento em que Bregan pensou que ela estava prestes a desabar e então finalmente ceder à sua exigência. Naquele momento, no entanto, o ladino perto do rei falou.

— Você ainda pode pará-los, Genevieve! — Ele gritou com raiva. — Você ainda pode fazer algo!

Bregan rosnou e se virou, dando um tapa no rosto do rapaz com tanta força que ele voou para trás e bateu com a cabeça no chão. Suas correntes chacoalharam ruidosamente e ele gemeu de dor. Bregan se voltou para Genevieve e viu em seus olhos: o momento já tinha passado. Tinha se decidido.

Ela sacou sua espada, o metal refletindo a luz do sol em sua superfície lisa enquanto ela o brandia em sua direção. Seu olhar era firme e odioso.

— Eu não vou permitir que você faça isso, Bregan. — Ela declarou. — Participar disso foi um erro.

Ele puxou sua própria espada, um grunhido emergindo do fundo de sua garganta. Ficou surpreso com o quanto queria matar sua irmã. Era exatamente como o resto do lixo humano lá fora, não era? Tudo sempre o levou a isso. Todos os anos de ciúme e orgulho, todos aqueles anos de olhares ressentidos, apesar de tudo o que tinha feito por ela. Nunca deveria ter concordado com o plano do Arquiteto de recrutá-la. Deveria tê-la matado nas Estradas Profundas quando teve a chance.

— Então vamos corrigir isso. — Ele disse em um tom gelado.

Uma explosão de fogo negro atingiu Genevieve no peito. Ela gritou, uma onda de terror que se transformou em tormento quando ela caiu no chão. Bregan se virou e percebeu que foi o Arquiteto que lançou o feitiço, sua mão pálida ainda estendida diante dele e envolta em chamas negras.

Genevieve segurou a uma poça de sombra que se espalhou por seu torso. A poça cresceu e parecia consumi-la. Bregan assistiu horrorizado enquanto seus gritos se transformavam em guinchos. Ela teve um espasmo selvagem, deixando sua espada cair e lutando enquanto o feitiço do Arquiteto a envolvia lentamente. A energia tomava seus braços e pernas e, finalmente, engoliu sua cabeça. Os gritos dela se encerraram abruptamente. O corpo coberto de sombras aumentou, então a escuridão simplesmente desapareceu, deixando nada mais do que uma poça de líquido no chão.

Ela tinha desaparecido. O líquido escorria pela pedra lentamente, assobiando e chiando onde quer que a luz do sol o tocasse.

Bregan se virou furioso para o Arquiteto.

— O que você fez?

A cria das trevas o estudou com curiosidade, como se sua resposta fosse inesperada.

— Era óbvio que ela tinha mudado de ideia. Eu fiz o necessário para continuarmos com a missão.

— Eu não me importo coma missão! Era minha irmã! — Que você estava prestes a matar, Guardião.

— Não! Eu não ia fazer isso! — Bregan sentiu o ódio crescendo dentro dele novamente, mas em vez de alimentá-lo, se sentiu nauseado. A mácula rastejava por cada centímetro dele agora, como vermes. Ele queria cortá-los, queimá-los, o que quer que ele tivesse que fazer para se livrar daquilo. — Você está mentindo!

O Arquiteto piscou seus grandes olhos pálidos para ele. Utha ergueu os punhos e se agachou, olhando feio para Bregan, mas a cria das trevas a conteve com uma mão atrofiada.

— Não estou mentindo. — Ele disse. — Você não percebeu a briga? Você não ouviu o que ela disse? — Ele juntou os dedos sob o queixo. — Talvez tenha sido um erro trazer mais Guardiões Cinzentos para a causa. Presumi que seriam mais receptivos, visto que seu líder já havia mudado de ideia.

— Um erro? — Bregan perguntou. Então ele balançou a cabeça, incrédulo. — Você não nos entende mesmo, não é? Nem um pouco. Somos como insetos em uma jarra que você estuda, cutuca e corta as asas se achar que vale a pena.

— Você sabe dos meus objetivos, Guardião. Eu fui direto com você.

— Você é um monstro!

O Arquiteto o encarou.

— Não somos muito diferentes agora.

Ele estava certo. Bregan também era um monstro agora.

Ele se lançou contra a criatura antes que ela pudesse lançar um de seus feitiços, atacando com força a espada contra sua cabeça. O emissário reagiu mais rápido do que ele poderia ter previsto, no entanto, recuando no último segundo. A espada de Bregan cortou o peito da cria das trevas, foi um corte rápido e fundo.

A criatura cambaleou para trás com uma expressão de choque em seu rosto, enquanto agarrava o ferimento. A secreção negra jorrou por entre seus dedos. Bregan não permitiu que ele se recuperasse, saltando no ar com a intenção de enfiar sua espada na cabeça do Arquiteto.

Mas algo bateu nele antes que ele pousasse, derrubando-o no chão. Bregan levou um momento para perceber que era a anã, Utha. Ela o atingiu ainda no ar e agora estava batendo com os punhos em seu rosto. Eram como martelos de pedra caindo sobre ele, a dor explodiu quando ela estourou seu nariz e quebrou sua mandíbula.

Lutando contra a enxurrada de golpes, ele agarrou a garganta dela com a mão enluvada e a apertou. Ela cerrou os dentes, pressionando os polegares em seus olhos enquanto os dois lutavam pelo controle. Ele estava cego, a agonia queimando através de seu crânio, mas sentiu a força dela diminuir por apenas um momento. Aproveitando, ele rugiu e bateu a cabeça da anã no chão ao lado dele. Ela atingiu o chão com um estalo alto, então ele a jogou para longe.

Ao fazer isso, uma explosão negra de magia o atingiu. Foi a mesma energia negra que acertou Genevieve. Ele gritou ao sentir aquilo começando a consumi-lo, mastigando seu peito enquanto a magia das crias das trevas vinho em sua direção.

Sua visão ficou turva e, por um momento, não conseguiu ver onde o Arquiteto estava. Ele cerrou os dentes e obrigou-se a parar de gritar, apesar da dor insuportável que percorria seu corpo. Então, através de uma névoa escura, viu a forma vaga do emissário. Gritando, ele ergueu a espada e correu em sua direção. Ele correu contra a corrente de magia, sentindo-a em seu peito e se espalhando dentro dele como gelo e, quando alcançou o Arquiteto, ele abaixou sua lâmina e cortou a mão da criatura.

Ele gritou, secreção saindo do toco e quebrando o seu feitiço. Bregan caiu no chão, a maior parte da armadura cobrindo seu peito, estava sendo devorado, sua carne estava ensanguentada e ainda chiando por causa da magia. O Arquiteto também caiu, agarrando seu braço e tentando estancar o fluxo de secreção de sua ferida. Seus robes estavam negros de sangue.

Bregan se forçou a se levantar com uma lentidão agonizante. A dor no peito era uma tortura. Era como se alguém tivesse arrancado um pedaço dele, deixando nada além de um buraco vazio. Ergueu sua espada, tentando evitar que tremesse, e avançou na direção do Arquiteto. A criatura mostrou suas presas em um silvo desafiador. Bregan ergueu a espada acima da cabeça...

...e, de repente, um raio atingiu os dois. O flash de luz o cegou e o estrondo de um trovão o jogou para longe. A agonia que o percorreu o fez convulsionar no chão, correntes elétricas ainda passando pelo seu corpo. O Arquiteto cambaleou em agonia, a menos de três metros de distância, os solavancos da eletricidade saltando de um ponto a outro.

— Isso é conveniente. — Demorou um pouco para Bregan perceber que a voz era do Primeiro Encantador. Ele olhou para cima, tremendo de dor, e viu o mago se aproximar deles calmamente. Sua mão ainda fumegava com o feitiço lançado.

O Arquiteto o encarou horrorizado — O que...Você fez? — Ele perguntou.

Remille bufou.

— Você realmente achou que eu simplesmente seguiria com seu plano, sua criatura tola? Originalmente, eu planejava tornar nossos encantamentos defeituosos, pelo menos os de Orlais, mas isso torna as coisas muito mais fáceis.

— Mas... O Flagelo! — O Arquiteto protestou.

— E eu me importo com o Flagelo? Quando você veio falar comigo no Turvo, eu já pensava em te enganar. Concordar e te dizer tudo o que você queria ouvir. E você me contou seus segredos, não? — Ele ergueu a mão, a energia estalando entre os dedos. — Você me deu eles e o rei de Ferelden.

— Não! Você não pode fazer isso, humano!

— Eu posso e vou!

Bregan sabia que o mago era um oportunista e ainda se permitiu ser enganado, assim como o Arquiteto fora enganado. Só que ele não tinha a desculpa que a cria das trevas tinha. Sabia muito bem do que tais homens eram capazes, ainda assim ele escolheu ignorar isso. Porque ele não se importava.

"Fui muito tolo", ele se amaldiçoou por isso.

— Eu não contaria com isso. — Veio outra voz.

Através da névoa de dor, Bregan virou a cabeça e viu o rei Maric e os outros dois Guardiões Cinzentos, agora livres de suas correntes. O rei estava brandindo sua lâmina com runas para o Primeiro Encantador, enquanto a elfa maga já estava levantando seu cajado branco e invocando um feitiço. Nos corredores além da grande câmara, um som terrível de colisão fez a estrutura toda tremer. Deu para ouvir os gritos dos homens ao longe.

— Você não vai se render pacificamente, não é? — O rei perguntou.

O Primeiro Encantador se virou para ele e zombou.

— Não.

19

Abençoados os justos, as luzes nas sombras.
No sangue deles a vontade do Criador é escrita.

— Cânticos das Bençãos 4:10

DUNCAN VIU GENEVIEVE MORRER.

Depois de ser atingida por Bregan, Fiona ajudou Duncan a se ajoelhar bem a tempo de ver Genevieve ser atingida pelo feitiço do emissário. Ele tinha ouvido seus gritos agonizantes, assistido seus espasmos enquanto se contorcia como um inseto sendo consumido por um fogo negro. Isso o fez se revirar por dentro. Apesar de tudo que ela fez, ainda conseguiu alcançá-la no final. Quando ele gritou, ela o encarou, e naquele momento viu a mulher que conheceu antes dessa loucura consumi-la. Então, quando a luta começou entre Bregan e o Arquiteto, Duncan percebeu que o Primeiro Encantador estava meramente parado, esperando. Ele soube que não poderia lidar com o luto agora. Assistiram impotentes até agora, acorrentados e desarmados, mas este era o momento de agir.

Ele começou a esticar sua perna e ficou aliviado pelo Primeiro Encantador estar tão distraído com o combate. Ele se esforçou muito até que sua bota chegou na ponta do pacote embrulhado que Bregan tinha jogado de lado, aquele com suas armas. Maric e Fiona o observaram com os olhos arregalados, assentindo ao perceber o que ele estava fazendo.

Com esforço, ele arrastou o pacote para mais perto, perto o suficiente para que pudesse alcançá-lo.

A lâmina de osso de dragão de Maric era crucial. Era encantada e ele tinha certeza que poderia quebrar as algemas. Duncan olhou para o Primeiro Encantador, desejando que não se virasse enquanto ele pressionava suas algemas com força contra a espada. Era uma posição estranha, então suas mãos escorregaram e a lâmina cortou seu braço. Ele tentou novamente. Cerrou os dentes, tremendo com o esforço, até as algemas finalmente se romperem. A borda cortou o lado de uma das mãos, mas ele se afastou rapidamente antes de perdê-la totalmente.

Ignorando a dor, Duncan se moveu rapidamente. Ele enfiou a mão no cinto e encontrou seus instrumentos. Demorou apenas alguns segundos para ele desfazer a trava de suas correntes e escorregar para fora delas.

— Rápido! — Maric sussurrou com urgência.

Fiona ficou surpresa quando a câmara se encheu com um flash de luz brilhante. O estrondo do trovão que se seguiu atingiu Duncan com força suficiente para derrubá-lo e ele se perguntou se o Primeiro Encantador tinha notado neles. Ele se levantou rápido e viu que não, o mago tinha avançado em direção a Bregan e o Arquiteto.

— Como assim? Todos os magos são cretinos? — Ele se perguntou em voz alta.

— Eu sou uma maga! — Fiona bufou.

Bom ponto. Duncan trabalhou rapidamente para desfazer as amarras, e assim que ficaram livres, Maric ficou de pé e agarrou o embrulho do chão. Ele entregou a Fiona seu cajado e passou a adaga de lâmina preta para Duncan. No momento em que Duncan a tocou, sentiu uma estranha pulsação no fundo do metal. Estava frio e... Estranho. Nunca sentiu aquilo antes. O que estaria acontecendo?

— Eu posso e vou! — Veio a voz do Primeiro Encantador. Duncan viu o mago atingindo Bregan mortalmente e depois o Arquiteto. Francamente, os dois mereciam morrer, mas no momento havia um mago insano que precisava ser parado.

Felizmente Maric se sentia da mesma maneira. — Eu não contaria com isso. — O Primeiro Encantador Remille se virou, irritado ao ver que seus prisioneiros estavam livres. Energia escura apareceu em torno de seus dedos. Ele estava rodeado por uma aura de poder que gelou o ar.

— Você precisava anunciar o ataque? — Fiona sussurrou irritada.

— Desculpa. — Maric respondeu.

Atrás deles, Duncan podia ouvir um grande estrondo fora da câmara. Quase parecia que toda a torre estava sendo destruída; ele podia sentir as vibrações no chão. Homens gritavam uns com os outros ao longe e ele ouviu os sons da batalha. Então era Teyrn Loghain? Ele tinha de alguma forma atravessado as paredes e invadido a torre?

— Você não vai se render pacificamente, não é? — Maric perguntou, levantando sua espada para o mago e tentando ignorar a comoção atrás dele.

— Não. — Remille rosnou

— Foi o que eu pensei.

Maric correu em direção ao mago, girando sua espada longa ao redor de si. Foi tão rápido que as runas mágicas deixaram um rastro de luz azulada no ar. Remille bufou com escárnio e ergueu a mão. A energia branca que se formou o circulou ao lançar o feitiço, o mesmo que Duncan viu na noite em que eles chegaram das Estradas Profundas.

Quando o Primeiro Encantador estava prestes a lançar o feitiço em Maric, trombou em uma parede invisível e a energia se dissipou sem causar danos. O mago lançou um olhar fulminante para Fiona, que acabara de lançar um contrafeitiço e agora o observava com cautela.

— Entendo. — Remille falou.

Maric golpeou o homem, cortando o material de seus trajes do Círculo, mas o mago saltou para o lado rápido demais para que o ataque fosse letal. Ele balançou o braço na direção de Maric, e uma onda de poder enviou o rei para longe, fazendo-o se chocar contra as fileiras de bancos vazios na galeria. Então ele voltou sua atenção para Fiona.

Ela brandiu o cajado e a ponta dele formou uma bola de fogo que crescia lentamente enquanto ela se concentrava.

— Que patético. — Ela reclamou. — São homens assim que acabam com a nossa reputação.

— Os medíocres nos temem, como deveriam. — Ele bufou e ergueu a mão, uma onda de energia surgiu dele e se lançou em direção a Fiona. Duncan percebeu que foi o mesmo feitiço que matou Genevieve. Fiona respondeu disparando um raio de fogo de seu cajado. As duas energias se chocaram, criando um redemoinho infernal de sombras e chamas no centro da sala, cada uma lutando para passar pela outra. Virou um duelo entre os dois magos, cada um deles se concentrando em seus feitiços que iam e voltavam entre eles.

Duncan agarrou sua adaga negra com força e circulou o Primeiro Encantador com um arco amplo. Ele não queria ser notado, correr na direção do homem como Maric não ajudaria em nada. Olhando na direção em que estava Maric, viu-o se recuperando. Então não estava morto. Talvez o rei tivesse quase tanta sorte quanto afirmava.

A disputa entre Remille e Fiona continuava e Duncan viu que ela estava perdendo aos poucos. Suas chamas estavam diminuindo e ela estava se esforçando cada vez mais enquanto suor descia por sua testa. O Primeiro Encantador estava com a vantagem, seu rosto se contorceu em uma carranca com o esforço.

Talvez quebrar sua concentração não fosse uma ideia tão ruim, Duncan pensou. Ele conseguiu flanquear o mago sem chamar a atenção do homem, então brandiu sua adaga e avançou em direção ao homem com passos silenciosos. Um corte no pescoço, era tudo que ele precisava. Ou na axila. Com um oponente sem armadura, havia tantas opções...

Mas antes que ele conseguisse se aproximar o suficiente, Remille percebeu sua abordagem. Os olhos do mago ficaram escuros como breu. Líquido escuro caiu deles como lágrimas.

— Achou que eu tinha te perdido de vista, moleque?

— Seria bom! — Duncan correu o mais rápido que pôde com a intenção de esfaquear o homem antes que ele pudesse lançar outro feitiço. Ele saltou no ar, sua adaga pronta para o ataque, mas era tarde demais.

Remille ergueu a outra mão e um jato de sombra escura veio em sua direção. O ataque atingiu Duncan no peito e ele foi empurrado para trás. Caiu no chão bem longe do mago, gritando de dor enquanto as sombras se espalhavam sobre ele como um cobertor. Parecia um milhão de formigas rastejando sobre sua pele, cada uma mordendo e rasgando um pedaço de carne. Ele voou e golpeou a escuridão com a mão livre, mas era inútil. Como um fantasma, sua mão passou por ela, embora pudesse sentir que estava sendo consumido.

Desesperado, ele esfaqueou a sombra com sua adaga. Melhor cortar sua própria carne do que ser engolido por aquela magia. Para a sua surpresa, não acertou a própria mão. No momento em que a lâmina tocou as sombras, elas recuaram. Ele começou a pressionar a lâmina com pressa contra seu corpo, onde quer que a escuridão o tocasse, e cada vez mais elas recuavam.

Em poucos instantes, ele escapou, apoiando-se contra uma parede e respirando agitado. O terror correu por ele enquanto olhava para a poça negra que estava a apenas trinta centímetros dele, agora fervendo. *Isso poderia ser eu*, ele pensou. Estava coberto de suor. O couro da armadura estava rasgado em suas pernas, a pele sob ela coberta de sangue escorregadio, mas ele estava inteiro.

A adaga quase pulsava agora. Ele a olhou, entendo o que acontecia. Tinha roubado isso dos aposentos do Primeiro Encanador, algo que o homem tinha escondido, mas não de ladrões. Quantos ladrões entravam na torre do Círculo dos Magos? Ele a escondeu dos olhos curiosos dos templários e dos outros magos. Era feita da mesma magia que o Arquiteto lhe ensinou!

Foi por isso que Duncan não foi afetado pelo broche como os outros. Sua pele nunca se corrompeu, ele nunca ouviu o Chamado, tudo porque o encantamento da adaga o protegeu.

Ele se levantou tremendo. O Primeiro Encantador acirrava o ataque agora, sua sombra quase alcançava Fiona. O fluxo das chamas dela foi forçado a recuar até ficar a apenas alguns metros de Fiona, que começou a vacilar. Logo, ela cambaleou.

— Maric! — Ela gritou.

Maric apareceu, como se convocado do nada. Ele saltou, arremessando sua espada no Primeiro Encantador com as duas mãos. A lâmina girou de ponta a ponta, as runas brilhantes cintilando, fazendo um som baixo e sinistro enquanto voava. Os olhos de Remille se arregalaram de surpresa e ele foi forçado a se esquivar para o lado. A espada errou e caiu no chão, mas seu feitiço foi interrompido.

Fiona caiu e Maric correu, pegando-a antes que ela atingisse o chão. Estava pálida e parecia exausta. Maric virou a cabeça.

— Duncan! — Ele chamou.

— Pode deixar!

Ele tentou ignorar o quão trêmulas suas pernas estavam e a dor que queimava todo o seu corpo. Atacou o Primeiro Encantador mais uma vez com sua adaga. Para que servia toda a sua furtividade? O mago estava no chão, parecendo um pouco esgotado. Ele notou Duncan chegando e ficou ainda mais aborrecido.

— Veio apanhar de novo, seu verme? — Ele retrucou, levantando-se.

— Parece que suas sombras não funcionam tão bem.

Remille girou as mãos, convocando outra esfera de energia na sua frente. Ela cresceu rapidamente, espalhando uma aura negra ao redor do mago enquanto ele reunia o poder necessário. Duncan segurou a adaga à sua frente enquanto corria, esperando que funcionasse. Caso contrário, ele morreria.

O mago lançou a esfera, que voou na direção de Duncan fazendo um som agudo que, quando alcançado, fechou os olhos e a golpeou com a adaga.

O guincho se transformou em uma explosão de sons que se assemelhavam a um gemido e ele sentiu uma onda de frio passar por sua pele. Foi como mergulhar em uma piscina de água gelada, mas ele não diminuiu a velocidade e não se machucou. Quando abriu os olhos, viu a expressão atordoada do Primeiro Encantador, seguida por um lampejo de reconhecimento quando viu a adaga e percebeu o que era.

Mas era tarde demais. Duncan o alcançou e, com um grito, enfiou a adaga no peito do mago. O homem tentou se afastar, mas Duncan agarrou seu ombro e o puxou para perto, enfiando a adaga ainda mais fundo.

— Tá bom para um verme? — Sussurrou no ouvido do mago.

O rosto de Remille se encheu de surpresa, ele arregalou os olhos e, quando abriu a boca, sangue vermelho brilhante jorrou e escorreu pelo seu queixo até as suas vestes. O sangue estava manchado de preto, Duncan notou. Ele tropeçou para trás e, desta vez, Duncan o deixou ir, a adaga permanecendo em seu peito.

O mago olhou para o cabo como se não entendesse muito bem o que ele estava fazendo ali. Deu um tapa nele e, em seguida, teve um espasmo quando outro jorro de sangue saiu de sua boca. Ele cambaleou e girou...

... Encarando Bregan. O Guardião Cinzento estava mancando debilmente, coberto de feridas que gotejavam secreção negra em seu peito. Ele olhou para Remille com desprezo, levantando sua espada na outra mão.

— Não! — O mago cuspiu de novo, mais sangue escorrendo de sua boca.

Bregan rosnou e, com um golpe, decapitou o Primeiro Encantador.

Duncan observou entorpecido enquanto a cabeça caía no chão rolando brevemente. O pescoço jorrou sangue vermelho, mas apenas por um momento, antes de cair silenciosamente no chão. Bregan ficou lá, olhando para o cadáver. Ele largou a espada, que caiu no chão com um grande estrondo.

O som de vários homens correndo para dentro da sala fez com que Dunca se virasse. Os soldados fereldenianos entraram na câmara, dezenas deles em armaduras pesadas com a bandeira dourada do rei em seus escudos, vários deles ensanguentados. Eles se espalharam como se esperassem uma luta. Teyrn Loghain os liderava. O homem era uma figura imponente em sua armadura de placa escura e sua lâmina coberta de sangue Vermelho. Ele ergueu a mão para deter o avanço dos soldados enquanto seus olhos azuis frios percebiam o que tinha acontecido.

Por um momento, nada aconteceu. A câmara ficou em silêncio enquanto Maric ajudava Fiona a se levantar. Loghain avistou o rei e seus olhos se arregalaram de surpresa ao vê-lo ali. Ele fez uma careta e caminhou decididamente até o homem.

— Vejo que não está morto. — Duncan não podia ter certeza, pelo tom do homem, se ele estava satisfeito ou desapontado. Parecia mais aborrecido.

— Bom te ver, Loghain. — Maric riu, cansado. — Pelo Criador, como você chegou aqui? Como você sabia?

Loghain franziu o cenho.

— Que você estava aqui? Eu não sabia. O que eu sabia era que os orlesianos iam te trair, e eu estava certo. — Ele lançou um olhar de desgosto para o Primeiro Encantador decapitado, seus olhos se moveram para Bregan, que ainda estava de pé sobre o corpo. Bregan não se moveu. — Eu estava esperando o tolo agir e aconteceu. Seus apoiadores orlesianos tomaram a torre dois dias atrás.

— É por isso que você está aqui? — Maric perguntou.

— A maioria do exército está procurando você. O resto está aqui. — O teyrn balançou a cabeça para o rei. — Não me surpreende vê-lo aqui, no meio de tudo, e ainda vivo. Imaginei encontrar você preso e a caminho de Orlais. — Ele se virou para os soldados atrás dele e fez um gesto em direção a Bregan. — Investiguem a câmara. Garanta que as... Criaturas não fujam. — Os soldados se espalharam para cumprir a ordem. Eles se apressaram, passando por Duncan para cercar Bregan, embora ele não tenha feito nada para impedi-los, apenas ficou parado.

No entanto, enquanto se moviam, Duncan examinou o resto da câmara e fez uma pausa.

— Onde está o Arquiteto? — Ele perguntou. — E Utha? Para onde foram?

— Ele se foi. — Bregan falou.

— Encontre-os! — Loghain mandou. — Ninguém sai da torre!

Um dos tenentes presentes acenou com a cabeça e para alguns dos soldados em seguida, logo eles correram para fora da sala. Duncan podia ouvir uma grande quantidade de gritos nos corredores. Parecia que os sons de batalha tinham sumido. Eles tinham ganhado? Se o Arquiteto tinha partido, quer dizer que estava tudo acabado? Estranho como era difícil saber. Todas as velhas histórias afirmavam que as vitórias vinham com trombetas estridentes. Isso não era uma vitória?

Maric ajudou Fiona a caminhar em direção a Bregan, Loghain foi atrás, estudando o ex-Guardião Cinzento com um olhar duvidoso. Os soldados ao redor de Bregan tinham suas lanças prontas para atacar, a maioria dos homens parecendo assustados e certos de que estavam na presença de crias das trevas. Bregan ignorou as lanças e olhou para Maric e Fiona, sua expressão quase calma.

— Por que você não tentou escapar durante a luta? — Maric perguntou.

Bregan o estudou com aqueles olhos vermelho-sangue.

— E para onde eu iria, rei Maric? Voltar para as Estradas Profundas com o Arquiteto?

Fiona o encarou desconfiada.

— Então você desistiu?

— Estava cego. — Ele abaixou a cabeça. — Agora eu sei por que os Guardiões Cinzentos criaram o Chamado. Melhor isso do que deixar a mácula te dominar até só restar ódio, amargura e arrependimento, até que você comece a pensar que só existe isso.

Maric olhou para Fiona e então lambeu os lábios, enquanto olhava para Bregan mais uma vez.

— E? E agora? Vai nos ajudar a encontrar o Arquiteto? Ele precisa ser encontrado.

Bregan fechou os olhos.

— Com a sua permissão, eu gostaria de fazer o que eu deveria ter feito quando comecei meu Chamado. Gostaria de morrer com o resto de dignidade que tenho. Gostaria de encontrar minha irmã no Além e... Pedir perdão.

Loghain parecia prestes a protestar, mas Maric ergueu a mão para impedi-lo. O rei olhou para Fiona, procurando sua aprovação, e ela acenou com a cabeça. Com um aceno de braço para os soldados, ele lhes deu o comando.

Os soldados obedeceram, apunhalando Bregan com várias lanças.

Ele não tentou impedi-los, nem gritou. Ele se contraiu uma vez, a secreção saindo dele e se acumulando no chão ao sol, e então caiu lentamente. Os soldados puxaram suas lanças e seu corpo caiu no chão, sem vida.

Maric se virou e segurou Fiona, abraçando-a com força em seus braços enquanto ela enterrava o rosto em seu ombro. Duncan encarou o corpo no chão.

Ele não tinha certeza se era certo sentir pena do homem. Ou de Genevieve. Ou de Utha. Mas sentia. Apesar de tudo o que haviam feito, ele ainda sentia a tristeza como um buraco que se abria dentro de seu coração.

Talvez fosse o sabor da vitória.

EPÍLOGO

— VOSSA MAJESTADE, Duncan e Fiona dos Guardiões Cinzentos estão aqui.

Maric ergueu os olhos de seu trono e acenou com a cabeça para o camareiro, que em suas vestes noturnas enquanto carregava uma lanterna, parecia confuso por ter acordado no meio da noite para anunciar convidados na sala do trono.

— Eu sei. — Ele disse. — Traga-os aqui imediatamente e nos deixe sozinhos. — O homem se curvou e saiu. Maric achava que o camareiro relataria a atividade incomum para Loghain, mas ele ordenou, da maneira mais enérgica possível, que não o avisasse. Considerando que Loghain estava em Gwaren por pelo menos mais um mês, seria difícil que o homem desobedecesse.

Convencer Loghain a sair sem levantar suspeitas foi um desafio. Depois de deixar a torre dos magos, o homem não estava disposto a tirar os olhos de Maric nem por um segundo, não que ele não tivesse motivo. Afinal, Maric fugiu sem Loghain saber. Ele havia fugido do reino e de seu filho.

Durante toda a viagem de volta a Denerim, o homem ficou calado, furioso e não falou com Maric. Então, depois de dias de silêncio, quando eles chegaram aos portões da cidade, Loghain virou-se para ele e fez uma declaração concisa:

— Não haverá Flagelo, Maric. — Foi tanto uma promessa quanto uma condenação. Não, ele não tinha esquecido as palavras da bruxa, não é? Ele provavelmente nunca as esqueceria.

Fazia meses que Fiona e Duncan partiram. Foram chamados de volta à Fortaleza de Weisshaupt em Anderfels para explicar o incidente com o Arquiteto a quaisquer que fossem as autoridades existentes entre os Guardiões Cinzentos. Maric não queria ver Fiona partir. Com a onda de atividades após seu retorno a Denerim, eles tiveram muito pouco tempo para se verem.

Então ela o deixou apenas com uma despedida breve. Ele pensou que podia ser a última vez que a via. Com o avanço da mácula, parecia quase certo que os Guardiões Cinzentos a enviariam para seu Chamado. Ela iria morrer e talvez ele nunca fosse informado disso. Então ela se despediu e foi isso. Foi surpreendente Duncan ter mandado avisar que Fiona estava voltando com ele.

As portas da câmara se abriram; o camareiro acompanhou Fiona e Duncan antes de se retirar com outra reverência e fechá-las novamente atrás de si. Os dois estavam diferentes. Duncan estava com uma barba curta que ficava bem nele. Não usava mais as roupas de couro escuro, mas sim uma armadura pesada e uma túnica com o grifo dos Guardiões Cinzento estampado. Fiona, por sua vez, vestia uma longa capa vermelha que cobria todo o seu corpo. Seu cabelo preto estava um pouco mais longo e sua pele pálida parecia avermelhada, como se ela tivesse passado muito tempo no sol.

— Entrem. — Ele chamou. — Mal consigo vê-los com essa luz.

Eles se aproximaram, ambos solenes, até estarem diante do trono. Maric se levantou e desceu para encontrá-los, apertando a mão de Duncan e, em seguida, virando-se para Fiona. Ele hesitou. Aqueles olhos élficos escuros dela o encaravam com cuidado. Ela estava estranhamente receosa.

— Eu imagino que vocês têm más notícias. — Ele suspirou.

— Não... Exatamente. — Fiona murmurou.

Duncan olhou ao redor pela sala do trono. Havia apenas algumas tochas acesas, deixando a maior parte nas sombras.

— Estranho você nos chamar agora, Vossa Majestade. Preciso confessar que nunca me senti mais ladrão do que rastejando por esses corredores escuros no meio da noite.

— Prefiro que Loghain não saiba que vocês vieram. Ele ainda não acredita que os Guardiões Cinzentos não estavam armando com Remille, não tenho certeza se ele vai me perdoar por dizer à sua ordem que vocês podiam voltar para Ferelden. Pode apostar que ele está observando cada movimento como um falcão.

Duncan assentiu.

— Existem apenas alguns de nós, pelo menos até conseguirmos mais recrutas. — Ele sorriu timidamente. — Eu serei o segundo em comando. É estranho.

Maric ergueu uma sobrancelha para Fiona.

— Oh? Então agora você é a comandante?

De novo o olhar hesitante.

— Não. — Ela disse. E então se virou e colocou uma mão no ombro de Duncan. — Você pode..? — Ele acenou com a cabeça como se isso fosse esperado e, com uma breve reverência para Maric, ele se virou e saiu da câmara.

Ele e Fiona estavam sozinhos. Agora ele não tinha certeza do que pensar. Ela indicou os degraus que levavam ao trono e eles se sentaram neles. Por um momento, só ficaram em silêncio, o único som era o crepitar das tochas próximas. Ela ficava linda na luz do fogo. A queimadura de sol a deixou com sardas, ele percebeu, mas não viu nenhum sinal da mancha em seu pescoço ou nas mãos. A mácula não tinha sc cspalhado?

— Como você está? — Ela perguntou, finalmente. A maneira como o olhou com apreensão dizia que sua preocupação ia além de questões de saúde.

— Ah. — Ele assentiu devagar. — Eu. . . Estou melhor. Cailan está chateado, como esperado. Ainda não consegue acreditar que não vou desaparecer de novo; a matrona tem que persuadi-lo a sair das minhas pernas toda vez que o vejo. Ele se parece comigo em vários aspectos. Não acredito que não percebi isso antes.

— E quanto a ser rei?

— Eu assumi muita coisa depois que parti. Acho que Loghain não sabe se fica impressionado ou bravo. Ele assumiu muitas das minhas responsabilidades, não que eu tenha dado qualquer escolha. Convidei a nova Imperatriz de Orlais para se encontrar comigo no próximo mês; ele reclamou muito. Ainda assim... — Ele fez uma pausa, observando os olhos de Fiona lacrimejarem enquanto ela o encarava. — Você não quer saber disso. — Ele falou. — É chato. Estou te aborrecendo.

— Não, eu estou feliz que você está bem. Parece empolgado pelo jeito que está falando. Devia se ouvir. — Ela sorriu para ele e enxugou as lágrimas, embora mais delas aparecessem.

— Bem, acho que gosto de coisas chatas. — Ele sorriu. — Mas preciso saber de você. A mácula... Quando você foi embora, você disse...

— Sumiu. — Respondeu. — Os magos em Weisshaupt não tinham certeza se era porque o broche do Primeiro Encantador acelerava as coisas artificialmente, ou... Enfim, toda a mácula sumiu. Eles também não acham que vai voltar. Fizeram vários testes, mas acham que posso ser a primeira Guardiã Cinzenta que nunca mais terá que passar pelo Chamado.

— Isso é bom, não?

— Sim. — Ela assentiu. — Eles pegaram os broches, para investigarem e tentar descobrir como funcionam, mas enquanto isso querem ficar de olho em mim. — Ela hesitou por um momento antes de adicionar — Eu fui convocada para Weisshaupt. Permanentemente.

Ah. Então era isso. Por mais que ele temesse que o motivo dela voltar fosse dizer que estava começando seu Chamado, uma pequena parte dele esperava por algo a mais. O tempo que passaram juntos nas Estradas Profundas foi breve, mas significou muito para ele. Ainda significava.

— E você está indo?

— A ordem não me deu muita escolha. Além disso, eles precisam de alguém para liderar a busca pelo Arquiteto e para garantir que seu plano não vá além de Remille. Quem sabe que outros aliados tem?

— Oh. — Ele falou, cabisbaixo.

Fiona sorriu calorosamente, estendendo a mão e tirando o cabelo de seus olhos. Ela quase parecia triste de novo, e hesitante.

— Maric, eu tenho algo para te dizer.

— Outra coisa?

— Quando soube que Duncan estava vindo para Ferelden, eu pedi para vir com ele. Precisava falar isso ao vivo. — Ela suspirou, como se juntando coragem, e se levantou. Ele também se levantou e ficou cada vez mais nervoso. Ela se virou para as portas e gritou mais alto:

— Duncan, pode voltar.

As portas se abriram e Duncan voltou para dentro em silêncio. Mas desta vez carregava nos braços um pequeno pacote embrulhado em pano. Ao se aproximar, Maric percebeu que o que ele carregava não era um pacote. Era um bebê.

— Parabéns, Vossa Majestade. — Duncan disse com um sorriso. — É um garoto. — Ele entregou a criança para Maric, que a segurou com cuidado. Ele olhou para o pequeno bebê, sua mente mais surpresa do que qualquer outra coisa. A criança tinha uma mecha de cabelo loiro e bochechas rosadas, ela dormia profundamente. Com certeza era dele. O garoto até se parecia com Cailan. Maric também notou que as orelhas da criança eram arredondadas.

— É humano. — Ele exclamou. Realmente deveria haver algo melhor a dizer, mas era tudo o que ele conseguia pensar no momento.

Fiona assentiu.

— É por isso que costumamos ficar juntos nos alienários. As crianças de humanos com elfos são humanas. Se só nos relacionarmos como humanos, seremos extintos.

— Eu não pensei nisso. — Ele balançou a cabeça.

Ela estendeu a mão para pegar a criança e ele permitiu. O menino se mexeu um pouco, carrancudo em seu sono e passando as mãos minúsculas pelo rosto. Ela sorriu para ele e silenciou-o baixinho, embalando-o nos braços.

— As chances de Guardiões Cinzento terem filhos são pequenas. — Ela disse. — Mas aqui estamos. Incrível, não é?

Maric sentou-se nos degraus antes que suas pernas falhassem. Ele passou as mãos pelos cabelos, tentando organizar seus pensamentos confusos. Então soltou um suspiro longo e irregular.

— Por Andraste, Loghain não vai gostar nada disso.

— Então não conte para ele. — Ela falou. Fiona entregou a criança para Duncan e depois se sentou ao lado de Maric com uma expressão sombria. — Eu não vim aqui te trazer outro herdeiro, Maric. Você já tem um. Também não vim te dar uma criança bastarda de uma elfa. Você também não precisa disso. Eu quero que ele tenha uma vida boa. O tipo que eu não tive.

Ele se virou e a encarou, só agora percebendo o que ela estava dizendo.

— Você quer dizer...

— Eu não posso ficar com ele. — Ela disse. E então respirou fundo e expirou, ele percebeu que aquilo não era fácil para ela. Na verdade, estava acabando com ela. Por isso ela veio.

— Você podia ficar aqui. — Ele ofereceu. — Você podia deixar os Guardiões.

Fiona acenou com a cabeça, mas parecia que ela não acreditava nisso.

— Mesmo que eu pudesse, — seu tom era duro — o que eu faria? Seria sua amante? A elfa maga? Ou ficaria na torre dos magos? Ou moraria em algum lugar da cidade e você me mandaria dinheiro de vez em quando, na esperança que ninguém descobrisse?

— Não foi isso que eu quis dizer. — Ele protestou.

Ela cedeu, suspirando.

— Eu sei. Sinto muito. Fora dos Guardiões Cinzentos eu não sou ninguém. Sou uma maga sem liberdade ou uma elfa sem utilidade. — Ela se virou para ele e sorriu. — Talvez pudesse virar uma lavadeira? Me esconder dos templários no alienário, usando minha magia para fazer fogo? Eu seria boa nisso.

— Talvez não. O que... O que acontece com os Guardiões Cinzentos que têm filhos? Deve acontecer de vez em quando.

— Acontece. Nós damos a criança. Eu disse para eles que já tinha um lugar em mente.

— Não tem outro jeito?

— Eu gostaria... — Fiona balançou a cabeça com firmeza. — Não, eu quero que ele seja um humano. Eu quero que ele seja totalmente humano e não seja herdeiro trono, que ele não precise competir com seu outro filho ou seja ligado ao sangue real que só te trouxe tristeza. Eu quero que ele tenha um novo começo. — Ela o encarou com esperança.

— Você consegue dar um jeito nisso, não é?

— Eu posso fazer ele ser criado longe da corte. — Maric considerou. — Mas as pessoas vão se perguntar quem é a mãe. Loghain vai querer saber. A criança com certeza vai. O que vamos falar para ele?

— Não diga nada. Deixa ele pensar que a mãe é humana e está morta. — Ela estendeu a mão para onde Duncan embalava o bebê, acariciando sua cabeça com um sorriso melancólico. — Vai ser mais fácil, para ele e para você.

— Mas e você?

Ela não respondeu, só continuou fazendo carinho na testa da criança. No entanto, ele notou que seus olhos brilharam. Não havia nenhum jeito daquilo ser mais fácil para ela.

— Eu vou cuidar dele. — Duncan jurou. — Posso fazer isso sem levantar suspeitas, garantir que a criança fique bem. Mantê-lo seguro. Eu posso até ir te falando como ele está indo.

Maric o encarou com surpresa.

— Você faria isso?

— Para você, com certeza, Vossa Majestade.

Era bastante para lidar. Primeiro Fiona voltou e não estava mais morrendo, agora eles tinham um filho e ele estava perdendo os dois. Mas entendia o que ela dizia. Se reconhecesse o menino e o criasse no palácio, ele estaria sujeito a brigas e políticas constantes. Seria visto como um rival para Cailan. Melhor criá-lo em algum outro lugar, fora de vista dos outros, e garantir que tenha seu próprio destino. Mas fazer o menino acreditar que nunca foi desejado, fazer com que ele nunca conhecesse sua verdadeira mãe? Ter sangue élfico era realmente tão terrível?

A dor em seu coração quase o fez explodir. Maric não sabia nada sobre ser elfo, se Fiona queria que seu filho não passasse pelo que ela passou, ele não recusaria. Deixe o menino ter a chance de se livrar dos dois.

Ele encarou Fiona e assentiu devagar.

— Se é isso que você quer. Eu posso dar um jeito.

— Obrigada, Maric.

— E você? — Ele perguntou. — Vou te ver de novo?

Ele podia dizer, pela sua expressão, que a resposta era não. Mas ela assentiu mesmo assim.

— Se for da vontade do Criador. — Ela respondeu. Então ela se inclinou e o beijou, ele correspondeu. Era doce, triste e certo. Ele teve aquele momento, os dois sentados na fogueira quente enquanto Duncan andava com a criança para o outro lado da sala. Mesmo que a despedida parecesse final, de alguma forma, Maric ainda não conseguia se sentir triste. Isso não parecia o fim.

Parecia um começo.

Para acompanhar as novidades da Jambô e acessar conteúdos gratuitos de RPG, quadrinhos e literatura, visite nosso site e siga nossas redes sociais.

www.jamboeditora.com.br

facebook.com/jamboeditora

twitter.com/jamboeditora

instagram.com/jamboeditora

youtube.com/jamboeditora

twitch.com/jamboeditora

Para ainda mais conteúdo, incluindo colunas, resenhas, quadrinhos, contos, podcasts e material de jogo, faça parte da *Dragão Brasil*, a maior revista de cultura nerd do país.

www.dragaobrasil.com.br

Rua Cel Genuíno, 209 • Centro Histórico
Porto Alegre, RS • 90010-350
(51) 3012-2800 • editora@jamboeditora.com.br